鄉關處處

王安憶

目次

鄉關處處

一

上虞往滬杭方向的長途班車破開晨曦，駛近停靠，車已半滿，月娥竟還坐到憑窗的座位。向外看去，正看見自家房屋，被天光照亮，綽約有人影從門裡走出，向公路過來，卻只一霎，轉眼不見，彷彿被草木闔閉。闔閉中，有一張五叔的臉，罩著怨色：走，走，走，留我一個！正月開初，就是這一句話，愈說愈劇，十五過後，兒子媳婦一家三口離開，則又頹餒了，直至無聲。本就是個訥言的人，此時更沉悶，二人相對，她害怕又盼望動身啟程，好在有年後的殘局需要收拾，時間稍事熱鬧。將剩餘的魚肉雞鴨醃製或者風乾，量出五叔一人份的稻穀，擔去電碾房舂米，菜畦裡點瓜種豆，再有春夏的衣物，一一取出擺好，免得翻找。終於到臨行的前一日，與五叔一同上山，挖些新出的竹筍，帶去上海。她做的鐘點工，東家中有幾戶年頭在八和十年之上，她也喜歡長做，彼此知道根柢脾性，這新筍就是給他們的。

稱五叔的是月娥的男人，家中總共兄弟六人，他行五。有點像越劇《祥林嫂》的賀老六，是山裡的獵戶。他家也真有一個老六，五叔的弟弟，就只這排末的二人有家室。婆婆是個強人，早年守寡，帶六個小子，從四明山下來，參加進合作化的農業人口登記，田裡收成雖薄瘠，總比沒有的好。也因此，前面四個兒子都無婚配，舉全家之力娶進兩門，說好要給四個大伯送終。目下送走兩個，還有兩個。可能從小吃苦，壽都不長，拖累就有限，想起來真是可憐。走在山裡，竹木蔽了天日，齊頂處，浮一層清光，光裡有無數針尖，上下躥跳。五叔的怨艾平息下來，她呢，也有了耐心，雖還是不說話，但四圍的寂靜將那一點氣悶吸納，就覺不著了。地下竹根盤結，一腳高一腳低的。自小走慣，腳底長眼睛，總能踩到路徑。她娘家也是靠山吃山，家中人力單薄，總共兩個兄弟，還死一個，拖毛竹讓竹梢打了，沒有創口，也不見血，人就像睡著了，還有笑意，曉得從此不必再苦，陡然輕鬆下來。那一年，方才十六歲。倘不是這樣貧而且背運的家境，也不會跟了五叔，多少是圖人家兄弟多，有陣勢。她是家中最末的女兒，早知道就不生她了，所以是最叫人失望的。都說她笨，就沒有讀書，一字不識，更以為自己笨了。笨人往往有笨見識，在她就是生完一個兒子再不肯多生，無論養育還是做人，都讓她有牴觸似的，再則還有計畫生育的政策呢！事實上，兒子順利長成，讀書，做工，娶妻生子，人並未受多大的辛苦。同年齡的人，大多生兩個以上，賣兩棵樹交罰款便落上戶口，她呢，既不後悔也不羨慕。這兒子至今三十多歲，從來沒往山裡進去一步，就也不知道自家的山林在哪一片，有意或者無意，規避著命運的覆轍。

五叔背著的手裡掂一柄短把鐵鐽，停住腳步，蹲下身，鐽頭插進竹根，聽得見一聲脆響，起出來，就是一個筍尖，扔進她手上的竹籃。有一點記憶回來了，欣欣然，勃勃然的喜悅——包產到戶，分地分林，田裡是牛犁的吆喝，山上斧斫聲聲。眼看著林子稀了，卻起來新房子，這一幢，那一幢，迎娶送嫁的鞭炮這邊響，那邊響。這一陣歡騰漸漸沉寂下去，次生林長起來，掩蓋了房屋，村裡的青壯陸續往外走，只餘下老和幼。五叔這樣的男人，若在上海，尚是風流倜儻，褲縫筆直，頭上抹了髮蠟，皮鞋錚亮，腋下夾著公事包，白日裡的股市，晚上街心花園的舞場，都是他們的身影。但在鄉下，完全是個老人了，外出打工少有人要。所以，這一家，就剩他一個閒人。總共一畝六分地，種和收只占一忽工夫；樹林已經砍伐，次生的雜木不值錢；竹子呢，起先還有客商收購，後來貨源多了，工地又流行金屬腳手架，足跡便也疏淡，由著它瘋長，開出花來，死一片，再生新竹，總之，自生自滅。那留下的人，正愁如何打發時間，就像說好了似的，四鄉八野，共同興起牌九和花筒。這種古老的博彩遊戲，本以為絕種了，料不到又活過來，一旦上手就收不住。寄回家蓋樓房的錢，送出去有十之八九。那一個舊曆年，實在慘澹，眼淚和嘮叨中過去半個正月。五叔看不明也道不出自己的苦衷，逼急了，就也要出去打工，託親戚在上虞找了個保安的活計。有一日兒子去看老子，見一堆年輕保安中，夾個老的，猶顯得形象枯萎，二話不說領回家，當月的工資都沒結算。這一趟出門的好處是，戒斷牌九的癮頭。長日漫漫，無人相伴，五叔越發木訥。好在，媳婦生了孫子，回家專司撫養。公媳單在一個屋簷下，有多種不便，就住在娘家，每月裡親家邀去，看看孫子，吃兩盅黃酒。每跑一趟，離年關就近一趟，眼巴巴的，外出的人回來了，再一眨眼，又走散了。

竹林的沁甜空氣裡，心情舒緩下來，不那麼焦慮了。月娥想到極遠的終了，終了還是要回來的。上海的水真是吃不慣，一股子藥味道；米也吃不慣，油性太大，一團團的——她吃慣秈米，糙和鬆；住行就更是艱苦，甚至危險。為要攤薄租金，愈多人愈好，一個亭子間可睡七八個。那種老房子，電管水管煤氣管盤互交錯，接無數灶眼與熱水器，稍有破漏，便得釀成人命。說到交通，車水馬龍，最不怕死的，數電動自行車，所以人人怕它，男的多半快遞和外賣，女的，則是鐘點工。然而，這樣的急促緊張裡，卻潛在一種快樂。後面有車超她，她不讓超，頂撞起來，嘈雜的機動聲裡，聽見彼此激昂的相罵，不由驚訝自己的厲害不好惹。

二

車在公路上滑行，停靠頻繁，開一回門，上來幾個人。其中有約定的同行者，互相招呼，又要調座位，為了好說話。多半是女人，男人是沒多少話的。難免生抱怨，乘汽車又不是做人，就算這一世在一起，下一世呢？女人們就嘻笑，還動手拉扯推搡，終於蘿蔔都落坑，汽車就也駛上國道，加速了。太陽這才出來，車彷彿走在金光裡，意氣風發。她們開始交換吃食：醬油肉、煎鹹魚、茶雞蛋、雞膀鴨膀，年飽還沒過去，受歡迎的是幾味素食：鹽水煮筍、霉乾菜夾饅頭、鹼水粽、蝦皮拌榨菜……滿車廂都是食物的鹹香，茶水從保溫瓶口晃出來，燙了手，尖聲的笑和笑。男人們斜睨著，心裡嫌她們猖狂，嘴上不敢吐一個字。過道那邊兩個學生仔樣的小孩，縮起身子，流露出害怕的表情，她們偏要臉對臉喊，「阿弟阿弟」，將吃食塞進阿弟嘴裡。司機從後視鏡裡看，嘟囔一句：老牛啃嫩草！汽車上高速，山矮下去，村村落落掉在腳底。出發時的興頭過去，睏倦就上來了，漸漸垂下頭，抵著膝上的提包，打起盹。車廂裡忽然鴉雀無聲，聽得見發動機的轟鳴。兩車相向，喇叭叫一聲，隔著玻璃窗，彷彿很遠的地方。

月娥第一份生意是替同鄉人頂工。同鄉人說男人要她回家，東家就要她找人。這年兒子結婚，小兩口一同去杭州，一個做電工，一個做保潔，她就也想出去，應下這份差事。差事在上虞城裡，一個鞋廠老闆的四口之家。她專司帶孩子、做飯，清潔另有一個阿姨，也是上虞本地人。老闆與她兒子同年，已經有兩個小孩，聽小孩子喊她阿姨，就覺錯了輩分。明知道「阿姨」不過是個稱謂，好比單位裡的工種，與年紀無關。這種倫理的概念等到了上海，不知覺中就淡化下來。那裡，無論老少，一律喊她的姓，姓前加個「小」字，她倒沒有什麼不適，被這城市崇尚年輕的風氣帶著走了。小老闆過著一種新派生活，冬夏二季不在家裡過，而是住酒店客房。不止上虞城，底下的鄉鎮，都有五星級酒店了。開兩間套房，小夫妻一套，小孩和阿姨一套。酒店裡早餐是隨便吃，中午晚上兩頓，由燒飯阿姨到工廠食堂灶上做了送來。酒店裡有中央空調，冬暖夏涼，照理很享福，她卻有點苦悶，因為不是過日子之道，像是坐監。酒店裡有多家臨時住戶——上虞的酒店，有一半是做本地人的生意，靠外地人是吃不飽的。早餐廳，大堂，走廊，電梯，常可遇見像她這樣，帶著東家孩子的女人，互相看幾眼，就看熟了。有那種自來熟的性格，上前搭訕，先還是淡淡的，因聽東家說過生意道上的險惡，守著保母的本分。但實在熬不過寂寞，不免多說兩句，竟就收穫保母業的許多內情，從而得知這一行實是有著相當廣闊的空間。這一年做完，她也辭了工，過完春節，隨另一個同鄉人去到上海。所以，當她和前一個同鄉人，也就是她的引路人，山不轉水轉地，在上海遇見，彼此都不覺得意外和驚奇。

紹興一帶的人多少有些兩樣，鄉土觀念極重，抑或是出於自傲，在外面幫傭，總是自己人一處，與其他籍貫的人疏離著。保母介紹所的地方，她們是不去的，用工只在同鄉人間互相介紹。分租房屋，休息日玩耍，也只和同鄉人搭伴。公園裡露天舞場上，三五人聚起，看多跳少的，就是她們。這一定和上海地方的歷史有關係，紹興和揚州是保母社會的主流，前者大約是浙商來滬上自帶，如家生子，有規矩；後者卻是草根，猶能吃苦。也因此，殷實富戶家族常是雇傭紹興籍人。如今，這城市保母的需求激增，進城求職人數也激增，從業隊伍輸入新成分：安徽、江西、河南、湖北……同時呢，蘇北一帶工業發展，揚州籍的保母日益退出，幾乎銷聲匿跡。人事更替，時風變革，唯紹興一支，依然在傳統中，保持著行業的名節。

初到上海，月娥也是怯怯的，如不是同鄉人的幫扶，未必能熬住。這地方不知道要比上虞大和亂多少，她又不識字，認路，找地方，領東家囑咐，都憑死記。所以，抱定一條，絕不買菜。不會記帳，還吃不了猜忌的閒話，她是個老實人，唯老實才更強性，真叫人為難。當時並不覺得，過後她常常以為自己有福氣，所遇都不是惡人，相反，多受照顧。來到上海第一個雇主，如今猶記得好處。四十歲上下的女人，生相十分軒朗，依她們鄉下人說法，女人男相，但又不粗氣，而是大方。高額寬頤，濃密的頭髮編成股，盤在頂上。其時，月娥未找到其他生意，女人就說做全天；然後才有第二家，讓出半天；再有第三家，再讓一半裡的一半；一層層對切，最後只剩一週三次，各一小時，而且是早上六點到七點，晚睡的人第一覺沒醒呢。一切從月娥方便賺錢計。女人單獨住一套三室兩廳，在臨江高層公寓房裡，早上，駕一輛寶馬去到大戶室，落市時開回來，專職炒股。聽前任保母，一個同鄉人說，房子汽車都是股市上賺來的，賠進去的卻有兩套房子，一個男人，半個小孩——離婚給到男方，爭得一週兩次探視權，所以算是半個小孩。無論從生意，還是風水，都應有起有落，三十年河東，三十年河西，但女人的運勢卻一直向下。眼見她大房換小房，小車換大車——公共汽車，最後只能租房，卻一直用著月娥一小時的工，倒是月娥自己不好意思賺了，提出不要工錢。女人說，這算什麼？你們出來是做工，不是行善，或者就不要做了，還不夠腳力的。女人租房獨在另一區，從月娥所做的幾家地方旁插出去。月娥更不好意思，說，自小家裡人都嫌她背時背德，小弟弟被竹梢頭劈死也是怪她，她要離開了，股市大概就會好起來，輸出去的又贏回了。女人笑起來：這是國家宏觀調控的事，老天幫不上忙的。臨別還給出多一個月的工錢，算作遣散費。月娥不肯要，說是我自己不做，並不是你辭我。女人定要給，幾十塊錢推來推去，最後說出一句：我還沒落魄呢！月娥才不敢不要。後來，回來看過一次，女人已經搬走，不知道去了哪裡，從此再沒見面。上海的人就是海裡針，手一鬆就沒有了。月娥在這城市邂逅過許多人，形貌難免模糊，但這一個卻是清晰的，因為是事業的起頭。如若不是如此這般起頭，接下去也許會是另一個樣子。另一個什麼樣子，更好或者不好？她不知道。可是，對如今的境遇，卻是相當滿意，常有慶幸之感。幸虧，幸虧走出來，看到大世界。倘若不是這一步，少賺錢不說，還錯過多少風景，豈不可惜死！

像女人這樣恩厚的人，無疑是不能忘記，另有一些面孔，則是以奇異性留下較為深刻的印象。比如有一戶人家，成員有父親，母親，女兒——她稱小姐，事情至此還都正常，緊接著就開始偏離了，那就是第四個人，她私下稱「女婿」，除此還能稱什麼呢？「女婿」他時走時來，像常客又像稀客，年紀幾近岳丈，她並沒聽見他們彼此稱謂。事實上，「女婿」也不與岳家說話，只和小姐交道，而且同處一室。以常情而言，兩人十分不配，方才說的年齡倒不是主要的，老夫少妻自古就有，但「女婿」的生相在月娥看來十分可憎，矮，胖，面黃無鬚，眉宇間有一股殺氣，小姐卻是新出的嫩芽似的。他們說著一種唯二人懂的語言，更可能是外國語。月娥判斷「女婿」來自外國，同時，還判斷出這一家人由「女婿」供吃喝，否則，怎麼解釋三口人均不做事，在家坐吃？就算有養老金，恐怕連房子的物業費都不夠付，月娥知道這城市養老金的菲薄。這份工作在戛然間結束，沒有任何預兆，發這月工資就說下月不做了，理由是小姐要出國。來不及回過神，就少去一份工。晚上，回到幾個同鄉人合租的閣樓，議論間，都揣掇去追索多一個月的工資。按慣例，雇傭雙方，至少要提前半個月告訴，尋人或者尋工。於是，便氣昂昂的。睡一覺起來，決定算了，雖說是自己的名分帳，一旦開口總有乞討的意思。她硬氣地想，鄉下人窮是窮，總歸靠自己，不像他們，靠別人家，還是外國人！只是到下半天，本來要上班——到底是新時代，即便是傳統的紹興保母，也將幫傭說成上班——下午上班時間，陡然清閒下來，覺得又憮氣又肉痛，肉痛半天時間白白過去。她們拋家棄口，出租金住鴿棚大小的地方，不就為了賺錢？沒有賺等於賠。同鄉人和其他東家都答應替她找新生意，可她等不及了，自己到最近一處保母介紹所問工。頭一回進這樣的地方，進去就覺得不對。門口一方地面，擺幾張凳子，坐著幾個女人，木雞的表情，腳邊放著行李包裹，顯然剛下車船，多是未做過的，所以挑剩下來。裡面還有一進，一半

得突破性進展，那就是她開始接到台灣人的生意，不僅工資高於本地，還領教見識和技能，就像熨襯衫這一類的。

三

長途車中午在服務站停十五分鐘，眾人上廁所，司機下車抽一枝煙，繼續路程。樓房與街道從高架底下過去，霓虹燈招牌，玻璃幕牆，幾乎擦肩蓋頂。城市的分布變得稠密，而且座座繁華，城和城之間，農田被溝渠道路切割成小塊小塊，結著霜，蒙著一點晨光，就像破了口子，顯得凋敝。有人蹲在塘邊，凝神看水，大約是看夜裡放下的魚簍有無收穫。高速路將人和事都推遠推小，變得很假，小時候過年去看社戲，臨水的檯子上，亮燈裡面的活動，就是這樣。她想不起演的什麼，都是在嬉鬧中度過，調皮的撐船郎用槳頂她們的船幫，左右搖晃，她們就尖起嗓子叫罵。日子其實苦得很，吃也吃不飽，和爹娘吵半年也吵不了一件新棉襖。少不更事，卻也窮開心。

車在向上海駛近，已經看得見高樓，又繞開去，就像她們那裡人說的，「看山跑死馬」。車在高速路上盤旋，進去又出來，大概是她們自己不識路，又被繞迷了。時間到下午三點，天氣變得燥熱，空調車廂雖是密封的，風塵不得進來，但乾燥生起的靜電，到處都是，略一觸碰便吱啦吱啦的，口鼻生煙，頭髮支楞著，用手抓幾下，指甲就長了倒刺。都有些不耐，恨不能一步跨進門，先洗一把臉，再弄晚飯吃，明天一早就要上班。她們可都是忙人！高架上的車行聚集起來，萬箭齊發的態勢，顯現出節後回程的高峰。太陽高懸，也無雲，天色卻是灰白，尾氣積成的霾，浮在半空，有重量似的。車裡人都醒著，又都畢靜，看窗外齊駕並行的車輛。上海到了，車在樓宇間盤桓，窗格子蜂窩一般，裡面都是人家。月娥她們氣餒下來，在鄉下迫不及待要回到的地方忽變得意趣寥然，新一年的開頭，和舊一年有甚兩樣呢？依然是奔波在一家和一家之間，一個灶間到一個灶間。這些公寓裡的灶間彼此相似，水管分飲用與非飲用；砧板分生食與熟食，拖鞋分內和外。要說區別，還是在人。她們一般喜歡年輕夫婦家庭，因日裡沒人在家，多一般自由，凡有老人的不免就受拘束，時時被監視著。這一點，月娥倒不盡同意，東家一日不在還好，兩日，三日，就會心慌，彷彿誤入無人之境，又彷彿被忘記有她這麼一個人，不知道東家要她還是不要她做。空曠的公寓裡，令她害怕的安靜，主臥房的雙人床，隱著不可示人的私密，男女主人和孩子從照片上看她，笑和不笑都有一種悚然。吸塵器的轟鳴固然驅散岑寂，但同時卻心驚肉跳，馬上就要闖禍的樣子。她快著手腳做完，換上鞋，拎著垃圾出得門去，關門的一瞬，眼睛通過門廳、走廊，直到房間深處，馬上會出來一個人，對她說：有沒有搞錯！心別別跳著，砰一聲鎖落下，轉身跑了。

換一個環境，月娥又覺出無人的好處。晚上八點有一份工，是在公司做清潔。這家公司的寫字間占一整層樓頂，員工下班走完，辦公格子裡空下來，一行行擦拭和除塵，走到外緣，就看見四面玻璃窗外的燈光。白日裡黯淡的蜂眼都放出光來，將巨大的立方體通透。她不禁停下手裡的活，往外看一眼。底下的街道阡陌縱橫，跑著一串串的車。她站得多麼高啊，簡直要登天了。結束寫字間的打掃，這一天的工作才算結束，就是說，她下班了。乘電梯下樓，五到一層是商場，她們從樓的背面，員工專用通道進出，這讓她有點驕傲，因是這大樓的主人的身分。從車庫推出電動自行車，騎上去，這時候，她就成了那阡陌裡一串亮中的一個。她騎得風快，路口的紅燈分明亮著，但見左右無人，一逕衝過去。這城市的人與車最拿電動車無可奈何，快車道慢車道人行道都可暢通無阻，說是違法，可是法不責眾，誰讓他們人多呢！從燈光煌煌的大馬路轉向小街，進入一條背巷，放慢速度，她到家了。

做鐘點工最大的難項是住處，月娥在上海不知道換過多少地方，和不同的同鄉人合租。曾經有一個社區，物業聯合居委，將地下室闢出來，做鐘點工住處，電視台還播放過，稱為惠民工程。有一個同鄉人邀她去看，條件是必須本社區雇主才可入住，同時呢，租金要比她們合租更貴。她們是多麼好將就的人，能多一個同住人就多一個同住人，都要擠出油了，所以自稱「油條」。除了合租，陪老人同住也是辦法。這城市有的是獨居老人，機會還是滿多的，問題是老人的性格，倘是乖戾的就不好相處了，而老人多半是乖戾的。她曾經在一個老太屋裡住過，老太有翻她東西的習慣。她其實並沒什麼翻不得的東西，翻就翻吧！她將錢、存摺、雇主家的鑰匙，收在隨身包裡，睡覺則墊在枕下，倒沒有過閃失。讓她生怯的是另一件事，老太夜裡睡不著覺，常常一個人起來，在房間裡踅過來，踅過去，嘴裡喃喃自語。有時立在她床前，一睜眼，魂魄都出竅了。好歹住一年，正好有同鄉人回老家，空出一個床位，她就搬了出去。心裡覺得挺對不住的，過後還回去看老太，老太坐在輪椅裡，被一個長相凶悍的安徽保母大聲喝斥，已經不認得她了。月娥有所釋然，不那麼愧疚，但卻覺出做人的悲涼，心情低落很長時間。

她將電動車推進灶間，走上一截樓梯，樓梯兩邊以及上方，堆著掛著廢而不捨的雜物，中間留出一條窄道，只可供一人通行。亭子間的門開著，燈光照到樓梯口，給她留著亮。爺爺還沒睡，坐在床上被窩裡看電視。床對面是她睡的沙發，蹲著「爹一隻娘一隻」，眼睛也對著電視，彷彿看得懂。「爹一隻娘一隻」是月娥叫出來的名字，牠通身雪白，唯耳朵一黑一白。見她進來，兩位都移開視線，爺爺問外面冷不冷，那畜類也像是有話，最終沒有說出來。下去燒水洗了手腳，再上來，爺爺已經睡著，「爹一隻娘一隻」則讓出她的床鋪，跳到方桌下面。她看一會電視，電視裡有一列美女，嬌笑著相親，又像真又像假。看一會，操起遙控器，摁一下，螢幕黑了，遂關燈躺下，一天結束了。

爺爺的住處是同鄉人讓給月娥的，同鄉人喜歡熱鬧，寧可去和人擠著。後來，爺爺信任她了，才告訴其中的隱情。這名同鄉人手腳不大乾淨，爺爺說，時不時發現少東西，以為記性不好，直到有一次，當場看見一雙皮手套裝進包裡，才明白自己是真少東西了。兩人都沒明說，爺爺是有修養的人，算清工錢，還拜託找個人替她，找的人就是月娥。聽到這件事，月娥沒有發表意見，她不能說同鄉人壞話，也不好說爺爺看錯，心裡覺得有幾分像。這名同鄉人與月娥娘家村相鄰，自小就有傳說，祭祖的時候，凡她經過，都會少供品。明明看她摎著兩隻手，並沒有裹帶，可就是少了，麵蒸的牛羊馬，點了紅胭脂的糕團，雞膀鴨膀，最大的一項，也不知是真是假，供桌上的全鵝，眨眼不見蹤跡。她的一雙手也很奇，罩著燭火，叫它滅就滅，叫它旺就旺。鄉下人都是有神論，熱中靈異事物，傳她投胎路經奈何橋，沒有喝孟婆湯，所以前世今生貫通，若不是新社會破除迷信，就可操關亡婆一類營生，專給陰陽界傳消息。到了上海，人煙稠密，陽氣太盛，久而久之，功夫就破了。月娥卻親身經歷過她一件奇蹟，那是幾年前，一夥同鄉人去舞場跳舞。舞場設在菜市場房頂搭出的披屋裡，名叫「威尼斯」，男客五元一人，女客免票。舞場裡有幾位師父，多是六十七十的上海人，會跳各種社交舞，以小時計學費，飲料吃食另點。她們幾個合請一位師父，輪流學跳。舞場裡燈光昏暗，人事混雜，是有些亂。她們將衣服和包堆在一張椅上，團團圍住，一人跳，眾人看，就萬無一失。臨到回去，紛紛取自己的東西，月娥已經摸到包了，那同鄉人卻偏要傳一下，這一傳，手上一輕，彷彿重量飛走了。當時並不覺得，頭腦濛濛的，耳邊是鏘鏘的音樂聲，燈又滅掉一批，伸手不見五指，腳跟腳走出，站在馬路上，月光清明，人漸漸醒過來，想不起什麼，就這麼回到住處。隔日發現，包裡的錢夾沒有了。月娥雖不信鬼神，卻也沒有其他憑證，只認定舞場是個危險的地方，從此再不去了。

四

天色未明，手機在枕下震動起來。躡著手腳起身，爺爺和貓都在酣睡中。下去樓梯，因為黑，還是踢著一個大火油箱，「哐」一聲。這幢老式弄堂房子，三層樓裡住有六七戶人家，如今除爺爺一個，其他都分租出去，割據得更零碎了。走到灶間，後門一響，進來兩個小姑娘，踩著高跟鞋，篤篤地上樓。這時候下班，妝容又濃豔，猜得出做什麼生計，月娥只當不知道。一邊梳洗，一邊燒飯，她自己只需一鍋泡飯，但要為爺爺準備三餐。米淘好浸在電飯煲，砂鍋挖出一碗紅燒肉放進蒸格，到時候一插電源就可。又開火炒一碗青菜，一碗豆腐。她知道是簡單了，但週日這天休息，她自己買菜燒一桌，算作補充。爺爺女兒的突擊檢查，卻總是跳過這一天，放在平時，所以就有不滿，說，供住宿水電煤，再加每月兩百元工資，原來是這樣的服務！鄰居多事，搬嘴給月娥聽。等女兒下次來，又正巧碰面，她就放出二百元錢，意思不要了。爺爺的女兒撿起來，扔回去，她再扔回來。這樣摜來摜去，不像是主雇，倒彷彿一對負氣的姊妹，計較贍養父親，誰付出多，誰付出少。月娥知道爺爺女兒是爽快人，說話不托下巴，並沒有惡意，有時候開車帶父親去東方明珠或者浦東農家樂，強要她也去，還給她化妝梳頭。上年兒子結婚，也請她吃喜酒。月娥交了三百元禮金，也是這麼摜過來摜過去，直摜到她轉身要走，方才收下。這女兒心裡其實有數，月娥對父親比前幾任保母都仔細，兩人也投緣，省她許多操勞。然而，即便本分如月娥，也會有不服規矩，大膽冒犯的行為，是她想不到的。所謂百密一疏，這一疏還相當嚴重，那就是「爹一隻娘一隻」的去留問題。

爺爺過敏性體質，皮膚上表現在溼症，呼吸道是哮喘，消化系統則是「預激綜合症」。這幾樣都很麻煩，按中醫理論是忌口，凡是發物都不能沾，所謂發物範圍又極廣，牛羊雞，魚蝦蟹，蔥蒜韭，秋後的茄子，初春的香椿，連料酒都算在內的；西醫則是斷絕過敏源，花粉、鴨絨、漆水、寵物。月娥的這一隻，是弄堂裡的流浪貓下的崽，拳頭大就抱回來，等爺爺的女兒發現，已經是畜類裡的少年，身體長大，毛色雪白，一隻白耳朵，一隻黑耳朵。女兒不禁嚇一跳，即刻下令送走。月娥嘴上應著，以為這一回也像以前無數回的爭端，最後不了了之。女兒下一回來，只見那東西又長大一圈，「嗖」地從腳下竄過去，如一道白光，光裡有一點黑，就是那耳朵。這一驚非同小可，貓的危險在其次，更重要的是老實的月娥竟敢不從，忒膽大了！氣急交加，叫嚷起來，問月娥是人走還是貓走。月娥不會吵架，性子卻強，轉身收拾行李鋪蓋。爺爺打圓場，被女兒指著鼻子威嚇：你要發喘，再沒人管！爺爺就跳腳。說話間，月娥已跑到樓下，後門口圍一眾人聽動靜，其中有磨刀剪的河南人，站出來說，貓可以交他養！爺爺的女兒本不想讓月娥走，趁此正好下台階，同意河南人的建議。無奈月娥抱著「爹一隻娘一隻」，就是不鬆手。來回奪幾次，兩人眼淚都下來了。一個說：人要緊還是貓要緊；另一個說：河南人不是真心養，而是殺了吃肉！河南人則提出可付錢，十塊錢。月娥啐道：放屁！爺爺女兒說：人家誠心要！月娥說：就不給他！爺爺女兒說：你要給誰？話音都軟下來，有了鬆動。最後，女兒說：我要找到養貓的人家，你不能不給！鬆了手，「爹一隻娘一隻」哧溜竄下地，河南人收起錢，悻悻走開，人就散了。

隔一日，爺爺的女兒果真帶人來了，一對中年夫妻，面相和善，說話也很懂理。專挑週日月娥休息時間，為的是讓她看看領養人家。月娥挑不出一點不是，沉默著看「爹一隻娘一隻」裝進紙板箱，紙板箱裡沒有一點掙扎和叫喚。月娥不由惘然，罵一聲：沒良心！也不送，關上房門，很決絕的樣子。這一天過得落寞，她不說話，爺爺就也不說話，生怕惹著她，走路動作都輕著手腳。三餐完畢，睡前照常看電視，身邊空出一塊地方，溫度都不一樣了。早早上床，閉上眼睛睡覺。夜裡醒來，窗外路燈映在窗簾上，以為是一張貓臉，一驚，復又睡去。

平靜過了幾日，忽一天下班回來，沙發床上蹲了白亮亮一尊佛似的，再一看，就不相信自己的眼睛，原來是「爹一隻娘一隻」。月娥又悲又喜，還害怕，怕爺爺的女兒追過來再捉了去。問爺爺怎麼回事，爺爺急表功地告訴，今天一早，她方出門，那領養人家的女人就來了，提著紙板箱，說「爹一隻娘一隻」到得他們家，不吃不喝，百般的哄勸亦無效果，想想不行，要出人命——說到此處，爺爺自覺不妥，頓一頓，改成「性命」二字，再說下去——要死在他們家，算是犯殺生的天條！原來夫婦二人信佛，於是便送回來。爺爺說，已經給牠餵下一杯牛奶，半碗菜泡飯。這畜類自小隨他們吃喝起居，有些像人的飲食。爺爺的表情帶著討好，透露出自己並沒有容不下的意思，怪只怪身體，不由他作主。月娥抱一抱「爹一隻娘一隻」，瘦脫有一層，毛色也暗淡了，於是打來溫水給牠洗澡。沐浴產品倒是名牌，雇主家清理過期物質，挑揀出來的。爺爺見月娥高興，就說，實在送不走，也只好留牠下來，但一定要藏好了，不能讓女兒曉得。月娥保證「爹一隻娘一隻」身上乾淨不染病，但是，爺爺你也要爭氣啊，千萬不要生病！自此，月娥就時常在貓耳朵裡絮叨：聽見大妹妹上樓梯，火速鑽進床底下！爺爺的女兒她是稱「大妹妹」的，因底下還有一個兄弟，就是「小弟弟」。勿管貓牠懂不懂人話，就只是反反覆覆，一遍，兩遍，十遍，百遍。事實上，大妹妹再也沒有發現這罪孽的蹤跡。爺爺呢，也再沒有大的發作，真的挺住了。他們三個，一併守住祕密，相處更加和睦。

在爺爺這裡居住，有一些家的意思。隔二三星期，幾個要好的同鄉人各帶了肉菜糕餅，來到拼湊一餐宴席。頭兩回，安頓爺爺先吃好，然後再開桌面，但那邊廂投來羨慕的眼光，便試著發出邀請，話沒落音，人已經坐進來。五六個鄉下女人，帶一個上海老頭，擠在巴掌大的灶間，圍一張八仙桌。桌上七盤八碗，還燙了黃酒，彼此一點不見外的。先前陪爺爺住，後來讓給月娥的那一位，也在座，非但沒有尷尬，而是像老熟人，說：給你介紹的人好不好？爺爺說：比你好！同鄉人說：怎麼謝我？爺爺說：謝你一杯酒！什麼酒？老酒！什麼老？莫佬佬！彷彿大人哄小孩，其實裡面是有機鋒的。紹興人有師爺的傳統，說話尖刻俏皮，爺爺呢，畢竟有閱歷，曉得什麼時候清楚，什麼時候糊塗。

幾杯酒下去，爺爺打開話匣子，說起了往事。老邁的爺爺，其實有著叱吒風雲的日子。曾經做過廠長，管著手下幾百人，生產的明膠，一種工業原料，都銷到國外去過。所以，爺爺去過外國，和外國人談生意。針尖對麥芒，進一步，退兩步，繞著圈子，掉頭殺回去，眼看沒勝算了，忽然間柳暗花明！爺爺說，外國人有兩處軟肋，一是認死理，二是沒耐心，所以說呢，我們這邊就不能動蠻力，而是用機關。打個比方，古代有養猴人，給猴吃棗，上午三粒，下午四粒，猴子嫌少，不願意；養猴人就上午四粒，下午三粒，猴子仍然嫌少，不願意；養猴人再回到上午三粒，下午四粒，猴子還是不願意；於是，上午四粒，下午三粒，來往幾番，又是上午三粒，下午四粒，猴子終於接受，這就是成語「朝三暮四」的出典。在座的也都被繞糊塗了，互相看看，說不出話來，爺爺仰面大笑。這才知道老頭子的厲害，這破落不成樣子的弄堂裡，其實藏龍臥虎。爺爺拿出照片給她們看，照片上的人和眼面前的，依稀相似，卻天壤之別。西裝筆挺，頭髮油亮，左右前後的人，多有諛色。可惜已是昨日風光，照片中人，如今領社會最低保障金，屬弱勢群體，真是世事難料。正當年富力強，政策又好，爺爺辭去公職，回到自然人，盤下廠子，做了老闆。順風篷上，眼睛一逕向前看，旁邊的枝節就忽略了。先是原料漲價，後是同類產業競相起來，市場飽和，再接著資金吃緊，最終陷入三角債，以「詐騙罪」起訴。雖是虛刑，總歸有了前科，這是從司法角度講；生意道上，信譽是第一位的，失去了再難回來；第三，年紀不饒人。總之，爺爺退出江湖。好在，兒女在爺爺興旺時各自開闢事業，現在，就到反哺的時節了。

五

日子一天一天過著，難免有一點變動。雇主中，台灣人服務的公司從大陸撤資，人員先後離開。因公寓剩餘有兩個月的租期，就容留她繼續做，直至找到下一份工。她究竟不能將客氣當福氣，白享主顧的恩惠。走進空蕩蕩的公寓，開頭還有些收拾整理的勞動，很快便無所事事。電話響起來，也不敢接聽，怕是要求記下什麼，她真恨父母不讓她讀書，落得個睜眼瞎。電話鈴聲兀自響著，四下迴盪，就只有逃跑了。於是加緊尋工，找新雇主，不敢挑剔什麼，半個月就應工了。此時，有長做的一戶，女兒回娘家做月子，一週三次需增到一週六次。她不怕吃苦，只嫌做少不嫌做多，只是要與另一戶東家商量，下午換到上午，從上午的頭尾各擠出一個鐘點。這樣，就更要早起。最後還是要請爺爺諒解，上一天晚上燒好下一天的菜，爺爺自己淘米燒飯。爺爺好說話，她也不會欺負老實人，週日格外加餐犒勞。同時，她還要晚睡。鐘點工的生活就是這樣，時不時會亂一下，洗牌似的錯過來錯過去，終於對齊。穩定一陣，又亂了，再洗牌，再對齊。中間媳婦來過電話，告公公有重入牌局的徵兆。媳婦雖住娘家，但耳目靈通，又領了婆婆旨意，履監視的職責，但凡有風吹草動，便來吹風。免不了氣和急，打電話回去，一番吵罵，愈說愈火大，在外對人家的好脾氣全變成壞脾氣，說到極處，落下眼淚。對方只是聽，不回答，有幾次以為電話沒信號，「喂」一聲，那邊卻應了，再繼續話頭。吵罵升到高潮，眼淚已經乾了，這一輪的撒手鐧是「嘩」地掛斷。等對方打回來，但手機靜默著，一響不響，曉得對方是不敢。心想是不是再打回去，倒想饒了他似的，再講了，該說的都說透，還說什麼？於是收起手機，慢慢平靜下來。有些可憐在家的人，可是，誰來可憐自己呢？那麼吃苦，一分一釐賺來，攢起，帶回家。草房子推倒，起樓房，上下總共十二間，本以為苦到頭了，兒子倒又要在上虞城裡買商品房。她自然要幫兒子，於是，再賺，再攢，再帶回家。兒子也苦，跟了老闆一會兒上東北，一會兒下海南，老闆接單的工程在哪裡，他就到哪裡做水電。年輕夫妻分居兩地，除做工的辛苦又有一般煎熬，所以說，他們一家都可憐。

這一些都是過日子的常態，平安就是福，總算，沒有大事情發生，比如，像上一年，老娘中風。不得已告假回去，回去了老娘又不讓走，就拖延下來。急得向老娘跳腳：從來是嫌我多的，現在又少不得我了！老娘罵她沒良心，出疹子時候，幾天幾夜揹著不放她落地，否則，她已經死得投胎去了！她說早投胎早出頭，誰想活在這命裡做人，不識字，多少難為情！老娘說：是我不讓你識，還是自己識不得，這筆帳要算不清楚，都能追到陰司間裡討債！於是就要倒回去幾十年，細述頭尾。老娘說是自己讀書笨，被老師罵回來，再不肯去。月娥的記憶是，當年生下小弟弟，要她揹弟弟不放她去。提到那小的，老娘高起聲嚷：人已經死了，你還賴他！說到這裡，兩個人都哭了，一場爭端方告結束。又拖過幾日，她真要走了，上班呢！哀告的口氣。「上班呢」幾個字有一種莊嚴，也正是這幾個字，老娘才變得器重她超過姊姊們。於是，老娘豁達起來：走吧！臨行晚上，月娥聽她在被子底下哭了半夜。她一走，老娘就要回兒子家，住在兒子家裡是受約束的，何況得了這種病，送醫及時，沒有大的礙處，但手腳總歸不大靈了。其實，女兒家也可以住，可是，鄉下人都要面子，沒兒子養最被人詬病。她已經死了一個兒子，留下的一個不收留她，差不多就是絕戶了。這一耽擱就是十數天，雇主多半有耐心等她，只一戶家有老人的，另外找了鐘點工，晚上公司的清潔，事先讓同鄉人替她，總算沒有中輟。爺爺這頭困難些，但不肯換人，寧願自己克服，那時還沒有貓的事情發生，爺爺的女兒也容忍下來，保住了。相比那一年，前後的日子就稱得上安穩和順。

每日天不亮出門，一個上午轉兩份人家，第二份包午飯。有時雇主不在家，她就自己找些冷剩熱熱。倘雇主在家，一張桌子上，吃的是新燒的飯菜，人家也很客氣，她卻吃不好，急著吃完撤離飯桌。有時會噎住，喉嚨口勒緊，透不上氣，主僕都著急，窘得很。下午是三份工，前兩份各一個鐘點，第三份就長了，吃過晚飯洗好鍋碗才能走。這家人吃飯不在一個時辰，小的先吃，老的後吃，吃完了，年少的夫婦方才下班進門，於是，開始第三輪。她居中，和老的同吃，就在廚房裡，倒自在些。為節約時間，分三次洗碗，浪費了洗滌精和自來水。那老的說過幾回，不奏效，只得隨她去，她心裡有數，只是沒奈何。終於完事，出來大樓，已經八點鐘光景，再趕公司寫字間。季節轉換，氣溫上升，五、六兩個月最好，到下半年，就是十月十一月好。冷暖適宜，風和雨細，身子是輕的，自己都想不到的靈活，在車陣中穿行，好像一條魚。心裡得意，得意在這城市裡不陌生不膽怯。別看高樓林立，嚇不怕她的。五一和端午，國定假日，東家問她，要雙份工資還是休息，她總是回答：休息！原本她以為人的力氣是用不完的，現在還知道這世上的錢是賺不完的。也有慳吝的東家，自動給了假，那就正好。

這一日，她們同鄉人商量去野生動物園玩。早一批人去過，描繪十分驚險壯觀，車在獸群裡走，前後左右虎嘯狼嚎。爺爺很想跟了去，月娥沒同意，一是怕爺爺生病，二也是想有半日自由，要照應老的，總歸玩不好。中午飯燉了豬蹄，紅燒一條魚，二三樣時蔬，豆腐薺菜羹。爺爺卻罷吃，只吃白飯。她把菜硬送進老人碗裡邊，心裡好笑，

「老小老小」。吃完飯，走出後門，不回頭也知道爺爺從窗戶裡看她，不由心軟，到底挺住了。地鐵口匯集，刷卡進站，不時，便聽見列車轟鳴，轉眼間，閃電一般過來了。從窗口看得見有空座位，門一開，衝進去，已經被人搶占。五六人中只兩個坐到，還是分開的。停一站，又占到一個，再停站，再占一個，終於全坐下，就要集攏一處。車廂裡人看她們一夥喧譁和騷動，多露出不屑的表情，還有人譏誚說：下棋啊！她們才不管，大聲說大聲笑。假日裡，這趟車一半以上是往野生動物園出遊，一家數口，帶著吃喝，小孩子的玩具，她們則是單個。有一點點思鄉，又有一點點得意，因為獨往獨來，全憑自己，於是更加放肆。

她們都穿了簇新的衣服，紅綠的顏色，半高跟皮鞋，頭髮上別一朵絹花，胭脂口紅，做新娘子都沒有這麼鮮豔。那時候，其實沒有打扮的心思，愁都愁不及，也不會穿衣梳頭。紫花緞的棉襖，銀灰毛料褲，高幫棉皮鞋，前劉海燙成一個鳥巢，坦克鏈的手錶，就算是最時髦的了。看照片，照片上的人比現在還老氣，木雞似的。如今呢，儘管長了歲數，但比那時候敢穿，這城市裡的人，都是沒有年紀的。就這樣，一群人，花團錦簇地，下車，上地面，匯進人流。野生動物園並不像去過的人所說熱烈聳動，老虎們，散得很開，遠遠看見一頭兩頭，豹子、獅子也是。大約見得多了，對汽車以及汽車裡的人都缺乏興趣，懶得瞧上一眼。月娥也沒有預期的興奮，比較電視上的「動物世界」，實際情形平淡許多。但她還是有一點激動，因為視野開闊。天地那麼大，四邊沒有遮擋，呼吸暢快得很。而且有一群羊，廣播介紹叫做羚羊，很珍稀的物種，在她看起來，與普通的羊無大兩樣，使她想起家鄉山裡面的牲畜。羊群跟隨汽車奔跑一段，從車廂兩側過去。羊蹄子離開地面，彷彿飛起來，這才知道這羊的不凡。車在散養區域走一遭約有一個終點，到發車的地點下車，最主要的項目結束了。太陽已經偏西，她們在安全區的丘陵河塘，樹木草地走一陣，占了一具石桌，圍攏坐下，將帶來的飲料糕餅瓜子拆包，開始吃點心。有年輕男女席地鋪一張毛毯，或坐或臥，形容親密，並不避人。為表示司空見慣，眼睛就不往他們去，只用餘光掃一掃。坐大半個鐘點，就收拾起身往園外走。搭乘地鐵的隊伍排了幾個回環，等到上車，再周轉，出站來，天已擦黑。商議一起吃飯，桂林米粉，沙縣小吃，重慶雞公煲，最後還是進一家菜館，點幾個炒菜，濃油赤醬的，下飯得很。帳單上來，平攤到個人頭上，所費就有限。這一日過得十分滿足，分手時說好下一個節假日再玩，植物園，東方明珠，世紀公園，等等，等等，由她們自選。月娥與介紹爺爺家的同鄉人有一段同路，同鄉人很殷勤地要替她拎包，包已經到她手上，月娥停一下，沒鬆手，拉回來，說：不麻煩！同鄉人說：我是怕你累！月娥說：你也累。同鄉人說：太客氣了，你。月娥回答：家鄉人，客氣什麼？同鄉人就鬆開手，有些悻悻然。月娥又不忍了，說：下回再出來！一個轉彎，一個直走，等看不見背影，月娥低頭檢查包裡的物件，一樣不少，放心下來，一逕走回去。

月娥將出行描繪得很簡略，爺爺的遺憾就好些了。告訴她大妹妹下午來過，沒有看見「爹一隻娘一隻」，那畜類聽到腳步聲，往床底下一鑽，雖然不會說話，肚子裡都有數。月娥說：這一點倒像我。爺爺說：誰養的像誰，很快牠就會踏電動車了！兩個人一隻貓坐著看一會電視，各自就寢。天氣暖和，後弄裡雜遝起來，有人家開了窗打麻將，骨牌敲在桌上啪啪的脆響。這些噪音並沒有影響屋裡的睡眠，夢中有一隻羚羊，就一隻，往車窗裡探頭，月娥一轉臉，飛奔走了。

六

爺爺生病了，和過敏沒有關係。這一日，起床落地，腳站不住了。月娥打電話給爺爺的女兒，女兒再打電話一二〇急救中心，一二〇的車進不來後弄，在弄口徒勞地嗚叫，下來兩個壯大的男人，提著擔架。所謂擔架就是一床帶拎襻的罩子，將爺爺裹在裡面，兩頭一提。惶遽中，那牲畜沒藏好，來人險些踩著牠。爺爺的女兒也許沒看見，也許看見了顧不上，沒說什麼，跟著上了救護車。月娥下晚班去醫院看望，爺爺已經住進病房，做過許多檢查，精神倒不錯。月娥收拾起換洗衣褲，問爺爺想吃什麼，護士就進來催促關燈睡覺。月娥退出房門，一條走廊如白晝般的大放光明，卻反加深了夜色。月娥斂著聲息，心裡憂愁，愁爺爺不知道害的什麼病，也愁自己，預感生活又要起變化。

天氣赤熱，午後炎日裡，電動車輪下的柏油路面，像是泥做的，柔軟起伏。騎車人，尤其女性，都戴一種遮陽帽，藍色塑膠的帽舌頭，壓下來蓋住臉，就是面罩。與此配套的還有一雙套袖，白色尼龍紗，袖籠很寬，灌了風，飛起來，變成兩翼翅膀。從滾燙的氣浪走進公寓大樓，森涼撲面而來，汗倒下來了。再次出門，日頭弱一點，身上不那麼烤，略透氣些。但等天全黑下，白日裡收進去的熱又盡悉釋放。這城市的水泥、金屬、玻璃、外牆的塗料，專會吸納溫度，到某種條件下再吐出去，竟比當時當地更洶猛。她去到醫院，病房已經熄燈，爺爺還未睡著，壓低聲音說幾句話，收拾起換下的衣服和吃空的碗罐，走出去。第二日再帶著乾淨衣服，新燒的飯菜，送去醫院。晨曦裡的涼意，在醫院門前的熙攘雜遝中迅速散盡，換來一種摻雜隔宿體味的混沌的熱。衣服後背溻溼了，又在病房的空調中陰乾。醫院裡的市面早，此時開始供早餐，她將飯盒湯罐交到爺爺手上，囑咐如何加熱，遂匆匆離開，去上第一份工。爺爺的腳能下地行走了，可爺爺的女兒卻說檢測的結果大不妙，需從長計議，這短時間建立起的新秩序也許又面臨解體。

爺爺的兒女商量送父親去養老院，說是商量，其實是大女兒的意思，小兒子一貫不作主的。她說，爺爺看起來是腿疾，根源卻在肺裡的腫瘤，從此必要全天候的服侍，月娥你，她看向月娥，我知道一個月至少賺七千到八千，我是用不起你的。因說的是實話，月娥便不好反駁，沉默著。爺爺的女兒繼續說，這房子雖然小，不過一個亭子間，但地段好，出租至少兩千，我倒想你來租，可你是租不動的！這一句又是實話，月娥依然沉默。好的養老院，一個月不下三千四千，護理費醫療費還要另算，你知道，她又看月娥，老頭子沒了公職，吃的是低保，最基礎的，所以，就要靠這房子補——月娥就知道要賣房子。「爹一隻娘一隻」從床底下睜眼睛看，彷彿聽得懂，爺爺的女兒甚至也看牠一眼。她似乎把牠這回事忘了，或者是，有更嚴重的事情發生了，其餘統忽略不計。屋裡兩個人和一隻貓岑寂著，各有各的心情，又同是一種疑惑，那就是，因為賣房子送爺爺進養老院呢，還是因為送養老院賣房子？是養老院歸養老院，賣房子歸賣房子，還是兩樣合一樣，同出一理？上海這地方，房子是天大的道理，又是天大的理虧，爺爺的女兒受不了沉默的壓迫，一頓足，走了。

爺爺出醫院，每到星期天，女兒或兒子就開車帶著去看養老院。爺爺都不滿意，總歸挑得出缺點，其實是不情願。他對月娥說：兒女是要賣房子分錢！月娥不好接嘴，只說爺爺住到養老院，她會去看望。爺爺看養老院，她看房子。上班的雇主都在這一帶，就不能往遠處找，凡同鄉人合租的住處，都十分逼仄，一個蘿蔔一個坑，拔出一個空一個，所以也是無功而返。爺爺回家養著，身體精神都健旺起來，比先前還胖了。有兩個星期日，兒女沒來帶去看養老院，事情延宕下來，月娥尋找住處的急切也鬆緩了。這一年的酷暑在躁急與混亂中過去，秋爽降臨，彷彿逃過一劫，人就變得樂觀，凡事都往好處著想，爺爺也開心起來。就在這時節，事態驟變，爺爺的女兒忽帶人看房子來了。接下去，便如刀切白菜，一連串地進行。簽合同、交訂金、房屋過戶，養老院的通知也到了，原來，早已經登記排隊，現在排到了。火速中，月娥硬在同鄉人地方擠出一個床位，還是那個爺爺家的前任，她與她有前世的孽緣似的，擺不脫干係。十天半月光景，這房間就如打劫過似的，搬得半空，牆角裡的蜘蛛網露出來，灰絮在地板上打滾，爺爺的腳又不能走了，走時坐一架輪椅，掉著眼淚，也不敢說什麼，怕得罪兒女，終究是靠他們的。

早一天，月娥搬走自己的東西，一個箱子，一個蛇皮袋，一捲鋪蓋，還有「爹一隻娘一隻」。所謂擠一張床鋪，其實就是一條通鋪，左右讓出一尺，放下一床被褥。好在天氣趨涼，不怕擠，因多一人分攤租金，也都不嫌她，還很歡迎「爹一隻娘一隻」，可對付老鼠。這間房子是自建房，在一條夾弄裡，房產商早已經圈下地皮，就等資金到位。四下裡都在拆，殘牆斷壁包圍，老鼠就從四面八方跑向這裡棲身。「爹一隻娘一隻」其實不食鼠，但是物種屬性決定，鼠類平靖許多，只是貓相有所改變，變得粗野，毛色也不勻了。月娥自己都顧不過來，新換地方，七八個人用一個水龍頭，兩具煤氣灶眼，化糞池是業主私放的管道，馬桶就常常堵塞，又或多或少有點欺生，什麼都搶不到先，常常來不及梳洗就去上班。人和貓都變得邋遢，想到在爺爺那裡的日子，稱得上享福。然而，這樣的變故並不是第一次，居住的窘迫也算不上之最，幾個星期下來，月娥與同住人協調手腳，就像一塊磚，砌進牆面。到底同鄉人，論起來，有兩個還是一個鄉鎮。一旦熟絡，彼此就照應起來。生活漸漸從容，她和「爹一隻娘一隻」形貌也比較看得過去了。霜降時分，暴冷天，溫度只到零，她們被疊被擁在一起，卻是火燙火燙。黑了燈，說些東家的怪僻和祕事，保母業流傳的八卦，和她交情近的那位同鄉人擅講鬼神，聽得人瑟瑟抖，又哈哈笑。快活中，月娥方才想起，還沒有與爺爺通電話，說好要去看他的呢！

電話裡，爺爺聽到月娥的聲音，又哭了。月娥不由鼻酸，決定下一個週日把人接出來過一天。她和同鄉人說，這一天的午飯，由她出資，其他人幫助採買和烹煮，她要請一個客人。難免要被調笑，問她與老頭子有什麼計畫？她就去撲打說話的人，那人就逃，兩個人四雙腳踩著被窩追逐，絆倒爬起，旁觀者拍手助戰，頓時開了鍋。鬧過了，月娥正色道：爺爺是可憐人，說三道四造孽的！人們安靜下來，她卻被自己的話觸動了。她想，都說上海人有福，她所遇見卻多是落魄，或是炒股票賠進家當，或是老和病，或者倒要讓外國人來養，這世界的風水在轉呢！

到說好的一天，她邀了有夙孽的同鄉人一起去養老院，留下那幾個辦飯。這養老院遠得很，好在新通地鐵，否則就沒辦法去到了。總共轉了三條線，出站又走十幾分鐘路程，方才看到掛牌。雖則路遠偏僻，院落和樓房卻軒朗整齊，阿姨也很親熱，一說名字，就引上樓進房間，她們倒是一驚。爺爺一身西裝，雪白的襯衫領口，結一條紫紅領帶，和出國照片裡一樣。看見她們，並沒有哭，而是帶些倨傲的表情，就很有派頭。來不及坐，給爺爺套上大衣圍巾，戴一頂貝蕾帽，推起輪椅，出門去了。一路有人與爺爺打招呼，很羨慕的樣子，問回來不回來？又幾時回來？爺爺不回答，只微微抬手揮一下，很像領導，她們則是護衛，赫赫然出到街上。天氣很好，太陽暖烘烘的。這兩個不免要問些衣食飽暖的話，爺爺的回答很簡短，矜持得很。兩人便交換眼色，意思是爺爺架子很足，也看得出養老院的日子還不錯，至少不像先前以為那樣叫人害怕。

再上地鐵，因要走無障礙電梯，轉換進出就比來時費周折，走進她們住處的後弄，日頭已到正中。推開門，只見灶間裡擺了滿滿一桌吃喝，圍坐著的同鄉人不知事先約定還是臨時起意，一同向爺爺鼓掌。爺爺撐不住了，紅了眼眶。這一餐飯吃到下午三點，爺爺喝了酒，又將昔日的風雲說一遍。座上人多從月娥嘴裡聽說過，但當面講和背後講到底不一樣。爺爺說完，各人又說些鄉下的趣聞。一個印染廠老闆，造起一幢別墅，家中雇傭十幾個男女傭人，其中兩個女人，專門用抹布一塊塊地擦拭道路上鵝卵石；又有一個織機廠老闆，為造私家園林，從江西地方移來千年大樹，收費站只得拆掉路障，讓其通行；第三個老闆，有私人飛機，將幾百畝山地刨平，做機場和跑道——這就有人不同意，政府有禁伐令，怎麼能壞規矩。說故事的人不禁冷笑：人可以訂規矩，也可以破規矩，只怕政府還要感謝老闆解決就業，一拆一蓋不都要用工？爺爺聽得瞠目結舌。爺爺那個時代老早成舊皇曆，人也是邊緣人，不曉得世事翻新到什麼程度，唯有嘆息：上海人，上海人啊！在座就告訴爺爺：現在有一種人，叫做新上海人，很不得了的，那種最老的老洋房，帶花園草坪的，都是新上海人買下來。爺爺說：你們都是新上海人！有嘴快的回應：饅頭落到醬缸變酒，落到糞缸裡生蛆，運勢不一樣。亦有人正色道：我們是鄉下人，終究回家安老的！聽這話，爺爺傷感起來：你們回家安老，我老了老了，倒要離家，住集體宿舍。一眾人紛紛安慰：我們現在就住集體宿舍，早住晚住而已！時間不早，要送爺爺回去，出門時，一條黃白影子忽撲到跟前，定睛看，原來是「爹一隻娘一隻」，有些變樣，又傷感了：「熟」透了！意思是見老了。月娥就說：貓本來就壽短，算起來，牠的年紀比爺爺大！怕爺爺觸景生情，不敢多停留，速速推上路，向地鐵站去了。

七

新曆年翻過，春節的忙碌就起來了。電視裡，廣播裡，都在報啟動春運的消息。車船碼頭開票預售進入倒計時。同鄉人中的一個，東家有辦法，在網上替她們買到長途票，動身的日子一天一天逼近了。有慷慨大方的雇主，包紅包，買年貨，慳吝些的也多少意思意思，送盒糕餅，買雙鞋襪。月娥做清潔的公司今年盈利好，福利發到臨時工，洗髮水、沐浴露、毛巾肥皂。體恤她們一年在外，辛苦不易，添些行色，高興富足地回家。臨行前稍稍出了個岔子，最終也化險為夷，平安度過。那天，月娥去銀行，想轉錢給兒子卡上，送進去五萬的摺子，回答說只有二萬五，驚出一身冷汗。一同去的同鄉人識幾個字，仔細看幾遍，果然只有二萬五。這下子，月娥眼淚就下來了。她清清楚楚記得五萬，還是爺爺帶她去存的。可是爺爺在養老院，她只有去找爺爺的女兒。趕到女兒家中，正在吃飯，放下筷子就跟她走。爺爺的女兒坐在電動車後座，雙手箍著月娥的腰，月娥感動地想：大妹妹人其實不壞，又有熱心腸，就是爺爺的事上急了些。一路無阻，到了銀行，大妹妹也不取號，直接進去找當班經理。那經理是個小姑娘，被來人的氣勢嚇倒，說話就氣短，第一回合月娥這邊就占上風。待大妹妹說明來意，指出摺子上的存入款紀錄，又有一個轉出紀錄，請經理解釋。小姑娘漸漸緩過神，細一考究，說這轉出的二萬五是買一種理財產品，於是轉向月娥：阿姨，難道你忘記了嗎？是你同意簽字的。月娥既不懂什麼理財產品，也沒有簽字的印象，再又不敢說自己不識字。小姑娘從電腦裡敲出存檔，月娥這才曉得已經進入到理財行列。錢是不會少她的，只暫時不可取出，要等三年，本息交付。倘若阿姨你，小姑娘說，現在退，也可以，只是為你可惜，利息沒有了。月娥想了想，還是退錢牢靠，至於損失利息，她倒想得開，不是自己的錢總歸不是自己的。大妹妹斥責他們銀行私自將儲戶存款投入理財，都可起訴，小姑娘且一口咬定，本人知情。反過來是月娥勸大妹妹甘休，怪只怪她不識字，又聽不懂話。

混亂著，就到舊曆年尾，一眾人收拾好行李，各有三五大包，七八小袋，月娥又格外多出一件，就是「爹一隻娘一隻」，裝進帶蓋竹籃，隨她去鄉下。年後不知道有無挪動，那房東早搬去新購的商品房，這一段過來得很勤，話裡話外都是走人的意思，無非加價房租，或就真的要拆遷平地了。人本來是要遭罪的，讓個畜類陪著，也是造孽。一大清早，拼坐兩輛計程車，往長途車站去。她們已非當年，剛從鄉下出來的新人，兩手空空，攢下的每一分錢都捏得出油來。過年回家，夜半起身，肩上挑根扁擔，硬是從長寧走到南站，去乘火車。乘的是慢車，一走一停。飯盒裡盛了冷飯，免費的開水一沖，筷子一淘，囫圇吞下肚，連個茶葉蛋都不捨得買。老的殯葬，大的娶親，小的讀書，再加上房子，都是這麼擠出來的。現在，她們可闊多了，地鐵，公交，熟得很，計程車，偶爾也要坐一坐。她們不再搭乘慢車，換作豪華大巴，夏天空調，冬天暖氣，一路過去，差不多就到家門口。想不起什麼時候，公路像一根鞭子，刷地劈開山崖樹林，橫在腳底，引得青壯都往外跑，不幾年，村落就只餘下老的和幼的。

下午二三時，大巴進到省際公路，同鄉人絡繹下車，有的直接進村，有的還需轉一程，就有家中小輩候在站上，或開自駕車，或開摩托，把人接走。省道下面有縣道，縣下面有鄉，鄉下面還有村，甚至有一家一戶獨自修出路來。寧紹地方，自古有修橋積德的傳統，現在是開路。開路不比造橋，需占田地山林，且是莊戶人的衣食。話又說回來，誰還靠山吃山，靠水吃水呢？月娥的村子在最裡面，所以這一夥裡她是墊底，末一個到家。車廂裡空廓許多，沉靜下來。離開一年，只覺樹木更雜蕪，人家更稀少，錯落幾爿屋頂，幾被掩埋。男人五叔立在路邊，手裡扶一架自行車，身上換了新衣服，鬍鬚剃得溜光，倒不似她以為的落拓。車門打開，先下行李，然後下人，自行車的前架後座，全負滿東西，兩公母一前一後往家裡走。

五叔身上收拾得整齊，原是為迎接月娥回家，房子裡縱是雜亂，也不好說什麼了。總之，一進門，還沒喝一口熱水，就是歸置和打掃。床上還鋪著夏季的草席，蚊帳頂上布滿昆蟲的屍骸，為找新衣服穿，櫥櫃裡翻江倒海，飯桌罩籠底下的剩菜不知多少天之前的，冰箱裡黑洞洞。液化氣灶眼讓溢出來的粥飯糊死了。鋼化氣罐倒是抬來一排，米也舂出來一滿缸，雞素子鼓鼓的，已經吃不動，地上撒的穀子被爪子踩進泥裡，都是等人回家的架式。月娥手不停歇地洗刷擦拭，五叔跟在身後，也是忙。她讓拿東，他卻拿西，她支他遠，他偏在近，即刻要用的再找不到，遞到手上的都是無用。燃著的柴火拖到灶口，險些點著屋頂；洗衣機脫落管子，水淹了院子；抓到手的雞強掙出來，待他去追，後衣襟卻被狗咬住；月娥罵五叔笨，五叔就生氣，凡事凡物都欺他，欺他孤單一人，無依無靠！忙和亂中，過日子的歡騰回來了，生分的男女也有了話說。天黑下來，電燈亮著，明晃晃的，白日裡的肅殺氣這時和緩下來。房屋大致妥貼，乾淨被窩鋪上床，柴灶上的米飯噴香，液化氣小火煨著雞湯。月娥這才坐得下來，手裡還剝著莧菜梗，填進醃罈子。五叔告訴年裡頭的安排，大年初一要請三伯四伯吃一餐，初二見親家，初三呢，就有一件大事情，什麼事情？其實她早已經知道，就是兒子的新房子裝修完畢，年後搬進去，自然要喜慶一番，所以闔家去上虞城裡吃酒。

月娥問，為什麼不在家裡辦？五叔說，兒子訂好酒席十二桌。月娥還是問：為什麼不在家辦？二十四桌也辦得出來！五叔說，那也是家，兒子的家。月娥不出聲了，眼前出現另一幅辦宴賓客的圖畫，是這十二間樓房落成，請一名大廚，帶兩名小工，村裡女人都來打下手。辦的不是十二桌，也不是二十四桌，而是流水，從午間到晚上。油布篷撐起兩頂，一頂辦廚，一頂布席。木匠一桌，泥匠一桌，瓦匠一桌，兒子的同學老師一桌，親戚幾大桌，鄉人幾大桌，這都是稱得上名目的，其餘的就不計其數。鞭炮放了幾十里地，回聲陣陣，山壁間碰來撞去，久久不能散去。那時候山還沒全打開，公路通不到家門前，可消息傳得飛也似的，都曉得這裡頭有好事情，過來賀喜，討一杯喜酒。月娥抬頭打量，四角上的紅綾子還沒褪顏色，這房子已經空下來。封上壇口，燒一圈蠟，密閉了縫隙。站起身，剝下來的皮掃進簸箕，鍋裡的飯焦鏟下，盛進竹籃，雞湯熄火。冰箱插上電，打開便亮起燈，向裡看看，炒的醬，殺好的魚，蒸的饅頭，從上海帶來的一只蛋糕，分生熟冷凍，全歸位了，這才關燈上樓。

從上海鴿子籠陡然來到鄉下，房子大得無邊際，到處都是空。月娥想，到老了還是要回來，什麼時候才算老呢？以前她當是五十歲，後來做久了，就當六十歲，眼看過六十，身上還有力氣，就又定作七十，就有十年的光景，那時恐怕真的做不動了。樓板新洗過，錚亮錚亮，聞得到木和漆的香味。樓梯轉角專留出一扇窗，看得見後山上的竹子。這房子的款全照新式做，從蕭山請來的設計師傅，留的窗多，每一扇都是一幅景。

如今，這四圍的景似乎都在逼過來，山啊，石啊，樹啊，草啊，房子再大，也擋不住它們，眼看就要壅塞，合攏，密閉。

進房間上床，感覺到被褥的涼潮，是從地底下生出，穿過地板，再穿過樓板，升上來。她向身邊人移了移，借些熱力，腦子裡有許多事情要想，可這一日，實在太過疲乏，撐不住。滑下去，伸直腿，忽覺被上有什麼軟軟的壓著，原來是「爹一隻娘一隻」。牠倒會找地方，彷彿不是初到，熟門熟路的。心裡一安，踏實下來，即刻入睡了。

二〇一六年元月二十五日　紐約

向西，向西，向南

一

其實，陳玉潔和徐美棠早在十年前即有過交集。那是上世紀九〇年代初柏林，庫當大街上，接近歌劇廳的街角，開一扇門，倚門立一個白衣白褲的亞裔男人，抬頭看，門楣上方寫幾個漢字，就知道是中國餐館。週末，向晚時分，白晝的躍動平息，夜生活尚未拉開帷幕，正在休憩的間隙。薄暮中，這條街彷彿被遺忘了似的，只剩下玉潔和這家中國餐館。她與侍者對視著，忽覺得這並不是本族人，深目隆鼻，精瘦的骨架子，要知道，此地的中餐館，不定是雇傭華工的。對方也在猶疑，不知道當她哪裡人。最後，他們用英語打了招呼。走進店堂，臨窗坐下，唯有她一個客人。這時間對本地人遠不到飯點，他們都是夜貓子。男人送上菜單，看見漢字寫的菜名，就有一種安心。點了什錦麵，還回菜單，問道：會華語嗎？男人眼睛亮起來：原來是中國人，還以為從英國來，英國過來的人比較多。幾近雀躍地，一個轉身，到樓梯口，仰頭向上喊：老闆娘，有中國人！樓梯上響起腳步聲，老闆娘下來了。

在中國人裡，老闆娘的身量算得上高大，亦因為中國人看中國人，才看出年紀在三十和四十之間，穿秋香綠色的裙裝，袖口撒開，像鳥翼般，隨動作起落。繞過空著的餐桌，走到玉潔跟前，雙手支著桌面，問從哪裡來。玉潔回答上海，對方自報來自青田。青田，知道嗎？總歸聽說過青田石！這時候，什錦麵上來了，罐頭筍、豬肉、芥菜、甜椒，切成筷子粗細，很慳吝地放兩株青菜，麵和湯的味道與這些全不相干，顯然來自現成的醬料。她埋頭吃麵，女人站著，眼睛越過頭頂，望向窗外，繼續說話。她的普通話帶著口音，大約就是青田一帶的吧，玉潔沒去過那裡，辨別不出來。話音流水般淌過去。視線與墨綠桌布上的那雙手平齊，於是注意到這雙手，碩大、豐潤、骨肉勻亭，能勞動，卻不是苦作，所謂得心應手，大約就是指這樣的。如此一坐一立，吃完了麵，店堂還是只她一個客人，不禁出聲道：生意冷清啊！女人被她的話喚醒似的，打住話頭，低頭看一眼，說：今晚比賽足球，都看球呢！德國人很奇怪，腦筋有毛病，我們和他們，完全是兩種人類。她笑起來，結了帳，推碗離座，道了再見。這就是玉潔和美棠的第一面，彼此都沒有問名姓，連模樣都是含糊的。

走出餐館，天光依舊亮著，街上除她之外，多了一對情侶，忘情地接吻。夕照貼地而起，瞬間掠過去。歌劇廳前終於有了人跡，廳堂裡已聚起些聲氣。檢票與領票，前後照應，添幾分動靜。觀眾坐有半席之滿，在足球杯的晚上，亦可稱得上座了。劇碼是芭蕾《吉賽爾》，樂池裡傳來定音的管弦聲。

陳玉潔在外貿公司做公關經理，上海與漢堡是姊妹城市，兩地往來頻密。這一回是為一批貨遲遲不能上岸，漢堡港的理由是中國貨輪的外漆有幾項環境指數不達標，裝卸工人不能作業。玉潔在漢堡與各部門交涉，請求重新檢測，再次審核，最後一關是工會，同意一定天數之後，才可接近貨輪操作。漢堡有公司租賃的公寓，沒有食宿之憂，只是寂寞得很。於是，週末便去柏林一趟。這個國家的工會擁有無限權力，休息日絕不允許工作，就不會出狀況，她也只好休息。白天去勃蘭登堡門，柏林牆遺跡，美術館，老教堂……最後的節目是芭蕾。她買的四等票，這一區域只有十來個人，散坐四處。前邊有空位，可是沒有人移動，這是一個紀律嚴明的民族。想起方才老闆娘的話，德國人是一種奇怪的人類，就又要笑。場燈暗下，樂池裡的光就彷彿夜航中的船舶，她呢，茫茫大海中的礁石。音樂響起，舞者在舞台上列成各種隊形，奔跑、跳躍、旋轉。因為座位的關係，大約還有心情，離她十分遙遠，就像一幀鏡框裡活動的圖畫。有一時，她睡著了，被掌聲喚醒。掌聲很整齊，先期經過排練似的，什麼時候起來，什麼時候止住。然後，中場休息。出去走動走動，第一遍鈴聲後回座，每個人都在原位上，她依然獨自一人。音樂奏響，她又沉入睡眠。

走出劇院，天黑下來，街上卻一片亮，路燈，霓虹燈，廣告燈箱，咖啡座，餐館全開張了。熱狗鋪前排著隊，麥當勞裡滿是人，汽車撳著喇叭，年輕人呼嘯而過，高舉彩旗和氣球。電器商店櫥窗裡的電視機播放新聞，站一圈人看，她才知道，德國隊進入決賽。走在人潮中，幾乎邁不開腳，滿目都是笑靨，互相叫喊，擦肩而過一夥人，竟然橫過旗杆抽她一下，回頭看，無數笑靨相迎。可依然是離遠的，隔一層膜。走回旅館，洗漱上床，窗外依然喧譁。銅管樂隊在遊行，其中一支小號特別高亢，隨她入夢裡。是這樣的夜晚，使得其他一些細節變得清晰，留下印象，以至於許多年過去，換了場景，這兩人互相都認出了。

漢堡的公寓，人稱中國大廈，是由幾家國資單位聯合買下一幢舊樓，再翻倒重起，專供企業外派人員居住。風格與周邊高層住宅無大異，那多是戰後的建築，平行與垂直的線條結構，與現代極簡主義有關，更是從實效出發，用料經濟，施工快捷。中國大廈是近年造成，就更新，更高，因此也變得孤立。那白色的塑鋼框架的窗戶格子，一行行，齊嶄嶄，要是望進去，內容就豐富多樣了。房間裡斜拉的鐵絲，晾著毛巾、衣服，床上張掛的蚊帳；桌面立著熱水瓶，電飯煲吐吐地沸滾，裡面燉著豬蹄和雞膀；窗台內側的瓦盆裡養著小蔥，蒜頭抽出綠苗，其中一葉上纏著祈福的紅絲線。過日子的勁頭一股腦冒出來，中國式的日子，亂哄哄，熱騰騰，與使領官的中國式不同，那是官派的，這裡卻是坊間社會。

中國大廈的住客來自四面八方，你就可以聽見各種方言在此交流：東三省、雲貴川、江浙、山陝、閩廣、兩湖，最終又匯合成北方語系的普通話。有長住，有短留，長可至半年之久，短呢，落一下腳便轉移。陳玉潔原本只一週計畫，延宕到兩週，事情辦有六成，公司方面讓她再堅持一週，索性徹底解決。不料餘下的四成是為最瑣碎困難，就又是兩週過去，還看不到結束。一人在外，新鮮感維持半月已達臨界，初始就有長久規畫另當別論，她卻是隨事態演變，一日一日拖下來，難免焦慮心起，不耐得很，情緒變得低落。漢堡這地方，陰晴無定，雲開日出時，眼前一派明媚，坐在湖畔，柳絲婆娑，微波蕩漾，水面點點白帆，真彷彿仙境。轉瞬間，天空沉暗，樹叢密閉，湖中的天鵝呱呱地叫，鴿群呼啦啦蓋頂而來，像是鷂鷹，豆大的雨點砸下。趕緊起身，回程中，烏雲忽地破開，迅速向四圍退去，湛藍的穹頂愈擴愈廣，萬物晶瑩閃爍。心情卻鼓舞不起來了，鮮麗明朗的視野反而讓人憂鬱。

後來，非不得已便不出門，有時候，整天待在住處。白日裡，客房都走空了，清寂中，動靜聲聲入耳。清潔工開門閉門，說話嬉笑，吸塵器轟然響起，又轟然停止，修理工的擊打，新入住的客人經過走廊，行李箱的輪子咯噠咯噠滾壓地面，沒有吵著她，卻是讓她安心，不自覺睡著。不知道過去多少時間，在一股飯菜的氣味中醒來，恍惚以為是在公司的食堂裡——飯點到了，窗戶板推上去，大鍋，小炒，米飯，麵食，熱氣蒸騰，洶湧澎湃。雪白的四壁刺痛眼睛，閉了閉，方才想起身在何處。中國大廈的餐廳，中午不開張，少數幾個客人，就直接到後面廚房，鍋灶邊上，盛飯盛菜，倒有幾分居家的氣氛。這一日，大師傅的媳婦從山西老家來探親，下廚幫忙，做的是家鄉飯貓耳朵。揉得十分勁道的麵，揪成手指頭大小的薄片，下在湯裡。黑木耳、胡蘿蔔、番茄、青蘆筍，紫茄子，白山藥，切成片，上下翻滾。大大碗公，灶台上一字排開，老陳醋胡椒麵，任意添。這一餐飯呀，吃得汗淚交流，痛快，親熱。

一同吃過貓耳朵，就有交情似的，由此，認識了來自瀋陽的一個姑娘。她是通過熟人關係住進中國大廈，還是個學生，在波恩讀商科，她帶陳玉潔去到火車站的中國書店。書店門面不大，進深卻幾乎穿透一個街區，四層高。顧客多是中國學生，來淘減價的教科書，學生總是手緊，看的多，買的少。還有從火車站過來的行旅中人，為消磨候車的時間，也是買少看多。相比這有限的客流，書店顯得過於寬敞。除了老闆，底樓收銀台後面的小個子廣東男人，似乎沒有其他店員。那是個寡言的人，甚至是靦腆的，偶爾在過道走個對面，頭一低就過去了。但並不意味著性情冷淡，她很快注意到，書店彷彿是個中國留學生的服務站。臨上火車需要辦事情的將行李寄存這裡，剛下火車的又推門諮詢交通和住宿，自行車輪胎癟了，進來借打氣筒，再有借用電話和廁所，說明收發留言消息。顯然，中國人尤其留學生圈裡人都知道他，一傳十，十傳百的。來自香港的他——瀋陽女孩告訴她，並不像通常港台人那樣，與大陸學生有隔閡，生成見。那時候，中國陸生留洋海外正在草創階段，經濟上，貨幣不能自由通兌；政治上，體制為對立兩邊；初度開放，人數少，根基淺，遠沒有形成自己的社會。與中國大陸親近者，多是左翼知識界人士，而左翼運動發生地則以美國為中心，比如反越戰，比如台灣學生的保釣。二戰後的德國，正經歷漫長的反省與療傷，對於這個熱愛思辨的民族，類似東方哲學的靜修，難免是沉寂的。所以，來自社會主義中國的學生，呈孤軍作戰之勢。後來，陳玉潔知道，香港人是一名基督徒。她開始進出書店，當那裡半個駐地，港務局方面的業務亦順利結束，她回國了。

二

回想起來，九〇年代是個節點，上個週期完成，進入下一個。蘇東解體，冷戰告終，中國改革開放，經濟騰飛，香港回歸，美國九一一，中東戰爭，亞洲金融危機……世界資本主義體系一方面擴容；另一方面，介入異質成分。具體到中國大陸，由政府推行市場經濟，進入全球化，同時築起防火牆，可說旱澇保收，完身通過世界性危機，外匯儲備激增，國庫充盈，個人財富積蓄。在陳玉潔個人，二十世紀的最後十年就好比一夜之間，又像是幾個世代，來不及後顧，一逕地向前。從外貿公司買斷工齡，自營進出口。大學畢業分配在政府部門的先生早幾年已辭去公職下海，先是承包一家體育用品商店，賺第一桶金，然後與幾個同學去南非購買金礦，再又掉轉龍頭，向內發展，到山西開礦和煉焦。這十年於他們五〇年代出生的人，可說是原始的，又是最後的發展機會。就在他們奮起的同時，六〇年代後生衝刺新型產業的前沿，時間越進兩千年，就將是又一代風流引領。總算立定腳跟，不僅獲得財富，更是在一波連一波的產業浪潮之間，占據銜接的一足之地。他們的事業起自計畫和市場兩種體制的夾縫，左右逢源，亦屈抑迂迴，得盡先機，也種下後患，曖昧的受益最終造成身分的尷尬。

他們的孩子，一個女兒，在千金買醉的日子成長。陳玉潔至今記得，兩千年世紀之交，一家三口乘豪華輪夜遊浦江。十五歲的女孩，穿一件珍珠白低胸露背禮服，那時候，真還不懂得怎麼穿，將她往成年女性裡打扮，更顯得人小，比實際年齡更幼稚。手腕上套個珠包，踩著高跟鞋，站在大廳裡，茫然不知所措。巨大的枝型吊燈從挑高的通頂上垂下，燈芯做成燭狀，壁上也是燭狀的燈，立在金銀座的水晶盞裡。無數彩帶、氣球、鮮花、玻璃珠子串在尼龍絲上，紅燈籠也串起來。眼睛都不夠用了，脖子也仰痠了。視線慢慢移下來，這就看見餐台，呈十字向四面伸展，冷食、熱菜、燒烤，中式、西式、和式，蛋糕、水果、巧克力。女兒第一盤就直接奔甜品，各色小點心，粉紅、淡紫、淺綠、鵝黃的奶油和豬喱，第二盤還是小點心。那顏色形狀首先誘人，尤其誘惑女孩子，其次是香甜的口味，小孩子都是口重又嗜糖，平時受大人限制，從不曾飽足，此時敞開，非但不干預，還是鼓勵的眼神。可惜到第三盤，便吃不動了，就這，還只是餐台上末梢的一點點，前菜和主菜絲毫未沾，都要哭出來。豈止孩子，大人不也是憾憾的，只不過能自持，不像孩子那般坦然不掩飾。接近子夜時分，餐台撤走，頂燈暗下，地燈點亮，一池蓮花盛開，樂隊和歌手彷彿是從地心升上來，音符從天庭降落，眾人環繞起舞。父親帶女兒下了舞池，兩人都不太會，基本就是走步，從這頭到那頭。看他們在人群中忽隱忽現，有幾回女兒的臉正對她，表情十分嚴肅，好像接受成人禮，就覺得女兒正在脫去小姑娘的形骸，飛速地長大，長成那件珠光晚禮服裡，真正的主人。舞池到處是這樣的美人，衣袂飄兮，巧笑盼兮。她走神了，沒注意人群譁動中倒計時的數秒，只聽得最後一聲，噹！海關大鐘敲響，彩帶剪斷，紛紛墜落，珠子漫撒開來，紅燈籠亮了，原來裡面都是電燈芯子。船正走到吳淞江口，掉過頭，外灘沿岸一帶同時放起煙花。那遊輪頂上的吊燈突然迸裂，露出玻璃穹蓋，於是，一朵一朵煙花在深邃的夜空綻放，化成流星雨，緩緩垂落，時間就此走進二十一世紀。

女兒自小在祖父母身邊生活，與他們聚少離多。在出生成長的十多年裡，正是她和丈夫激烈打拚事業的階段。他們都是上海普通人家，一條街上的鄰居，就讀同一所小學，又在文革中劃地段分進同一所中學，是本地市民典型的婚配形式。中學畢業一個去崇明農場，一個留在上海分配工作，分得很好，在外貿局——照今天話說，就是辦公室小妹。後來，崇明的那個憑一己之力考取大學，上海的，就是陳玉潔，由單位送外語學院委培商務英語，原去原回。那是個百廢待興的時期，機會很多，他們可說是得天時地利的一代。等兩下裡讀成，都已是三十歲，這才生了孩子。上世紀八〇年代，上海住房的緊張，全世界聞名，由此生出多少悲劇和喜劇。他們原是在公婆房間裡隔出一條作婚房，兩人上學各自住學校宿舍的幾年裡，丈夫的兄弟住進他們的房間並且生下孩子。這期間，他們夫妻的私人生活都是在週末和節假的宿舍，他或者她的同屋回家，讓出空間，供他們享用。所以，住房侷促是他們脫離體制自主創業的極大動因。挺著六七個月的肚子，腫著腳踝，去後勤部門索討房子。局辦公樓在外灘一座老建築，殖民時代留下的，石砌的牆壁，天花板很高，動靜都有回聲，走在裡面，是有壓迫感的。當時不覺得，年輕，又是單位裡最低階職工，況且，大家不都一樣？為住房、晉級、加薪、獎金，一趟趟跑領導辦公室，陪著笑臉，嘆著苦經，事後回想，卻是很屈辱的。就這樣，分來一間房，面積不大，朝向也不好，西北，是一套公寓裡的一間。這套公寓不知出於何種歷史原因，被拆分成三戶人家，公用廚房和廁所。但無論怎樣不便，住進公寓，身分就不同了，下一輪的爭取和調配中，資本也不同了。很快，這一間加上丈夫單位增配的一個亭子間，二換一，換來新工房的一個獨立單位。換房的經過，也是不堪回首。電線杆子上貼告示，房屋交易集市尋覓對象，所謂房屋交易集市就是馬路邊上，自發形成的幾塊地方。掮客一類的人物應運而生，他們手中掌握許多資訊，從而串聯上家下家。時間一久，陳玉潔自覺得也能成為業內一員，日後獨立出來做貿易，是否從這裡起念，只有天曉得。

這套一室半的單位房位處虹橋，其時還未開發，屬城鄉結合部，上下班需經過一條鐵路。遠遠聽見道口鈴響，路障放下，擠進等待的自行車和行人裡，一列火車吐著白氣駛過。倘是客車，就看得見車窗裡的人，滿臉旅途的勞頓，不知道在他們的眼睛裡，自己是怎麼樣的。這條鐵路橫亙在面前，將新城區和舊城區隔開，他們被劃分在新的一邊，即是逐出，同時呢，又是納入，納入進另一種命運。

住進這一處房子，動盪結束，終於安定，將女兒接來。女兒已在市區一所重點小學就讀，而這邊且是草創，周邊還很荒涼，學校的品質可想而知，決定暫不轉學，每天由父親接送，順便可去看望婆婆。辛苦是辛苦，但一家人不必分住幾處，算是團圓了。就在此時，方才發現，女兒與他們是生分的。跟阿娘長大，寧波人稱祖母「阿娘」，阿娘們稱得上是上海中等階層的一個類型，她們精明、仔細、能幹、豁辣——滬上人說，給寧波人做媳婦不易，可她們自己不也是從媳婦熬成婆的嗎？她們帶出來的小孩，尤其小女孩，都有一張刁鑽的嘴和一副刁鑽的性子。一上來，他們就感到棘手了。綠豆芽，要摘兩頭；魚，只吃腮上瓜子大小兩片肉；豆腐是要去皮的。穿衣服也很麻煩，一件套頭衫，後領的商標一頭脫線，她按慣例索性將那一頭也扯下來，多年緊張甚至惶遽的生活將她磨礪得粗糙和簡單，孩子卻哭了，說應該縫上去，否則就分不出前後。鞋面上的浮塵不擦拭乾淨也是要哭的，馬尾辮不是高了低了就是歪了。隨身搬過來的幾大包雜碎，她看也看不懂。那些花花綠綠的鐵髮卡，掰開，再按下，沿髮際線扣一排；喝水的壺蓋藏著機關，這裡一掀，那裡跳起來，吐出一個嘴；透明的小貼紙上的人物動物有名有姓，貼哪裡也有名堂，而且重要……這些零件又不是阿娘的傳統了，而是來自現代都市物質生活，阿娘家住在淮海路中心地段。有一次，她下班早，去學校接女兒，遇到班主任，說起往返路途的辛苦，老師驚訝道，不是就住在附近嗎？原來女兒一直將阿娘家的地址報給老師和同學。小姑娘和同學走在前面，她推著自行車跟隨其後，看那矜持的小背影，比同年齡孩子高一點，所以就在中間，一個挽一個胳膊，有些小婦人的風度。陳玉潔說不上喜歡，也說不上不喜歡，女兒長大了，卻不是想像中的長大。這種複雜的心情一直潛藏在母女之間，到兩千年的跨世紀晚會，再度浮出水面，卻是另一番情景。這時候，做父母的，與女兒相處和諧，陌生感逐漸消弭，甚至有幾分親熱。

偶爾地，她會生出懷疑，這樣的改善是出於哪一種原因。血緣是一種，共同生活是一種，還有，是不是還有什麼？她從國外公務回家，省下津貼補助買成禮品，最多的是女孩子的衣物，內心裡多少有一些討好的意思。她和丈夫總是討好的，為補償撫育的缺失，其實也沒有那麼理性，一家三口，本應是親近的。女兒得到禮物，綻開笑容，一個返身，抱住媽媽的頸項。軟軟的小身子，貼在懷裡，她有些羞怯呢！真希望不要長大，就這樣。她喜歡女兒的笑臉，下眼瞼很飽滿，一旦開顏，便呈現兩個窩，像貓咪，又像花。隨年齡增長，圓臉變長臉，臉頰滑順下去，笑窩不見了，顯出少女的清秀，卻又有一種凜然——不知道事實如此，還是心理的緣故，她始終有些怕她呢！這也是所有父母對長成的兒女的心理，生恐被遺棄似的。有時與朋友交流，彼此就像在攀比這種感受，很享用的呢！但內心深處，又覺著不像對方的單純，在某個地方存著差別，而且是本質性的。生活在進行，不等她想明白，已經到下一個階段。

他們買了商品房，先是四室兩廳的公寓房。裝修大半年，搬進去，住下兩年。其中有一間北屋，從來不曾使用。緊接就搬進另一套，複式兩層。偏離開市中心，但後來居上，成高檔地區，住戶以日韓籍為眾多。女兒進一家私立中學，和小學同學疏遠往來，阿娘呢，也不常走動，這個老城區的孩子成了新人類。禮物和禮物激起的喜悅還在繼續，卻已不止是出國帶回，且隨時隨地，量和質都在增加。整套臥室家具，鋼琴，電腦，音響，萬聖節的鬼裝扮。這個街區已興起萬聖節，基本是自己和自己玩，沒有討糖和搗亂的小孩子，南瓜燈在店鋪的玻璃窗裡閃爍，少男少女們穿了吸血鬼的長袍在街上呼嘯走過，其實顯得很寂寥。最後，女兒高中畢業，直接去美國讀大學，可謂人生大禮。因學業中等，就讀一所設計專科學院，校址卻是在紐約曼哈頓，學費和食宿極昂，有什麼呢？錢已經不是問題。

因生意上的事暫時走不開，就由丈夫保駕護航送去紐約。看父女二人走進國際出發漸漸遠去，女兒比兩千年晚會上又高出半頭，身著旅行裝，雙肩背包上垂掛粉紅水晶的吊串，隨著走步一擺一搖，就有一股躍動，欣欣然的。沒有回顧，就這麼逕自走出視線，她們母女相處向來冷靜，從不濫情。回到家中，推開女兒臥室的門，打算收拾整理，不料想，一下子撐持不住，坐倒在床沿。那是張童話裡公主的臥床，高高的彈簧墊，白色床柱上托著金球，圓頂帳垂下來，珍珠紗上布著小朵玫瑰花。眼淚潰決，流了滿面，這才相信「血濃於水」是千真萬確。

三

多半的緣故是女兒在美國讀書，還有就是尋找新商機。她將德國方面的貿易收縮了，轉移到紐約。然而，距離上的靠攏並不使她們更親近，分別初時的那一段激情沒再回來過，反而是，平淡下來。女兒抽條的身子顯得很纖細，穿低腰的撒腿褲，長款的背心外面套一件橫寬的背心，都是黑色，踩一雙夾趾草編涼鞋。學習設計的人總是從自己身上開始實驗，創造獨特性。最終，很奇怪的，這些獨特性又匯合成同一種風格。看女兒走在街上，走在魁偉壯碩的外族人裡，四肢、身體、衣服、頭髮，一側剪至耳上，另一側，齊腮，垂下來——彷彿在飄。不少男孩，也有成年人，被吸引目光。這些目光，就像風，將她送得更遠。偶爾地，女兒會挽著母親的肘彎，便感覺到纖細的手臂裡的骨骼，不是小時的柔軟，而是堅硬的，有一股力度。

女兒租住的是一種稱之為「工作室」的房屋，一大間，除廁所和沖淋房，再無其他區隔，住戶根據自己需要分配使用。因為樓層很高，還可架成閣樓。這樣的房型，得自於二戰以後的蘇荷地區，廢棄的工廠車間被藝術家用作畫室，漸變為風尚，建築商適時跟進，開發房地產市場。以此可窺見波西米亞人走入布爾喬亞，嬉皮變雅痞的過程。所以，這間位於中城的「工作室」其實相當中產化，玻璃幕牆，細木地板，牙白色烤磁漆的櫥櫃，後現代極簡主義的灶具和衛浴，以及連房屋出租的餐桌椅，工作台。這樣的環境裡，席地而臥的床墊，東方圖案的靠枕，隨意攤放的雜物書本，反顯出造作。她不懂設計專業是什麼樣的內容，從外部看起來，女兒無疑是業中人士的作派了。

在決定長住，計畫買房之前，她都是住酒店。睡地鋪起臥不方便還在其次，難以忍受的是無遮蔽全敞開的空間。不夜城的光，從窗簾葉片裡透進來，躲也躲不開，好像當街躺著。女兒並不反對母親住酒店，多少透露出跡象，孩子已經有自己的生活。一個不問，一個不說。有些私密的話題，至親間反倒不易溝通，又尤其是她們這樣親中有疏的母女。有幾次和丈夫同來，住的是中下城的老酒店。在美國，說老酒店不過是更歐洲化，代表新大陸居民來源地的歷史。那都是狹小、逼仄的房間，自點早餐，到晚間，酒吧咖啡座上滿滿的，需擠過人堆，向櫃檯上領房間鑰匙，沉甸甸的銅頭鑰匙放在櫃檯背板上的小格子裡，射燈自上向下照著職員的臉，很像希區考克電影裡的一幀景。

丈夫喜歡這樣的老酒店，女兒也喜歡，凡住這裡，總是過來。換一種情形，就是她過去了。來到這裡，多半是在底下酒吧消磨，單獨的桌子永遠不夠用，於是，不相干的人湊在一長條大案子邊上，各說各的。女兒顯得格外興奮，比平時話多，丈夫呢，捧著酒杯，縮著手肘，避免碰到鄰座的人，臉上布著笑容。她卻懷疑，他們實際上真的有表現出來的那般享受。看上去，更像是一種堅持，將「快樂時光」堅持到底。酒吧門口的招牌上，不都寫著「快樂時光」的字樣！酒店的「快樂時光」裡，中國人極少，像他們一家三口的中國人，大概僅此一例。那實在不是個家庭聚會的場合，這三人未免顯得不合時宜，可他們一坐就是半夜。送女兒去住處——步行即可到達，兩人再返回。子夜時分的清寂裡，藏著無數喧譁，那沿街的，一半沉在地面下的門扉，一旦開闔，就湧上來，引起一陣騷動。

他們沉寂地走過一段，凜冽的空氣驅逐了瞌睡，方才她可是瞌睡得很呢，此刻醒過來，開始說話。她說，要不要在美國買房？好啊！他說。女兒的房租加我們的酒店費用，差不多是一套廚衛的錢了。說到這裡，他就正色道：不要考慮錢，錢不是問題。話裡有一股豪氣。他們這一路對話，都是有豪氣的。倒退十年二十年，做夢都做不到。是啊，錢不再是問題，可也是個問題，就像上了發條，開關啟動，自行運作，以級數增長，令人不安。想這世界上任何物質的總量都有限度，哪禁得起如此遞進生產。她有時會提議關閉生意，不要再賺了，一個人一輩子究竟能用多少錢？丈夫的回答是，你以為我們是淨賺？不是，我們是和世界通貨膨脹賽跑，趁腳力好，多領先幾步，等腳力弱下來，就少落後幾步。然後，丈夫便舉出幾個資料，證明通膨的速度和程度。按馬克思政治經濟學理論，通貨膨脹是為解決危機，同時釀成新一輪危機，所謂搬起石頭砸自己的腳——丈夫一旦打開話匣子，誰也剎他不住，所謂「馬克思政治經濟學」，在他們一代人，就是蔣學模的一本教科書，在世界冷戰格局下，以共產主義為人類社會最終目標的前提下，詮釋資本演變。現在人早不讀它了，但裡面不乏真傢伙，也就是硬道理。丈夫繼續道，二次大戰以後，技術革命大爆炸，迎來第三次浪潮，似乎可能消化危機，事實上，只不過暫緩，將局部納入總量——「總量」這個詞出來了，正是陳玉潔的擔心。你以為總量可無限增長？他問她。不能，她回答。增長的是縫隙，就像受過凍的蘿蔔，糠的，這就是泡沫經濟，所以，我們必須和通膨賽跑！最後總結。這時候，他又變成虛無主義，不相信人類歷史的進步。

他們走進酒店，「快樂時光」方興未艾，領了鑰匙進電梯，經過一條狹窄的走廊，推開房門，迎面是滿壁牆紙的纏枝花，天花板頂線的雕飾，窗簾打著沉甸甸的結子，床幔垂下流蘇，椅套、茶墊、桌旗，絲線經緯底下藏著隱花，門窗、家具、用品的邊緣都是曲線，底足是彎腳，鑲著金邊，重重疊疊，是維多利亞時代的風尚。事實上，酒店不過開業於上世紀七〇年代，酒店的典故，關於一名女演員的風流韻事，是百老匯款的。床墊很厚，很軟，人臥得很深。聽見枕邊人的鼾聲，不由哧一笑：真會裝！也不知道笑的是哪一個，然後，沉入睡眠。

她自己來，通常是住新澤西，真正的北美式標準間。遍布全中國，直貫縣鎮級的酒店模式就來自於它。寬敞明亮，自助式早餐，價格只到那類老酒店的三分甚至四分之一。越過哈德遜河看曼哈頓，不過上海浦東與浦西的距離。這酒店主要客源是旅行團，尤其中國旅行團，占一半以上，其次東歐和日韓，再有些本土的學生團體。她雖是散客，但因為常來，一住又是半月一月，甚至二三個月之久，所以店方就將她打包進旅行團，享受大折扣，價格又下來一截。雖說錢不是個問題，可是，不還要和通膨賽跑嗎？收縮德國方面的生意，轉向美國，一時上還摸不到門。多年來積累的經驗和人脈，都是在歐洲方面，在此可說白手起家，從頭開始。來美國之前，都說這裡地大物博，制度自由，有許多機會。聽起來，很像近代史上所寫，冒險家的樂園上海，實地一看卻大不以為然。近十年內，中國的人力物力，猶如水銀洩地，充盈每一寸空間。大到併購企業，小至浙江義烏小商品市場的髮圈髮卡，工業有重型機械，農業有果蔬植種，幾乎無一遺漏。於是又回到老本行，中國餐館。購買老店，開張新店，華埠從曼哈頓飛躍皇后區法拉盛，迅速擴大。陳玉潔數次往返，一年時間過去，依然委決不下，往哪裡開拓。她倒也不急，多年歷練，磨出了耐心，只是出於勤勉的本性，不開源就必得節流，能省即省。

酒店裡每天有一團團的中國遊客進出，鬧哄哄來，鬧哄哄往。一個人住久，終有些寂寞，所以，並不嫌嘈雜，還以為有意思。那些常受指摘的大媽們，與她屬同一代人，在匱乏和爭奪中度過歲月，大堂裡一個空位都不放過，即便只是出發前短暫的等候，她是理解的。有時候會主動搭話，提供諮詢，解決語言溝通。有一回，一個老年團的旅客向她打聽大都會博物館的票價，她如實告之，從一元到二十五元，全憑自願。對方頓時憤忿起來，這個團費以外的自選項目，導遊收費竟每票三十元。看他們氣咻咻找導遊論理的背影，便知引起事端不小，趕緊避開。這些閒嘴調劑了客居的生活，否則就太悶了。這個酒店，讓她想起漢堡的中國大廈，住在那裡的時候，獨自一個人，但有公務在身，總是社會中人，多少有些刻意地回避交道，有大國企單位的驕矜，也有避免麻煩的用心，是一種自恃的寂寞。而現在，是真寂寞，彷彿游離在真空地帶。

女兒從來沒到過新澤西的酒店，靜聽母親述說那些雜碎，似乎只是出於禮貌。她們母女間一直或者說愈來愈保持禮貌。這固然沒什麼不好，可也沒什麼好。有一回，聽完母親的大媽們的故事，大約覺得應該作出些反應，不至顯得態度冷淡，女兒說出一句評價：老阿姨多半是粗鄙的。她頓生反感，回擊道：「老阿姨」這稱呼就很粗鄙！母女極少起衝撞，她出言又過激，女兒不禁怔一下，然後笑一笑，過去了。還是年輕人更有禮貌。她卻有些微的失望，心底積蓄著一股衝動，自己都無法解釋的，就是想刺痛女兒，可此方矛頭一出，彼方適時避讓開，到底沒交上火。

女兒真正的興趣所在，是關於買房。在這裡，議題變得具體了，不像她父親，從務虛始，到務虛終。每一次去——住新澤西酒店，就總是她去女兒住處，每一次，都得到一批售房資訊，從網路上搜索下來，也有她朋友推薦，全是曼哈頓島，或中央公園周邊，或蘇荷，切爾西，抑或第五大道。許多中國人在那裡買房，女兒說。她以商量的口氣建議，為什麼不考慮皇后區，那是中國人聚集的地方。女兒笑一下，這樣的笑容，常會使她瑟縮，自覺得變成受教誨的人。女兒笑一下，說，從投資角度出發，曼哈頓的地產有更大的增值空間。她囁嚅道，法拉盛一帶正趨向上揚。自知說服力不夠，就又添一句，中國餐館多，生活方便。女兒回答一句，曼哈頓也有許多中國餐館，重要的是文化生活豐富，性價比更高。對話沿著買房的主題進行，倘若換成她父親，每一個岔口都會旁出去，比如餐飲，比如鄉誼，比如文化，都可激發談興，見仁見智。說的和聽的，一概忘記初衷，不知道來自哪裡，又去往哪裡。當年，她便是被帶入迷局，一去千萬里，回頭看，滄海桑田。難免感到慶幸，幾回折轉關頭，都沒出錯招，尚還有歪打正著處。似乎有一條潛在的軌跡，引導他們的腳步。事實上，應該感謝那個時代，剛從計畫經濟走出來，選擇是有限的，非此即彼。倘是另一種選擇，道路不同，結果未必有大差別。草創的世界，各路英雄殊途同歸。不像今天，機會很多，陷阱也同樣多。但不論怎樣說，丈夫確是性情中人。女兒不像父親，那麼就是像她，理性，清醒，冷靜。這些稟賦在她，更多體現在謹慎，甚至一定程度的保守。女兒呢？似乎，她忍不住想，似乎缺乏熱情。

環顧女兒的住處，有一種刻意的凌亂，大小靠枕東一個西一個，斜面長案上散放著繪圖工具，形狀莫名的雕塑直接立在地板，檯燈、蠟燭、香熏、幾盆水生植物，分布餐桌、茶几、料理台、上閣樓的木梯邊緣。雜物的堆砌中，因為總體上幾何線條的結構面，呈現肯定的秩序。女兒不在的時候，一個人待在房內，小心翼翼地走動，避免攪亂這些物件的擺放，她覺得，這間「工作室」公寓房，很像一個櫥窗，第五大道上的奢侈品商店櫥窗。她懷疑，這面櫥窗的背後，還有沒有日常性的生活。她想起她的婆婆家，終年散發著鹹鰲和蝦醬的腥氣，那是寧波人家特有的氣味，從八仙桌底下的罈子裡躥出來。小小的女兒，跪在椅上，操一雙竹筷，吃海瓜子，一只一只送進嘴，然後划一大口泡飯，很快，跟前堆起一堆殼，透明的粉紅的螺鈿。那細細的頸脖子裡，也有一股子海瓜子的鹹味。現在，小姑娘長大了，身上的氣味換成可可．香奈爾的國際香型。

在女兒的安排下，她還見過一位房屋仲介商，荷蘭裔的美國人，會用中文說「你好」「謝謝」「恭喜發財」，古怪的發音裡有一股油滑。介紹的房屋在公園西大街，原本是酒店，然後改成住宅。寬大的門廳、走廊，房間分走廊兩側排列，依稀可見昔日酒店的痕跡。推進門去，迎面滿窗綠蔭，正對中央公園。受限於原先的客房的格式，內部形制多少有不合常理處。比如原先的套間要成為獨立的兩臥，不得不橫斷空間，立一面牆，闢出玄關，重新開門，難免侷促，廚房和浴室對於家庭起居也是逼仄的。她倒有點動心，因為想起上海的那種前廂房，而且，使用過的房屋有一股煙火氣，是過日子的氣息。她沒有流露喜歡，但詢問得仔細，讓仲介先生窺見成交的可能性，即便這一處不行，還有另一處呢，中國人可是購房的國際主力。往返對答，仲介先生也判斷出這個中國女人屬理性消費人群，相當專業，正對他口味。他就是不怕專業，而對不專業生懼，在這法制社會裡，對規則有共識，一切都好說了。

女兒在一旁靜聽，態度變得馴順，使向來嚴峻的表情鬆弛下來，小時候的笑靨隱約又回來了。她溫存地投去目光，想到小小年紀一人在外的諸多不易。這一天，母女間相處和諧。和仲介先生告別，對方說了一句恰如其分的中文：後會有期！三個人都笑起來。然後，她們走進公園，挽著胳膊。早春時分，氣溫還很低，前一場雪未化盡，吸納著正午的熱量，空氣凜冽，直入肺腑，身上起著輕微的寒噤。載客馬車走過去，馬糞味撲鼻，帶著畜類的體溫，在清冷中散播開。一個跑步的男人趕上她們，身上冒著熱氣，奇怪的，也有著同樣的體味。女兒的手伸在肋下，使她想起很早以前，那軟軟的小身子，不由緊了緊臂彎。母女間的肌膚之親向來很少，事實上，不是嗎？她也是缺乏熱情的母親。

女兒說：那人好像怕你呢，媽媽！如何見得？她問，小心翼翼的，多少有點巴結。女兒做了個表情：轉著眼珠，飛快地梭巡，就像一個獵手跟蹤他的獵物，有幾分神似。她發現女兒竟然是活潑的，並非表面的矜持。誰知道，也許在心裡罵我們呢！她說。嗯？女兒停下腳步，困惑地看母親的臉。怕和罵，是同一件事，她說。什麼事？女兒問。我們的錢！她回答。哦——女兒吐出一口氣，邁開腳步，手滑出臂彎，走到前面半步。絨線帽頂的毛球隨腳步搖曳，留長的頭髮從帽底流瀉下來，垂到黑呢大衣肩背。她想起自己的青春，在惶遽中度過，不曾流連，就遠遁不見蹤跡。那背影忽然頓住，轉回身來，說：所以，媽媽，所以，我們要買房子，買給他們看！這孩子氣的話裡有一股凜然，她明白這凜然的來由，不在父母親身邊長大的孩子，總是缺乏安全感，於是，過度防衛。清寂的公園，四邊樓宇遠在地平線上，母女二人站在大塊的天空底下，彷彿遺世孑立，心中就有蒼茫生起。這是她的孩子啊，近不得，遠不得，拿什麼去愛你呢？

下一回再來，是與丈夫一起，在林肯中心對面新建公寓裡，全款買下一套。其時，復古主義一改為現代主義，自有一套理論。他認為，酒店是幻象，住宅則是現實，前者是一時間，後者是長此以往，一是傳奇，一是日常，彼此不可取代互換。而且，他強調，必須新建築，不能二手房，前人的遺痕會成為魅影，打擾現在式的生活，那些幽靈的傳說，逐漸在科學中顯形，比如紅外線，比如超聲波，比如暗物質，現代物理學正在向東方神祕主義歸宿……她的心情卻正相反，一旦買定房子，反倒像是做夢，一個明晃晃的白日夢，說話起著回聲，身影倒映在蠟光錚亮的地板。丈夫似乎也有些生畏，噤下聲氣，辦完手續的次日，便下妻女，獨自回國去了。

四

有時候，她不禁會想：為什麼是我，為什麼是我們？四周都是異族人的臉，忽然間恍惚起來，不知道自己身在何處。面對生活急劇的變化，女兒比她鎮定多了，更像是知道要什麼，並且向目標接近。搬進幾件家具——這時體會到丈夫拍板買新公寓的正確，不需要裝修，直接就可入住。幾件家具雖不足以填充偌大一套房，但到底消除些空曠。她繼續尋找開拓事業的方向。女兒臨近畢業，是讀碩士，保持學生身分，若不是，就要求職。學習設計的學生一大堆，尤其是中國學生。這是個曖昧的專業，什麼都沾，又什麼都不沾。所以，她需要將女兒的出路納入她的計畫。這一日，到唐人街買菜，一時興起，走上威廉斯堡大橋，往布魯克林去了。

布魯克林正在興起，大有飛躍的勢態。可是，像她，一個謹慎的生意人，本能地對這種經濟發生的模式持保留態度，那就是製造業衰退，以藝術家為主體的設計型產業進入——這類產業的利益鏈相當含糊，在資本市場的考驗中，命運很不確定，或者淘汰，或者轉變，抑或真如預期的蓬勃發展，然後又回到蕭條。蘇荷地區經歷大半世紀走完的週期，如今愈來愈短促。省略發生過程的複製，總是缺乏自然的生命力。歷史進入現代，複製又在加速。大約在機器誕生，再推遠，人類掌握工具的時候，就已經注定的命運——她發現自己在沿著丈夫輻射型的思路，漫遊開來，啞然失笑。天下著毛毛雨，威廉斯堡大橋的步道上極少人跡，城市在腳下勃動，橋面震顫，頂上是巨大的鋼架結構。這城市定是在盛產鋼鐵的年代建設，你能感受堅硬的骨骼。鋼鐵鑄造一座城市，尚有剩餘，於是流向戰爭。在地面看，威廉斯堡橋不過從東河這岸到那岸，走上去，可是漫長。引橋跨越幾個街區，河面又出乎意料的寬闊。偶爾有人迎面走來，觀光客和慢跑者。列車轟隆隆駛過，整座橋梁都在跳躍。太陽忽鑽破雲層，大放光明。霧氣下沉，沃拉博特灣、曼哈頓橋、布魯克林橋，一下子浮托起來，水鳥飛翔。只轉瞬之間，雲層閉闔，光線收起，景物又退下了，彷彿海市蜃樓。這地場真是大，開發四百年，不過只是一個角。所以，就還有一股原始的野蠻力量，從現代性中穿透出來。

計算一下，陳玉潔在橋上足走了有一個鐘點，步道在引橋中段向地面下去，穿過橋墩的鋼柱，就站在了路口。停了停，順勢一轉，依街道數字排列，從小號碼向大號碼走去。路上很清靜，建築多是陳舊和簡陋，多少是破敗的，猶太人的「貝狗」店，還有中國餐館，間雜著狹小門面的店鋪，是年輕人自創的品牌服裝和小禮品，後現代設計型風格，稀奇古怪，用途不明，顯示出物質過剩時代生長一代人的消費理念。這樣的小店，每一分鐘都有無數間開張，又有無數間關閉，不是做為單個，而是一個群體，維持著它們的存在。然而，誰能就此下結論呢？在一整個街區的草根性中，這些小鋪子，卻是華麗的眼，穿越到未來，那裡興許有傳奇在等著呢！時間已到午後兩點，飯店都歇了，準備晚市開業。又走過一個路口，看見中國字樣「牛鈴」，名字有一些新鮮的情調，但招牌底下的門面，卻是唐人街的舊俗，紅燈籠，綠窗櫺，翹簷上的黃琉璃瓦，日曬風吹，再蒙上油垢，顯得灰暗。倒也讓人踏實，因有一股柴米油鹽醬醋茶的氣息，透露出溫飽的人生。

店門側邊的街道，停一輛小型運貨車，地面上的鐵蓋掀起，露出一個男人精瘦的上半身，接著卸下的貨物。她伸頭向店裡張望，黑洞洞的，也是歇業的樣子，正要退出，卻聽一個女人的聲音：吃飯嗎？循聲看去，門內酒櫃後面原來有人。她說是的，女人就說，隨便坐。稍適應店堂裡的暗，走進去，在臨窗餐桌坐下。天光帶著窗玻璃上的污跡，映在桌面。酒櫃裡的女人問：吃什麼？聲音遠遠傳過來，更顯得店堂的空廓。她看見桌上夾子裡有一束功能表，懶得翻看，只簡單說一聲：炒飯！這是每個中國餐館必備的速食。隱約感覺女人嘆口氣，走出酒櫃，向後廚去了。顯然，廚工們休息了，不得親自出馬。小貨卡卸車完畢，扣上擋板，路面的鐵蓋板放下，這些動靜都是清脆的。後廚裡的排風扇打開了，呼呼響，油鍋嗶嗶炸開，蔥花的氣味就傳過來，有一股居家的安寧。店堂裡的暗將空間四合，人在裡面，甚至是溫馨的。她想，布魯克林是個不壞的地方。排風扇停息下來，在慣性裡噹噹響了兩聲，聽見男人和女人的說話。不知道說什麼，只是一些音節，短促地輕盈地來回。店堂和廚房連接處有一方亮，嵌著男人的身影。大約是搬運，推拉收放，動作生風，像是有功夫。女人端著餐盤出來了，未到跟前，已香氣撲鼻。

蔥青蛋白的炒飯上，覆著一層金黃，仔細看，是油渣，送進嘴，原來是炸蝦米。女人並不走開，而是站在桌邊，指導用餐，將蝦米和飯一併入口，果然，米飯軟有勁道，蝦米鬆而酥脆，口感味覺受用無窮。好不好吃？女人問。好！她顧不上說話，只回答一個字。算你有口福！女人說，是我們家鄉的飯食，從來不做給客人。家鄉何處？她稍停下筷箸，問道。青田，女人回答，依然站在桌邊，兩隻手支在桌沿。餘光所見，是一雙豐白的大手，就有些記憶回來。女人繼續說：溫州那一系的菜在外國打不開，洋人就認那幾樣，酸辣湯，咕咾肉，宮保雞丁，春捲，美國人的腦子有病！陳玉潔忽然想起了，抬頭看女人，女人不看她，眼睛平視窗外。有汽車駛過，還有人聲，零落的，這一處，那一處。洋人是一種奇怪的人類，女人說，他們沒有口福，從小到大，就吃那些炸雞，烤牛排，煎三文魚，無論什麼肉，都要做成一塊一塊，用手抓得起來，然後再添加調料，所謂「滓司」，這「滓司」又只是幾味，翻來覆去的。說話間，盤子清空大半，她的思緒已經跑開，聽不到女人說話，卻在一件事上盤桓。她見過這女人，可是又無法斷定，不相信如此巧合。正是不相信，才更覺得是見過，因為非出於巧合，而更像是機緣。她放下筷子，問出一句：老闆娘從何處來到美國？女人吁出一口氣：說來話長。轉身喊一聲，男人即來到跟前，收走盤子。然後拉開椅子，在對面坐下：我就不當你客人，老鄉見老鄉。眨眼工夫，男人又到跟前，送上一壺茶兩套茶具，腿腳進出頗有架式。女人說：你看他像不像李小龍？陳玉潔笑：像！女人正色道：練過永春拳，拜師傅的！隨後加一句：我男人。男人一笑，露出潔白的牙齒，旋即離開，不見人影。

十六歲從家鄉出來，我今年四十六，整三十年，半個甲子。兩人面對面，沒有其他人，生出一股推心置腹的氣氛。陳玉潔說：我比你長四歲，半百。對面人說：還以為我長你呢，真後生！謝了誇獎，心裡推算回去，七〇年代初，正是革命時期，國門緊閉，一個十六歲的女孩子，有什麼通道出來？女人彷彿看穿她的心思，接下去的敘述正可為解答疑慮。十六歲，個頭這麼高，女人伸手在一米多點的位置比畫一下，又瘦，自己都記不清，夾在什麼人的胳肢窩裡，搭車、乘船、走路，再搭車、乘船、走路，到了歐洲。她心裡又是一動，定睛看過去——飽滿的臉頰，眼睛周邊略有些鬆弛，眸子卻是亮的，短鼻梁，厚嘴唇，寬下巴，膚色稍顯黑粗，但因為緊致，就有一層光，是個健康的女人。卻又拿不定了，是那個人嗎？其實連長相都沒看清，僅一個輪廓，而眼前這個，具體，生動，於是，就不像了。陳玉潔小心翼翼地問：你的意思是偷渡？女人笑起來，抬手四下一掃：我們都是偷渡，他是游水，游到香港，然後——你們在哪裡遇見的？她問道。女人做個制止的手勢：還沒到這一段呢！她被逗樂了，像不像的那回事扔到腦後，忘記了。

說出來怕你不相信，沒有人相信，登岸頭一站，義大利佛羅倫斯，竟然長個頭了，身上闊出一圈，就是現在這樣。確實讓人不敢信，女人又一次窺到陳玉潔的心思，解釋說：你知道為什麼？她搖頭。我們溫州人是生在石頭縫裡的人，擠著手腳，好容易擠出來，砰的發開了，就像爆米花！兩人都笑了。佛羅倫斯去過嗎？她點頭。你們是旅遊，看的表面文章，不會知道內情——內情是什麼？她問。對面人傾過身子，耳語般說：到處是我們的人。她不由也傾過身子，壓低聲音：真的嗎？對面人點頭：不止佛羅倫斯，羅馬、巴黎、里昂、布魯塞爾、阿姆斯特丹、柏林——她怦然心動：柏林？是的，到處是我們的人。哦！她說。再告訴你一個祕密，女人向她招手，示意靠攏，這樣，就頭碰頭了。你知道，全世界的經濟命脈掌握在誰手裡？她回答：美國。不！女人搖頭否決，猶太人。嗯？她離開些，看著對面人，那人狡黠地眨眨眼，說：溫州人就是中國的猶太人。

光線移過來，從女人側臉照過去，可能是用了一種植物染髮劑，呈出紅紫色，就像雞冠，她忽然又覺著是同一個人，不是因為外形相像，而是某些潛在特徵促成的重合。女人自十六歲開始的閱歷可夠漫長曲折，難怪要話說從頭。遭驅逐，買賣假護照，蹲移民監——移民監有什麼呢？吃喝保證，還放電影，社工服務，心理疏導，教授英語，關鍵是要有人！女人強調。就這麼一程接一程，一關過一關，後來到了柏林。又是柏林！她要插話，被制止：你知道我怎麼到柏林？我怎麼知道？她反詰，兩人開始熟稔。結婚！這倒出人意料了。也是青田人，早多年出來，已經入籍，在威斯巴登開餐館，你不會知道，很小的城市。可是她偏偏知道，就在法蘭克福近邊。女人看她一眼：你倒是知道的不少！有些不滿意講述被打斷。那一年夏季，威斯巴登舉辦美食節，市政府提供攤位三天，中國人的食亭總是春捲打底，青田人開車到阿姆斯特丹進春捲，阿姆斯特丹的春捲大王，上財富榜的，女人呢，正在那裡打工，然後，就把人和春捲一起捎走，春捲送到威斯巴登，人帶進柏林，那時候，還分東西兩部，就在西柏林庫當大街開出一家分店。她終於插進話去：我是不是去過你的店！然後說出時間，地點，以及老闆娘的形貌，幾可斷定，就是你！對面人並不驚訝，在一個餐館老闆娘，閱人無數，不像她，會以為是傳奇。有可能！女人承認，更像是敷衍，不忍讓她失望。那時候，老頭六十歲，我二十六，就是說，出來整十年，總算有了身分。

話說得輕巧，事實上，上世紀七〇和八〇年代，歐洲殖民地紛紛獨立，移民潮湧動，人口激增，德國二戰重建中的土耳其勞工尚未消化，合法居留談何容易。具體到個人，六十歲的年紀閱歷，一定還有家小，而且，很微妙的，不是居住威斯巴登，而是飛地柏林，其間一定有許多曲折。但在對面的人，什麼沒經歷過呢？就也不在話下。她好奇的是，如何一見鍾情。青田話呀！女人說，有多少人聽得懂青田話？無論你說英語、德語、西班牙語，就算普通話、廣東話、上海話，青田口音藏也藏不住，老頭聽我說話，眼淚就下來了。她質疑：不是說，到處都有你們的人！女人說：可是也要遇得到，比如，今天，你遇到我！她感覺到女人的機敏，機敏裡不單是反應快，還有一點慧心。男人走過來，與女人說著什麼，又退回去。大概是商量，什麼放什麼地方，什麼有作什麼用。你們說的什麼話？她問道。他說福建話，我說青田話。說得通嗎？她懷疑。女人大笑道：要看什麼人和什麼人！說罷，推開椅子站起身，知道是結束的意思，就要買單。女人說：看著給吧。她抽出二十元，壓在茶碟底下，女人抬頭示意，走來一個華裔女人，收走錢。又有一個墨西哥人，過來擦拭桌子，員工進來上班了。不知覺中，過去半天時光。走出「牛鈴」，心裡還有許多未解的疑問，比如，福建人與青田人，也就是女人的「前夫」，不知道能不能這樣稱呼，他們如何交接班？顯然，福建人還年輕，看起來是出勞力的人；又比如，為什麼從柏林來到紐約布魯克林。但又覺得這些疑問已經有解，這樣一個女人，可能製造任何傳奇。她沒有繼續在布魯克林遊逛，也沒有按遠路返回，而是走過兩個路口搭乘地鐵，回曼哈頓去。這半日的經歷讓她疲乏，又有一種滿足，邂逅、美食、陌路的人生故事，彷彿跟隨走了一程。都是計畫外的遭際，集中在同一時間裡降臨，令她迎接不及，倒把去布魯克林的初始目的擱置了。

接下來的日子，變得忙碌了。女兒正式告知，要讀碩士，於是，尋找學校，提交申請，報名，繳費，一連串的手續。其間，她註冊的公司——其實是個空名，為的是簽證與貨幣進入，此時，國內金融出台新政，匯兌額度有變，就需要打通關節，另闢路徑，決定回國調停，買機票，定行程。可是，丈夫的合夥人來紐約度假，她當然有義務出面接待，於是推遲動身。這些到底也難不倒她，都在可控範圍，冷靜處理，亂麻中理出頭緒。事情只要一件一件做，沒有做不完的時候。客人到的這日早晨，先在電腦查到飛機準點資訊，然後啟用優步系統叫車，向紐華克機場去了。

雖然步步周到，接人卻並不順利，後來回想，其實是兆頭。看起來，兩件事情沒什麼關係，可大千世界就像一張網，網眼扣網眼，所有的事端都連在一起，所以，她還是視作預兆。飛機已降，卻久久不見人出來。眼看著幾次航班先後到達，依然少有人出來。打電話聯絡，對方不接聽，等對方來電，她則手機故障，接不起來。特別通道出來三兩人，問得的消息只不過是，海關處排長隊，過關的效率低，窗口少，人愈積愈多。然後，又有三兩人出來，再然後，就彷彿突破瓶頸，絡繹成陣，卻看不見要接的人的身影。她懷疑自己錯過，因與這人所見不過幾面，都不太想得起來確切模樣，於是出門到計程車站上搜尋，忽又怕正巧這時人出來，掉頭跑回去。往返梭行，焦慮得很，頗不像她一貫行事作風。好不容易，隔了玻璃門看見大腹便便一個男人，空著手，搖搖擺擺走來，已經看見她，遠遠地揮手。

五

合夥人一行四人，他，太太，太太的妹妹，再加一位助理。從行李車上一摞半空的箱子，就可知道，主要任務是採購。助理小殷兼任導遊、翻譯、拎包，陳玉潔並不必陪伴全部，為盡地主之誼，到的當晚，在哥倫布圓場邊的一家米其林接風宴請，隨後再視情形而定，隨時準備提供服務，反正「全天候」，她笑道。合夥人姓戴，是丈夫大學裡的同級，看年輕時照片稱得上英俊，如今發福了，找不到原來的樣貌，彷彿成另一個人。他們這一代成功人士，到此時多是急流勇退，享受勝利的果實，在戴先生，就是口舌之欲，所以養成現在的身形。經長途飛行，在時差的折磨裡，照理沒什麼胃口，可戴先生的味覺依然能夠分辨細微的差別。他說，和女士不同，他的任務是吃，因此，可不可以脫離團體，單獨活動？眼睛看向太太，徵詢的卻是陳玉潔的意見。小殷歸購物團，陪吃就當另安排，方才不是說了嗎？全天候。如此這般，以後的日子裡，每到飯點，她就去到酒店，而戴先生已經在大堂等候。太太們早出發一二小時，甚至更早，天方亮，便驅車往長島奧萊去了，然後，向晚時分，歸來集合，一同去吃晚餐。她的計畫是中午小吃，晚上大吃。前一晚就做功課，網上搜下功能表與圖片，供作挑選，聽多方意見，最後由她集中民主，作出定奪。

俗諺道：禍從口出，這話真就應驗了。

要說她和戴先生，原本並不相熟，甚至可說生分。她和丈夫的事業，從頭起就沒有交集，各自的人際社會就也不重疊。晚飯好些，人多嘴雜，將時間分攤，各說各的，又總能說到一起，自然就熱烈起來。中午一餐，單獨相對，就受到冷場的壓力。難免過度積極，一個沒說完，一個就開言，形成爭搶，為禮讓一併打住，立時變得沉寂，又一併張嘴出聲，彼此都是緊張和窘。這也被視作不好的兆頭，如她的性格和歷練，待人接物向來從容，這一回，卻失態了。於是，話題氾濫，必要和不必要，該說和不該說，滔滔不絕，一瀉幾千里。說和聽的都無法集中注意力，任其無度擴張彌散，其中多少挾帶出一點實情。真正的端倪，是女兒識破的。

有二三回午餐，女兒與她同去，三個人，其中又有一個年輕人，氣氛就活躍了，她也鬆弛精神，偷得幾分優游。每一次去，戴先生都會替女兒買禮物，每一次分手，就都提著大包小盒。回到家中，坐在地板上一個一個拆封，包裝紙攤在四周，就像過耶誕節。她說：戴先生這麼破費，真不好意思！女兒沒抬頭，忽然從鼻子裡哼一聲，戴——她這麼稱呼，「戴」，呈出一種客觀的立場——戴送我禮物，爸爸送衛維恩禮物，總量上是平衡的。「總量」這個詞是從父親那裡來，丈夫他，凡事都是從總量計。心裡一驚，這才發現，「衛維恩」這個名字在說話中出現許多次，太多次，彷彿已經是個熟人。鎮定一下，說：衛維恩是誰？與你有什麼干係！女兒抬起頭，望著母親：別裝了——說得不錯，他們家的人都會裝。別裝了，女兒說，那是個小三，跟著爸爸到這，到那。是一代人的緣故，還只是個體，女兒說話如此直接，直接到粗鄙。你爸爸的助理，自然要跟隨左右。她辯護道，自己也覺著是軟弱的。年輕人笑了：你聽戴的口氣，好像我們已經承認她，都沒有一點遮掩回避。那更說明一切正常！她聽見自己的聲音變得尖利。女兒又笑：好，好，正常！她看著女兒的臉，那麼年輕，美麗，同時，有邪惡，做小三的，正是這樣的臉。她控制不住地，舉手抽過去一個嘴巴，那臉上立時泛起一片紅，眼淚下來了。女兒將禮物從膝上推下去，站起身回自己房間，重重關上門，砰一聲響。她被自己嚇壞了，站在原地，動彈不了。從來沒有動過手，一直是小心翼翼，也很久沒看見過女兒的眼淚。地上鋪著禮品的包裝紙、彩帶、晶片、玫瑰花樣的撳扣，似乎鋪到了地平線。這麼大的房子裡，只有她和她。

心跳得很快，卻很奇異的，有一種類似愉悅的痛快，終於，終於發生了！發生了什麼？該發生的。她想起戴——現在，她在私下也稱他「戴」了，戴有一句口頭禪，「你知道」，凡陳述一個人一件事，必要說一聲「你知道」，於是，衛維恩的存在，就都是「你知道」。她好笑地想：你才知道呢，我什麼都不知道！

為什麼是我？彷彿天問。為什麼不是我？反過來又問了一句。她陪女兒讀書，他打拚掙錢，這樣的家庭模式，在他們的階層已成普遍。同時的「普遍」還有，還有衛維恩。她其實一直在等待衛維恩現身，必須有一個衛維恩。正因為有衛維恩，才能相安無事，社會和諧。她靜了靜，然後撥打小殷的手機，表示道歉，晚上突然有事，不能陪大家吃飯，但餐廳已經訂座，某條街某個號碼。小殷說，沒事沒事，包在他身上了。聽起來，對面的環境很嘈雜，小殷的聲音破壁而出。關上電話，嘗試將戴的出行換一種組合，由丈夫率隊，衛維恩，衛維恩的姊妹，或者說是閨蜜，再加一個「小股」。很好，四個人是最合理的人數，乘車一輛，吃飯一桌，可一併出動，又可分頭並行，而他們一家三口，在數學上是個素數，物理上則不對稱，總之，缺乏平衡的條件。

她做好簡單的晚飯，等女兒出來，心裡準備著道歉的措辭，承認女兒的判斷有道理，以達成共識，然後，然後怎麼樣？要表態嗎？是決裂，還是接受現實？事情來得太快，猝不及防，可是，事實上，她一直在拖延。戴的來到，從接機開始，到每餐飯沒話找話的焦慮，都是預兆，預兆真相逼近。她幾次起身走到女兒房間門口，欲敲門又作罷，本來就有畏心，如今這一時刻，更是不敢面對。她這才發現，她們母女被安置在這地方，多少有著受打發的意思。飯菜都已涼了，女兒走出房間，看起來，表情無異常。走到餐桌邊，直挺挺坐下，說，已經給父親發信，要去巴黎學藝術——衛維恩去得我去不得？說罷，撿起筷子，吃起飯來。她久久不動碗箸，有一種寒冷，原來，她不需要表態，誰都不要她表態，她這個當事人，結果成了最無關的人。

戴在紐約的餘下幾日，循事先安排順利度過，購買與美食均超額完成任務。又添了兩口箱子，戴的腰圍似也擴出一周。送到機場，看他們走進海關，四個人的背影換成那四個人，想像中的組合，迅速轉身離開。最初的衝動，是回上海，機票就在手裡，只需簽日期，但很快頹唐下來，去又如何？一進一退之間，丈夫那邊來郵件，說去了香港。那麼，她也去香港。香港是客地，這樣處境和心情，實在悽楚得很，於是又遲疑了。時間在無所作為中過去，越發像是一種默認。她轉而希冀丈夫來，買房至今，已有一年半，丈夫再沒有出場，回想那一回走，難免有落荒而逃的跡象。近來，關於女兒去巴黎的事，照理應當全家一同商量，可都是父女兩人郵件往來。女兒每一項要求，合理或不合理，父親全欣然答應，不作深詢。即像是還債，又像是敷衍。這段日子，生活費用以及女兒的額外開銷，依然按月匯到，不知從哪裡蒐集的匯兌額度，更可能是，及早轉到外匯帳戶，這意味著什麼？意味他希望她們母女安下一顆心，住在紐約，衣食無憂——從這點說，並沒有放棄責任，繼而想起戴的一句話，他感慨道：這世界上有多少單親媽媽！怎麼說起來的？前後文想不起來了，反正聊天嘛，漫天漫地的海聊，又都喝了酒。心裡一動：衛維恩會不會就是其中一個？她不禁血脈僨張，心跳加速。去香港的念頭又生出來，而且無比強烈。她拿起電話，打給慣熟的旅行社，瞭解飛香港的航班。問答之間，情緒復又平定。這就是她，與外界交道總是冷靜、克制、禮貌、矜持。於是，討論到具體票務事項時候，衝動消失，她改了主意。放下電話，她兀自笑一笑，忽明白一件事，所以她想做這，想做那，最終什麼也不做，其實就一個原因，她不知道該做什麼！有誰能告訴她，她該做什麼？這就又明白第二件事，那就是，異鄉異地，她去了來，來了去，無論住多久，都是在過路，她沒有朋友。

女兒轉向去巴黎讀書，撤銷紐約學校的註冊，索回部分學費，報名一個法語課程，小班授業，價格極昂，父親照單全收。有什麼可商量的，「衛維恩去得我去不得」！最初的狂怒過去之後，女兒找到維護權益的方式，就是花錢，於是安靜下來。法語課也給生活制定紀律，每日上課下課，朝九晚五，散漫的時間歸入河床，流向某個目標。餘下她獨自一人，彷彿在宇宙洪荒，無邊無際，無羈無絆。她毫不怪罪女兒自私，在這樣的年齡，成長本身就有無數困難，何堪外部的變故，能保住自己就很好。至於她，即便最消沉的時刻，也有一種自信，自信不會墜落，只是需要耐心，切勿慌亂。丈夫不再來電話，當然，她也不去電話。顯然已覺察出什麼，也可能，本來就是戴領了使命，有意露出口風。也好，她想，很好。她想，真是太好了！她繼續裝不知道，他也裝她不知道，他們都會裝。

天氣好的時候，她出門走走。櫻花綻開，一樹一樹。什麼種植，到美洲新大陸全都變樣了。亞洲的櫻花，像「霧」，撲朔迷離，在這裡卻是確鑿肯定。歷經寒冬，春陽高照，人們湧上街頭，無端地笑和叫喊。她卻從歡欣的人群中辨出幾張落寞的亞洲人的臉，不由猜測他們的身分、來歷、生活。梅西百貨裡，每個專櫃幾乎都配備中國銷售員，接待中國顧客，興興頭的中國顧客，也有落寞的臉，在櫃檯間無目的地遊走，她就是其中一個。有人往手裡塞廣告和試用樣品，說些什麼，她聽而不聞，只看見嘴的翕動。在凹凸分明的異族人面相裡，中國人臉顯得扁平多肉，中國話也顯得音節短促，聲調突拔。不乏有年輕貌美的女孩，妝容精緻，穿著時髦，表情傲慢，出手極為闊綽，大約都是衛維恩們。未曾謀面，就知道衛維恩的形貌，這已經成為概念，她，是另一個概念。怪不得，她想，怪不得美國人分辨不出中國人誰是誰，因為都是概念。有一隻手，拉住她的胳膊，不禁嚇一跳。是「蘭蔻」品牌的銷售員，中國人。當然是中國人，唯有中國人，才會動手拉人。這隻中國手，按著她的胳膊，向下滑去，握住她的手。她並不反感，也沒有掙脫，就這麼留在銷售員的手掌裡。那是個中年女性，眼影和唇膏都洇染出邊緣，就這樣大媽型的女人，加倍會拉人。試試吧！大媽懇求道，不一定買，試試沒關係！身不由己地，被按坐在椅上，椅背放下來，成半躺，闔上眼睛，由一片清潔棉片在臉上擦拭。柔軟的、清涼的棉片撫過臉頰，不防備的，眼淚湧出來。棉片擦去舊痕，新淚又下來了，她幾乎哽咽。棉片溼透，又換乾的，很快又溼透，再換一片。整個過程中，「大媽」始終靜默著，直到做完清潔，試妝完畢，終究買下一瓶粉底霜，方才說出一句：對自己好一點。她慚愧起來，不回頭地逃離「蘭蔻」，走出梅西。

然而，這次際遇讓她想起一個人，兩回邂逅，稱得上有緣，下一日午後，便出發往布魯克林「牛鈴」去了。她依然從威廉斯堡橋步行，走路可使心情平靜，也可以消耗時間。也許是出發早了，還是腳下加快速度，或者是路熟，到地方，午餐供應尚未結束，正是熱火朝天。老闆娘親自上陣，點單、下單、買單，托著菜盤餐桌間梭行。今天，換了一身白色衣褲，絲綢與化纖合成的材料，垂蕩感很強，隨動作起伏，前襟和褲腳上的彩繪花樣時隱時現，有點像戲台上的女子。她茫然站在門口，牛鈴一逕地響，沒人過來領座。有幾度老闆娘的眼睛掠過來，又掠了過去，似乎沒有認出她。等了一刻，終於有人過來招呼，認出是上回管收帳的華裔女人，將她領到中間一個單人小桌，靠著立柱，這樣，更不易被老闆娘發現了。女人快手快腳送上一杯水，從桌上夾子裡抽出功能表放在跟前，旋即要離開，趕緊叫住，也不看功能表，就點一個炒飯，希冀喚起老闆娘注意。一抬頭看牆上的時鐘，已過中午飯點，客流依舊洶湧，甚至排起等座的隊伍。窗外街道上的人和車也比那日稠密，竟然有換了人間之感。不一時，炒飯上來了，不是上回的，而是所有中國餐館裡專對美國人口味，蝦仁、雞粒、蔥段、蒜頭，芥蘭葉，盤邊鑲幾片炸龍蝦片。吃著炒飯，眼睛追尋老闆娘的身影，立柱擋著視線，目標就常常消失蹤跡。倒是後廚裡的油煙一團一團送過來，彷彿看見那精瘦漢子立在灶火前翻著炒勺，鐵鑊鐺鐺地敲著鍋沿。勉強吃下三分之一，再加把力，也為拖延時間，大約有一半光景，就招手打包和買單，起身向外走。她有意繞路，在餐桌間曲折往返，尋機會與老闆娘照面。老闆娘埋頭在收銀機前，她又加緊腳步過去，不等走近，老闆娘卻又離開了。推門的瞬間，她感覺到自己的荒唐，萍水相逢，何以解憂。這時候，身後伸來一隻手，代她推開門，陽光撲面而來，幾乎睜不開眼睛。是那個華裔女人，開口道：老闆娘謝謝你，下回再來！不及回頭答話，已被新進的客人從門邊擠開。

陽光在地面流淌，這一條街就變得顏色鮮麗，忽然想起，這一日是週末，所以人多。她這一個閒人，早已經沒有日程的概念，尤其這一段，作息制度瓦解，更失去座標，彷彿回到混沌世界。走在布魯克林的街上，路人中大半是遊客，手裡握著照相機，東拍拍，西拍拍。她也是遊客，一個老遊客，看慣了風景，卻還不回家。無意中，跟著遊人，走進小店，一踏如門，就聽風鈴一聲響。店主和顧客都是年輕人，商品也是小孩子的喜好，就又走出來，繼續向前。再進下一家，風鈴又一聲響，街上風鈴聲連連，呼應與唱和。終於折回頭，上橋，向曼哈頓走去。橋上也比那一日熙攘，橋下的水面起著反光，閃閃爍爍。橋欄上零落掛著同心鎖，糊塗亂抹的言語就離譜了。心情多少開解些，甚至還用手機拍了幾張照片。走到引橋，曼哈頓的市聲拔地升起，一片轟鳴，偶有電鑽的銳響從中穿透，轟鳴又蟄伏下去。塔吊在半空中緩緩移動，好像巨獸在監控它的獵物。她，迎頭過去，不是勇敢，而是沒奈何。

六

事情一開頭，就逕自往下走。還是那個戴——自從戴來過，丈夫就不再與她直接通訊息，這就更像是一個預先安排。戴和她通話，告訴說最近形勢變化，她先生不便自己出面，所以託他轉告。人事更迭，頻繁出台新政，他們這些依憑國企背景的民企，本來身分曖昧，如今處境就十分微妙，所謂「拉一把過來，推一把過去」，無論過去還是過來，接下來的麻煩都很不少，正面與負面的拒斥力量相等。在變革時期，騎政策中線所為，到立法趨向完善的當下，幾乎件件都是出軌，他們這一批創業者，可說是有原罪的人，趟過污泥濁水，替世人頂著十字架——現在，她想，聖壇要出來了！耶穌也要出來了！說話人彷彿不是代言的戴，就是丈夫本人，遠兜近繞，歸納起來，一個公式：抽象問題具體談，具體問題抽象談。她很知道，他們其實愈走路愈窄，尤其新一代的虛擬經濟起來，他們的實體性經營方式就算走到了刀鋒上，「拉一把過來，推一把過去」，過來過去都是下滑。生產和市場臨近飽和，舊的不去，新的不來，必進行再一輪分配，方可維繫平衡。唯有丈夫這樣的人，才會扯到「原罪」。對是對，可就是「扯」得很。她想著丈夫這個人，原來這麼近，現在無比遠。所以——戴說，現在，我們最好做隱身人，繼續保持曖昧，留在模糊地帶，回顧歷史——歷史也來了！她又看見丈夫的身影，回顧歷史，這一片模糊地帶比清晰地帶寬闊，它處理了許多理論和實際的兩難，總之——她打斷戴的話：你的意思是——戴脫口說：不是我的意思！接著改口：也是我的意思。她不由一笑：你們的意思是什麼？戴變得囁嚅了，她忽然感覺，丈夫就在戴的身邊，幾乎聽見他的呼吸聲。戴期期艾艾道：就保持現狀，一動不如一靜。好的，她說，放心，我哪裡都不去！對方沉默著，她也沉默，兩邊都等待著，等待誰先掛電話。是禮貌，在這裡則成為一種對決。時間過去，對方到底沒捱過她，掛了。她渾身顫抖起來，就像高熱引起的寒戰，不得不雙手環抱，從一個房間走到另一個房間，從廚房走到浴室，從這個浴室走到那個浴室。這套公寓，簡直成了囚室。她走遍每一個角落，來回穿梭，身上的寒噤稍平息些，才發現牙關咬得死緊。作著深呼吸，鬆弛肌四肢，心跳恢復正常，她能夠思考了。

回想戴的電話，她以為國內正調整經濟結構，許多企業主引退江湖，如丈夫這一行，涉及到能源，追究起來，難逃咎由，滯留香港，不失為權宜之計。他早申辦香港居留，如今滿七年，便是合法居民，可是，可是……如果沒有衛維恩，一切順理成章，現實卻是有一個衛維恩。她想到方才的回答，過於斬截，至少應該提些建議，比如，他可以來美國，全家團圓。丈夫英語不好，是一個否決的理由，再說，女兒要去巴黎，就談不上團圓。那麼，她可以去香港呀！她設想的反駁是，美國新買的房子怎麼辦？賣了！

她在心裡說。然後，又會得到一大段全球經濟的預測性論談——這個問題可撞上他的強項了。如此自問自答，果然只剩下一條路，她哪裡都不去。想像中的對詰十分聒噪，都聽得見聲音，自己一個人的聲音，對方只是沉默。這沉默蔓延過來，將她一併淹沒。

陳玉潔在沙發裡坐下，疲倦極了。公寓裡依然只有最初添置的幾件必要的家具，動靜都有回音，彷彿一個巨大的空洞。許多時間過去，日光轉移，房間暗下，將空洞遮蔽起來，她感到一點安心。朦朧聽見門鎖響，一驚醒，原來睡著了。一張年輕美麗的臉，湊得很近，就在她睜眼的瞬間，又離開了。女兒回來了。惶惶想道，沒有做飯，讓女兒吃什麼？等著聽女兒抱怨，卻沒有。自從有了衛維恩，很奇怪的，不是在他們父女之間，而是她和她，起了隔膜。有時候，她覺得女兒恨自己，恨她無能，讓衛維恩插足。大概還恨她不是衛維恩，否則，父親的愛就不會這樣分裂。兩千年的晚會上，父女倆跳舞的情景出現眼前。兩千年，不是開玩笑的，真的，什麼終結了，什麼又開啟了！

思緒瀰漫，忽聽見女兒的聲音：吃飯了。方才還動彈不得的身體，這時騰地起來。女兒打開餐桌上方的燈，擺放餐盤，盤裡冒著熱氣，是速成的義大利通心粉。她坐到桌邊，有些慚愧地，低頭撿起叉子。餐桌很大，足可以坐下十至十二人的大家庭，就向義大利人的家庭。現在只有她們兩個，一頭一尾，隔著一具枝型燭台，阻斷雙方的視線。她大口吃著，誇讚道：很好！自己都聽出聲音裡的巴結。女兒說：謝謝。她們簡直成美國人了，家人之間不停地道謝和道歉，這可以視作禮貌，同時呢，是不是也意味感情荒疏。停了一時，女兒說話了：法語課放假，我準備去上海，看阿娘。哦！她答應道，明天替你訂機票。已經訂好了，女兒很快回答。她抬頭望過去，離得很遠，在燭台的金屬花枝後面，埋在燈影裡的，綽約的臉，又長長的「哦」一聲。明白了，女兒去的不是上海，是香港，她父親出的機票錢。還是那句話，錢不是問題。不知道他們父女如何交割的，背著她，她已經出局了，沒她的事。心裡卻另有一陣輕鬆——從女兒的示好，浮泛的，冷淡的示好，就可看出有事，現在知道是什麼事了。女兒很快吃完，將空盤子留給母親，事情說完，洗盤子的活就還給她了。

洗完盤子，收拾乾淨鍋灶，對著廚房的窗口看一會兒。這幢公寓樓，兀自聳立，站在高層，就像身處雲端。城市之光升起來，又將它托得更高。是裝糊塗，還是為佐證猜疑，她走出廚房，到臥室裡取了一疊錢，去敲女兒的門。等裡面說聲「請」，才敢推進去。女兒背對門，蹲在地上整理箱子，她說：把這錢交給阿娘。女兒說：有了。還是將錢放下，用鎮紙壓住。女兒沒有回頭，從背影看，似乎在哭，肩背微微顫動。纖細的嬌好的身體，後頸裡有一個淺窩。她都能感覺到這身子的體溫和氣味，還有哭泣。她想過去抱抱這身體，可明顯感覺到一股拒斥。還有她自己，也在拒斥著接近。愈是至親的人，愈是近不了。女兒在疏遠她，事實上，她不也在疏遠女兒嗎？兩個受傷人，各領一份傷心，合起來就是兩份，情何以堪。她悄然退出，帶上門。

下一日，她又去了布魯克林。本還是決定走威廉斯堡橋，但中途改變主意，轉為地鐵。忽然心急起來，等不及要到「牛鈴」，見到老闆娘。見到又怎樣？上回去，見到也像不見到，原就是陌路，又因為陌路，才可傾心相訴。出來地鐵，時間才到午後一時，生意正忙碌。但不是週末，興許好些，就直往「牛鈴」走去。她可以等，等客流過去，老闆娘閒下來。就像上上回，面對面坐在無人的店堂，聽老闆娘講述。這回該輪到她講，就扯平了。過幾個路口，即到：「牛鈴」，推開門，果然不是週末的熱烈，七成座光景。華裔女人一邊送菜一邊回頭照應：隨便坐！顯然認得她。走進幾步，在上回立柱後面的小桌坐下。華裔女人端著餐盤經過，放下一杯水在桌上，來不及說一聲：炒飯，人已經走過去。四顧周圍，沒有老闆娘的身影。華裔女人卻又站到跟前，她想說炒飯，開口卻是麵條。什麼麵？女人問。牛肉麵，她說。炒麵湯麵？湯麵。這幾句應答往來速度很快，方有結論，女人抄走菜單，又不見了。留心看店內形勢，但見華裔女人和墨西哥跑堂，腳不點地，折返於前堂與後廚之間。後廚傳出的聲氣亦有些兩樣，煙火吞吐不那麼洶湧澎湃，鑊勺砧板的敲擊則顯得零落。老闆娘始終沒有出現。湯麵上來了，鮮濃異常，便知不是從食材中提取，而是來自現成的湯料，那幾片牛肉是後放的，來不及煮滾，所以就半涼。有一種變故在發生。她慢慢地吃麵，等待老闆娘露面，或者說，等待事態水落石出。客人少去些，僅餘幾位，其中包括她。時鐘指向兩點，華裔女人立即掛出打烊的牌子，站到收銀機前清點小費。看來，眼下由她掌管店內事務。

碗裡的湯喝盡，墨西哥人已經換上自己的衣服，雙膝敞著破綻的牛仔褲，白色體恤底下看得見硬實的肌肉，走過她身邊，笑一下，露出潔白的牙齒。現在，她是最末一個客人了。推開碗，站起來，走到收銀機前索得帳單，按最高一檔小費給付。慷慨的數字讓華裔女人臉色變得柔和，她趁便問：老闆娘不在？對方含混地說「是的」兩個字。她又問：去哪裡了？回答依然是含混敷衍的：出去了。什麼時候回來？她緊問一句，收銀機後的人抬起臉，表情轉為警惕：是老闆娘的朋友嗎？這句話將她問住了，頓一頓，說：是。女人懷疑地看著她，復又低下頭去，不再回答。她倉皇退後，向門口去，自覺有落荒而逃的意思，反倒不甘心，鎮靜下來，說道：我們在柏林就認識。華裔女人一怔，猜不出眼前人什麼來歷，臉上又換一種表情：老闆娘的事情，我們並不知道。

吃了個軟釘子，多少有些悻然，走出來，茫然四顧，不知要往何處去。身後玻璃門裡，有一雙猜度的眼睛，想：這個女人是做什麼的？她終於舉步，沿街走去，街道漸漸開闊起來，也更加清寂，綠地和石階上面，矗立一座猶太教堂。從底下走過，卻進入一扇柵欄，濃蔭蔽地，花枝扶疏，蜜蜂嗡嗡飛舞。想不到布魯克林如此廣大。她在石凳上坐下，不遠處是兒童樂園，有母親和孩子玩耍，話音和笑聲散開來，輕盈地振動空氣。她吁出一口長氣，醺醺然的，彷彿有一股醉意襲來。小孩子走近跟前，仰頭看她。黑亮亮的臉蛋，頭髮被紅綠絲線紮成五六個小辮，朝天沖起。小孩將一枝花扔過來，她探身去牽手，卻一個轉身跑了。就這樣，坐到太陽西移，該起身走了。撣去膝上的落葉，出公園，循來路回去搭乘地鐵。經過「牛鈴」，禁不住往裡看一眼，這一眼分明看見一個人，在收銀台後面，不是老闆娘又是誰？猛一推門，門裡人倒是一驚。這時，華裔女人忽從店堂深處現身，說道：她等你好久！心中湧起感激，感激代她說出這句話。老闆娘並不覺得有什麼唐突，從收銀台後面走出，領她到臨窗的餐桌，就是她們頭一回談話的地方，面對面坐下，女人已經端上一壺茶。其實，她這時意識到，老闆娘早已認她作朋友，所以也就不問為什麼事而來。積鬱的情緒舒緩下來，傾訴的欲望也不那麼迫切了，平靜地看著對面的人，這就發現這人樣貌有變。原本飽滿的臉頰變得鬆弛，於是皺紋生出，不僅是面部，衣服裡的身子也枯索了，肩袖處空落落的。華裔女人退出店堂，留下她們自己，就像那一天，可是不對，少了一個，在後廚入口處，光影裡的身形。你男人呢？她問。病了！老闆娘說。什麼病？照理不該這樣緊追，疾病屬於隱私，她們中國人卻大可忽略不計。再則，她們是有緣人。肝病。老闆娘果然不瞞她，她卻納悶，肝病的人做大廚，可是大膽得很。醫生怎麼說？她接著問。換肝！對面扔過來兩個字。有保險嗎？那人苦笑一下：我們這樣的人，都是自己保自己。她倒吸一口氣，不知道說什麼好。那人卻奮勇起來，高聲說：我可以把我的肝給他，切一半，可是，什麼醫學倫理法規，非親屬關係，不可捐供體。可是夫妻屬於親屬關係，而且最密切的親屬！她說。對面的人奇怪的一笑：我和你說，洋人的腦子有毛病，他們相信文書，市政廳的註冊，或者教堂裡的誓言，戒指換來換去，你願意我願意，就不相信眼睛，這是一種有病的人類！她明白他們沒有婚姻合法手續，倘現在辦理，就有要增加審核手續。我的心肝！對面人壓低聲叫道，將頭埋在臂彎裡，伏在桌面上，不動了。

本來是這一個說給那一個聽，結果還是那一個說給這一個聽。

精瘦、細長、腿腳有功夫、拜師學過永春拳、福建籍的男人，柏林時候，是她餐館的廚工，比她年少十歲，彼此有心，但因東家尚在。這東家於他們雙方都是有恩，可說是收留他們的人，絕不可辜負的。青田女人看著她，又奇怪的一笑：按洋人的腦筋，我沒有義務，我和老頭，既沒去過市政廳，也沒上過教堂，威斯巴登那邊，老頭家裡，還有一大群人呢！她沒問一大群人裡有沒有他的太太，有又怎麼樣呢？我們有人心！青田女人握拳搗搗胸口。老頭是在柏林這邊走的，沒受罪，一覺睡下，再沒醒來，積多少德，才有這般福氣？也是個受苦人，跟伯父出洋，漂到歐洲，二次大戰以後，德國戰敗重建，需要勞工，才有了身分。這時候，積攢了些錢，就在威斯巴登地方，做中國餐業，起先是一個亭子，漸漸做大，又各處開出分店，柏林店就是其中之一。老東家過世，她電話通知威斯巴登，等那群人來到，接上手，便離去了。店、房子、家什、錢款，都留下了，就帶走一個人。下巴向後廚方向一抬，後廚沉寂著。所有東西都在人家名下，平日裡，老頭沒少給她，做人要憑良心！拳頭又在胸口搗搗。兩人離開柏林，來到這裡，也是投奔老鄉，不是溫州人，而是福建人，反正，都是自己人！從柏林來到紐約，可真看不慣，就像國內說的「髒亂差」，你知道——青田女人說，德國人特別會收拾，腦子有病歸有病，收拾東西卻不得不服氣，一大優點！她不由笑起來，多少天來，頭一次展顏。不過，「髒亂差」有「髒亂差」的益處，就是活路多，腦筋壞得輕一些，比較好商量。兩人笑起來，並且，一發不可收拾，前仰後合，直笑到眼淚出來，才漸漸收住。

好了，開出這間店，安下家，再生個孩子——青田女人看著她，正色道，你不要笑！我沒有笑！她辯解，你笑我生不出來，上回報紙說，七十歲的老太太，還生下一對雙胞胎。她不知道哪一張報紙登過這樣的奇聞，面對這個女人，傷心欲絕，又野心勃勃，還能說什麼？我身體好，生理年齡很年輕，例假正常，整日價想著和男人上床！兩人又笑，止住笑又添一句：只想和我男人上床。話說回到這裡，氣氛沉寂下來，愁容浮起，方才臉上的光彩褪去，蹙眉道：按我們家鄉話說，我這樣的女人身上有毒，沾一個，滅一個。她心裡一驚，有些被鄉下人的迷信嚇住，嘴上卻道：沒那樣的事！對面的人忽昂揚起來：有這樣的事，也不是我，頭一個，是壽數有限，該當死的；這一個，還沒死呢！我命好，罩得住他，你信不信？她點頭說：信！

茶喝乾了，什麼時候，華裔女人進來店堂，坐在一隅，將筷子插進紙套，再又按桌擺放。到開業的時間了。隔著距離，主雇倆來回說著什麼，用的是相近的方言，就知道華裔女人也是青田一帶籍貫。她聽出幾個字，「後廚」和「前堂」什麼的，大約人工不足，不是缺大廚嗎？於是就要重新調配。都沒想一想，貿貿然，脫口而出：我可以幫忙！那兩人都一怔。青田女人說：你能做什麼？至少，她囁嚅起來，至少，洗碗！青田女人說：我付不起你這一等的洗碗工。她想表示不要工錢，又怕人以為說大話，不如客觀一點，就說：按市價就行。兩人都看她，檢驗說話的真假，她紅著臉，又囁嚅一句：反正我也沒事。這一句話比較能信服人，她確實有閒人一個，誰都看得出來。於是，她留下來，當然不是洗碗，洗碗太屈才了，青田女人說，做前堂。這樣，自己可以掌勺，不必讓小工上灶。華裔女人取出一件制服，紫紅色的棉布做成中式斜襟立領，褲子倒是西式，褲腳上各有一個盤龍的印花，腳下是塑膠平地布面鞋。她為難起來，商量說能不能就穿自己的衣服，像你一樣——她指指青田女人身上的荷綠裙裝。女人說：我是老闆娘！她只得換上，兩人都忍著笑。老闆娘忽想起什麼：你找我有事？她回答：沒有，我就是沒事！一半是人手的需要，另一半是，好玩，就像小女孩扮家家的遊戲，穿上制服的她，變了一個人。青田女人上下端詳她一回，問：怎麼稱呼？她說出名字，對方也說出，陳玉潔和徐美棠彼此結交認識。

七

如此，陳玉潔過起一種上班族的生活。每天十時走出家門，搭乘地鐵。紐約尖峰時段已經過去，人流稀疏下來，車廂裡也空裕了。現在，她能夠辨別出，座上客多有餐館裡的工人，表情既是漠然，同時又有一種自足。她雖然不像他們的職業化，可至少，也是有去處，知道要做什麼的人了。十點三刻踏入「牛鈴」——這是一具真正的牛鈴，來自德國綠草茵茵的巴伐利亞下州。華裔女人，她跟著美棠叫做阿初姊，已經在店堂，後廚裡有人到，聽得見砧板聲響。美棠時在時不在，視福建人那邊需要而定，事實上，不在的時間在增多，店內的事務基本由阿初姊掌管。這是個謹慎的女人，口風很緊，從對店務的態度，陳玉潔以為或者是有投資，或者就是恩情重。溫州人以鄉誼為契約，自成一個社會，內裡的規則外邊人是無法諳透的。飯店照常營業，但彷彿有一種氣息發散出去，生意日漸清淡，小費收入減少，墨西哥人離開了。陳玉潔的加盟就變得重要起來，甚至必不可少。她且格外賣力，其中即有新鮮的成分，也有幫助美棠的原因，更主要的是，這一段日子，她的心情在好轉。女兒走了——確定去香港無疑，女兒的信用卡是她的副卡，看得出消費地所在。難免想像父女聚首的情形，他將如何介紹衛維恩？會不會引女兒進他那個家——她確定無疑，那裡有一個家，人是需要有一個家的。女兒和衛維恩怎麼相處，她們應該年齡差不多，屬同一代人，也許能做朋友。那晚，女兒飲泣的背影出現眼前，她明白，女兒對即將發生的事情早有準備。一個人的公寓，更顯得大而無當，為擺脫四周空間的壓迫，她將其餘房門都鎖上，只在自己的一間裡活動。當走過客餐廳去廚房的時候，聽見自己的足音，就覺得壓迫追逐而來。於是，將咖啡機、麵包機、微波爐移進臥室，盡最大限度減縮活動範圍。

「牛鈴」完全是另一個世界，這段時間的相處，阿初姊和她似走近了些，稱呼從「陳小姐」改為「玉潔」，還與她商量店務。現在，沒法和美棠談什麼事了，「魂靈走出了」，這是阿初姊頭一回向她評價老闆娘。生意幾近減半，阿初姊建議做成自助餐，以低價招徠，後廚和前堂的勞動都可節省。陳玉潔則對自助餐的客源抱懷疑，只怕新客未來，舊客已走失，她的意見是減少菜式。事實上，她發現，客人經常點的也就那幾味，大多只是虛設名目，裝門面而已，但凡遇到促狹的客人點將，或是說無貨，或是勉強湊合。如今的大廚是原來的小工，能將常用的幾道應付下來已屬不易，再要有額外之舉，一定砸鍋。阿初姊覺得有理，當場拍板。兩人也不去問老闆娘，自主改寫功能表，送去列印壓膜。次日的下半天，美棠來店裡，對菜單的革新視而不見，一路走到臨窗桌前坐下。這一回，是陳玉潔端上的一壺茶。因穿了服務生的制服，先沒認出她，後又說：以為是阿初姊呢。又低頭不語。兩人一個坐一個站，沉默好一時，美棠抬起頭，認真看她，她被看得發怵。過一會，那人開口了：原先他身體好好的，每日早起一套詠春拳，自從你來，就出這樣的事！阿初姊在那頭看著，身影顯得緊張，怕她們起口角嗎？她靜一靜，在對面坐下，說：我確是個有霉運的女人，但並不在這一路。哪一路？那人臉上浮起譏誚的笑容，問道。霉在桃花運上，她說。那人收起冷笑，暗處可見阿初姊的身影似也鬆弛下來，放心了。陳玉潔開始講自己的故事，三言兩語，交代完畢，自己也驚訝這樣沒有感情色彩。興許，她說，你們夫妻和美，不定是借我的呢！美棠目不轉睛地看著她，她接著說：無論什麼事，總量不變——天哪，她也說出「總量」，這才叫不是一家人，不進一家門！總量不變，老天爺分配不同，這裡多一點，那裡就少一點。什麼鬼話！對面人輕聲道，臉上的惱怒退下去，換一種溫柔的表情。

這一天，美棠在店裡守到打烊。晚飯時，她親自下廚，做一盤溫州炒飯，端給陳玉潔。就是頭一回來「牛鈴」吃的，米飯炒到粒粒鬆散，珠潤玉滑，覆一層金黃的油炸蝦米。自己也不吃，就坐在對面，指導她如何將米飯和油渣合起，一併入口，直看她吃到盆乾碗淨，吁出一口氣，起身說：走吧！

生意不可阻止地下滑，這就是個連環結。店堂愈冷清，上客愈少；上客愈少，店堂愈冷清。外賣還勉力維持原狀，送外賣的人手，墨西哥人卻走了。只有阿初姊自己送，陳玉潔路不熟，又不會騎摩托。她曾經想過開她的車來，可那是一輛迷你寶馬，太不合時宜，就打消念頭，鎮日留守，於是，店務有一半歸她處理。每天提早一小時出門，推遲一小時進門，這又有什麼用呢？客人繼續少下去，有時候，一個上午不上座。廚工坐在後門口用手機打遊戲，阿初姊到美棠處幫助料理家事，美棠回中國老家，找一位大師指點，留福建人自己在家休養。陳玉潔在店堂裡梭行，餐桌擺得不能再整齊，碗碟洗得不能再乾淨，玻璃窗明晃晃的，如此的清潔，只讓人覺得肅殺。要知道，布魯克林是個鬧哄哄、亂糟糟的地方，整個紐約就是個鬧哄哄、亂糟糟的地方，所有人同時說話，為使自己的聲音聽得見，不得不吊著嗓門，你高過我，我高過他，他再高過你，最後誰也聽不見誰。

美棠從國內回來的那一日，情緒高漲，大師的箴言極其鼓舞。大師說，福建人的星命是在西邊，前半段他是順勢行，從香港到歐洲，到美國，不是一路向西？然而，在東岸滯塞久了，應繼續向西，所以，就準備遷移。「牛鈴」怎麼辦？玉潔問。美棠說出一個字「賣」。阿初姊聲色不動，陳玉潔則是一驚：賣？美棠斬截道：賣！陳玉潔不免惘然，她已經將「牛鈴」當成自己的家，若不是有它，每日晨昏如何度過？不要！她的聲音帶著哀懇。美棠避開她的眼睛：人命關天！說罷走到收銀台，打開收銀機，又推上，再打開。事實上，心緒煩亂，不知從何入手。玉潔鎮定下來，說道：賣給我！連阿初姊都吃一驚，可是，不謂不是個出路。開個價！她說。美棠的手停下來，轉臉向她，忽怒從中來，說：知道你有錢，有錢人買幢樓就像買顆白菜，可是，你知道怎麼經營？你會嗎！玉潔說：我雇你做經理。美棠止不住笑出來，笑著笑著哭了，人朝後一退，坐倒在地上，雙手拍著地面。她上前拉扯，被阿初姊止住，動不了。嚎哭聲在店堂裡迴盪，其中夾雜著訴說，是青田話吧，沒一句聽得懂。

這一日，「牛鈴」照常營業。美棠對玉潔說，飯店接手，一日不可停業，否則就少去一堆回頭客，若要裝修，只有夜間施工，懂嗎？方才一場慟哭，將多日的積鬱清空，臉色變得澄明。懂了！她馴順地答應，心想阿初姊不讓她上去勸是對的。那人接著說：留住現金，現金為王，所以，中午必收現金，晚上才刷信用卡。懂了！她說。中國話說，天網恢恢，疏而不漏，這個國家是法網恢恢，密而有漏，你知道區別在哪裡？不知道，她謙虛道。讀過的書白讀了吧！一個是天網，一個是法網！那人得意地說。天網是全罩，法網只罩一半，我們是罩不住的那些人，所以這也不合法，那也不合法，動一動就犯法，但是，在天道裡，都是入籍的人，這就叫「星命」——說到此，停下來，彷彿陷入茫然，不知該往何處去，頓一頓，又接下去——所以，我們要往西岸去。西岸什麼地方？玉潔問。走一程算一程！「叮」一聲響，進來客人，阿初姊趕緊迎前領座。那人卻不肯挪步，當門站著，這才看清是個洋人，英語卻說得磕磕巴巴。他說不是吃飯，是尋工。問他會什麼，回答「拉麵」。這三個人就都笑起來，他卻很認真，說曾經在老家布拉格跟過一個中國師傅，學過兩年「拉麵」——「拉麵」兩個字是用中文說的，發音很準。美棠和玉潔互相看著，問：要不要？一個說：你是老闆，你說了算。另一個說：沒過戶，你就還是老闆！那洋人不知道她們說什麼，來回看她們的臉，最後美棠做了個拒絕的手勢，來人退出了。

如此攪擾一下，賣店的話題擱置了。又彷彿是一個諧謔的開頭，劇情變得活躍。到下半天，忽然上客了。美棠到後廚掌勺，小工將砧板剁得山響，阿初姊的女兒，一個高中生，也喊來幫忙。看女孩伸開小臂內側，穩穩擱一溜碗碟的手勢，就知道在中國餐館裡長大，卻不會說一句中文。熱騰騰的氣氛，像是起死回生，又像最後的晚餐。第二日上午，街區格外寂靜，一夜狂歡之後，宿醉未醒的樣子。生意回復平淡，美棠也回到時來時不來的舊況。阿初姊告訴說，在法拉盛找到一位中醫，給開了方子，有幾樣藥引很難得，老闆娘正尋覓，這才叫病急亂投醫！阿初姊嘆道。陳玉潔倒有一時的心安，因暫時不會有變故，只期盼現狀維持一日是一日。每到收工，與阿初姊一併結帳，關窗閉火，兩人在「牛鈴」門前分手，一個駕摩托，一個步行往地鐵口。週末的地鐵，總是很亂，停開的停開，並線的並線，陳玉潔始終沒有總結出規律，都是走著瞧。這日錯了一條線，下在陌生的站，月台上沒有一個人，心裡有些生畏，索性出站上到路面。遠遠看見新建的世貿中心，夜霧繚繞中，塔尖發出幽光。她辨別出方位，徒步往中城走去。

凌晨時分，城市在靜謐中浮托起來，升高了，空氣凜冽。她生出一種奇怪的分離，好像一個自己看著另一個自己，走過一條街，又一條街。紅綠燈兀自轉換，路口無車亦無人，只有她自己，穿行在樓宇之間的峽谷。她張開雙臂，簡直要飛起來，飛到樓尖上，俯瞰曼哈頓島。

這一日，回到公寓，推門就見燈光大亮，上鎖的房間敞開門，客廳地上桌上堆著東西，女兒赤著腳跑進跑出。她有一點激動，喊了一聲，女兒轉過臉，蹙眉看她，問道：哪裡去了，這麼晚！她說：上班。女兒轉回頭繼續忙碌，似乎有一絲笑影掠過，笑她：你能上什麼班！女兒看不起她，她很理解，轉身回自己房間，女兒卻又說出一句：看你過的什麼日子！她站住腳，掉過頭，看著女兒：我過什麼樣的日子，你們比較滿意？她著重說「你們」，而不是「你」，話裡有話，難免是刻薄的。她注意到女兒比走前略豐潤，經歷十多個小時飛行，竟然還很精神，看來這一個月過得不錯。女兒瑟縮了，喃喃道：對自己好一點嘛！她心軟下來，又一次聽到這句話，由女兒說出來，到底不同些。她嘆一口氣，說：我過得很好。女兒低下頭，將桌上一堆禮盒推向母親：給你買的。謝謝！她說，看見包裝袋上寫著「崇光百貨」「金鐘廣場」「太谷城」的字樣，不是從香港來又是從哪裡？女兒說：下月就去巴黎，已經找好一所學校，那人付了全部學費。「那人」是指父親，一陣痛楚襲來，她讓孩子失去父親。事實上，父親還是父親。停一時，她問道：爸爸還好嗎？這個問題真把人難住了，女兒停了更久的時間，然後回答：不知道。

這一夜沒有睡好，臨天亮方才入眠，一覺起來已是上午十點多，大叫不好，趕緊起床。公寓裡靜悄悄的，女兒的臥室門緊閉，裡面藏著女孩子酣甜的睡眠，幾乎聽得見纖細的鼻息聲。她忽然想到，女兒走了，她又將是一個人在這公寓裡，四壁空空，鄰里老死不相往來，難得見面，需用外國語寒暄。禁不住悲從中來，衝出門去。電梯下到底層，穿過大堂，站在樓前的合歡樹花影地裡，靜了靜，將眼淚吞進肚裡。

到「牛鈴」已經中午，料想不到，美棠在店裡，正和阿初姊說笑，看上去心情不壞，大約藥引子覓到了。兩人都注意到玉潔神色有異，阿初姊裝不看見，美棠的眼睛一直追著，就曉得放不過她，不如照實說了。其時，心情平靜下來，卻如死水一潭。美棠的眼睛還在她臉上，彷彿看得穿她，說：你這樣不行！陳玉潔不明白了：這樣是怎樣？美棠說：這樣就是這樣！陳玉潔無心糾纏，再予理會。美棠的手搭上她肩膀，硬是扳過身子，這使她想起梅西百貨裡的那個蘭蔻女人。中國同性間不忌憚肢體接觸，這是多麼好的文化啊！美棠扳過她的身子：你要學會崩潰！這倒出乎意外得很，轉過眼睛，直看著對面的人。崩潰呀！美棠說。陳玉潔想起這青田女人坐在地上呼天搶地的情景，要是也能來那麼一下，或許會輕鬆很多。可是，她真的不行！美棠繼續啟發：你看外國電影，洋人碰到屁大點事情，就尖起聲音大叫，撕扯頭髮，然後到洗手間，拉開櫃子，翻找藥瓶子——嘩啦啦撒一地！美棠學著電影裡女人的瘋狂動作，陳玉潔笑起來。要崩潰，才能救自己！美棠說。看她還是笑，便嘆氣：你可真能熬，那還怕什麼呢？牛鈴叮一響，上客了。

八

女兒索性不回來，她也就撐持了下去，可一來再一走，情況就不同了。公寓裡又剩她一個人，形影相弔。她想，兒女就是讓人軟弱的一樣存在。她很羨慕美棠能夠崩潰，崩潰也要有能量不是嗎？像美棠這種元氣豐沛的女人，才可如火山爆發，岩漿奔騰。她顯然熱力不足，也是受文明毒太深，異化了本能，自持的結果就是自傷，一日一日萎縮。美棠說，跟他們一起去西岸，地方都定了，聖達戈。為什麼是它？從中國回來路上，在芝加哥機場轉機，遇到一個台灣老太婆，說是老太婆，也就六十來歲，在聖達戈開餐館，抱怨兒女都不生孩子，不讓她做祖母，說一旦有第三代，立馬賣掉餐館，專司餵養。美棠說，要賣就賣給她。雖是戲言，但兩人認真交換通信方式。美棠向玉潔說著這段路遇，眼睛爍亮，在日漸消瘦，瘦成長條的臉頰上，有一點叫人害怕。這夢囈般的憧憬並不鼓舞，反是沮喪。事態不可逆地頹圮，愈來愈加速，愈來愈不祥。這兩人各在迷局，頭腦已經糊塗，單阿初姊一人清醒，照管店務。實在忙不過來就遣女兒來幫忙，有時小姑娘還帶來義大利籍的小男朋友，兩人唧唧噥噥說著情話，交臂而過抽空親個嘴，難免打翻碗盞，或者上錯菜點，輕佻的舉止不合當事人的心境，但也調節了「牛鈴」裡的陰沉空氣。

這一天的中午，依然小貓三隻兩隻，幫工的小男女在學校上課，陳玉潔和阿初姊兩人對付，尚有餘裕。叮一聲鈴響，進來的是美棠，臉色平靜，並不說話，逕自走過店堂，向裡走去，通往後廚的過道口一轉身，不見了。陳玉潔尋到跟前，見地下室樓梯上，有人影一閃，隨即也下去。暗中幾條光線，從頂蓋的金屬板縫隙透進來。她磕絆著循動靜邁步。空氣中充斥一股鹹腥辛辣的氣味，由脫水的魚鮮和肉類合成，是唐人街特有的，一旦走近，便撲面而來。她想起第一次來到這裡，遠遠就看見，蓋板翻起來，精瘦的福建人，半個身子探出街面，接貨放貨，行動生風。她叫了一聲，紙箱後面傳出回答：讓我崩潰一下。她不做聲了，等待有驚天動地的事情發生。時間在沉默中過去，什麼都沒有發生，但是，她又分明感覺到一種坍塌，先是一角，再是一面，然後一層一層陷下來。燈啪地打開，地下室一片通亮，卻更像是夜晚。阿初姊的聲音在頭頂響起：你們在做什麼？上客了。她振作一下，轉身上去，留美棠自己。崩潰吧！她在心裡說，按物質不滅的原理，收拾收拾，再做一個人。

方從地下室上來，不禁讓地面上的光明眩了眼睛，今天是個好天氣。她依阿初姊指點，去到窗邊桌上，放下一杯水，客人屈指叩兩下桌面道謝，然後將手點在牛肉湯粉一欄。這一位先生，亞裔的臉，從形狀看，大約是香港人。她忽覺得面熟，彷彿見過，又不知在哪裡。客人雙手插在短夾克的口袋裡，安靜等待上餐。看不出年紀，似乎是中年，因髮頂稀薄，面上也見滄桑，但卻有一種單純，讓他顯得年輕，就像一個在校的學生。湯粉送來，他自己從桌上調料瓶倒出辣椒醬，覆在碗上，筷子一攪，還未進口，額上已冒出汗氣。從吃口看，也像廣東一帶的人籍。牛鈴響一聲，進來人，隔一條街上修路的南美人，每回都是同樣，一塊豬排，炸成兩面黃，一勺米飯，幾朵綠菜花，最後澆上醬汁。近些日子，他們成為中午的主要客源。吃飯帶打尖，可消磨一整段休息時間。沒什麼賺頭，但有他們在，店內就顯得不那麼蕭瑟，客引客的，也帶進少許生意。香港人還在吃，頭埋進湯碗，頂上稀髮受了熱，豎起來，看上去有點滑稽。順道時，她替他添了茶，手指頭又叩兩下桌面。她想，他要是發聲說話，也許就想起來是誰。可他一直不張口，於是，那一點模糊的印象消失了。

南美人離座上工去了，香港人這才招手買單，臨走終於開口，問道：老闆娘不在嗎？她猶疑一下，回答：老闆娘很忙。哦，他說，然後走過店堂，推門出去。聲音和姿態都是溫和的，是個有教養的人，陳玉潔收拾起碗盤，心裡想。中午營業過去，她們幾個已經吃過，美棠方才從地下室上來，臉上沒有淚痕，甚至相當平靜，這平靜是崩潰之後還是之前？她暗忖道。阿初姊下廚做一碗湯飯，撿幾樣鹹菜放在面前，走開了。陳玉潔站在桌邊，看徐美棠用餐，這情景使人想起初次邂逅，但是反過來，這一個坐，那一個站。她告訴說，方才來個客人，問起老闆娘。美棠「哦」一聲。她繼續描繪客人的形象，也是沒話找話，氣氛不至於太消沉：身量不高，黃黑皮膚，態度謙和，口音裡——這就吃不準了，因為客人惜字如金，說話極少。美棠說：知道了！再找不出話題，就枯站著，看美棠吃下一碗湯飯。熱食使神經放鬆下來，方才的平靜更可能是極度緊張。此時，臉上浮出紅暈，顯得十分慵懶。抬頭看她一眼，說：那人也是從德國過來，原先在漢堡開書店——她這就想起為什麼面熟，那個沉默的書店老闆，搬著半人高的書走上走下。書店呢，盤給誰了？陳玉潔問。盤給誰誰要？賠本的買賣，拿老爹的錢不當錢，早晚一回事，關門大吉！美棠彷彿很來氣，說出一大串。剛才應該叫你的，玉潔頗有遺憾。千萬別！美棠舉起一隻手擋在臉前，我怕他。她納悶著，想不出怕他什麼。舉起的手捣住眼睛：我怕上帝，他是上帝派來的。美棠的手久久不放下，看不見手掌後面的臉，她拾起空碗，走開了。

這天夜裡，福建人走了。阿初姊電話給她，約好次日一早去弔唁。美棠的家在布魯克林福建人集居的街區，不曉得是哪一代的唐山客過海到這裡，買下地皮，翻造房屋，出租給同鄉人。縱橫的街巷，牆上用中文和注音寫著：同安道、南平道、泉州道……顯然以籍貫命名。美棠所住莆田道，一條狹街盡頭搭起靈棚，兩行花圈排到街口。一是入鄉隨俗，二也是生計繁忙，喪事免去繁冗，一切從簡。遺體直接從醫院送去殯儀館火化，然後送回，停放在本鄉人的祠堂，一間獨立的二層小樓。靈棚裡只設一張相片，相片中人很年輕，也是精瘦，不笑，嚴肅地看著祭奠的來客。她和阿初姊各點三炷香，送上白包，就趕回「牛鈴」，飯店照常開業，正如美棠說的，停一日，拒一批回頭客。弔唁的人群裡，看見前日來店裡的香港人，聽見有人與他招呼，稱他潘博士。

三天之後，美棠來到「牛鈴」。前一日裡，新聘的大廚上工了，也是福建籍，但來自不同的縣份，早幾日就找下了，礙著美棠，等塵埃落定，這時才進店。他稱阿初姊老闆娘，陳玉潔並不以為意，很快發現，「牛鈴」已然易主。其實，自福建人得病，美棠就一直向阿初姊出讓她的份額，終於，所剩無幾。等福建人走，其餘的全部脫手。這一切，都是在陳玉潔不知情下進行，她到底是局外人。美棠不在「牛鈴」，她也就沒理由在了，最後一次來到這裡，一是向阿初姊道賀，二也是，怎麼說呢？前後幾個月相處，她總要道別一下吧！阿初姊將她們安頓在臨窗的桌上，她們總是在這張桌上，面對面。阿初姊一道一道地上菜，很快鋪滿餐桌，留下她們自己說話，不再作陪——都是自己人，阿初姊說。這一日，最忙碌，進貨、卸貨、與新廚子交涉、又有應工的面談。美棠雙手抄在胸前，闔目養神，她不敢打攪，沉靜著。只聽牛鈴「叮」一聲響，又「叮」一聲響，再「叮」一聲響時，進來了那個香港人，潘博士，看著她們，猶豫一下，走到立柱後面桌前坐下，與兩人隔一段距離。

他又來了！她輕聲說。誰？美棠闔目問。潘博士，她說。美棠笑一笑。請過來一起坐？她問。美棠沒回答，就知道至少是不反對，於是立起身過去請人。潘博士受她邀請，沒有意外，站起身隨後跟來。阿初姊眼明手快，立刻將他的茶盅碗盞收拾起，幾乎同時擺開在她倆桌上。現在，他與她坐一邊，面對闔目不動的美棠。有了第三人，氣氛就活泛一些，她說：曾經見過你，在漢堡的書店。他當然記不得，抱歉地笑。她又說：那時候，中國學生往你書店好比跑娘家。他欲開口說話，結果還是笑而不語。她覺出這人的有趣，說：書店關門，中國學生沒地方跑了，會感到寂寞的！潘博士這才說出一句：今非昔比。這一句可解釋中國學生的處境，也可用來解釋他自己的，稱得上言簡意賅。怎麼來美國的？她問，自覺得像是審訊，但好奇心迫使，還因為此人的厚道天真，所以就不怕失禮，放肆了。他依然笑著，低下頭，慚愧的表情。美棠卻在一邊出聲道：傳播福音來了！陳玉潔想起當時就有人告訴，這是個基督徒。美棠說：把老爹的錢造完了，只剩下福音了！她想攔住話頭，這話既是瀆神，又是傷人。他卻接了過去：書店很難經營。美棠睜開眼睛：要我說，所謂福音，就是詛咒，是不是？我男人已經見好，遇上你，掉轉身壞下去，壞到底！這是美棠一貫的邏輯，起先不還把她當災星，如今轉到這一位身上，是出於遷怒，但也可能是一種怪力亂神論。他強辯一句：他到上帝身邊了！美棠冷笑道：上帝是誰？我們不認識，他應該在我身邊的，在那裡——她的手指向後廚——在那裡炒菜。後廚裡的油煙湧出來，彷彿呼應她的話。美棠！陳玉潔叫起來，不要再說了！她真有點駭怕，怕說話人會受罰。

美棠轉向她：起先還有些信呢，去教堂聽講經，聽到什麼「塵歸塵，土歸土」，就坐不住了，分明一個大活人，怎麼就變塵土了？曉得這不是講道理的時候，陳玉潔還是竭力勸阻：生死由命，不是潘博士的事！命？憑什麼規定生死，是誰給祂的權力？美棠態度很好，擺出一副討論的架式。老天！陳玉潔乖乖地回答，就像受了魅惑，跟隨走去。不還是上帝嗎？美棠微笑著看對面兩個人。她掙扎道：癌症是目前的科學尚無解決的難題。對面的人歪著頭：科學出來了，到底上帝還是科學有決定權？這樣就進入有神論和無神論的命題。陳玉潔認真起來：上帝有決定權，但祂要借用一雙手去實施，科學就是這雙手！徐美棠問：為什麼是科學的手，而不是你我的手？她說：你我太渺小了，一個人的時間也太短促，要經過許多許多代，才能發出一點光芒，科學之光！對面人說：這話我不能同意，照這樣說，我們都是白耗時間，浪費生命？潘博士被她們的對話吸引，興奮起來，幾次插話，企圖發表意見，都被擋回去。他哪裡是她們的對手，一個有強悍的性格，另一個則是知識的力量。但他的笑容，那麼謙遜和慚愧，更好像一切都是他的錯，於是又顯得無辜。他只能不斷扶一扶杯盞，它們在雙方激烈的手勢底下，差那麼一點點就倒翻到桌子底下去。

三人走出「牛鈴」，已是薄暮，這一餐飯，從午前到午後，再到晚間營業時間。阿初姊送到門前，嘴裡說著「再來再來」，事實上都知道不會再來了。三個人都有些醉，無端地高興著，走在街上。抬頭看見電線杆上高高吊著一隻靴子，原來是修鞋鋪招徠生意的廣告。美棠說：洋人的腦筋很有毛病！潘博士彎腰拾起幾塊石頭，瞄準了向靴子投射，終於有一塊射中，靴子動了動，玉潔說：它接受了福音。三個人在威廉斯堡橋口分手，各往各處去。她走上大橋，引橋在布魯克林上空盤旋，離河面老遠老遠，等她走到橋中心，燈光亮起了，在心裡喃喃說一聲「科學之光」，繼續向前走。

後來，陳玉潔和徐美棠真的去往加州聖達戈，西岸的南部。那個台灣老太婆出售的餐館還要向南，臨墨西哥邊境的一個小城，到摘採草莓的季節，就有大批的墨西哥人過境到農場做工。這裡的墨西哥人比紐約的溫和，應該說，所有族裔的人都比紐約的溫和，安靜，親切，友善。大城市將人磨礪成一種堅硬的材質。這餐館是當地唯有的兩家中國餐館的一家，已有四十年歷史，那老闆娘用它養活了三男二女，終於，第三代出生，便收官退休，享含飴弄孫的天倫之樂。她信守諾言，將餐館出讓給徐美棠，嚴格說，是徐美棠的朋友陳玉潔。按先前的立約，陳玉潔做老闆，徐美棠任經理，經理兼大廚，老闆負責前堂。原來的一個廚工，一個跑堂，還有一條大狗，一併留下來。那狗太老，不能承受遷徙的動盪，似乎自知無法跟隨舊主，很認命地趴在窩裡不動。臨別時，淚眼對淚眼，很久很久，無奈門外車喇叭一逕地催，方才一拍兩散。

餐館總共十來種菜式，編號排序，無論魚肉葷素，一律都是滾水中汆一汆，然後澆上預先調好的醬汁——老闆娘稱之「打拳司」，不惜賜教，如何配料，打出味厚色濃的「拳司」。出於恭敬，一一應道，心裡卻不以為然，決定另開新路，往精細清淡方面發展。來客對盤中物流露出謹慎的態度，幾天時間過去，一個人也沒有了。只得因循老闆娘積幾十年經驗創立的路數，方才漸漸回來客人，生意重又興隆起來。餐館沒有申請酒牌，不設酒吧，晚上收市比較早。總體上說，小城的夜生活相當節制，只有公路邊上的一家餐廳，通宵營業。尤其週末，聚集著年輕人，電子樂的低音，咚咚地敲擊，空氣起著震盪。從紐約那地方過來，多少會覺得沉寂，可兩個人互相作伴。打烊以後，坐在廚房灶頭邊，做兩個溫州家鄉菜，燙一壺日本清酒，電視機裡播放著美棠所說「腦筋有病」的節目，有當無的，半個晚上過去，剩下的便是酣暢的睡眠。她們的睡眠都改善了，公路上疾駛而過車輛，從夢裡穿行，使人不至於徹底墜入虛空。

即便是這樣平淡的日子，也會有意外發生呢！有一日早晨，門敲響了，裡邊人還沒開業呢。敲門聲止住，過一時，又響起，來回幾番，終於耐不住，開出門去。這一開門不要緊，一聲尖叫沖上天。陳玉潔以為發生搶劫，大白天的，竟還有這等大膽的事，跑出來，也是一聲尖叫。面前站著一個人，誰？潘博士！風衣上蒙一層土，身後一駕租來的車，也是一層土，垂手提一個舊背囊，靦腆地笑著，不好意思抬眼。兩個高個子女人，一人一邊架著胳膊，腳跟離地提進門去。問他怎麼會來？他不回答，也不需要回答，管他怎麼來，總之，他就來了。

潘博士住了三天，重又上路了。他出身香港一戶富商人家，父親指望他參加家族事業，攻讀商科。他對經商一無興趣，但也聽從父命，來到德國讀經濟。第一年就被高等數學擊敗，轉讀哲學，為此和家庭決裂。終究是自己骨肉，父親給出一筆錢，從此不再負擔，無論生活還是學業。另有一筆存於託管基金，結婚成家時方可支付。他用到手的錢開出漢堡的書店，書店終於關門，便到教會做義工，掙些吃喝。因他始終沒有結婚成家，所以名下的第二筆錢便不得動用。逐漸地，他發現自己，最適合的生活是，做一名遊僧。開車行駛在西部的沙漠，仙人掌一望無際，太陽照耀大地，前方是地平線，永不沉沒。

二〇一六年十月二十七日 上海

紅豆生南國

一

身前身後都是指望他的人，依常倫排序，第一是他生母。

生恩和養恩孰輕孰重，難加分辨。論先後，沒有生哪來養？論短長，生是一時，養卻是一世。即無法衡量比較，便順從現實，從來不提生家，一心侍奉養家。所謂養家，其實只阿姆一人。他從未見過養父，領過去時，只阿姆自己，阿爹賣豬仔去了菲律賓。那時節，人都是賣來賣去的，他的賣價是三百斤番薯絲，如今看來極賤，但阿姆罵他，是當價昂的說，意思花大錢沽他來，卻不乖，又無用，可見是個賠錢貨！他被罵慣了，時不時還會挨幾下打，別的他不在心，唯獨「三百番薯絲」這句，多少有些傷他，起來隔閡。雖然一上來就知道不是阿姆的小孩，也知曉即便自己的小孩，疼他也疼不過阿姆這樣。但這一句，讓他成了勞力，豬仔似的。六歲那年，阿姆決定去菲律賓找阿爹，與一夥同鄉人付出一筆錢，夜裡上一條大木船，登船時又被為難一番，嫌他太大，不是阿姆說的四歲，要加價。阿姆心疼錢，就罵他吃得多，長得快，三百番薯絲再提一遍。途中起風浪，木船幾乎搖散，他被幾個大人壓在底下，聽見阿姆變了腔的叫喊，應不出聲。阿姆吵得太凶，受人呵斥，一艘巡邏艇吐吐開過去，借了燈亮，他和阿姆一上一下看見，都是驚恐失神的眼睛，彷彿分離有萬萬年，彼此換了物類卻還認得出。

大木船登岸香港島，一邊找工做，一邊打聽阿爹消息，是一段極苦的日子。在新填地街租下半間屋，說是屋，其實是替人看檔，夜裡拉下捲簾門，鐵皮櫃上鋪開席枕；天白捲簾門拉上去，便捲起鋪蓋，將櫃裡的乾鮮貨擺上櫃面，大人小孩各自走開。阿姆到後面碼頭打雜，他則上學讀書。一日裡只晚飯起炊，就在路邊露天點一個火油爐，下一鍋麵線，母子倆吃一頓熱食。那兩餐都是混，倒也不曾挨餓。因這條街多是水果檔，唾手可拾，刀尖剜去爛眼，餘下一角填肚腹。也因此，成年以後他不愛吃水果，果肉裡總有一股腐味似的。街對面是一間戲院，專演粵劇，小孩子們常溜進去玩。倘有戲班住場，守門人沒看牢，潛進後台。那一掛掛戲服，一頂頂頭面，妝台上的鏡子交相輝映，架上的刀槍，紅綠纓子，空氣裡有一股粉香，好像天上人間。曾經從廣州過來劇團，紅線女頭牌，天不亮就排隊購票，一人只得四張。他們這夥小孩子代人占位，一個位換一角幣。天熱，捲簾門裡，一夜睡過去，一身痱子，他們本來就睡馬路。占位的收入，集起來替阿姆買一張票。那一天，阿姆早早從碼頭回來，煮了麵線，吃畢後洗澡洗頭，穿一身香雲紗衣褲，搖一柄蒲扇，扇面灑幾滴花露水，過到街對面，堂堂正正走進大門，看戲去了。劇團的團長是個北佬，叫他們「小鬼」，廣東話裡不是好話，但大陸那邊過來的，尤其官場上的人，有些君臨天下的氣派，所以就還是歡喜的。

都是苦慣的人，他又年紀小，不解事，就受得住煎熬。不知不覺間，他們從貨檔裡搬出來，搬進一間正經屋子；又不知不覺間，阿姆自己開起一小間貨檔，打老鼠會得的本錢。這時候，他也大了，十二三歲的人，個頭長過阿姆，穿了白衣白褲的校服，頭髮斜分、梳齊，騎一架自行車，游龍般出了街巷。先給食檔送菜，然後上學，下學後再送一輪。這一輪就帶有餽贈的性質，即將過夜廢棄的菜，不如做人情。阿姆少罵他許多，再不提三百番薯絲的話，預見到將要靠他。菲律賓那邊的人，一是無音信，二是不指望，香港是唐人的地方，阿姆和他已經住慣了。

他上的是一間愛國學校，師生中有激進分子。左翼思想往往培養文藝氣質，因二者都有空想的成分。具體到他，困窘的現實裡，更需要開闢出另一個空間，存放截然相反的儲藏，就像新填地街對面的劇院，舞台燈光裡的男女麗人，上演一齣齣戲文。說是古事，可誰又真知道，總歸和今日不同，凡不同的事物，都推到古遠，三皇五帝就是至仁至德。所以，他自小往文藝青年的方向走，喜歡讀書。學校鄰近，專有一間書鋪，租售現代文學作品。魯迅的文章對少年人顯得過於嚴苛；劉吶鷗一派的都會小說，在社會底層的人生又忒奢華；批判現實主義，比如茅盾的《子夜》，一方面，和前者同樣，聲色犬馬，另方面，卻有一個堅硬的壁壘，即資本主義運作體系，中學生的認識難以攻破，令他生懼，於是便退回來；巴金的《家·春·秋》，是他喜歡的，雖然也是離他的生活遠，但因有著常情被他理解並感動，然而那惶惶巨作，眾多的人物，反覆的情節，社會各階層樣貌，幾乎是先天的存在，非人力所創造！所以，他攫取作榜樣和練習的，是戴望舒，徐志摩，還有林徽因「桃花，那一樹的嫣紅，像是春說的一句話」——說到此，就要感謝五四新文學，開創有白話文的詩與散文，要不，少年人的心事往哪裡安放呢？

反過來說，正因為有了這些新辭，方才啟動心事，否則，他們還不自知。這也就是啟蒙的結果吧！

這樣，他就在自習本上寫下一行行句子，寫海、遠山、礁石般的一串離島、天上的雲——香港的天空，實在是很活躍的，氤氳集散，一忽兒推擁，一忽兒鋪平，一忽兒成風，一忽兒化雨。心情也隨著搖曳，一忽兒舒朗，一忽兒沉鬱，一忽兒陰，一忽兒晴。文字多少是誇張的，偏離客觀真實，加強主觀性。他就變得多情善感，常在無人處獨自出神，甚或流淚飲泣。臨青春成長，一切感受格外尖銳。阿姆的粗魯的愛折磨著他，吃不下的時候硬逼著吃；睡不著時強行關燈逼著睡；與同學爭執，最常見不過了，阿姆卻吵到同學家去；老師評語稍有差池，那就是全校聳動，校長都出面了。倘若不是「三百番薯絲」的前緣，他會與阿姆鬧翻，現在，因有這項自知，便壓制下來。受恩其實是屈抑的，但這屈抑幫了他，安然度過反抗期的危機。

如此的處境裡，要他不去想念生父生母，也是不可能的。從「三百番薯絲」的賣價推認，一定是極貧寒的人家，否則不至於沽兒鬻女，所以心中並無怨艾，只好奇他們是怎樣的人性，如何喜怒形狀？想必不會是阿姆這樣的強人，而是軟弱認命的；他的兄弟姊妹——他無疑是有兄弟姊妹，否則不會養不下他，倘是有他們，就不會像如今的孤單，看街坊多子女的人家，尤其是兄弟們，呼嘯而過，呼嘯而往，當然的，免不了要爭食爭衣，阿姆卻從未讓他受過飢寒。這麼想，並非要將兩家作比較，生和養如何比較？兩項缺一項，就沒有他。即便在最寂寞最苦悶，他也不曾生出過厭世心，相反，還有些享受呢！所謂情何以堪，其實還不是有「情」才「何以堪」？一個有情人總歸是慶幸出生於世的。文藝專是為培育有情人的。

其時，他的有情還未邂逅革命，處在漫生漫長狀態，彷彿天地間皆是，又彷彿，是一個空洞。如果這樣無目的的階段再延後一個時日，戀愛就會充實他的濫情，可是男生普遍晚熟，看不見，甚至害怕，為了躲避還要繞道走。要過若干年，方才醒悟，然後勇進，這且是後話了。如今，他的知己是同性朋友，和情欲無關，而是同道的性質。這位同學少他一歲，因他晚讀書一年。同學籍貫浙江慈溪，以鄉土論，應是蔣系三民主義，可偏偏追崇毛的新民主革命。也愛讀書，讀的是哲學和政治，嚴復的《天演論》，梁啟超《少年中國說》，瞿秋白的《多餘的話》，馬克思的《共產黨宣言》。同學的說話，他多半不懂，說的人自己也不全懂，但辭藻是華美的，共和國，放射光芒，彷彿海上升明月。兩人都激動著，溼潤的海風吹拂臉和身子，雲一層一層垂下來，最頂上的一層，鍍有金邊，是落日的餘暉，海鷗就在金邊上下飛。離島在暮色中忽隱忽現，忽起忽沉，天公順手撒下的一串碎石，帶著人家、稼穡、漁獵。漁火閃爍。再一會兒，雲層與海平線合攏，滿天星斗。演說結束，一片靜謐，一個更宏大的華美籠罩下來。他們站起身，回家去了。

同學的父親，在碼頭拆船廠做工，一口養活幾口，家境甚至不如他，但有父有母，又有兄弟，氣勢就磅礴了。再說，五六〇年代的香港，貧窮是常態。外頭說香港勢利場，其實是胼胝手足，打和拚。有一陣子，他近乎豔羨，看同學慷慨激昂。兩人個頭高矮一般，但那一個手腳比這一個粗壯，聲氣也是粗壯的，一雙細目炯炯有神。而他，此時已戴上近視眼鏡。視力，也是性格，使他行動反應都要遲緩一步。看同學大敞衣襟，任風吹起額髮，張開雙臂，像是迎接時代，又像時代迎他走來。

歷史，大約在某種程度上，真是天地人感應。這一年，世界左翼力量忽然積累到臨界點，這股力量來自冷戰格局下意識形態對峙衝撞，大約還有發育期荷爾蒙水準激增的緣故。戰後嬰兒潮一代人，急躁地成長著正義的概念，理想主義各闢路徑，每一個局部的孤立事件，先後成為邏輯鏈上的一環。刺殺甘迺迪，古巴革命，切．格瓦拉，中國大陸文化革命，巴黎五月風暴，香港反英抗暴——文藝青年終於遭遇激進政治，那段日子，即便日後付出代價不小，回想起來依舊心旌激盪。罷課，遊行，集會，衝擊港督府，印刻傳單——他寫了多少文字啊！原先的風輕雲淡忽就變得炙熱。他覺得正在靠近他的同學，同學的思想變得容易理解，更要緊的是，能量。原先他總是跟不上，就像一個氣短的人，現在，他踩在同學的腳窩裡。甚至，他開始，逐漸地，能言善辯。筆尖更加流暢，一向的短句延為長篇累牘，總也收不住，收不住。他的文章被校外的報刊採用，迅速傳播。他來不及將草稿上的文字刻到油紙，就有一名女生自報做謄抄公。這晚上，教室裡，他寫文章，她刻鋼板，同學呢，推油印滾筒，同時向他們輸送思想。這思想在遞進，向著遠大的目標，他險些又要跟不上了。女生的娟秀的字，刻在鋼板變得稜角分明，英氣勃發，使他的文章增添戰鬥力。他們這三人行組，成為學校運動的核心層，當風潮平息，運動解體，三人行還延續著，結局卻出乎所有人意料。

二男一女的組成結構，多半是一對一加一，就是說，一對戀人加一個無關的人，這個人常被稱作「電燈泡」。羞怯的少年愛戀，「電燈泡」的存在很重要，不止作用於假象，有利輿論，更可緩解單獨相向的窘迫。所以，這一個多餘的人又是必要的人，被雙方拉攏，成為三人行的中心人物。時間進行，事態發展，倘若有一天，第四個人加盟，成為二對二，便水落石出，各歸各位。然而，情竇初開，往往蒙昧不明，難免清濁混沌，生出錯來。女生來自上海，香港社會階層劃分，地域的因素占一定比重，江浙滬甬先天有一種優勢。這靠海吃海的一帶，多是以勞力謀生計，並不因此為上下，但潛在的，多少劃分出親疏遠近。這樣，女生和同學在地緣上就是同類，智慧上也旗鼓相當。他不至於自謙是蠢物，但是，千真萬確，缺乏他們那樣的光彩，聲色照人。做他們的朋友，他很驕傲，也很感激，倘不是他們，接納進三人行，就連目下這一點發揮也沒有了。現在，他們的出行，變兩人為三人。隨在那兩個身後，不是跟不上，而是自覺地退一步，看著他們的背影。同學的手臂張得更開，馬上要飛起來。女生飛起來的是裙裾，還有齊肩的黑髮。再加上海鳥，羽翼撩亂眼睛，熱辣辣的。

有一晚，他們忘了時間，埋頭在工作裡。忽然，教室的門推開，阿姆進來了。他的心怦怦亂跳，不知道阿姆又會罵出什麼不堪的言語。不曾想到，阿姆沒有出聲，目光掃視三人一遍，停一停，退出門去。那兩個愕然相覷，他則埋下頭，匆匆收拾起東西，來不及告辭一聲，跟上阿姆。昏暗的星光下，阿姆快步走著，他不敢走前，又不敢落後，母子倆一前一後走過無人的街道，走進家，那小小的臨街的一間屋。前面是阿姆的貨攤，後面的餘地相當侷促，但還是隔給他三十呎，白天收起床鋪，作書房，夜裡放下，是臥室，他就有了個小世界。隔著板壁，聽到阿姆上床，關燈，搖動蒲扇。他不敢出大氣，心中惶惶的，聽蒲扇愈搖愈慢，漸漸止息，一夜平安。早上起來，阿姆的臉色很平靜，方才知道，事情過去了。要過些時候，阿姆方才對這一晚的印象發言，大大地驚他一跳。但事實證明阿姆的洞察力，超人一等。

這一段狂飆歲月，將他們閒暇時讀的書，全用上了。法國大革命，俄國民粹運動，三民主義，五四新文學，中共「九評」，毛澤東「我的一張大字報」……不分先後排序，一股腦進入年輕頭腦的思想，一股腦化作行動，冒失的，魯勇的，一往無前，再一股腦闖下窮禍。可是，青春要不是這樣的，便是虛度，就像沒有長大就老了。歷史很快完成一個迴圈的週期，猶如風暴襲來迅雷不及掩耳，轉瞬間大潮退去。市面恢復秩序，港督政令順達，學生們回到課堂上，繼續學業，為彌補荒廢的功課，比之前加倍克勤。當然，事情並非說完就完，法制社會必將體現威權。體恤他們學生，正當成熟和未成熟之間，不至於入監，但相應的處置是免不了的。運動積極分子中，同學受罰最重，開除學籍；女生雖被允許在讀，但終究升學失利，上了一所兩年制會計學校；他呢，學校遲遲不授予畢業證書，似乎猶豫著不知如何發送才好，從嚴心有不忍，從輕無法向上交代。所有在港的愛國學校均受到政府擠壓，面臨存亡大計，一時難以顧及，於是便擱置起來。

後來回想起來，這段日子頗有一番喜劇性，在當時可是煎熬。先是阿姆怕他出事，在阿姆的經驗裡，所謂出事，無非是想不開尋短見。因此，亦步亦趨，他走到哪，就跟到哪。凡高興與不高興，他都愛往海邊去，這就更令人緊張，不敢離開眼睛。阿姆這樣一個女人，從命運中煉出來一派強悍，太不合這意境。她哪裡管這些，跟著不說，還要喊他。他就想起幼年時偷渡的大木船上，被壓在人底下，阿姆在上頭踩來踩去地喊他，又辛酸又厭煩，還有一種滑稽。後來，他不出門了，日日將自己關在他的三十呎裡，可是，很快就關不住了，因為阿姆要出門。出門去哪裡？去學校！想不到會鬧什麼事，他又喊不住，只得跟著去，就變成他跟她。

阿姆熟門熟路，逕自走進校長辦公室，叱問為什麼不讓畢業，我的仔——他倚在門邊牆上，聽阿姆說出這幾個字，耳生得很，阿姆曾幾何時稱他作「我的仔」？稱他的話有各式各樣，記得最牢是「三百番薯絲」的瓜葛，猛聽見這暱稱，只覺得窘。稱過「我的仔」，接下去的是一串溢美之辭。阿姆大讚「我的仔」多麼乖，文章又好，放在古時，定是狀元郎！她呢，就是誥命夫人。他聽不下去，可誰能攔得住阿姆？不過，阿姆的策略是多變的，下一回去，便不再作聲，坐在校長室的辦公桌前。校長親自奉茶，她看也不看，只喝自帶的涼茶。愛國學校的校長都是有普羅思想的，阿姆屬他們關懷與救贖的階層，所以不會說狠話，而是百般哄她。不能說全是阿姆糾纏的結果，也不是一點沒有，總之，學校最終發放了畢業證書，鑑定也還看得過去。此時，升學考試已經過去，只能等下一年，他不願意繼續讓阿姆供衣食，也對學校生活心生厭倦，就應了一個小報校對的聘用，做工了。之前，同學憑藉父親的人脈，在一艘遠洋輪當水手，頭一趟出行便是往澳洲。臨別前，三人行再聚，就是散夥宴了。三人都喝了酒，酒又都跑到眼睛裡，盈盈的，再變成惜別的話，連他都變得滔滔不絕。事先有約似的，沒有涉及過往的日子，像是要珍藏，又像不堪回首，更可能是，他們跳躍過少年時代，面臨成人社會，那裡有著關乎生計的嚴肅性，過去的都成了閒情。同學飲乾最後一杯酒，說道：你們要好好的，等我回來！猶如壯士出行，二度革命即來，事實上，此一時，彼一時。借「你們」的複數，通一己私心，那女生不是低下頭，避開那一雙熱辣辣的眼睛。他向以為他們是一對，郎才女貌。女生雖稱不上絕色，但在廣東籍為眾的本港，江南女子的白皙膚色和細緻眉眼，亦有一番過人。而自己，總是處於陪襯的位置，一方面是守分，另方面，人在事外，從容地看與聽，樂趣並不比當事人少呢！

有一日，下夜班回家，新人多是排在夜班，阿姆還沒睡，告訴說女生來找過他。他「哦」一聲便去沖涼就寢，阿姆還不睡，走到床跟前，說，「男追女，一重山；女追男，一層紙。」他渴睡得很，勉強睜眼，看著阿姆的臉，不知發生什麼。阿姆將一封信丟在他身上，自去睡了。睡意退去些，他拆開信，竟然是一封情書，抬頭是女生的名字，落款則是出海的同學。他懵懂著，不知道兩人間的私信為何落在他手裡。阿姆方才的話又響了一遍，他有些糊塗，又有些明白。糊塗和明白中，夜班的睏乏跑走，徹底清醒過來。他終於懂得女生的用心，可是，阿姆又從哪裡悟出？她不認識字，也不認識那女生。待事情進到下聘階段，阿姆娓娓地道來，那晚闖去學校，見燈底下他們這三人，就斷定其中必成一對，這一對非別人，而是他和她。問為什麼？阿姆說：世上人都看得見；問世上人是誰？阿姆說：所有人；問有沒有他自己，回答有三個字：燈下黑！

他與女生之間，自然而然，彷彿已經認識一百年，再無隔閡。「電燈泡」有「電燈泡」的優勢，渾然不覺中，培養出瞭解和好感。回想起來，發現早有交集。一併聽那同學宣講，接受教育；繼而被指使工作，交代任務；然後同去執行，再行彙報。他是領袖型人物，而他們，忠誠，謙遜，崇拜菁英，是他的大眾。他伴在兩位身邊，作他們的障眼法，事實上，是給自己作了障眼法。再看筆下的文章，不都是寫給一個人的？吟風頌月述的是溫柔心，戰鬥檄文唱的是激情歌。本來這一個人不知在哪裡，現在知道了，就是她！原來，他想，早就有這個人了，卻不自知，是事態朦朧，還因為羞怯。許多事都被「羞怯」兩個字耽誤，要不是有阿姆，幫他挽回敗局，人生將是另一番面目。從戀愛一路到婚姻，途中有一個關隘，有點難住他，就是同學。甜蜜中的苦澀，是愧疚又是窘。阿姆看出他的憂慮，阿姆就像先知，什麼都知道。手裡搖著蒲扇，眼睛定定對著前方，說道，同學是走四方的人，拋得下父母妻仔！他未及追問為什麼，阿姆接著說，同學與他阿爹有同樣的相，雙耳緊貼後腦，前額有一對鼓，這種生相，走遍天下有人幫！他與同學相處多年，不曾留意這兩點，阿姆只一眼就全看見了。更讓他吃驚的是，阿姆提到「阿爹」這個人，雖然因為尋他才到的香港，可連一張相片也未留下，他從來不去想像「阿爹」的生相，彷彿是一個沒有實體的人。阿姆的話打開一扇門，放他走出情義的囚禁，釋然了。

他們先是和同學寫一封信，因斟酌字句，延宕下來。婚期日益臨近，最後放棄寫信，代之以一張婚柬作告知。想不到，同學竟然出現在喜宴上，加盟迎親兄弟團。海上生活與體力勞作使他更加結實，皮膚是古銅色，雙臂伸開，幾個小孩攀住了打秋千，他再慢慢抬起來，舉座皆驚。送親姊妹團有好幾位向他傳遞眼風，他則兵來將擋，水來土壅，迎拒自如。顯而易見，已在風月場上有過歷練。想一想，那遠洋輪一出幾萬里，停航碼頭多少流螢，滋潤著漂泊的身體和心。女生選擇這一個，不選那一個，也是先知先覺。他逐漸明白，不止是阿姆，還有現在的妻子，女人大多有特殊的感知能力，這即帶給他好運，也帶來煩惱。總之，過去和將來，他都要與這種異能糾纏不清，最後敗倒。

雖然是阿姆熱情支持的婚姻，但婆媳關係跑不脫傳統窠臼，齟齬是免不了的，夾板氣是免不了的，非此即彼的兩難選擇亦免不了。日常生活的篩選相當可怕，漏去的都是好處，留下的且是壞處，因好總是細膩的，壞呢，突出、尖銳和粗糙。阿姆本就是個強人，否則的話怎能夠單槍匹馬，帶他到今天；妻子漸漸的也顯現出強來，為他所料不及。兩個強人都怨他軟弱，他不止軟弱，更是虧負，虧負她們的恩情。阿姆賜予的毋庸說了，妻子，賜予他愛，還有子息。妻子給他生兒子，不是一個，是三個，他很高興不是女兒，而是兒子，要不，他就又多了債主，並且三個。千真萬確，女性是他天然的債主，他生來就是為還報她們的施捨。有時候，當他獨自一人，安靜下來，對比雙方的能量——他從來不評判是非，倘要評判是非，那麼一定是她們都對，就是他錯，所以，他只以強弱論。從本性說，阿姆強，妻子尚有幾分溫柔；從遭際看，阿姆受的苦多，磨礪也更大，妻子基本順遂，家境不算富足，溫飽還是有的，可算在和諧環境中長大，但這種和諧卻在婚後被顛覆，於是崛起，所以，就這項說，妻子的個性是被阿姆激發起來的，當然，他忽略一點，三人行是因她主動，才有結果，更可能是潛在的力量型人格；人間事物其實受天意造化主宰，某一方能量上升到傾斜失衡，另一方亦會反彈，水漲船高似的，於是，對峙就保持住了。妻子本是後起，又需服從於長幼尊卑，地位就在下風，然而，一逕生下三個兒子，氣焰步步高升。自從生產以後，不知是荷爾蒙緣故，或者心理變化，妻子說話聲音粗壯，腰腿圓出一周，臉也寬出一指，原先那個溫宛的女生藏到芯子裡，看不見了。現在，她們勢均力敵，平起平坐。他作著評估，現實的煩惱變得抽象了，生出哲學的理趣，又不純是思辨性的，還有一種溫馨，來自於親緣。一旦她們出現，爭端挑起來，好心情煙消雲滅，只覺得人生是一場折磨。

後來他與妻子分手，完全是另外的緣由。其時，阿姆已經過生，或者說，他拖延到阿姆過生，方才簽署同意書。事實上，婆媳生怨，日積月累，終究消耗了夫妻的親密。妻子離去，他心中是有遺憾的，本來，阿姆不在了，也許他們間的罅隙有機會彌合，可是，冷淡了的夫妻，再度熱情起來的可能幾近於無。不如好合好散，換一種緣分。

阿姆過生，妻子離婚，三個兒子都成年，只有小的還在讀書，費用他包，跟母親住。所以，房子是歸妻子。他淨身出戶，倒也清靜。經過這一段冗雜的世事，他對自由生出新的認識。一切善後處理完畢，頭一項要做的事，就是看望生母。

二

三歲跟了阿姆，對生家沒有記憶，前面說了，因阿姆時時提及三百番薯絲，知道是個貧家。可阿姆也不是富家，放眼都是一片窮，所以，又像是記得似的。無論閩南故里，或新填地街，那多子女的一戶一戶，都是生家的照相。阿姆與他生母，是一個娘家村人，溯遠去，連得上親攀，斷不絕音信。他又有心，很會猜，漸漸就將那些鱗爪拼起來龍去脈。生父過生，與他頭生子落地同一年，他雖不信佛，暗地也覺得有因緣。他知道家中連他共三兄弟，他也有三個兒子，不同的是，他有一個姊姊。心裡就相信，如果與太太不生隙，也會得一女兒。關於這姊姊，有一樁事他從未和阿姆說過，就是他們姊弟曾經見面。八〇年代中，大陸經濟改革，香港近邊的保安鎮開發新區，立市為深圳，姊姊從深圳入香港，在一家車衣廠做工，聯絡到他。接起電話，他倒也不吃驚，彷彿早在等待的一日終於來臨。那是八月的下午，出地鐵口，搭乘小巴，需越過一個隧道口。汽車的尾氣洶湧而出，烈日當頭，滿耳發動機的轟鳴，地面在腳下震顫。他先是虛脫，熱極了，卻不出汗，手腳冰涼。喝下一瓶水，並無緩解，反增添一項，尿急。眼前一片白熾，不知往哪裡找廁所，就在隧道內側的影地，面壁方便。倏忽間回到窮破的山村，變成極小極小、光屁股的小孩。撒過一泡尿，身上輕鬆了，手心腳心有一股熱上來，汗如雨下，眼睛裡則是淚，糊住視線。他哽噎著，一步高一步低走到小巴停靠站，上了車。炎熱的午後，極少有人出門，車上只他一個，等一時，還是他一個，便開動了。走一站，停下開門，沒有人上來，再關門，上路。司機似乎盹著了，整個香港都讓午眠魘住，只有他一個人在哭。

他和姊姊約在荃灣西一家茶餐廳，小巴上的激動平息了。面前的這個婦人，看上去像阿姆的年紀，穿的甚至比阿姆老氣，神情卻很沉著。兩人有一時無語，輪換替對方斟茶，偶爾抬眼，對看一下，又避開。停一會兒，冷氣將熱汗收乾，他問：母親——這是經過考慮決定的稱呼，母親好嗎？他問。姊姊說：阿姆讓我看你。他注意到姊姊用的稱謂是「阿姆」，而他已經有了一個「阿姆」了。他將帶來的東西提到桌上，推過去：代我向母親請安。姊姊說聲：太見外了！他說：自己人！答非所問中完成開場白，雙方吐出一口氣，攀談下去，以往綽約的耳聞此時浮出水面，展開眼前。兩個哥哥都在原籍，靠山吃山，靠水吃水。一個經營茶業，一個養殖蠔田，吃苦是吃苦，回報卻相當可觀。託鄧小平的福——姊姊說，靠到椅背，眼睛看向他，頭一回正視這個弟弟。然後說起自己，嫁的人恰是廣東保安鎮上，開摩托車行，所以，她才可越境到香港做工，月薪抵得過內陸人十倍以上。雖然做得苦，可他們從來都是苦做苦吃的人，下一代則可換一種命，一個個讀書升學，習商習醫。看面前的女人滔滔不絕，他漸漸明白，表面是認親，實質上呢，是通告，他們雖然留在苦海，但憑著一己之力，也掙出頭來了。原來，兄姊們並不以為他可憐，反是豔羨的，說不定會問母親，他們的阿姆，為什麼是他，而不是他們中間的一個？最後，姊姊終於沉寂下來，店外面的炎日略微軟弱，他買了單，站起身，將來——他說，口氣有點猶豫，因為不知道什麼時候是「將來」，他口吃起來——將來，我養母親。姊姊依然坐著，靠在椅背，從下往上看這個男人。金絲邊的眼鏡，淡紫色細條紋襯衫，束在米黃卡其西褲裡，繫棕色牛皮帶，腕上是同色的帶，面容清爽，看不出年齡，只是髮頂已見稀疏。中環的群樓底下，匆匆來去的都是這樣的男人，那是另一個香港。姊姊的表情頹唐下去，他不敢看她，轉身離開。

之後，他再沒接到來自生家的音信，他也忘記向姊姊作出的承諾，即便不忘記又如何？職場和家室，都近似春秋大戰，連他生來直正的秉性，免不了也要動機竅，走曲線。又值時事震盪，英女皇訪中國北京，談定九七回歸，人心惶惶，亦是喜，亦是疑。喜的是，家國同體，名實合一；疑的是百年隔離，水乳能否交融。一時掀起移民熱潮，資產企業也相繼流出去，股市一路下跌。亂過一陣，忽又平靖下來，大陸政府援手救場，股市反轉，出去的人又回來，彷彿什麼事都不曾發生，舞照跳，馬照跑。人類是最能隨機應變的物種，否則怎能在生物進化中取勝，居萬靈之首。他從愛國中學畢業，就好比定了終身，一直在大陸背景的公司做事。薪金菲薄一些，好處在於這類機構不似英皇體制內講求學歷。隨著港人受教育程度提高，學歷的迫勢日益進逼，這些年公司招聘的新人，多有碩士博士，甚至牛津劍橋。好在他已立穩腳跟，到中上層，下是下不來，上呢，空間也有限。他本無大的野心，但求無過無錯，按時退休，憑他的年資，可得養老金還算可觀，就算是功德圓滿。九七回歸，使他暗中生出些微期許，說不定，說不定呢，會有新天地。他悄然寫下一些文字，有多少日子了，他沒有寫工作以外的字句，那還是少年舊習，禁不住害羞，但又感動。往昔的激情歲月回到眼前，心中都懷疑，是從那裡過來的嗎？當年的三人行，兩個成為身邊人，親暱和齟齬將他們磨礪成另外的人形，那一個雄心不減，卻是另一番抱負。同學他棄政從商，從貿易到實業，遍地開花。九七回歸典禮，電視中可見他的身影，屬愛國人士。電視機裡播放國歌，鏡頭從一行行人臉上搖過，他與太太都不看，走來走去，各自忙碌。彼此不知道想什麼，又都知道想什麼。一個想，當初選擇若不是這個而是那個，當會如何；另一個想，無論愛國還是愛港，都要憑實力說話。

生活沿既定的軌道行進，歷史其實是在常態下轉折的。當年的反英抗暴，烽火四起，香港仍然完成一百年借約，如今，人事依舊，卻翻開另一頁。他收起紙筆，繼續朝向養老金的終極目標，日復一日。這年他五十歲，距那目標尚有一段路途，而通貨膨脹加劇，彷彿要將股市裡的盈利吸盡，養老金變得微不足道，他開始投資房產。第一套房屋的租金還下一套按揭（指房屋貸款的意思），下一套租金還第三套按揭，租金和按揭的差異所得竟超過月薪。這一項財政計畫應歸功太太，畢業於會計學校的女生，先在一所會計事務所做客服，又為客戶推薦到銀行，從低階升到中層，再到襄理。上海人天性裡的精細縝密，特別合適銀行業，她的收入早已經超出他，國際資本進出口岸的香港，這一行也比他的有前景。所以，三次生育她都沒有放棄職場，三個孩子由阿姆人工哺乳長大，亦都長得不錯，也和阿婆很親，多少平衡婆媳對峙。要不，這一家的強弱就太偏倚一側了。

如此，日子有一時的安寧。第一套的房貸臨到末梢，即將純收入租金，第二套也在中段，第三套平穩起步，卻得有機會出手，亦可兌現，作下一輪投資計畫。順遂往往迷惑頭腦，也是急於貢獻家庭，向來保守的他忽然奮勇起來，售賣的款項尚未到帳，便欲下訂金購進新樓。其時，形勢已經有轉，百業都趨下滑。太太入行金融業多年，諳得其中虛實，所謂不測風雲其實都在有測，於是，人退我進，人進我守，看起來反其道行之，其實是有預見，盈時望虧，虧時望盈。他只看見表面，哪裡懂得內中機樞，就也照虎畫貓，依葫蘆畫瓢。太太本覺得不妥，試著勸退，但沒拗過來。先生一改優柔寡斷，變得果決，這不正是她希望的那樣？他一生平庸，向晚時分，說不定有所建樹，亦可享一回清福，便由著他去。然而，就在此時，亞洲金融風暴襲來，房價驟落，租售均降，貸款則不減分釐，於是，入不敷出，轉盈為虧。一念之差，勝敗兩隔，賠進一生的積蓄。

緊接著，太太的離婚律師函發來了。俗諺道：夫妻本是同命鳥，大難臨頭各自飛。另一種說法則是，夫妻共患難易，同享樂難。回顧婚姻，他們既沒經過大的患難，也不曾有大的享樂，而平常的日子裡，堆壘起的怨艾早就分離他們，只不過借這一時作由頭。他知道，太太對自己失望已久，事業和經濟上的後進是一條，婆媳對決中立場曖昧是又一條，還有一條，也許是雙方都不意識的，就是人屆中年，難免會對所有的人和事生厭。這一封律師函有要脅，又有負氣。他沒有簽署同意，說辭，也是事實是，阿姆病在床上，他不想讓阿姆看見家庭破裂。太太也沒有逼迫，於是拖延著，兩人都抱苟且的心情，也是下不了決心。他們可算是少年夫妻，一路長成，一路將老，像是至親，卻又不全是，在他的身分處境，所謂至親，都是有隔閡的。有親無情，有情卻無親，情和親都是有恩。三個孩子，應為血親，但為妻母相爭，形勢複雜，為公平見，他只能採疏離的態度。父子之間本就淡遠，如此更生分了。寂寞時，他會遺憾沒有女兒，女兒當近暱些，可是，他很怕近呢！近暱意味受恩，他是個負債累累的人，盡其一身圖報都不夠用。

雖然沒有簽署離婚協議，兩人卻都默許了現狀，就是似離非離。爭吵不再有了，反倒更像路人。自從投資重創，阿姆日漸委頓。阿姆的奮鬥史，起點很低，低到地平線下，但卻節節向上，所以從來相信天道酬勤。眼看著燕子銜泥，一點一點的壘起傾刻間坍塌，不得不懷疑命裡有業障，到頭終是竹籃打水一場空。這時節，有多少老邁與軟弱的人一蹶不振，跳樓的，燒炭的，服藥的，阿姆不會戕殘生命，倒不是守什麼戒律，只是秉性剛硬，不肯讓步。但剛硬同時也易折，人算不如天算，阿姆終於倒下了。

夜裡，阿姆睡下，太太進屋，自從兒子在外寄宿，多出一間臥室，他們就分房了。他獨自走出家門，乘地鐵到天星碼頭，坐在水泥砌欄。水面幽暗，兩邊樓宇的燈火熄了一半，渡船離岸，笛聲如咽，溼熱而味鹹的海風迎面吹來，多麼憂鬱啊！卻有一種淒美，使他的愁苦變成詩意。文藝青年的心來拯救他出俗世了，一些傷感的句子湧現在腦海，就像渡船橫過水面，拖曳一條淺浪。幾顆細小卻尖銳的星星鑽出雲層，罩下一層薄亮，天水間豁朗開來。夜深了，岸邊的人不見少，反見多，許多遊客，還有戀人，這是不夜的城和不夜的人。他離得很遠，彷彿隔岸觀火，同時又深陷其中，被垣囿住了。

阿姆常說：我要是能夠，就自己走到殯葬館去。這一句狠話，至少做到有一半。前晚上，阿姆將兒子媳婦召到跟前，打開一個小包，裡面是金銀首飾，款式老舊，成色卻很足。她公平分成五份，三個孫子，及他和她，又將他一份歸進她的去，說：女人難得很。似乎知道他們要分開，又似乎勸和。夜裡有些不安，叫他起來，要一杯水，上一次廁所，天亮的一覺就沒醒來。後事料理完畢，太太取出離婚書，要他簽字，他說了半句：阿姆走了——這話像是當阿姆障礙他們的婚姻。她說：你早等著這一天！他等什麼？等阿姆走，還是等離婚。夫妻間就是這樣，說出口的全是錯，錯接錯得出的是個「對」。最終，他還是簽字了，太太，此時已不能稱太太，要稱前妻，冷笑道：這一回你如願以償！他只得苦笑，明明是她要離，卻成償他所願。內心裡卻承認有幾分被猜中，他真怕了她們，就像鑽心蟲，又像如來佛的掌心，七十二跟頭也翻不出去。房子留給她，這是金融風暴中保存下來的唯一家財，他自去租房住，這是劫後餘生的又一項，工資。如此分配，算是她得大頭，他得小頭。就這樣，因沒有致富的規畫，就也夠花銷，一個人能有多少吃用？只是退休或要推延，因養老金是筆死錢，多做幾年多有幾年收入。釐清這些，就交代完了前半生，事實上，是大半生，剩下的日子，數也數得出來，說是餘生，他倒有重新起頭的心情。這時候，他想起生母。

他聯絡姊姊不如姊姊聯絡他的順利，電話打過去，會說沒有此人。專跑一趟深圳，尋到姊夫的修車行，亦關門歇業，幾番問詢無果，悻悻然而歸。通勤車上聽來，金融風暴不僅沒有危及大陸，而且新政更趨前進，閩南閩北開發經濟，就有人往那裡闖事業。因此，換一條路線，從阿姆的故舊入手，倒得來不少消息。原來阿姆對生家，斷續有接濟，生父去世，還代他匯過一個白包。聽見這些，就知道尋親認親，阿姆不會怪他，心裡釋然很多。記下住址，下一個週日就上路了。

生母健在，身子骨縮得很小，坐在一張藤條椅裡，眼睛從幽深處看向他，無喜亦無悲。細打量，臉龐並不見老，還不似姊姊的有滄桑。也許到了某種境界，時間停滯，超然物我。他喊了聲「阿姆」，此阿姆非彼阿姆，然後跪到地上磕頭。阿姆的身子動了動，問出一句：抱孫無有？這一聲問得他汗流如注，回說：還無。椅上的阿姆坐回去，身形流露出鄙夷的表情。身旁的姊姊替他注解道：頭一個男在外國讀書，第二個也往外國去了，第三個留在身邊。實情是老大已經讀完回來，老二將去未去，第三個則在他母親身邊，他已成孤家寡人。阿姆豎起五個手指，搖動著，是指他的年齡。他點頭說是，十分慚愧，因無抱孫，又無成就，且還不知母親高壽幾何。母子二人，暌違幾十年，如今相對，幾句來去，要說的就都說了。餘下便是見兄嫂，認侄甥。滿滿站了一地的人，很快他就不記得誰是誰，只能從年齡分辨出平輩和晚輩，還有第三代——抱在手上，擠在腿縫裡，睜著晶亮的小眼睛，一個四世同堂的大家庭。然而，他也看出，母親是獨居，因房屋老舊，左鄰右舍全是新起的樓房，塑鋼窗，馬賽克牆面，琉璃瓦斜坡屋頂。中午時，全體轉移大哥家，大理石地坪的廳堂，擺了三大桌，除自家人，還請幾位陪客，村長，組長，廠長，還有鎮長。續起來也是族親，冠一個姓。鎮長與他推讓上座，來回幾度，最後以年紀論，鎮長方才入首位，他退左手，就挨母親坐，負責為老人家布菜。餐中，母親又問他一遍「抱孫無有」，彷彿將剛才的問答忘了，也可見出對這項的重視。除此，再無多話，難免有近在咫尺遠在天涯的心情。很快，他被桌上人拉進談話，被釋放似的，有一種輕鬆。

談話是關於經濟的新政，對個體創業進一步放寬准入。閩廣兩地原本有地貌差異，前者多山，後者平原，又近香港，錢物流動活躍，於是貧富兩分。後來深圳特區開發，如虎添翼，突飛猛進，閩地落後更甚，好比新社會和舊社會，桌上人說。現在好了，皇恩普降——這裡人說話真像是舊社會，舊社會裡的舊戲文。這天是觀音誕日，縣鄉都開社戲，於是，他又被拉到姊姊姊夫摩托車行所在鎮裡，直接上到一家酒樓，可俯瞰廣場上的戲台。所謂廣場，不過是兩條街相交處的一個路口，臨時砌起水泥（檯）子，兩邊用毛竹搭起棚屋，作演員換裝的後台。台頂上懸一排燈，燈下人紅妝綠裹，咿呀吟哦聲裡，有一支胡琴特別高亢尖銳，穿透過來。四下裡一片暗，暗裡人潮湧動，一會兒聚起，一會兒散開，與戲台上的活動無甚干係似的。

這一宴出席人全是鎮上官員，親屬只有姊姊姊夫，談的還是改革的題目。到底高

乎工地連工地，不是建房，就是修路。中途有人內急，沒有服務站，車陣銜接，停不下來，好容易靠到路邊，很危險地斜下路基，停在一堆黃沙旁邊。車門打開，一行人魚貫下來大巴，手牽手穿過汽車長龍。工地上人全停下作業，向經過者遠遠一指，顯然瞭解他們的急難。沿著指示走去，果見有廁所字樣，走進去，只聽一片轡嗝，宛如夏季裡的悶雷，原來是與豬圈兼用。事畢之後，再牽手魚貫而回，全體捧腹大笑。因都是路人，不過萍水交集，輕鬆無顧慮，一時間倒熱烈起來。窗外窮陋的山水，在南亞空氣的氤氳裡，變得清遠淡泊，近邊有鴨寮，棚頂的坡面斜下來，幾乎垂地，彷彿覺得行在宋人的畫中。

樓盤已起到一半，無數鋼筋刺向空中，起吊機的長臂緩慢地移動，險伶伶的。樣板房獨立在一側，走進去，只覺目眩——玻璃，鏡子，地磚，大理石，枝形吊燈，家具打著光亮蠟，總之，滿滿當當，都在發光，內外兩個世界。他倒無所謂這些，工程總是粗礪的，樣板房也總是過度裝飾，他注意的是樓距寬闊，可看見遠山一抹青黛，視野相當開朗。最令他動心則是樓價，只在港島百分之幾，附帶許多優惠，贈送潔具廚具，底層是空地，頂層是樓頂平台，還可代辦城鎮戶口，一室戶一人，兩室戶兩人，三室戶四人。從投資考慮，他是香港人，人稱經濟動物，不可能不想到投資，價值空間亦有餘裕。樓盤距縣城五公里，距廈門十公里，一路的土木建設就可看出，城市正急劇擴張。他在心裡迅速算出一筆帳，十年期的還貸，每月支出微乎其微，主要是那一筆頭款。他有一些積蓄，淨身出戶，從零起家，一月一月的餘錢，在港島，買一只鑽錶都不夠，可用在此項，卻不容小覷。差額部分可以借，他想到那同學，這一小筆借款，只要他張嘴，立馬就到手。張嘴的為難又恰在於少，而不在多。這點數目都周轉不靈，顯得很潦倒。這就是香港的人生。總之，他決定了，要替母親買一間樓，兌現贍養的承諾，同時呢，也是為家鄉經濟增幅作棉薄貢獻。

回到香港，即電話邀約同學，同學也剛從內地老家回來。這時節，香港大陸通勤活躍，來的多，去的也多。兩人在尖沙咀一家廣東飯館餐聚，依誰主張誰買單原則，由他做東。同學也不見外，只說這一向在大陸吃得過飽，胃口不怎麼樣，所以，無須點多，幾件盅品就可。於是，三件盅品，外加兩件點心，一瓶酒。中途同學忽想起問道：有什麼事嗎？他搖手說沒事，談談天，大家不都回老家，有見聞。餐畢時，同學又問：到底有事嗎？他還是搖手，說沒有。同學是個爽利人，性情難免粗疏，真以為沒事，不再問了。於是，這一餐，錢沒借到，餐費倒付出不小的一筆，盅品是比較貴的。借錢不成，買樓便擱下了，其間售樓小姐打過幾個電話，問，買不買？這話問得直接，露出大陸妹樸直的本色。他說還需考慮，買樓嘛，不比買白菜蘿蔔！後一句說得俏皮，他其實也是有風趣的，被生活壓抑，現在開始露出水面。

買樓的計畫延宕了一陣，小姐的電話稀疏下來。他想過向前妻借錢，但更不好開口，難免有推翻協議索討前帳的嫌疑，所以又止住了。倒是前妻自己揣度出來一點端倪，聽兒子說過他回原籍認親。他與兒子兩週一回晤面，並不在家，而是擇一間餐館或者酒廊，酌飲一番。每見兒子，都覺長大成熟，以至多年父子成兄弟，交流漸漸深入。某次從原籍回來，說起看樓經歷，以及小姐敦促，兒子說：醉翁之意不在酒吧！他說：誰是醉翁？兒子笑：兩者皆是！他哈哈大笑。看起來，家庭真是個藩籬，拆除之後，成員們都自由自在，反比往日相諧。夫妻極親密的時候——如今想起恍如隔世，小兒女間的密語，真出於二人之口嗎？但又確鑿無疑，是一個真實的夢。他曾告訴認親的心願，發誓回報生身之恩，她勸慰，不在此時，即在彼時。現在，時候到了，一個淨身出戶的人，縱有圖報之心，何來餘力？她自知氣頭上離異，盤剝太苛，但卻不甘退步，一直撐持著，也是那句話，不在此時，即在彼時。

這一日，前妻忽來電要見面，他說了一個地點，前妻則要去他居所。他從來拗不過她，只得應許。提前一刻鐘，到輕鐵站等候。星期日的午後，人車比平時稀少，鐵軌依山勢蜿蜒，石壁上野花扶疏，日光透進來，鑲上金銀邊，亮閃閃的。為節省租金，他就在屯門天水圍賃下一小單元，雖然遠和偏，但幽靜，是現代的桃花源。他在無人的月台上踱步，來一列車，沒有她的身影，他也不急躁，心情是清明的。又有一列車到，下來幾個人，沒有她。約定的時間已過去一刻鐘，這一刻鐘裡有她的怨艾，是在罰他呢，他不委屈，反而欣慰。他不再計算時間，暗中還希望等待延續下去。輕鐵列車從山崖後面探出，向這邊滑行，石壁上的花草都在搖曳，日光四濺，鐵軌發出叮噹撞擊聲。終於，車門口下來她。十一月的西下的太陽裡，她的人彷彿透明，本來就比閩廣人白皙，如今發福了，幾近吹彈得破。這是離異後第一次見她，沒變，又有變。她大約也是這麼想，只是更直率，說：頭髮怎麼沒了！他慚愧地避開對方的直視，心裡嘀咕：堪稱肥婆一個！事實上，他並非全禿，她也離肥婆甚遠。兩人多少是窘的，移開目光，並肩往他的租處去。一些時光在二人間倏忽過去，回不來了。

走入社區，再進樓廳，上電梯，過走廊，然後推門。與外部的闊大華麗相比，房間顯得格外逼仄，一方門廳，直對臥室，只三步深，一張沙發床幾乎掛在牆上。被他收拾得極乾淨，無任何贅物，也更見出寒素。環顧一周，挑剔的苛責的目光，他不禁瑟縮起來。她在沙發，他則隔一張桌的椅上，面壁坐著，壁上是兒子們戴學士帽的照片，還有阿姆的照片，沒有她，也沒有他自己。有一陣子沒說話，時間在靜默裡流去。唯至親才可無話，或者就是極疏的人了。他想找一些話來，卻被她搶先，他總是慢她半拍，她說：為你想，亦是過於拮据，可是，並無人有欠你。這話十分突兀，但又十分恰當，他點頭說是，被她止住：有一條路，可供你走。什麼路？他動心一下，抬頭看她。她冷笑道：自己不會想！於是又羞慚地垂下頭，過去，現在，將來，她總讓他羞慚。她接著說：即便會想，未必能做。這句話將他點穿了，他確實想過，比如找老同學，卻沒有做成。這回輪到他笑，是苦笑。停一停，前妻和緩口氣：我借你！他愈加苦笑：我拿什麼還？前妻說：既我借你，就要保證你有得還！這話說得很職業，就像在與客戶建議。他抬起頭，看著壁上家人的照片，注意力卻在耳畔。時間倒流，又回到過去的日子，她教導，他聆聽。教導者的聲音響脆，有理，又有辦法。

前妻的辦法是，她借他一筆款項，指定去買幾樣股票，然後指定幾時拋售，所得盈餘他得，本金完璧歸趙，還她。他聽了覺得極好，提出應按銀行存儲利率付她，她說不必。一言定音，他不敢駁。又提出立字據，前妻又說不必，再一言定音，不敢駁。她遂笑道：不怕你賴帳！他說：哪裡敢！前妻看他一眼，詫異有新變化，變得會揶揄。他臉上有一點笑影，才發覺豐潤了，顯得年輕，並不與年輕時樣貌接近，反而更遠，成另一個人。

就這樣，按前妻策略調停，他從復甦的股市賺一筆，付開發區新樓一套兩居室頭款還有餘，就交於姊姊，聊補母親衣食用度。產證所有人寫母親與他的名字，將來，那是較近前的將來，他至少可以主持房產的分配。其時，他也到養老的年紀了。自此，售樓小姐的電話又接續上，似乎有一就有二，期待下一筆生意成交。

三

同樣的原則，有一就有二。這一回與前妻交割之後，不出月餘，又有一次晤面。

是她邀他，因要賣老屋，讓他去收拾舊物，多是阿姆留下，也有他自己的。去到那裡，東西已經打理成紙箱，但還是多留半日，共同吃了午餐。房屋老舊，又是人去樓空的景象，喚起都是頹唐的記憶：婆媳齟齬，投資失敗，職場勞頓，經濟侷促。所以，並沒有想像中的傷感。

叫了一輛計程車，裝上他的東西，先送前妻，就知道她的住所。是買下的新居，大的住出去，二的在美國，小的住校，所以也是一臥一廳，卻要華麗與現代，有海景。海景於香港人，是身分的象徵。又有月餘，前妻忽到他的公司，說要出差，請他幫助灌溉盆栽，專送鑰匙來的。歸還鑰匙時，前妻沒接受，反而索去他住處的，說他要是出門，她亦可照顧他的房屋。他的起居十分簡單，沒什麼可照顧的，出於禮尚往來，他還是交出了鑰匙。他從來習慣服從，這是他與她之間一貫的模式，追溯起源，不都是她引領，他跟隨！

如此，這一對離異的夫妻開始走動。老二博士學成，一家人前往畢業典禮，順便旅行美國東西海岸。住酒店，他們訂一個大套間，他和兒子們各睡裡外間，前妻睡客廳的加床。兒子們有意讓父母單獨相處，坐車一排，行路一對，每到景點，則拍雙人照。

他們也不抗拒，他還將手放前妻的肩和腰上。這場出遊很像是一場實驗，實驗有沒有復合的可能。他是無可無不可，她呢，似有意又似無意。最末一晚，旅行團在一家米其林餐廳晚宴，客人需著正裝出席。他們這一家，老少爺們黑西裝，白領結，母親則是唐裝一襲，茜紅錦緞旗袍，很大膽地啟用松綠盤紐和滾邊，且是西洋式的色配。洋洋灑灑登場，彷彿黑社會老大和壓寨夫人，率一眾小弟。新科狀元領頭向父母敬酒，感謝養育之恩，另兩個乘機追擊，為爸爸媽媽慶賀鑽石婚。他懵懂問，什麼叫鑽石婚？回答三十年，掐指一算，將離異後的幾年數進來，不就三十年？可是，數得進來嗎？三個兒子一併起鬨：和吧，和吧！他微笑不語，前妻放下酒杯，說道：要是和，那就真是為你們阿婆分的了！這話可解釋作擔不起惡名，亦可解釋別有原因，更可能只是罔顧左右而言他。他沒有說話，而是，心裡陡然一輕鬆。

他懼怕婚姻，婚姻這一種恩惠，比生恩養恩又有所不同，它包含有情欲的施捨，不抵是人生的奢物。更有傳宗的給予，像他這樣，出生多餘的人——被送養的命運多少有這麼一點意思，有延續子嗣的價值嗎？他簡直在強取豪奪，剝削造物，前債還未清償，哪敢再續後帳？

現在，前妻來他住處已屬平常，凡來一次，他亦去一次，猶如回訪。如此外交關係，看起來會持續終年，也許就是他們的緣分。都是向晚的年紀，可稱之為餘生，遭際和心情，趨於塵埃落定，平靜下來。同時呢，生活忽然多出許多閒暇，讓時間變得豐裕，所以又不覺得餘生是匆促的，而是相反，一切尚可從長計議。

自愛國學校畢業以來，一直在大陸背景的報館從業，薪金較同類型企業要低，但鑑於前面所說學歷的缺陷，以年資彌補，亦步亦趨，升到中上層管理部門，所以並不作他想。回歸前後，有一陣激盪，大陸派遣人員比例迅速增長，占據主要位置，思想意識總有大不同。儘管他屬港地左翼，而大陸改革開局已久，來客多為自由派，畢竟分治一百年，已成兩類，就有種種差異。同事們紛紛攘攘辭舊覓新，難免受影響，而且，也有過不錯的機會。但他是個念情的人，也是個馴服的人，生活又養成怠惰的習性，最終還是一動不如一靜，以不變應萬變。如今定下神來，竟四顧茫然，老相識幾等於零，後來者居上，活潑潑的，說著朗朗的普通話。他自覺成朽木，又像學校裡屢屢通不過升級考的留班生，漸漸生出去意。就在此時，他的一位老友，報業內資深人物，曾在數家報紙開拓文藝類副刊，當年他那些抒情文字，就是在他主持的青年園地刊載，所以堪稱師輩，如今得財力支援，獨立辦一份週報。先在地鐵派發，迅疾覆蓋全港，然後改週報為日報，改贈送為零售，擴充內容，添加頁碼，自主印刷發行。於是，招募員工，廣納人才。聘用原則體現出本土實業的傳統模式，並非一味求新，而是老少相宜，熟生兼半。就這樣，老友，或者說老師，來挖他了，位置是副刊主編，薪酬高原先一半，退休年限推延至七十，到時間視情形還可再議，因老友本人已年近七十，希冀與同時代的人共事。他原是等待退休，頤養天年，然而，不知不覺中，職業的終點有些令他生畏呢！如許多的時間，即便是上下班都不足以充實，他又開始提筆寫閒情文章。而且，也是不知不覺中，他的頹唐與倦意退潮了，精力滋生。他非但沒有老邁，反愈來愈健碩。年輕的身體其實是易碎的，因為生機過於蓬勃，激素分泌旺盛，器官趕不及成長。而現在，平衡了。

這年，他五十五歲，按理不是跳槽的時機，可是，他跳槽了。不曾料到的是，並沒有預想的傷感和不捨，就像告別老宅時的平靜。所以，他，也許是一個斬截的人，認清大勢已去，便轉身走開，沒有回顧之念。本來如此，抑或有新變，總之，氣象更迭，呈另一番圖景。

表面上看，是依著先後排序，因果關係，本質上卻可能同時發生，就和運勢有涉。到新公司上班，他換了裝束，脫去幾十年一貫制的西裝領帶，穿便服。卡其夾克裡一件細格襯衫，下面是棉布西褲，足蹬牛筋底皮面鞋。斜分的髮式也修短，兩鬢推上去，台灣說法叫「陸軍裝」，本地稱學生頭，是為和衣著相配，也因為髮頂稀薄，早不適宜留長。現代模式的報館，走藝術思想路線，一反傳統保守，以示與舊業區別。反映在員工著裝，就是輕鬆、便捷、親和、大眾。除去外部客觀理由，在內心，亦暗自期望有嬗變。可不是嗎？他陡然後生十歲，甚至二十歲，不止形貌，還是心勁，勃勃然的。下班回到住處，社區裡的燈光球場，球在籃板砰砰響，一個球越過鐵絲籬笆，落在腳前，他彎腰抄起來，一隻手拋過去。

副刊是報紙的餘興節目，在邊緣地帶，連他兩個編輯，與文娛部共用一名編務。是同人報刊的性質，用人寧缺勿濫，可保持傾向的一致性。工作量是大，約稿、看稿、集稿的編輯業務之外，做為主編，他還負責審稿、定稿、看大樣。加班加點不說，還有許多需要學習的事物。原先的報館是大工業體制，分工很細，程式都已格式化，他專司一門，差不多和流水線同樣。如今卻不然，上下左右，交叉錯綜。換句話，原先空間大，人小；現在空間小，人大。可是他不怕，還很喜歡，封閉的天地忽打開一隅，湧進來多少新人新事，迎接不暇。難免犯錯誤，錯誤也是令人喜悅的，因為裡面有想不到的發現。再說了，這忙亂的全部又都起於一源，就是文章。

文章於他，從來是閒情，然而此時此地，卻成正途。那些年輕的投稿人，不多，但還是有，他彷彿看見自己，過去和現在——即便現在，他掌有這些文章的生殺大權，其實，不也依然是個文藝青年！原來，他並不是孤獨的，也非過時，就不必害羞躲閃，他可總是害羞躲閃。帶著羞怯的心情，他在副刊上開闢一個專欄，多少有些營私，那一顆私心卻是真正的文藝心。專欄每週一篇千字文，寫什麼？寫回鄉見聞，取題「月是故鄉明」。他畢竟不是少年，「為賦新詞強說愁」，而是有閱歷。只是生性纏綿，敘事就脫不了抒情，終屬浪漫一派。

隔段時間，前妻來造訪，就要多看他幾眼。照顧的名義下，就帶有檢查的意思了。狹小的衣櫃裡，陳年的藍西服閒置著，卻多出一套深墨綠細格呢三件式正裝，是為出席特別場合量身裁製的。她的手不自覺伸進衣袋摸索一下，空著出來，什麼都沒有。抽屜裡依然是簡潔的，合乎他的習慣。衛浴用品都是老款，亦無異常。所謂廚房，不過是貼牆一溜，無一件多餘。床頭的書是多了，可他本就是個愛書人。想起同學少年的日子，他造文，她抄寫，手下停了一停，再移開。櫃上，桌上，纖塵不染，這就是他，還是他。可是，真的是他嗎？之後，不等他回訪，她又來，明顯是飛行檢查了。他正在桌前寫文章，很像一個好學生，迎接老師嚴苛的考驗。他問有什麼事嗎？她說沒什麼事，難道不能來？他聽慣她說話，總是負氣的，便不說什麼。讓座，奉茶，叨陪一旁。她問：一個人在家？他不禁詫異起來，說：一個人。她沒再說什麼，坐一坐，走了。因為常來往，又因為手頭正趕下一期稿，就只送到門口，看她進電梯。電梯闔閉的一霎，他的門正關上，內外兩隔，於是，疑上心頭。

從時間上看，前妻心懷疑竇之際，他實是無限清白。換一個方面，以成因論，卻已種下端倪。他手下的一名編輯，為女性，其年三十三歲。這個年紀，在婚姻中人，應是年輕，但在未婚，就是大齡，舊時稱「老小姐」的，她正是後者。但當今香港社會，單身女性屬普遍性，甚至納入時尚潮流。那中環一帶，辦公室麗人，受高等教育，衣袂飄兮，神情昂然，令人望而生畏，多待字閨中。他原先龜縮在殼裡，對周圍的世界不聞不問，如今眼界一開，才發現，隔絕封鎖的幾十年內，生長出一族新人類。讓他首度領教的，便是他的這一位下屬。下屬姓陳，英文名蘿拉，祖籍廣東新會，第一代移民於大戰後創下基業，隨世界經濟騰飛擴張，經營很廣，伸延海外，是東南亞排得上名錄的富戶。富戶的歷史往往是第一代創業，第二代科商，第三代則興之所至，學些無用之用。這一位蘿拉就是第三代，讀的是文學。本港大學四年中文本科，再到英國劍橋修二年英美文學，然後回來，再讀個博士，這一回攻的是新聞傳媒。家裡有錢，她讀一輩子書有何妨，一輩子在娘家又有何妨！博士帽戴過不久，就遇新報館開張，第一批招進來的。所以，論服務本報的資歷，她倒在他之先。他本是個謙遜的人，凡決不定的事，都問她，她呢，就敢決定，之後再揶揄一句：到底誰是前輩？他連道：慚愧，慚愧。兩人都笑。富養出來的女兒，性子大多直剌剌的，不計較細節。這報社又有一股新風，階級平等，綱紀寬鬆，對拘泥的他，真是思想大解放。

有一回，請教完畢，蘿拉向他索討犒勞，吃請一餐，他欣然答應。二人同出辦公室，一路過去，蘿拉見一人邀一人，到樓下，已是呼啦啦一群，全是青年男女，簇擁他一個「前輩」，來到街上。寫字間裡的白領，都在這一刻出來打野食，一條軒尼詩道兩邊的茶餐廳，門口都延起長隊。烈日當頭，冷氣裡閉住的熱汗，一下子迸發出來，十分爽快。看年輕人說笑打鬧，插不進嘴，也不能完全懂得，只覺得高興。想到自己的兒子，也和他們一樣，活潑潑的生命，是他給予的，就有些驕傲起來。他們這一幫終於齊打夥進茶餐廳，又忙著四下拼湊桌椅，擠擠坐成一桌。中午供應只是客飯，專服務上班族，於是各點一份，互相交換菜式，他又添買糖水。餐盤從頭頂上傳送，食客向跑堂叫點單，跑堂向後廚喊菜名，門開門闔，進來出去，一片沸騰。餐畢，一眾人尾隨他到收銀台買單，就像多子女的父親，餵飽黃口小兒，有一種養育的滿足。他在很年輕的時候做父親，被生活壓迫，只感到畏懼，錯過許多感受，如今好比水落石出。因此，深以為非他犒勞蘿拉，而是蘿拉犒勞他，給他賞賜。他不知道，這賞賜剛拉開帷幕，將有不期然的劇情上演。

下一週，蘿拉說要回請，他欲推辭，卻又不捨，就說：你請客，我買單。蘿拉說：好！他以為蘿拉會像上一回，邀請小夥伴同往，可是，卻只有她和他。兩人出去大樓，走到街上，還是那一個茶餐廳，擠了一群中學生，白和藍的校服，有男女分開，視而不見的，亦有混雜一處，談笑風生。她指給他看，那男女生不說話的是低一級，高一級則故作瀟灑，事實上，懷裡揣著個兔子，突突跳，看額頭上的青春痘就知道。她又指他看某一桌上，四個男生圍繞一個女生，彷彿眾星捧月，可是，蘿拉說，最後，這幾個男生都不會擇她作婚配，而是會娶——她略作四顧，向面隅而坐的兩個女生一點頭：娶她們中的一位。他好奇道：為什麼不是那一個？她說：他們怕她！他再問道：為什麼不是這兩個都選？她說：這是概率。什麼概率？他不懂。她笑起來：邂逅的概率呀！四人加二人，六人中有一對結緣，已經超過平均數，稱得上傳奇。他被她徹底搞糊塗，這些現代閨幃中的祕笈，有理又無理，有情又無情，只是搖頭。她更笑，幾不可仰。他便問：你呢？是其中哪一個。她收起笑，正色說：先是被怕的一個，再是漏選的一個，然後——然後如何？他追問。然後我選他們！這話說得殺伐斬截，又極天真，像一個寵溺的小孩子，要什麼有什麼。他笑起來：他們更要怕了！她眼睛看著他：你怕不怕？他說：怕得很！她仰起頭哈哈大笑。中學生已經退出餐廳，上下午課去了，湧進新一批食客。他們坐得有點久，站起來，到收銀台，由他付帳，推門到街上。

如此，說話比平時稔熟一步，之後呢，卻倒生分了似的。用稿編排有疑慮，原是與她商量，現在稍加思忖，自己決斷了。她對他，也收斂態度，有所忌憚。兩人都變得小心，生怕有觸犯，觸犯什麼？則是曖昧不明。這種窘態沒有隨時間消滅，反而日益加劇，漸漸地，連平常的對答都少有了。他人在事中，懵懂困惑，周遭人看得明白。同事閒聊，常談起各自婚姻經驗，有成有敗，共同的認識是，香港小姐過於獨立。教育程度、經濟收入、職場地位，已占據壓倒之勢，民主社會給予她們的餽贈，多少剝奪了男性的福利。幸而，人類歷史不是同步發展，而是先後錯落，所以，比如，馬來西亞小姐，樸素、賢良、溫柔，很合華族傳統的婦德。雖有地域歧視的嫌疑，但從大處著眼，文化並不以前後進界定價值，不是提倡「和諧」嗎？他們又舉出一二三，朋友的朋友，熟人的熟人，最終忘記舊日的創痛，過著幸福的生活。

聽這些閒篇，他覺得有趣，而且開眼界。在他埋頭生計的日子裡，世道發生多少變化，都是需要急補的。同事們，稍有幾位同齡，更多年少者，卻都比他知人事，識時務，不由感嘆自己的落伍。談論到酣暢淋漓，忽聽一聲——何不妨一試！正想著「一試」為何，又如何「一試」，卻發現周圍眼睛都看向他，又聽見一聲：我們都沒有機會，唯有你——我怎麼？他不解道。身處空城！人們說。這才明白，所述理論與實例都為啟蒙他，不由張惶失措，轉身要跑，被一干人圍堵，起鬨著。他這才知道民主自由的厲害，人不分長幼，事不分大小，全一鍋端。他左衝右突，好不容易脫身，身後傳來齊齊的唱喝：鑽石王老五，吃飯不用煮，穿衣不用補！歌聲中又有豔羨，又有揶揄，他也才知道，還有這麼一句流行語：鑽石王老五，而自己，樣樣條件符合，於是，加倍倉皇起來。

回到辦公室，直覺得臉紅心跳，幸而無人，蘿拉外出約談作者，半個行政在那半邊。一個人呆坐，許多片段浮起：蘿拉問怕她不怕；同事們的婚姻論；前妻不定時上門搜檢，全組合成篇章，題目叫做「鑽石王老五」。誰都以為他應該、也必須再娶，可不是嗎？人均壽命延長，聯合國關於年齡段出台新劃分，具體到他，又彷彿倒長回去，愈活愈後生，又落得單身。情理法與身心健康，再有對社會的負責，不是嗎？大齡未婚女性一年一年增長，都要求他進入婚姻。現實的情況，進一步有蘿拉，退一步，有馬來西亞小姐。可是，他不是剛逃出來嗎？丟盔棄甲，狼狽不堪，如今，稍事休憩，方才緩過勁來，千萬不能重蹈覆轍，爬起來的地方再跌倒下去。他想起阿姆和她老姊妹們常說的「情蠱」，情人間以放「蠱」盟誓，天涯海角，離人歸來，服得解藥方可避死。現代社會的離婚制度好比解藥，但只是針對文牘，還有無形式的心契，什麼又能解蠱？有一句俗話：滴水之恩，湧泉相報。如此，不就是情解情，自解自！他的思想進入怪圈，就像那個「莫比烏斯帶」，循環往復，不可窮盡。正撕扯不開，推門進來蘿拉，面對面，兩人都一怔，遂避開視線，這下半日的時間又接續起來。

也許確有心靈感應一說，前妻近來加緊視察，來得頻繁。有一回開宗明義：不許背我做下勾當！這話說得無理，他和她不再存瓜葛，各是自由身，做什麼「勾當」都無關彼此權益。可他並無背人的企圖，又慣常對前妻不抵抗，就以無言作默許。下一回，前妻和緩口氣：倘要作規畫，必與我商量！他說：無規畫。前妻「哼」一聲，信又不信的意思。前妻的獨斷讓他想起同事們的話題，關於香港小姐的評論，何止今天的小姐，連他前妻一輩，甚至阿姆，香港已經孕育幾代強悍的女性。最近一回，前妻說的是：你有人了！言之鑿鑿，他心頭一緊，臉上一陣緋紅。前妻加追道：讓我說中！其實是詐他，竟詐出尚未明瞭的實情。他不禁著惱：無事生非！前妻說：心虛吧。他無從辯起，想笑，笑出來一張哭臉。前妻就點頭：狐狸尾巴露出來了。他要哭了，卻笑出聲來。前妻正色道：你選的人要經過我的眼！他點頭稱是。兩人言語往來，半真半假，倒是久沒有過的廝纏。記得起的爭端，多是生計之類的嚴肅題目，都是誠實本分的人，多少缺乏些風趣，就更沉重了。此時，卻變得詼諧。

與前妻之間是這樣，蘿拉那邊呢？也挑開了。不是她，是她的母親，約談了他。半島酒店的咖啡座，既不隱祕，亦非公開，是現代方式，又是經典空間，可見出會選地方。未到現場，已有些瑟縮。這一位夫人，看上去更像蘿拉的長姊，素雅的服飾與妝容，一口流利的普通話，他說自己可以說廣東話，她母親一笑，說在台灣受的教育，可以用普通話交流。似乎有一種照顧的意思，認定他屬那邊的人，不是愛國學校出身嗎？他的普通話如此蹩腳，港人聽不懂，北佬亦聽不懂，氣勢便矮下去。心裡不安，這位母親的來意，他其實想得到卻不敢想，於是，更加侷促。因是到「半島」來，特地換上三件頭洋服，在悠閒的下午茶時間裡，四座皆是輕盈的裝束，自覺這一身就像房產仲介賣樓先生，掙扎在職業生涯的盡頭。

她母親先是感謝他一向提攜蘿拉，他說，沒有，沒有，是蘿拉幫他。母親笑著，繼續往下說，還要吃女兒的壞脾氣。他說，還好，還好，蘿拉很得家教。母親接著說：中國人老話，富養女兒貧養兒，一貫嬌縱，不想自食苦果，就是任性！他再說：並非，並非。母親說：所以，先生千萬不要當真！這才把話說完，停下來，等他回答。他倒說不出話來，就有好一時的靜場。靜謐中，回味她母親的話，不由脊背上下來一層汗，定定神，心裡忽然清明起來，也笑了一笑，換作廣東話：小孩行事，難免說風是風，說雨是雨，興頭過去，便雲開日出，太太切莫擔心事。那母親倒有一怔，也換作廣東話：先生真是個明智的人！回到熟慣的母語，不僅說話順暢，思路也清晰起來。他說：我三個兒子已經成人，與蘿拉差不多年紀。說著從袋裡摸出皮夾，給那母親看照片，彷彿出示物證。這動作天真可笑，但也顯出老實。三個戴博士帽的男孩從對面女人眼睛流連過去，他接著說：太太的話很有理，富養女兒貧養兒，這就是我的貧養的兒子。說到此，忽然聲咽，一陣傷感襲來，自己已是三個有志青年的父親，卻落入今日窘境，不爭氣啊！他放回照片，將几上的咖啡飲盡，向服務生舉手：買單！她母親忙阻止說，已經買過。他沒有再爭，想的是女士優先，站起身來。她母親緊隨起身，伸出手，說到：謝謝。他握住了，回謝一聲，然後走出咖啡座。

酒店前人潮如湧，雖是十月的季候，當頭的太陽依然炙熱。他暴躁地脫下西服外套，扯去領帶，敞開襯衣領口。沒有人看他，受英國人一百年調教，都有些維多利亞時代的風度，冷淡的禮貌。他本應當轉過街角下地鐵，卻偏偏隨人流越過馬路，到對面，順斜坡上去觀景道。這時候，汽笛傳入耳中，方才意識來到天星小輪渡口。海水發出白熾的光，有萬枚金針上下躥跳。觀景道在水面切出一條影，日頭從身後照過來，他甚至辨得出自己的那一個小小的身影，居高臨下，孤單得很。坐在水泥台，風吹著臉，漸漸有了涼意，平靜下來。空氣裡裹捲著海水的鹽味，礁石暗孔中寄生蟹的動物蛋白的腥氣，透露出混沌世界的原始性。填地日益增闊，地上物堆壘，天際線改變，變成幾何圖形，等到天黑，將大放光芒，此刻還封閉在新型建材的灰白裡。汽笛聲被夾岸的樓宇山巒吃進去，吐出來的是回聲，海灣已成回音壁。這是香港嗎？他都不認識了！他似乎身在異處，連自己都脫胎換骨，成另一個人。方才的一幕，是真是假？疑從中來。他搖頭，發笑，蹙眉，自語。只有一個小孩子看他，手被大人牽著，踉蹌地走，卻固執地轉著臉，看得他發窘，站起身離開了。

下一日的事情更在所料不及。晚上，他差不多已睡下，門被敲響，以為是前妻查訪，想她自有鑰匙，為何不用。緊急穿衣，顧不及鞋襪，打開兩道門，眼面前的人卻是另一個，蘿拉。這一驚非同小可，不等醒過神，那邊已奪門而入。本能地，他跨出一步，站在門外。賓主交換場地，這情形才叫滑稽。蘿拉說：你進來！他說：你出來！蘿拉再說你進來，他就有些著惱，說：出去談！蘿拉指指他腳下，低頭一看，嚇一跳，是一雙赤腳。說：你出來，我才好進去穿鞋更衣。蘿拉聽著有理，就跨出門，讓他進去。擦肩時一閃身，隨即帶上門，落下鎖。一人在屋裡整裝，頭腦昏昏然的，不知撞著什麼邪，要遭遇這些不堪。他一生按部就班，恪守本分，從未有絲毫妄念，如今陷入此局，十分委屈和冤枉。待他一一完畢，開出門去，卻無人，心裡竟有一種失落。前後看顧，正當返身，卻聽有一聲壞笑，蘿拉從防火梯裡鑽出來。他追過去，蘿拉又不見了，正納悶，另一防火梯裡卻鑽出人來。就這麼與他捉迷藏，將他當小孩子耍，他也真變成小孩子，甘心被耍。最後，他對著黑洞洞的防火樓梯喊一聲：我回去了！開門的一霎，蘿拉忽又出現，不設防間，與他一併擠進去。

所謂門廳，只一步地，兩人面對面的，躲也躲不開。兩日內，他身心俱疲，這母女二人，一禮一兵，雙面夾擊，不知什麼戰術，又要置他於何地！滿心求她饒他，出口卻很強硬：你要做什麼？她回答一句：我選你來了！這話說的，彷彿一道懿旨，又像天女下凡，他一個大俗人，如何消受得起！他轉過身從架上的外衣口袋摸出皮夾，展開，送去，被蘿拉一手推回：我不要看你兒子照片！無疑問，母女果有溝通。他闔攏皮夾，再找不出一件抵擋的利器，只得垂手低頭，任憑發落。蘿拉說：人都以為我件件得勢，處優養尊，其實歷來挫折多多，總是我選人家，人家不選我，我不選人家，人家選我，今天我來最後一試，倘不成，從此絕無此念！本是有些悽楚，被她一說，變得極昂揚，赫然一名烈士，就知道有多驕傲，又有多天真。無限感慨，只答出一句：放過我吧！蘿拉靜一靜。他感覺到對面呼吸，如暖風拂面。好的。蘿拉說，然後轉身，拉門出去。

一夜無眠。次日上班，頭重腳輕。走廊上，人力資源部門，交出來一張紙，蘿拉的辭職信，將去加拿大深造，再拿一個學位。

四

蘿拉長一張團臉，眼距略寬，平眉下一雙單瞼長眼，不像南國女子輪廓深。身量也不似粵閩人的瘦小精幹，而是高大壯闊，先祖中大約有北地人的血統。一頭黑髮剪至耳輪，後面推上去，露出頸窩。她的膚色是一種牙白，顯得厚潤細膩，望過去，有一層光。所以，雖不是通常以為的俊俏，但很照眼，一群人中，最先看見的，總是她。現在，這張臉浮在眼前，不動不笑，揮也揮不去。蘿拉的桌子，空了幾週，收拾得乾淨，桌面起著反光。他繞過它，移開目光，那裡映著蘿拉的倒影，不動不笑。然後，就來了新人，是他的推薦，副刊的一位長期作者，中學語文老師，在大學讀一年制的寫作專業碩士課程。年近四十，兩個孩子的母親，耗不菲的費用，換這無用的學位，在一個普通收入的家庭，算得上高消費。文學副刊，本就是物質社會的奢侈心，來到這裡，就好比回家。

新來的編輯姓顧，因原是老師，又在成熟的年紀，人就稱顧老師。顧老師，身穿一件女生校服款式的旗袍，一雙白色便鞋，一看就是文藝青年的出身來歷，文字取捨也是文藝青年一路。他其實也是，但與蘿拉合作，無形中有改變，變得先進，就覺得顧老師的品味迂腐了，難免產生分歧。顧老師的表達方式也是文藝的，委婉曲折，他本來能夠聽懂，此時卻不甚明白了，一逕地說：顧老師可以談談自己的意見。顧老師分明已經談了，他還是那一句：談談自己的意見！讓人以為是存心，聞而不聽。顧老師索性回答：沒有意見。文藝青年大多是有脾氣的，含蓄的脾氣。吃一軟釘子，略警醒些，知道顧老師真有意見了。於是，第三次說：顧老師可以談談自己的意見！這一次幾乎有挑釁的意思，顧老師緩緩起身，悄悄移步，退出去。一抬頭，人沒有了，不禁惘然，他想起蘿拉的動靜生風。上班是這樣，下班回家呢？聽見門響，心頭一緊，卻只是風吹。走廊裡的腳步聲，也在驚擾他。四下的寂靜並不令他安心，而是索然。奇怪的是，隨蘿拉離去，前妻跟著消失了蹤跡，似乎對他放下戒備。這一日與兒子見面，才知道前妻去了上海，舊親聯絡，樂不思蜀的樣子。這倒提醒他回原籍看老母，於是，下個週末便動身了。

老母所住新區，已經大變樣，周圍的空地，全起來樓房，多半是高層，第一期的六層公寓，就成盆地。好在樓距尚保持寬闊，至少在香港人看來如此，就不影響日照。社區前開出通衢大道，行道樹未及栽種，日頭直曬下來，白花花的起煙。道路直上高架，匝口立著房屋仲介推銷員，大熱天捣著西裝，舉著樓市資訊的紙牌，車輛水洩般從他們身邊淌過。車輛增加不止十倍二十倍，速度飛快，路面已見出下陷的跡象。兩邊是低矮的臨時建築，水泥和波紋鐵皮的材料，開設各種店鋪，衣食住行，供住宅區居民吃喝用度。店鋪的空調外機，和著輪胎與地面的摩擦，轟隆隆作響。他的車停在母親社區的對面，沒有任何信號燈，不知如何越到對面。車流洶湧，無息無止，雜訊和炎日讓人恍惚，從車縫看過去，那一排小鋪子，像一堂布景，布的什麼景？新填地街，他差不多要忘記它了，忽然間無比鮮明，而且向縱深發展。鋪面後頭的庫房，水果的爛香味；捲簾門拉下來，他和阿姆的席枕；戲園子的舞台與後台，古裝麗人的頭面，蘭花指；電線杆上的招貼，治腳氣和雞眼……

最後，他跟著一輛掉頭卡車的尾上，穿過車陣，到達彼岸。尋找老母住的那幢樓，又走許多彎路。樓區裡多出水池、人造山、葡萄架、雕塑——斷臂的維納斯，赤裸的大力士，插翅的胖鼓鼓的天使……仔細回想，都是開發商當年的承諾，如今兌現，原先的空廓變得擁簇和凌亂，但亦有一種鬧哄哄的熱烈。終於到了老母的公寓，門敞著，廳裡的地磚擦得晶亮，中間垂著枝型吊燈，也是開發商隨房屋贈送，底下一張麻將桌，劈里啪啦牌響。心裡生出一股欣慰之情，老母過得不錯啊！見他來到，桌邊立刻起來一位，是姊姊，要讓他入牌局，說不會，並非客氣，而是真不會。阿姆和前妻都不玩牌，這兩個女人，其實很像。姊姊重又坐下，一個女人從廚房走出，端來茶和點心，是老家的疏親，專司服侍老母。老母手下摸牌，嘴裡吩咐中午的菜式，頭腦和口齒都清楚俐落，人也比先前豐腴潤澤。她們說的是閩南話，自阿姆往生，他極少說閩南話，以為忘記，其實句句在心。看著眼前情景，不由感慨阿姆辛苦一生，卻沒有享他大福，可謂「子欲養時親不待」。牌桌上人在誇獎他有孝心，血濃於水，老母則說一句：生不如養！雖是謙辭，但極是善解，到底母子連心。他坐在迎門的籐椅，穿堂風習習吹拂，耳邊牌的玉響，間雜聲聲鄉音，不由地，睡著了。

一趟回鄉，心情平息許多，獨處時還有寂寞感，但對待顧老師且能夠客觀冷靜。思想也有回轉，回到向來的文藝觀念，彷彿重獲自我。副刊的風格換以抒情派為主，版面也顯沉著，失去些活潑，卻多了人生洞察，彷彿也在生長，度過青澀，向成熟去。他重啟回鄉專欄「月是故鄉明」，舊題下新開一輯。顧老師的生性不是蘿拉式的生猛，具進攻精神，而是「潤物細無聲」的一類，對他又極尊敬，認作知遇之恩。蘿拉新鮮潑辣，有別開生面之感，但也令他緊張，年輕人的遊戲其實不合適他，倒是顧老師，讓他放鬆。克服最初的牴觸，漸趨和諧。顧老師進報館一段日子，聽八卦新聞，知道有蘿拉這個人，又知道已成過去式。一方面理解起始不順的緣由，另一方面，生出了月老的念頭。女人，尤其已婚的女人，總是對姻緣有興趣，除去願天下有情人終成眷屬的好意，亦不免八婆心理。尤其是，方才也說過，香港幾乎一夜間，遍地生出當嫁未嫁女子，任由一個單身漢自生自滅，簡直有負道德良心。

這一個週末，本港藝文聯誼委員舉辦茶會，慶祝一位青年寫作者新書出版。這位寫作人是在副刊起步文學生涯，所以茶會由他主持並致辭。經過一段時間修整，轟拉引起的動盪歸於寧靖，回想起來，既是荒唐又不乏甜蜜，調劑了平淡的日常生活。他想，自己何德何能，得這一份餽贈？誠惶誠恐之餘，便是激勵。他比之前更積極努力，活力充沛。茶會上，他又穿上三件式西裝，灰白的頭髮修得更短，近於板寸，彷彿草莽英雄。外形有時候會反過來促進內涵，他真的有威風了。也不用文稿，出口成章，獎掖後輩，又坦陳豔羨——生長在飛行器時空，自己則是自行車一代，交通落後，路還曲折，不時要抗車行走，就退到步行的原始世界，磕磕碰碰，跌倒爬起。要是能夠，他說道，要是能夠，很想再生，變成年輕，可是又捨不得親歷的人生，倘若壓縮掉歷史，重新成為白紙，會覺得空虛了——說到此，滿場的歡笑沉靜下來，肅然起敬，他哽咽了，說聲「謝謝大家」，遂下場落座。儀式完畢，各桌自由茶敘。舉目望去，一半後生，相形下，這一半難免成老朽。好比搭在子時零點的末班車上，綽約見晨曦微露，卻是人家的明天了。正在自己的思緒裡，顧老師過來敬茶，身邊伴有一位女士，略年輕些，自我介紹李姓，他就稱李小姐。兩位女士敬過茶後沒有回自己桌，而是在身邊左右坐下。聯誼茶會向社會開放，付一份茶錢即可進入，藝術之道，人皆有份。所以，李小姐是個生人並不奇怪，交換過名片，見供職公司為一家藝術畫廊，頭銜是企畫主任。出自禮貌，不免多問幾句關於畫廊的性質、規模、投資與返利。經李小姐回答，方才知道，這一家畫廊並非獨立經營，而是下屬某建築公司。公司新登陸，有迅雷不及掩耳之勢，後來居上，可透視資本規模巨大。所以能夠忽略成本與回報，專司藝術，也是開闢櫥窗，打造形象，作新一類的廣而告之。他想到藝文聯誼委員會一直以來期望建立長設機構，買一間寫字間，雇一名祕書，就打聽樓市行情。問答中聽得出李小姐在實業內已具相當年資，經驗豐富，頭腦又清楚。他不禁好奇，為什麼轉行做藝術。李小姐一笑：地產是有形資本，藝術則是無形，有形資本已近飽和，不說遠，只說近，香港的樓房，如同森林，向海灣取地，終有取盡的一日，而無形的——她做了一個向天空盛開的手勢，猶如舞蹈。李小姐長相有些類似顧老師，但每一處都構描一筆，就醒目了。穿的洋服，不像顧老師教會女生裝束的拘謹，而是時尚的。凡到會者，付過茶錢就領一朵花，男士佩胸前，女士則繫在腕上，舉手時，花枝搖曳，有一股嫵媚，但顧老師是很少動作的。茶會結束時，他與李小姐已有三分熟，顧老師反成陪客。三個人一同出會場，下電梯，在北角的暮色裡告別。

次日上班，顧老師見到他，臉上笑盈盈的，似乎有喜事。不覺納悶，看她幾眼，顧老師就開口了：李小姐對主編你印象極佳！他沒聽得懂，停一停，說：我對李小姐印象也不錯。顧老師一拍手，笑道：這不成了！他極少見顧老師活潑的樣子，倒不像老師了，而是有些市井氣，卻又變得可親，讓他想起阿姆。放學回家，常見她與同鄉人交頭接耳，表情詭黠。他也笑道：成什麼呀？顧老師說：成好事一樁！見他蒙蔽，又說：李小姐單身，難得有中她法眼的。他詫異道：這如何可能，這樣的小姐，卻空虛年華，簡直天地不仁！顧老師以為他不信，再三保證：果然單身，我與她中學同校，後又在同一所大學，她讀本科，我讀專業碩士，後來她去美國攻學位，多年不見，再相遇，依然如故。他還在不平中，問：她在美國難道沒有遇見愛的人！顧老師以為他質疑李小姐的清白，就說：有是有過，否則，這樣年紀沒有感情經歷，不是很枯乏嗎？他鬆一口氣，似乎放下心來，世事到底是公平的。顧老師接著說：等那麼久，看來終於等到要等的人。誰？他問，忽覺心跳加快，有大禍將要臨頭之預感。你呀！顧老師笑得彎下腰。他立起來，變色道：開什麼玩笑！顧老師見他認真生氣，就有些尷尬，退後一步。開什麼玩笑！他再說一遍，聲音卻軟弱了，頹然坐回椅上。

不知顧老師如何向李小姐傳達的，過了一週時間，李小姐自己打電話來，約喝茶。態度坦然大方，他反不好過於推辭，顯得心裡有鬼，而且做假。赴會一日，在著裝問題上，有所斟酌。正裝忒隆重，有什麼要緊似的；休閒則近暱，好像自己人。最後是居中，體恤衫外罩棉麻西服，輕鬆不失穩重，就這麼出發了。

約見的地點在銅鑼灣珀麗酒店的咖啡廳，他提早五分鐘到，李小姐已經在靠窗的桌邊招手。李小姐穿一件石磨藍絲綢連衣裙，和那日的職業裝束相比，減去十歲年紀。圓桌面上放一個資料夾，李小姐推給他，說：上回說要覓寫字間，略收集一下，有幾處選擇，可供參考。他沒想到是這事，為先前的顧慮慚愧起來，就有羞赧之色。李小姐渾然不覺察，伸過手，打開資料夾，一條一條給他看，解釋利弊。點的咖啡和茶送上來了，暫時移開話題，補幾句寒暄，互問交通與作息，再有季候天氣。從窗口望去，可見維多利亞港灣，白帆點點，汽艇划開水面，犁出條條金溝。靜一時，李小姐問道：先生是本港生人？他不免從根上說起。這段來歷他都沒有告訴過蘿拉，他與蘿拉，總是聽的多，說的少，當然，更不可能與顧老師說，可是對李小姐，他有歉疚心，彷彿小人對君子，於是要以加倍的信任和熱情。這一段敘述，涉及生恩與養恩，離鄉與還鄉，事業沉浮，婚姻成敗——說到這裡，他終究遲疑了，於是止住。時間過去，咖啡續杯了，樓市資訊的資料夾闔上，悄然推到一邊。他發窘地喝完杯中物，招手示意買單。李小姐說：應該她來，是她定的時間地方。此時，他變得堅定，一再招手，李小姐方才告訴，已經簽單，因這酒店與她的公司有合約。他只得垂下手，收起錢夾。李小姐補一句：下回先生你買單。於是，得已和不得已，又有了下回。

李小姐與蘿拉的範式完全兩種，蘿拉行的是霸道，可愛的霸道，你心甘情願被奴役受轄制；李小姐呢，分明是聽你的，可結果卻亦步亦趨，大約就是王道了，要高一籌。無論以何種名義，他和李小姐開始約會。所謂約會，不過喝一杯茶，說幾句話。吃過一次飯，在尖沙咀轉廳，地下燈海一片，到時間，鐳射放起，海天之間穿梭，眩極了。這也是李小姐和蘿拉的不同，李小姐的趣味更具都會風格，光鮮華麗；蘿拉則是質樸的，游離出潮流，崇尚個人性。其中有時代因素，蘿拉更年輕；也有背景的差異，像蘿拉這樣的富貴家庭，專能生長奇葩，李小姐出身中等階層，憑一己之力，以求社會公認。從人生經歷論，他與李小姐更有同情之心，但審美出發，他也許較為欣賞蘿拉。這麼比較著，忽然警醒，這是作什麼比較呢！抬起手，從臉前揮一下，揮去雜念。

他和李小姐的茶約已趨日常，平均節奏為兩週一見。外部看來，是成熟男女相處的步履，不疾不徐，最後走向結合。實際情況卻是一種膠著，他多少刻意為之，李小姐呢，似乎也同意這樣的狀態，大半年的時間過去。這一回，李小姐擇日邀約，約的晚餐，還是定在珀麗西餐廳，他們第一次晤面的地方。因時間段不同，情景就兩樣了。窗內一盞燭，照亮一圈，正好籠罩同桌人。葡萄酒映在李小姐的眼睛裡，變成夜明珠，看起來有些不尋常。窺出他心中的疑問，李小姐先就揭開謎底：今天是我生日！他一拍腦袋：為什麼不早告訴我，都沒帶禮物，實在太失禮！李小姐說：又不是小孩子慶生。他說：在我的年紀，看你們都是孩子。李小姐說：我倒想做小孩子，可是已經滿四十，按中國人說法，吃四十一歲的飯。他第一次聽到李小姐的真實年齡，竟然比顧老師長一歲，再想，她們同學，自然是同一年代生人。可是——他脫口說道，真是顯年輕！謝謝誇獎，李小姐收住笑，繼續道，外表看這樣，內裡，青熟自知。他說：相從心生，李小姐的心理年齡必也是年輕！李小姐沉吟著，說：就像那日茶會上先生的講辭，很想重生，回到年輕，卻捨不得親歷的人生——抬起眼睛，似乎積蓄著勇氣，臉都紅了。他心下緊張，不知道接下去會說什麼，又彷彿是知道的——遇見先生是我人生的幸事。李小姐終於把話說出口，他沉默下來。李小姐臉上的紅暈褪去，輕輕吁出一口氣，將話題收梢，談起別的。她的畫廊正與內地博物部門接洽，舉辦展覽，有幾件藏品，價值連城，需辦大額保險，多家公司競標，然後就細述藏品來歷，每一件都有故事。她娓娓道來，他卻走神了。李小姐要交託給他人生，不，應當說奉獻，這禮物過於隆重了，本該是他送她的，今天是她的生日。想到人生，他的思緒漫遊開了。蘿拉是銜著金鑰匙出世，李小姐則是兩手空空，她十五歲從內地來到香港，說是投奔親戚其實是獨自奮鬥，一步步走到今天，從無到有。唯因為是這樣的收穫季節，他才消受不起。那麼蘿拉呢，他也消受不起。蘿拉是一瓢飲，李小姐是水流三千，前者以質論，後者以量計。他不自覺中又拿她們作比較，好像她們是一對，可不是嗎？一對璧人，一個從天而降，一個地上生長，開出花來，都是美麗，豐盈，性感，熠熠發光。他用什麼來回報？莫說別的，單是時間，都不夠了。

李小姐覺出他的沉默，思想跑到很遠，便止了說話。兩人默然相對，岑寂中，有類似知己的心情，因是相知，所以相惜，他心下決定再不與李小姐見面。眼睛轉到窗外，維港的燈光中似乎有一盞專對了他，向他眨眼睛，譏誚，頑皮，不相信。李小姐的葡萄酒杯輕磕一下他的杯沿，就叫服務生簽單。帳單送來，雙方同時伸手，他晚半拍，覆在李小姐的手背，兩人都一心驚，這是他們頭一回肌膚接觸。他沒有移開，而是很堅決，李小姐又解釋她公司在酒店有帳戶，他搖搖頭，握起李小姐的手，另一手抽去帳單。區區一餐飯，如何還得清對面人的美意！付完帳又給出一筆豐厚，完全沒必要的小費。李小姐明白他的意思，一向以來，她都明白他的意思。只是，她是那種，相信人力不信天意的人，凡事都要做到盡頭，碰壁而回。就是以這股勁頭，方才走到今天。

下週一上班，顧老師走過他辦公桌，似無心卻有意，在桌面叩擊兩下，彷彿「嘖」一聲，就曉得李小姐已向她報告結果，從此事情終了。經過蘿拉的一段，他較前有鍛鍊，能適應，就免去大的震盪，只是悵惘，悵惘。他又一次領略李小姐與蘿拉的差異，蘿拉是轟然而至，轟然而去；李小姐是細水長流，抽絲剝繭。後者的影響其實更深，此一變，生活亦隨之變，每到例行的兩週一晤，便不知如何打發，時間漫長得嚇人。多虧有一件喜事插入，振作了精神，那就是，長子喜期來臨。

將過門的兒媳婦是台灣的外省人，也在美國讀書，於是，小兒女結緣。讀成畢業求職，港台兩地來回嘗試幾番，因都學的電腦軟體，再聯合一對亞洲夫婦，同回美國，在矽谷開一爿小公司，倒也活得下來。女方家庭信仰基督教，行的是西派婚禮，從教堂出來，再隨他們閩南習俗，辦一場宴席。親家從台灣過來，人數就有限，他獨身一人在港，也不想驚動福建的老親。前妻家倒是人多，姨舅各表聚有兩大桌，再加些新舊同事，其餘都是兩小兒的結交，按香港人規矩分成兄弟團和姊妹團。兄弟團一律黑西裝，姊妹團則長裙曳地，手舉一柄小傘，熱鬧喜氣。他們老的，作壁上觀，感慨光陰流逝，世事變更，今天的青年可比他們快樂明朗，前途廣大。他們的老同學作證婚人，宴會廳也由他一手安排，在跑馬地賽馬會。底下馬匹奔騰，人聲湧動，一浪接一浪。證婚辭有大半敘說與新郎父母的友誼，彷彿是為上一輩姻親作見證。本來就是演說家，再又觸動心情，將聽眾帶入情景，正沉湎其中，忽然話鋒一轉——這一日，傳來佳音，一個寶寶落地，就是今天的新人！說完一個，再說另一個，因初次見面，重在描繪印象。著重卻不是新娘，而是新娘的母親，意思是相見恨晚人生大憾，否則，必要與先生爭奪——先生也是個豪爽人，立刻請他帶回家去！可是，證婚人說，倘如此，又哪來的新娘？所以，原就是前世的因緣，才有今天的良辰美景。一番話說完，場子都掀動起來，一旁等候上菜的服務生都拍手叫好。

老同學安排坐在他與前妻中間，三人行的二男一女，幾經糾纏，終還是離散，回到少年結義的緣。老同學已是抱孫的人，笑他倆起大早趕晚市。太太不是他們淘裡的人，性情溫和平順，與放縱的他正是一對，所以能夠從一而終。此時坐在前妻那一邊，正低頭密語。趁機會，這兩個便也通個私心。同學問他：想不想再找？他連連搖頭。老同學鼓勵說：少不更事不算，人生從二十歲起計，至今六十許，只過一半，尚有另一半，怎可虛度？這話有些道理，令人耳目一新，想了想，還是搖頭。老同學哀其不爭：一朝被蛇咬，十年怕井繩，從政治理論上說，就是經驗主義，最終走至虛無主義。到底從左派運動中走過來的，唯物歷史觀的影響猶在。他苦笑：我這樣支離破碎的人，誰跟我就是欠誰！老同學驚呼起來：你就像那個手裡握著寶卻不自知的人！他倒好奇了：我有什麼寶？美德！同學說，忠誠、老實、謙遜的美德。他不禁笑出聲來了，引得兩位女性都抬頭看。我以為什麼寶！他笑道，不如直接說「愚笨」二字更妥。新人過來敬酒，站起來受禮，待重新坐下，方才的話題就擱置一邊了。

這一日，他喝得微醺，轉接屯門輕鐵，乘過站，再返回，又乘過站，後來竟恍惚起來，不知道是要往哪個站。於是，來回乘坐。下午四五時光景，日頭向西，清風吹拂，道軌旁崖壁上的花草搖曳，與方才的繁華市廛是另一個世界，安靜悠遠。車行行走在軌上，偶爾「叮」一聲響。他看見日光在崖壁切過去，草莖的絨毛亮晶晶的，又陡地閉闔，進了影地。他身心輕盈，幾乎要飛起來。有一隻蜜蜂飛進車廂，嗡嗡營營，正是老同學所說「美德」兩個字，除去這兩個字，他可說一無所有。他這個一無所有的人，竟然會得到蘿拉和李小姐的美人情，想想都要落淚，這世界待他太厚太厚，襯得他太薄太薄！最後，他在一個陌生的站下車，因為看見了漁火。跨下路基，走向碼頭，海面將漁火舉到眼前，向海平線鋪去。步入灘前一條小街，食寮的玻璃缸底匍匐著巨大的蟹類，背上寄生著小小的貝殼。有一個男人自帶錄放影機，隨伴奏帶縱聲歌唱，唱的是鄧麗君的歌。多情的詞曲從莽漢喉中吐出，又傷心又滑稽，尤其最末一句：請把我的愛情還給我！簡直在吶喊和聲討，就覺得是向他來的。

他的羅曼史尚未結束，這一輪是由老同學主持。奇怪的是，前妻她也參與，做為介紹人之一，不是曾經說過這樣的話嗎？你選的人要經過我的眼。三人行重組，又是二對一，同學和前妻一邊，他自己一邊。推薦的女士其實是前妻的閨蜜，聽起來很像是安插眼線，方便監視。閨蜜芳齡四十二，與他相比就是年輕人，曾有過短暫的不幸的婚史，沒有孩子，在中資貿易機構任部門主管，性情十分溫存。因是閨蜜，對他的情況就十分瞭解，對她，中間人自然是信任的。那兩人一唱一和，描繪他未來的幸福生活，他掛單，無力申辯，因此無語。老同學又補上一句，不著急，慢慢來！話裡的意思，他這邊還另有人選。他發現老同學有些懼怕前妻，不禁一笑，想起三人間曾經的攪纏，情竇初開，雖無結果，但落英心底，一生都在。見他笑影浮出，都以為同意，接下去就是相親一幕。兩男兩女，倒是比預期的氣氛活躍。老同學是健談的人，從小就人來瘋，有人興奮，有生人更興奮。四人一餐飯下來，盡興而散，只怕那閨蜜最終沒明白，與她拍拖的是哪一位。他與前妻，無論恩怨離合，看上去還是一對。總之，他沒有給前妻回應，也沒從前妻處得回應，這一輪無疾而終，下一輪開始了。

下一輪就是老同學的人選，他公司裡的一名文員。照例，老闆給文員作媒聘不合常規，但老同學本是不按常規出牌的人，再則呢，其中還有一段來由。老同學的太太打理一間花店，不賺錢，為消遣。這一個週日，正逢情人節，店裡收許多訂單，人手不夠，太太派老同學幫忙，稍改變晨跑路線，給客戶送花。於是，人們就看見一個半發福的男人，手捧鮮花，啃吃啃吃地跑步。依序來到一幢樓前，揿下號碼，蜂鳴器響，（咔）一聲門開，推進去，上電梯，公寓裡出來一個小姐，伸手接花，中途縮回去，掩口驚叫一聲「老闆」。原來是手下員工，雖不認識，可公司中人誰不認識他？不禁也嚇一跳，急忙解釋，他不是送花人，他只是送花。這話聽起來繞口得很，也不通，又換一個說法，花不是他送，他只是送！還是繞和不通，小姐卻已經明白，抖著手接過花去，堅持送他下電梯，出大樓，到住宅區門口，目送老闆捧著餘下的兩束，繼續他的送花路。因有一面之緣，他與這名小姐熟識起來，見面就問喜期何日。先是有大概，後又推延，自此沒了下文，聽知情人說一拍兩散，各歸各了。年輕人的愛情就是這樣，人沒長性，事無長期。這時候，他想起他來。

相親會再次舉行，這一回的對象已是下一代人。他不解地想：為什麼他的年齡長上去，對方的年齡卻矮下去，這世界到底發生了什麼？他也怨老同學荒唐，前妻、自己，不也荒唐嗎？那女孩子，說是女孩其實也是過三十的人，待字閨中卻無焦慮之色，渾然不覺，還挺高興與前輩們攀談，聽他們回憶往事。看起來很像懇親會，其中的誰帶來兒女。談興愈來愈高漲，幾十年前的祕辛，單是你知我知天知地知，此時盡入閒話。女孩聽得入神，豔羨地說：那時候的女生多幸福，有人追。他們說：你們不也是嗎？女孩正色道：今天的男生不追人的！他亦忘情，說出一句：是不敢追！女孩眼睛看定他：我可敢追！他彷彿看見又一個蘿拉，趕緊移開目光，低下頭去。結束相親，走在街頭，人潮洶湧，年輕的女性是城市亮麗的風景，令人目眩。地鐵也是，一片大光明，不是來自燈，而是來自她們。自動滾梯的月台通道，如同河床，將她們分流又匯集，送往各個方向，是麗人河。他一個也不認識，又每個都認識，不止認識，還稔熟，都是他的親人，有著溫暖的體溫和呼吸，滋養著他乾枯的人生。那什麼回報你，我的愛人！走出地鐵，回到路面，亞熱帶的太陽熱辣辣的，熱辣辣的恩情，就像傳說中來自原始叢林的劇毒的蠱，拴住他，不讓遠行，不讓棄離，不讓不歸！歸，歸，歸來才有解藥。嫵媚妖嬈的笑靨迎面而來，高架天橋上瀉頂，再從地底泉湧。他汗淚交加，揮如雨下，是梧桐雨，是太陽雨，金雨銀雨。溼漉漉的空氣，纏綿悱惻，就像美人的深情。日頭向西，從樓宇的森林間滑落，落進海面，暮色升起，即將四合。陡然，華燈盛開，天地璀璨。

第三次相親會舉辦之際，他做了一件背信棄義的事，臨陣脫逃，出門旅行。就像一個中情蠱的男子，走也走不遠，走也走不久，還是在南亞，同一氣候帶上，台灣。獨自一人，從北向南。這地方讓他想起原籍閩南，有素樸的古風。阿里山上，種茶人家，滾水澆著茶壺茶盅，泌出茶汁，滿口生香，汗津津的後背涼風習習。公路兩邊的檳榔屋，夜色中放射霓虹燈，檳榔妹在招手，他買了一包又一包，塞滿行囊。他不慣嚼食這東西，將它們揹到東揹到西揹了一路。來到最南端的墾丁，他看見了紅豆，林子裡，樹叢中，一顆顆，一串串，一蓬蓬，一掛掛。沿街店鋪裡，大瓶小瓶，大罐小罐，各種器形的玻璃體，滿滿的收納，透壁而出豔紅，豔紅得誘人，就有一種危險似的。他想起紅豆的又一個稱謂，相思豆，心中一驚。他的恩欠，他的愧受，他的困囚，他的原罪，他的蠱，忽得一個名字，這名字就叫相思。

二〇一六年四月九日　紐約

國家圖書館出版品預行編目資料

鄉關處處 / 王安憶著. -- 初版. -- 臺北市 : 麥田出版 : 家庭傳媒城邦分公司發行, 2017.10
面； 公分. --（王安憶經典作品集 ; 13）

ISBN 978-986-344-498-5（平裝）

857.63 106015340

王安憶經典作品集 13

鄉關處處

作　　者　王安憶
責任編輯　林秀梅
校　　對　莊文松　吳淑芳

版　　權　吳玲緯　蔡傳宜
行　　銷　艾青荷　蘇莞婷　黃家瑜
業　　務　李再星　陳美燕　枡幸君
副總編輯　林秀梅
編輯總監　劉麗真
總 經 理　陳逸瑛
發 行 人　涂玉雲

出　　版　麥田出版
104台北市民生東路二段141號5樓
電話：(886)2-2500-7696　傳真：(886)2-2500-1967
發　　行　英屬蓋曼群島商家庭傳媒股份有限公司城邦分公司
104台北市民生東路二段141號11樓
書虫客服服務專線：(886)2-2500-7718、2500-7719
24小時傳真服務：(886)2-2500-1990、2500-1991
服務時間：週一至週五09:30-12:00・13:30-17:00
郵撥帳號：19863813　戶名：書虫股份有限公司
讀者服務信箱E-mail：service@readingclub.com.tw
麥田部落格：http://blog.pixnet.net/rye¬eld
麥田出版Facebook：https://www.facebook.com/RyeField.Cite/

香港發行所　城邦（香港）出版集團有限公司
香港灣仔駱克道193號東超商業中心1樓
電話：(852) 2508-6231　傳真：(852) 2578-9337
E-mail：hkcite@biznetvigator.com

馬新發行所　城邦（馬新）出版集團【Cite(M) Sdn. Bhd. (458372U)】
41, Jalan Radin Anum, Bandar Baru Sri Petaling,
57000 Kuala Lumpur, Malaysia.
電話：(603)9057-8822
傳真：(603)9057-6622
E-mail：cite@cite.com.my

設　　計　蔡南昇
電腦排版　宸遠彩藝有限公司
印　　刷　前進彩藝有限公司

初版一刷　2017年9月28月

定價／300元

ISBN：978-986-344-498-5

文豪偵探

夏目漱石　泉鏡花　谷崎潤一郎　芥川龍之介　佐藤春夫

偵探小說精選集

那些在亂步之前寫下謎團的偉大作家

曲辰·編選　王華懋·譯

CONTENT 目錄

佐藤春夫

出版緣起：

「文豪」的再發現

——獨步文化編輯部

看到書名的「文豪」二字，是否瞬間有種必須要正襟危坐地捧讀此書的直覺呢？而獨步文化作為一個成立以來一直堅持著類型小說出版這條路的出版社，為什麼又會看似轉了個彎，和文豪扯上了關係？

對於精熟日本偵探小說發展史的讀者來說，偵探小說是在十九世紀末進入日本，逐漸落地生根，成長為今日我們所熟悉的模樣。

另一方面的怪談則是根植於日本本土的文化脈絡，一路發展至江戶時期，成為了庶民百姓的大宗娛樂來源。

然而，不論是來自海外，或是從本土發芽，它們都是日本如今的類型小說的根源；在它們剛在日本文學史上探出頭時，也是我們望之儼然的文豪的創作養分。而文豪在吸收消化了這些養分所寫下的作品，也絕對是日本類型小說史上不可忽視的一道風景。

因此，這次獨步和推理小說研究者曲辰一起合作了文豪創作的類型小說選集。透過梳理日本近代文學史上的重要作者，來嘗試尋找出現今廣受歡迎的文類的發展軌跡，為讀者提供另一個日本文學史的切入角度。

當然，也可以不需要以如此嚴肅的態度看待文豪的這些作品，單純從類型小說萌芽之際，文豪們怎麼理解這些文類，進而發展出獨特又有趣的作品，也是本選集的閱讀樂趣之一。

總導讀：

用謎團丈量世界：文豪與偵探小說

——曲辰

一、

小說，是我們用來丈量世界的方法。

用米蘭昆德拉的講法，就是「認識，是小說唯一的道德」。

當我們在閱讀小說時，事實上就是閱讀作家以其敏銳的內在心靈捕捉的人類生活的切片。作家設計了一個可以讓人相信的角色，將角色投擲到自身的問題之中，並且讓我們看到角色如何面對這個問題。

透過這個過程，我們參與了那個角色的人生，也無意間練習了一遍別人繪製的生命藍圖。小說成為了讀者的生命模擬器，我們不斷跑著別人的劇情，從而想像一個不屬於自己或可能的旅程。即使像是類型小說這種有著一定形式規範的文本，也是不斷描繪著我們所在世界的某個切片。

從這個角度而言，偵探小說所專心致志面對的，可能是「現代」這件事。

二、

可以先釐清一個概念，當我們提及「現代」云云的時候，其實預設了「現代」與「過去」有某個斷裂性的差異，讓我們可以將自己與過去區隔開來。

其中兩個最關鍵的歧異點：一是思想上開始將對世界的解釋回復到人的身上，意即相較於神話或宗教的解釋，我們更相信理性所帶給我們的視野，這也就代表人類有面對一切問題並將之解決的能力；另一則是生活上開始離開鄉村，進入城市。這讓過去總是占優勢的宗族或鄰里關係被壓制到最低限度，我們開始需要一個超乎個人關係之上的群體管理裝置。

從這兩點來看，許多論者指認為「第一篇偵探小說」的〈莫爾格街凶殺案〉（*The Murders in the Rue Morgue*, 1841），的確可以說是「現代」的產物。

這篇小說的故事大致如下：一棟住宅的四樓傳出慘叫聲，眾人好不容易破門而入後，看到了慘不忍睹的景象。女兒屍體被倒插進煙囪裡，母親則是身中數刀流血慘死。眾人在門外時還聽到激烈的爭論聲，但進去時只剩下兩個死者在一間窗戶顯然被釘起來，門也被反鎖的房間內。

當然，撲朔迷離的謎團最終還是讓扮演偵探角色的杜邦給解開了，我們可以看見愛倫坡在小說中基本上承襲啟蒙（enlightenment）的觀點，將理性放置在一個極高的位置，一切看似難解的問題，都可以憑藉著人的理性得到完美的解釋。同時，故事中的犯罪之所以能發生，也必須仰仗一個聚集大量人口，但家戶空間卻是彼此封閉的地方。也因為如此，作者並未將場景設置在他生於斯長於斯的美國，而是放到大西洋彼岸，那個在都市化與國際化程度都遠勝美國的法國首都——巴黎。

愛倫坡過於敏銳的作家嗅覺瞬間發掘了時代的獨特性，並將之化為敘事形式與美學進入小說中；但也就是因為他的觀點太過前衛，直到十九世紀末，「現代生活」變成一種常態後，偵探小說才找到對的土壤，迅速茁壯長大，成為出版市場上常見的文學作品。

簡單來說，偵探小說，因應現代而生，而還沒有準備好的讀者，則靠著閱讀小說來練習一種新的生活形式。

這幾乎和明治時期的日本人的處境一樣。

三、

先將時間倒退到一八五三年（日本嘉永六年），美國東印度艦隊司令官培里（Matthew Calbraith Perry）帶領四艘軍艦，浩浩蕩蕩開到了浦賀港，與江戶遙遙相對的那一天。

在此之前，日本一直有條件地與西方往來，儘管有所了解，卻絕對稱不上熟悉，尤其是庶民階層甚至帶著點刻意扭曲的想像。但是這四艘為了預防鏽蝕而刷滿柏油的軍艦，擁有培里以武力進逼，讓日本開放外國通商的意圖，從此，「黑船」成了極具威嚇性的形象。

當然，用現在的眼光來看，如果沒有「黑船入港」這個遠因，明治天皇也就不會開始實施一系列日本現代化歷程，改造體質，成為一個堂堂正正的現代文明國家。

但對當時的江戶人而言，「現代」，恐怕是這樣的存在——毫無準備，猛地竄到你跟前猝不及防揍你一拳，一股腦兒改變你的生活，侵占你的日常風景，決定你的身體形式。我是有意識地運用一系列的暴力修辭來意指日本的現代化過程。誠如永井荷風所言，「日本的十年相當於西方的一世紀」，日本政府為了要將日本導入現代化過程，以一種快速且粗暴的手段將西方「倒進」日本之中，當時的人們就泅泳於這種新舊交替的浪潮之中。

一切都太快了，明明大家都還在穿草鞋，銀座就點起了煤氣路燈，家家戶戶都還是平房甚至大雜院的時候，淺草卻已蓋起了十二層的高樓。沒有人告訴他們該何去何從，此時，具備足夠的想像力與柔軟的心靈，能夠先眾人一步捕捉現代的姿態與精神進入作品中的作家，就成為大家得以依靠的浮木。

用一個生動但不算精準的譬喻，這些作家猶如當今的youtuber一樣，身體力行著某種生活姿態，並且透過小說的形式展現給讀者。他們在作品中加入大量細節，成為一種「現代生活的範本」。不過除了這種一如IKEA型錄風格告訴你該如何過日子的功能之外，作家也將目光轉向人的「內面」，並不單純講述角色遭遇了什麼事件，更積極地告訴讀者他們如何思考以及如何面對自己的人生。這提醒了讀者如何自我更新成為一個更為現代的人，同時也預示了他們身為一個現代人將會面臨的麻煩與挑戰。

也就如此，一旦作家的才能超越同時代的人們，我們從中閱讀到某種與時代緊緊相連，卻又得以超越自己的限制，與未來的人對話的可能時，這樣的人，我們便稱之為「文豪」。他們身上熠熠閃動著日本的現代曙光，而又因為背負著這樣的光芒，令眾人將他們高舉於殿堂之上。

他們，是決定現代為何物的人。

四、

有趣的是，綜觀日本的偵探小說發展史，其實也就是日本的現代化歷史。

熟悉日本偵探小說發展的讀者應該都知道，第一篇傳入日本為大眾所見的偵探小說是一八七七年神田孝平翻譯自荷蘭作家Jan Bastiaan Christemeijer的〈楊牙兒奇案〉（楊牙兒ノ奇獄），而身為政治人物的神田孝平一開始想要翻譯這篇小說的原因，則是希望日本人能藉此熟悉西方人的警察與司法制度，以推動日本內部的制度改革。

由此可見，偵探小說一開始與其說是文學，不如說是一份政治說帖更為貼切。或許是這種嶄新的文類刺激了日本讀者，獲到相當好評，於是日本雜誌接連地出現翻譯偵探小說，蔚為一時風潮。

這對日本自身的小說發展進程中造成了一些影響。一方面是例如森鷗外在《雁》中所提到的，這些現代小說家在成長階段讀到的作品多半是這一種，因此成為熟悉的文類；另一方面則是像泉鏡花尚未在文壇立定腳跟的時候所遇到的，由於西洋偵探小說太受歡迎，導致出版社要求他們也得寫偵探小說，不然不予出版。

除此之外，當時剛好是一個重新建立秩序的時代，如何將眼前的一片混亂（謎團），恢復成有秩序的樣貌（真相），不但是小說重要的課題，也是讀者內心的渴望。而偵探小說既成的「謎團——解謎」敘事結構，剛好也是文豪所希望表現的趣味。他們期待透過現象理解本質，一如偵探從外在證據推斷案情一般。

不過要注意的是，礙於流通性與能翻譯的數量，當時作家能夠閱讀的偵探小說有限，甚至也沒有發展到如今的繁複多變。對文豪而言，他們就好像瞎子摸象的那些瞎子，他們不確定自己摸到了什麼，也不確定摸到哪裡是象的邊界；但他們能做的，就是將他們摸索到的東西，透過自己的眼光與聲腔表達出來。

也或許是由於他們真的有著太過敏銳的直覺，因此寫出來的東西不但具備跨時代的能力，同時我們還能像古生物學家在研究化石一般，重新思考偵探小說是什麼，而小說又是什麼。更進一步提醒我們，當偵探小說已經逐步精緻化具備自身獨立的美學標準的時候，曾經有這麼一群人在努力發掘其普世性，找到讓它得以扎根於日本的可能。

儘管志不在此，但他們卻無意間打造了一個適合類型小說發展的場域氣氛，從而促成接下來的大眾小說榮景。

基於此，在本書中，我選了五位風格迥異，但同樣具有代表性的作者。除了希望大家看到多元的文豪偵探小說外，也希望能創造出本書一如文豪選物店一般的質地，雖然數量有限，但各個精品。

打頭陣的是夏目漱石（一八六七—一九一六），在一九八四到二〇〇七年一直占據著日本千圓鈔票肖像的他，大概是日本最知名的作家了。不但作品大家都有印象（最起碼知道《我是貓》），外型更有著強烈的記憶點（雖然對台灣人而言大概跟孫中山有九成像）。收錄於本書的〈琴之幻音〉，可以說是輕鬆版的京極堂與關口的搭擋。透過兩個人煞有介事地討論幽靈，我們可以發現原本幽靈具備的不可解要素消失了，可以說是早期摸索偵探小說形式的佳作。

隨後跟上的是泉鏡花（一八七三—一九三九），深受日本傳統藝能（歌舞伎、能）影響的他，作品帶有強烈的日式幻想風味。特別是他寫作時華麗的漢字用法，更讓人讀來有種富麗堂皇之感。〈手術室〉是他的知名作品，故事講述一個貴族夫人開刀卻不願意接受麻醉，只因為她害怕會說出心中埋藏的祕密。其中謎團的鋪陳與夫人的自白形式，不但受到西方偵探小說的影響，更可能影響了後來的連城三紀彥。

谷崎潤一郎是個有明顯轉型期的作家，早期的他一如夏目漱石，寫作風格帶著洋氣不說，生活方式也走西式路線；後期的他則跟泉鏡花一樣，往日式美學靠近。只是無論是洋式還是和風，都可以看到他是多麼信仰人類的慾望形式，而且堅持捍衛自己對慾望的忠實。此外，他為了學英文，小時候就讀過許多偵探小說，創作的偵探小說也最為標準，可以從這次選的三篇小說中看見他的偵探小說素養。

芥川龍之介（一八九二—一九二七）大學念的是英文科，小說結構也有西方小說的影子；另一方面他的日文又非常優美，可以說成功橋接了兩者的特色。他的小說帶有哲學思考的味道，特別是他一直好奇於「敘事」這件事的可能性，對此做了大量的實驗。這次選的兩篇作品，都是在敘事上玩弄可能的範例，特別是已經太有名的〈竹林中〉。如果用推理小說眼光來看，可以讀出另一重趣味。

佐藤春夫（一八九二—一九六四）則是才華洋溢到無法直視的人，詩、散文、小說、和歌無所不包，眼光也極為精準。擔任文學獎評審時，經常由於他的判斷造就了不少日後赫赫有名的作者（例如遠藤周作）。他的小說往往帶有強烈的倦怠感以及憂鬱視野，但是也或許因為英文科的出身，而且喜歡看偵探小說的關係，這次選的三篇偵探小說雖然各自風格不同，但都帶著清晰而明快的輪廓，可以看到不大一樣的佐藤春夫。

綜觀這五位作家的偵探小說，我們隱約可以串出一條日本如何自我更新的過程，但更值得我們注意的是，當時的文豪是如何小心翼翼地在自己的美學標準與讀者趣味中拿捏分寸，並透過類型化的敘事形式來呈現當時人們的愛恨糾纏。

而這時我們才知道，原來他們用謎團所丈量的世界，那屬於偵探小說的黎明曙光，正冉冉升起。

夏目漱石

作者簡介

夏目漱石（1867-1916）

自小接受扎實的漢學教育，東大英文科畢業後，前往英國留學。歸國後，在一高、東大擔任教師。一九〇五年，在高濱虛子的建議下發表了《我是貓》，大受歡迎。自此在日本近代文壇大為活躍，代表作有《我是貓》、《少爺》、《夢十夜》、《心》、《從今而後》等等，一九一六年去世，留下未完遺作《明暗》。

琴之幻音

「稀客稀客，你好陣子沒來坐坐了。」津田說著，將過長的油燈芯捻細了些。

津田說時，我的雙手正放在幾乎快撐破而露出膝頭的長褲上，三根指頭轉著相馬燒[1]茶杯的圈足尋思著。沒錯，確實是稀客，自新年晤面以來，直至春花盛開的今日，我都未曾造訪津田租處。

「我一直想來，但忙著忙著就——」

「你一定很忙吧。再怎麼說，都跟做學生時不一樣嘍。這陣子一樣都傍晚六點才下班嗎？」

「是啊，大概都到這時間。每天回家吃過飯就睡了，別說讀書了，甚至連澡都沒怎麼

1　福島縣相馬地方生產的陶瓷器。因繪有奔馬，也叫駒燒。

泡。」我把茶杯擱到榻榻米上，露出怨恨已畢業之身的表情來。

這話似乎稍微激起了津田的同情，「確實，你看起來消瘦了些，一定很辛苦吧？」不知是否心理作用，說這話的人自從成為學士以來，身形似乎白胖了些，教人有氣。桌上攤著看似有趣的書，右頁以鉛筆寫著注記。一想到他居然有這樣的閒情逸致，我真是既羨慕又嫉妒，同時恨起自己的不自由來。

「你還是一樣熱心向學，令人欽佩。你在讀什麼？還寫了筆記，讀得很認真嘛。」

「這本嗎？沒什麼，是關於幽靈的書。」津田一派若無其事。在這繁忙的世道裡，居然滿不在乎地耽讀於僻的幽靈書籍，豈止悠閒，簡直奢侈。

「我也想無憂無慮地研究一下幽靈——不過每天都得大老遠地從芝返回小石川，別說研究幽靈了，我自個兒都快變成幽靈了，光想就孤單寂寞得緊啊。」

「對了，我都忘了，新家的感想如何？自成一戶，便自然會儼然一家之主嗎？」津田不愧是鑽研幽靈，提出深入心理作用的問題。

「也沒什麼一家之主的感覺啊。看來還是在外頭寓居輕鬆多了。若是布置得舒適妥貼，或許也會有老大爺般特別的感受吧，但我到現在還是拿黃銅水壺燒水、用白鐵臉盆洗臉，實在沒什麼一家之主的派頭。」我從實招來。

「即使如此，依然是一家之主啊。一想到這是自己的房子，就覺得痛快吧？原則上，擁有總是伴隨著愛惜的。」津田以心理學剖析人心說。所謂學者，就是無人要求，也會逐一**為眾人**解釋的人。

「當成自己家會怎樣，我是不曉得，但我可完全不願意把它當成自己家。名義上，我是那裡的主人沒錯，所以門口也貼上了我的名片，但區區七圓五十錢房租的主人，又有什麼了不得的？頂多就是主人階層裡的小官吏吧。既然要做主人，就得做敕任主人，起碼也得是奏任主人[2]才成，否則又有啥意思？比起在外寓居時，只添了更多麻煩。」我沒有多想，想到什麼埋怨什麼，觀察對方的反應，準備只要稍微得到一點贊同，立刻讓後續的埋怨傾巢而出。

「原來如此，或許這就是真理吧。一直在外寓居的我，和自立門戶的你，從立足點就不同了。」字面上說得深奧複雜，但總之他是贊同我的說法的。瞧這反應，再多埋怨一些應該也無妨。

2 敕任官、奏任官，皆為明治憲法中的高等官。

「一回到家，老媽子首先就拿著帳簿來找我，一五一十地報告：今天買了味噌三錢[3]、白蘿蔔兩根、斑豆一錢五厘。簡直煩人透頂。」

「如果嫌煩，叫她別這樣不就得了？」不愧是在外寓居，津田說得輕巧。

「我說不必這麼麻煩，老媽子就是不聽，所以才教人頭疼。我說，不必逐一向我報告，說個大概就好，老媽子便說，這可不成，這個家沒有夫人，既然把廚房交給我管，一毛錢都差錯不得，完全不理會主人的吩咐，頑固得很。」

「那，你就唯唯諾諾，假裝在聽就行啦。」津田似乎認為心靈能夠自外於外界的刺激，完全地自由。這實在不是心理學家應有的觀點。

「可是，不光是這樣而已。老媽子鉅細靡遺地報告完帳目後，接下來便要求我詳盡指示明天的菜色，真教我沒轍了。」

「叫她自個兒斟酌辦理不就行了？」

「但老媽子只會斟酌，對菜色卻沒有具體的想法，沒辦法。」

「那你就吩咐啊。不過是指示菜色罷了，不算什麼吧？」

「要是那麼容易就輕鬆嘍。畢竟我對家常菜餚也嚴重缺乏知識。老媽子問：明天的『御味御汁[4]』要放什麼？我竟無法當場回答……」

「什麼是『御味御汁』？」

「就是味噌湯啦。老媽子是東京人，在東京，味噌湯叫『御味御汁』。被問到味噌湯要放些什麼，首先得把能夠做為湯料的食材一一列出，才能挑選吧？想出那每一種湯料，就是第一道難關，而從這些湯料中做取捨，又是第二道難關。」

「吃個飯也這麼困難重重，太窩囊了吧？你沒有特別愛吃的東西，所以才會這麼棘手。原則上，對兩樣以上的物品好惡程度相等時，便會造成做決定時的困難。」津田又故意把明擺著的事實說得複雜難解。

「不光是味噌湯的料要請示，老媽子還會干涉一些奇怪的事。」

「哦？也是食物方面嗎？」

3 「錢」為明治以後的貨幣單位，一圓的百分之一，一厘的十倍。

4 漢字或作「御御御付」，為味噌湯的美化語。

「嗯，她每早都在梅乾灑上白砂糖，叫我吃一顆。如果不吃，老媽子那張臉立刻就會垮下來。」

「吃梅乾要做什麼？」

「老媽子說，灑白砂糖的梅乾有保佑，可以消災祛病。老媽子的理由很有趣，說是在日本各地，不論投宿任何一家旅店，早飯一定都會附上梅乾。如果沒有保佑之效，不可能變成如此普遍的習俗。她得意洋洋地拿這理由叫我吃梅乾。」

「原來如此，確實有理。一切的習俗，皆是有它相應的益處，才能延續到今日，所以也不能說它是梅乾，就小看了它。」

「怎麼連你都替老媽子說話？我更覺得我這個主人是虛有其名了。」我將抽到一半的紙捲菸扔進火盆的灰燼裡。散落著火柴殘梗的白灰被一陣攪動，畫出斜斜的一道「一」。

「總之，是個因循守舊的老媽子呢。」

「豈止守舊，根本就是個迷信的老太婆。她好像每個月兩三次，會上傳通院[5]那裡去找叫什麼的和尚問事。」

「她有親戚做和尚嗎？」

「不是，是有和尚在替人占卜賺錢。那個和尚也淨會多管閒事，教人頭大。我在租下那屋子的時候，也說那兒是鬼門、八方塞[6]，搞得我不知如何是好。」

「可是，你是先租了房子，才雇了老媽子吧？」

「老媽子是在搬家的時候雇的，不過這是之前就說好的事。其實這老媽子也是四谷的宇野家介紹的，是未來的岳母說有老媽子照顧，你一個人在家也可以放心，才雇了她的。」

「那麼，這老媽子既然是你未來岳母相中的人選，也只好忍耐了。」

「老媽子人是不錯，但她迷信得教人不敢領教。他說什麼我搬過去的三天前，她去那個和尚那裡，請他來看房子。結果和尚說，現在從本鄉往小石川移動很不好，不吉利，家中一定要出壞事。──你聽聽，說的這是什麼瘋話呢？明明是個和尚，卻自以為是，亂打妄語。」

「人家做的就是這樣的生意，有什麼辦法？」

5　東京都文京區的淨土宗寺院。因德川家康生母傳通院（法號，俗名於大）安葬於此而改名。

6　鬼門及八方塞皆為陰陽道的觀念。鬼門指易有鬼出入的地方，為不吉的方位。八方塞指所有的方位皆不吉利，什麼事都不能做的狀態。

「既然是做生意，我也不跟他計較，但既然如此，收了錢，說些不痛不癢的話就好了嘛。」

「又不是我的錯，對我發這麼大的脾氣也不能如何啊。」

「那和尚還說，家裡的年輕女人會遭殃。這下可好了，令人吃驚的是，老媽子竟擅自解釋，說我家裡的年輕女人，那一定是最近就要成婚的宇野家女兒，自個兒擔心個沒完。」

「可是她都還沒嫁進你那兒吧？」

「人都還沒進來，就在那裡瞎操心，真是杞人憂天。」

「我開始不懂這是在說笑還是認真的了。」

「根本不值一哂。倒是，最近我家附近常有野狗嚎叫……」

「野狗嚎叫和老媽子有什麼關係嗎？我甚至聯想不到一塊兒。」津田微微蹙眉，彷彿憑他拿手的心理學，也難以解開箇中深奧。我刻意老神在在地要了一杯茶。相馬燒茶杯是俗氣的廉價品，甚至傳聞說原本是窮武士在家燒製賺外快的。津田替我在這只廉價的茶杯裡斟滿了早已泡得無味的三十匁[7]廉價茶，我總感到一陣嫌惡，食慾盡失。看看杯底，狩野法眼元信[8]流的馬兒正奮勇躍起。我為這杯子如此廉價，馬卻畫得如此生動而感動，但感動歸感動，也沒義務喝下這不想喝的茶，便任由茶杯擱著，沒有拿起。

「喏，喝吧。」津田催道。

「這馬真是栩栩如生。看牠甩動尾巴、揮舞馬鬃的模樣，應該是野馬吧。」我沒喝茶，稱讚馬的圖案。

「你在開玩笑嗎？從老媽子一下講到野狗，又突然從野狗講到野馬，未免跳躍得太厲害了。你說狗怎麼了？」津田急切地催促下文。這下就不必勉強喝茶了。

「老媽子說，那叫聲非比尋常，肯定是這一帶出了什麼異事，務必當心才行。可是就算叫我當心，也從無當心起，所以我沒搭理，但實在是煩死人了。」

「狗叫得那麼凶嗎？」

「哦，狗倒是不怎麼吵。因為我睡得不省人事，狗什麼時候叫、叫得有多凶，我渾然不覺。但老媽子淨是挑我醒著的時候跑來抱怨，煩死我了。」

「這樣啊，就算是那老媽子，也不會故意挑你睡覺的時候去提醒你當心呢。」

---

7 匁為日本傳統重量單位，為三．七五公克。明治時期，一般家庭用的普通茶葉多以三十匁為單位販賣。

8 狩野元信（一四七六－一五五九），室町時代的畫家，狩野派開祖狩野正信之子。法眼為其佛教僧位。

「更慘的是，我的未婚妻感冒了。這下事情真的變得就像老媽子說的那樣，真吃不消。」

「但宇野家的小姐還住在四谷，用不著擔心吧？」

「就是要擔心，所以才說老媽子迷信。老媽子說：『都是因為您不肯搬家，小姐的病才遲遲好不了，請務必趁著月底前，趕緊搬到方位吉利的地方去。』你看看，我被個可怕的預言師給纏上了，真是太慘了。」

「或許你應該搬家。」

「說什麼傻話？我才剛搬過去不久呢。三天兩頭地搬家，你是要我破產嗎？」

「可是，病人沒事嗎？」

「怎麼連你都胡言亂語起來了？你是被傳通院的和尚給感化了嗎？別嚇唬人了。」

「我不是在嚇唬你，是問病人沒事嗎？我可是在擔心你夫人的安危呢。」

「當然沒事啦。雖然有點咳嗽，不過流感本來就會咳嗽。」

「流感？」津田突然怪叫起來，聲音大得幾乎令我一驚。這回我真的被嚇著了，默默盯著津田。

「千萬要小心啊。」津田接著沉聲說。異於一開始的大聲，這道聲音低沉得彷彿穿透耳底，滲透到腦中。不知道為什麼，一定是因為那低沉卻通透的聲音就彷彿完全沒入的細針一般徹骨吧。讓人覺得就像是碧藍的天空倏地冒出一個瞳孔大的黑點。黑點可能會消失，也可能會融淌，也可能會變成一場凶暴的落山風。津田接下來的說明，將決定這瞳孔大的黑點的命運。我不知不覺間拿起了相馬燒茶杯，將涼掉的茶水一飲而盡。

「千萬得當心啊。」津田以同樣的口吻再說了一次。瞳孔大的黑點變得愈發漆黑，但分辨不出是要融淌還是擴大。

「少觸霉頭了，就知道嚇人，哈哈哈哈。」我勉強大笑，但連自己都發現那虛弱無力的笑聲只是無意義地乾響，笑到一半便打住了。但一打住，笑聲便顯得更不自然，我後悔還是應該笑到底的。我不知道聽在津田耳裡，這笑像是什麼。他再次開口時，語氣已經恢復如常。

「其實是我聽到一件事。不久前的事而已，我有個親戚，一樣得了流感，家人覺得沒什麼大不了的，也沒當一回事，結果一星期後，竟變成了肺炎，不到一個月，人居然死了。那時候醫生說，這陣子的流感來勢洶洶，很容易就變成肺炎，必須小心——真正人生無常啊。太可憐了。」津田說著，露出悲涼的表情。

「咦，那真是太慘了。怎麼會變成肺炎呢？」我很擔心，想要問個清楚，做為參考。

「也沒什麼特別的原因——所以才叫你的夫人要小心。」

「真的得小心呢。」我在話中注入滿腔的嚴肅，專注地看著津田的眼睛。津田依然一臉悲涼。

「太可怕了，光想就覺得可怕。才二十二、三歲就過世，這人生太沒意思了。而且丈夫還出征去了——」

「哦，是女的？那太可憐了。丈夫是軍人？」

「嗯，丈夫是陸軍中尉。婚後還不到一年呢。我也參加了守靈和葬禮——故人的母親哭個不停——」

「當然要哭了，任誰都會哭的。」

「葬禮當天小雪紛飛，天氣很冷，誦經結束，就要下葬的時候，母親蹲在墓穴旁，不肯離開。飛舞的雪花在她頭上灑下斑斑白點，我便拿傘替她遮了一下。」

「幹得好，原來你也有這樣的柔情，真不像你。」

「因為看了實在教人不忍啊。」

「我想也是。」我又望向法眼元信的馬，覺得津田悲涼的表情肯定傳染給我了。忽然，我想打聽一下過世的女人的丈夫。

「那，她的丈夫沒事嗎？」

「丈夫隨黑木軍[9]出征去了，幸好毫髮無傷。」

「他接到妻子的死訊，肯定如同晴天霹靂吧。」

「說到這個，有件神祕不可思議的事。從日本寄去的信還沒有送達，夫人就先去到丈夫那裡了。」

「此話怎講？」

「她去見丈夫了。」

「怎麼會？」

「什麼怎麼會，她去見自己的丈夫啊。」

「什麼去見丈夫，她人不是死了嗎？」

9 指黑木為楨（一八四四－一九二三），明治時代的軍人。參加過西南戰爭、日清戰爭和日俄戰爭。

「就是死後前去相會啊。」

「少胡扯了，不管再怎麼思念丈夫，也不可能做到這種事。又不是林屋正三[10]的怪談。」

「不，她是真的去了。」津田固執於愚不可及的主張，一點都不像個知識分子。

「什麼真的去了——說得好像你親眼所見一樣。這太離奇了，你是說真的嗎？」

「當然是真的。」

「教人咋舌。你簡直就像我家那個老媽子。」

「管它是老媽子還是老頭子，事實就是如此，沒辦法啊。」津田更加堅持了。看上去也不像是在糊弄我。如果他是說認真的，肯定有什麼緣由。津田和我進大學後，就讀不同的科系，但在高等學校[11]時，也曾經同班。當時一班四十幾名學生裡，我的成績總是敬陪末座，但津田向來名列前茅，不曾掉出兩、三名之外，想來他的頭腦肯定比我要聰明個三十五、六倍。如此聰明的津田甚至意氣用事地堅持這番說詞，看來也並非全是一派胡言。我身為一名法學士，只能專注於據實觀察眼下的現象，以常識進行分析，不能、也不喜去想多餘的事。我最厭惡思考幽靈、作祟、因果報應這類虛無飄渺之事，但對津田的才智頗為敬畏。既然這位令我敬畏的大師一本正經地談論幽靈，縱然是出於客套，我也應該改變一下對此一議題的態度。坦白說，我一直深信自從明治維新以後，幽靈和挑夫就永久失業了，但看看津田從剛才到現在的態度，這幽靈似乎在我不知不覺間又東山再起了。方才我問他桌上的書是什麼，他也說是幽靈的書。總之不聽白不聽。對於忙碌的我來說，這樣的機會可不容易再有。我總算暗下決心，做為日後參考，還是問個清楚再走。看看津田，他似乎也想繼續說下去。一個想說，一個想聽，事情就容易了。漢水西南流，這可是千古不變的定理[12]。

「細細詢問之下，才知道夫人在丈夫出征前曾經立下誓言。」

「什麼誓言？」

「萬一自己在丈夫離家時因病身亡，也不會就此死去。」

「哦？」

「唯有魂魄，必定會趕到良人身邊，見上良人最後一面。夫人這麼說時，丈夫出於豪邁的

10 落語家的名號，初代林屋正三為怪談落語之元祖。

11 此指舊制高等學校，為幾乎獨占升上帝國大學或官立大學的菁英學校。

12 原文作「漢水は依然として西南に流れる」，漢水是向東南流，故作者此句應是反諷意義，或是筆誤。

軍人性情，笑道：『好，妳什麼時候來都行，我帶妳看咱們帶兵打仗。』然後就去了滿洲。後來他把這事忘得一乾二淨，完全沒放在心上。」

「這也難怪，換作是我，不必出征也早忘了。」

「丈夫出發時，夫人幫忙添購了許多隨身物品，其中有一面小鏡子。」

「哦？你查得真仔細。」

「沒有啦，是後來戰地來了一封信，清清楚楚地交代了始末。——那面鏡子，丈夫總是隨身收在懷裡。」

「嗯。」

「一天早上，他一如往常取出鏡子，不經意地一看，結果鏡中——他原以為就如同以往，會照出自己那滿張布滿鬍碴的髒臉——真是太不可思議了——世上真有這樣的奇事。」

「到底是怎麼了？」

「據說鏡面倏地浮現出夫人蒼白憔悴的病容——哦，這實在有點難以置信，任誰聽了都會說是騙人的。事實上，我在看到那封信之前，也完全不信。但丈夫從戰地寄信過來的日子，竟是咱們去信通知死訊的三週以前呢。就算他要撒謊，也沒有材料。再說，他有什麼必要撒這種謊呢？沒有人會在生死比鄰的戰場上，悠哉地寫下這種小說似的空談寄回故鄉。」

「說的也是。」我說，但其實仍半信半疑。儘管半信半疑，卻有了一股毛骨悚然的——一言以蔽之，是身為法學士不應該有的感覺。

「不過據說鏡中的夫人也沒有說話，只是默默地細細端詳丈夫的容顏，但當時丈夫的心中忽然就如同漩渦般，湧出妻子訣別時所說的那番話，這也是當然的吧。信上寫道，當時他感覺就像腦袋裡頭被人拿烙鐵給烙上去一般，一陣火燙。」

「真有這樣的怪事。」甚至都引用信上的文字了，看來非信不可了。我總覺得不寒而悚起來。要是這時津田「哇！」地大喊，我一定會當場跳起來。

「所以家人查了一下時間，發現夫人嚥氣，和丈夫看鏡子，恰好是同一天的同一個時辰。」

「這更是不可思議了。」直到這時，我才由衷感到不可思議起來。「不過，這種事真的有可能嗎？」為了鄭重起見，我問津田。

「這本書也提到一樣的事。」津田從桌上取來先前提到的書，從容答道：「據說近年來，已經證明了這是有可能的。」一想到在法學士不知情的時候，心理學家已經讓幽靈重拾昔日輝煌，這下也不能再瞧不起幽靈了。對於無知之事，我無法評論，而無知就是無能。對於幽靈，看來法學士只能盲從於文學士。

「分隔於遙遠的兩地，一個人的腦細胞，感應到另一個人的細胞，發生某種化學變化……」

「我是法學士，那類解釋聽了也不懂。簡而言之，在理論上，這種事情是有可能的嗎？」我這種頭腦不清明的人，比起理論，還是直接聽結論方便多了。

「是啊，會導出這樣的結論。而且這本書也有許多例子。其中布羅漢姆勳爵[13]看到的幽靈，就與我剛才說的例子如出一轍，相當有意思。你知道布羅漢姆吧？」

「布羅漢姆？布羅漢姆是誰？」

「英國文學家啊。」

「難怪我不認識。不是我吹噓，文學家裡除了莎士比亞和密爾頓以外，我就只認識兩、三個而已。」

津田也許覺得跟這種人討論學問是白費工夫，回到正題說：「所以我才會要宇野小姐也多加留意。」

「嗯，我會要她小心。不過就算有什麼萬一，她也不會發誓說什麼要來見我最後一面，這部分不必擔心。」我打哈哈說，心中卻有些不太愉快。掏出表來一看，快十一點了。這下不妙。一想到家裡的老媽子一定正為了野狗嚎叫而痛苦萬端，我只想盡快趕回家去。

「我會找時間去拜會一下那位老媽子。」津田說。「務必要來，我請你吃頓飯。」我說完後，辭別津田位於白山御殿町的寓居。

彼岸[14]時節競相怒放的櫻花，讓人喜悅春天終於到來，但這歡喜卻只持續了短短兩、三天。現在必定就連櫻花自身都在後悔操之過急了。前天濕暖的風才剛吹過帽子，將滲出額頭髮際的油汗與黏附的沙塵一同拂去，如今卻覺得那宛如去年的事了。昨天以來的天氣，就是如此地酷寒，今晚冷得更是厲害了。我心中暗怪又不是春寒料峭的季節，這天氣真是陰陽怪氣，立起外套衣領，從盲啞學校前踱下植物園旁邊，這時不知何處敲起了鐘聲，在夜半寂靜的空中

---

13 Lord Brougham，亨利．布羅漢姆（Henry Peter Brougham，一七七八－一八六八）。英國政治家、法律家。

14 彼岸指春分前後共七日的時期，日本習慣在這段期間辦法事。

一波波地起伏傳來。十一點了，我想。——我不知道時鐘是誰發明的玩意兒，過去也從未注意過，但留神一聽，這聲響十分奇妙。一道鐘聲響起後，就像扯開黏呼呼的年糕般，裂成了一塊又一塊。儘管扯開了，卻也沒完全扯斷，而是藕斷絲連，連著下一道聲響。那連繫愈來愈粗，愈來愈胖，忽爾又像毛筆頭般，自然地尖細下去。——我納悶著這鐘聲怎麼一會兒粗一會兒細，一面走著，感覺自己的心跳也隨著那鐘聲的波動起伏，一下子沉、一下子輕起來了。到了最後，我的呼吸都要不由自主地配合起那鐘聲了。我正想著今晚的自己實在不像個理智的法學士，快步拐過派出所轉角時，冷風送來了豆大的雨珠，落在臉上。

極樂水是塊極陰森的地區。近來兩旁建起了連棟平房，不至於像過去那樣冷清，但看看那左右房舍似乎皆是闃寂的空屋，實在不怎麼舒服。貧民就該活動。不工作的貧民，就失去了貧民的本性，不被認同是活物。我經過的極樂水地區的貧民死寂到再怎麼鞭策都沒有要復甦的樣子。——事實上他們都死了吧。淅瀝雨點愈發密集了。我沒有帶傘，仰天咂舌，心想看樣子到家前就會淋成落湯雞了。雨絲自黑暗深淵霏霏落下，看來一時難以放晴。

五、六間[15]前方忽然冒出一團白色影子。我在馬路正中央停步，伸長了脖子細看那白影，結果對方馬不停蹄地朝這裡直奔而來。不到半分鐘，白影便自我右邊擦身而過，倉促一瞥之中，看見是兩名穿黑色和服的男子，一前一後用木棒穿過一個瓦楞紙箱大小的箱子抬著，箱上覆著白布。八成是要去辦葬禮或火葬。箱子裡裝的肯定是嬰孩。黑衣男子彼此沒有交談，默默扛著這具棺材離去。看他們堅定而賣力的模樣，就彷彿全天下再也沒有比三更半夜抬棺更天經地義的事了。片刻之間，我罕異地目送棺材消失在夜黑當中，回頭的時候，前方又傳來人聲。聲音不高也不低，但因為夜色已深，聽起來意外地響亮。

「昨個兒出生，今個兒就死了，也是有的。」一人說。「命啊，沒法子，這都是命。」另一個人答。兩條黑影又自我身旁擦身而過，一轉眼便沒入黑暗中。只有快步追趕棺材的木屐聲在雨中迴響。

「昨個兒出生，今個兒就死了，也是有的。」我在內心複誦道。如果有人昨天才出生，今天就死了，那麼昨天才患上病，今天便撒手人寰的人，應該更多才對。在這花花世界倘佯了二十六年，縱然不患病，也充分有資格死去。像這樣在四月三日的深夜十一點走在極樂水的坡道

15　間為日本舊時長度單位，一間約為一．八公尺。

上，或許就是在步上死亡之路。——總覺得不想繼續往上走了。我在坡道途中佇足了片刻。不過在這裡佇足，或許也就是佇足在死亡中。——我又往前走去。我從未意識到，死亡居然會如此深刻地影響一個人的心境。一旦覺察，不論是停步還是前進，都令人坐立難安。看這樣子，也許即使回到家鑽進被窩裡，照樣還是要擔心。為什麼我能滿不在乎地活到今天？仔細想想，在學校時，我忙於考試和打壘球，無暇思考死亡；畢業後忙於筆墨、賺取微薄的月薪和應付老媽子的怨言，一樣無暇思考死亡。即使悠哉如我，也明白人終有一死，但自出生以來，今晚是我第一次感受到其實我也是會死的。感覺不論是行走還是停步，夜這個大得可怕的黑色事物都從四面八方壓將上來，逼迫著非要把我這個東西融入其中才甘心。我生來就是個逍遙自在的傢伙，坦白說對功名毫無慾望，即使死去，也了無遺憾。雖然了無遺憾，但我仍極不願意死去，無論如何都不想死。我想這是我頭一遭發現死亡竟是如此地可怕。雨絲愈來愈密，外套吸滿了水，伸手一摸，就像按上濕海綿般濕漉漉的。

穿過竹早町，就要走上切支丹坡[16]。我不知道為何這條坡叫切支丹坡，不過此坡之詭譎，不下其名。走上坡頂時，我忽然憶起以前經過此處，看見一塊牌子從土堤處斜伸向馬路，上頭寫著「日本第一陡坡，要命就要小心」，還笑它滑稽，但今晚卻笑不出來了。「要命就要小心」，這話宛如《聖經》的一節浮現心頭。坡道很黑，胡亂往下走，會失足跌個四腳朝天。因為危險，我從八分高的地方往下瞧個仔細，但前頭一片漆黑，什麼都看不清楚。左方的土堤處，一棵老朴樹粗魯地伸展出枝椏，將坡道遮蔽得光射不透，就連白晝，下這坡時也感覺像墜落谷底一般，膽戰心驚。我仰頭想看看那朴樹，眼前卻是一片漆黑，要說有樹是有樹，要說沒有樹也像是沒有樹，只聽得雨聲瀟瀟不停。走下這道漆黑的坡，沿著狹窄的谷徑，朝茗荷谷走上七、八丁[17]路，就能回到小日向台町的自家，但是之前的這段路，總令人內心有些發毛。

來到茗荷谷的坡道中間一帶時，出現了一團鮮艷的紅火。我也說不清是先前就有了，還是頭一抬冷不防便看到，總之隔著雨絲，清清楚楚。是豎立在大宅院門前的煤氣燈嗎？那火蕩蕩悠悠地晃動著，就好似在秋風中擺盪的盆燈籠[18]。——不是煤氣燈。究竟是什麼？結果那火就像波浪般，穿過雨絲和夜黑，自上而下過來了。——我總算看出這一定是提燈的火時，火光忽

16 切支丹一詞源自於葡萄牙語 Cristão，指耶穌會傳教士沙勿略（San Francisco Javier）等人在日本傳播的天主教之教徒。

17 也作「町」，日本舊制距離單位，一丁約一〇九．〇九公尺。

18 盂蘭盆期間，為了祭祀死者而供奉的燈籠。

然間消失了。

看到那火時，我猛地想起了露子。露子是我未婚妻的名字。未婚妻與這火有何關聯，也許津田這個心理學家也無法解釋。但人會想到的事，心理學家並不一定都解釋得了。總之這赤紅的、鮮艷的、宛如斷尾繩索般的火光，確實令我一時間想起了我的未婚妻。——而火光消失的瞬間，也直接讓我聯想到了露子的死。抹抹額頭，因油汗和雨水而一片黏膩。我埋頭向前走。

走下坡道後，是一條窄仄的谷徑，這條小徑到了盡頭，轉個方向，又是一條一路往西的谷徑。這一帶的地面是高台的紅土，一點小雨，地便泥濘得幾乎要把木屐齒給扯下。四下一片漆黑，皮鞋的鞋跟又深深插進泥濘裡，舉步維艱。我沒頭沒腦、蜿蜒曲折地走著，在疑似枸杞籬笆的銳角轉角處，驀地又遇上了那團紅火。仔細一瞧，原來是巡查[19]。巡查把那團火湊上我，幾乎要燒到我的臉皮，丟下一句「很糟糕吶，要小心啊」，擦身而過。津田說的「千萬要小心」，和巡查說的「很糟糕吶，要小心啊」實在很像，這麼一想，胸口頓時重得像鉛一樣。那火，就是那火！我氣喘吁吁地跑上坡。

連怎麼樣經過了哪些地方都糊里糊塗、大步流星地奔進家中時，應該已經快十二點了。老媽子一手提著火光微弱的三分[20]芯煤油燈從屋裡衝出來，扯著嗓門大喊：「老爺！您怎麼了！」

仔細一瞧，老媽子一臉蒼白。

「老媽子！怎麼了嗎！」我也大喊。老媽子害怕我捎來什麼壞消息，我也害怕老媽子說出什麼壞消息，彼此問著「怎麼了怎麼了」，雙方卻都不肯回答，就這樣大眼瞪小眼了好半晌。

「水——水滴下來了。」老媽子提醒。確實，吸飽了雨水的外套衣襬，以及軟呢帽的帽簷正不停地淌下冰冷的水滴，落在榻榻米上。我摘下帽子扔出去，帽子滾到老媽子膝旁，朝天花板露出白色襯裡。我脫下灰色長大衣，甩了一下丟出去時，感覺比平常沉了許多。換上和服，哆嗦了一下，總算冷靜下來時，老媽子又問：「怎麼了？」這回老媽子也鎮定了些。

「也沒怎麼了，不過淋了些雨而已。」我努力逞強說。

「不，老爺的臉色太不尋常了。」老媽子不愧是信奉傳通院的和尚，很會看相。

「妳才是怎麼了？剛才還嚇得牙齒有些打顫呢。」

19 日本最基層的一般警官。
20 分為日本舊制長度單位，一分約三公厘。

「老爺怎麼笑我都無所謂。——可是老爺，這可不是說笑的。」

「咦？」心臟忍不住一縮。「怎麼了？我不在的時候，出了什麼事嗎？四谷那裡有什麼病人的消息嗎？」

「您看看，明明就這麼擔心小姐。」

「說了什麼？有信嗎？還是派人來了？」

「沒有信，也沒有派人來。」

「那是電報嗎？」

「也沒有電報。」

「那到底是什麼——妳倒是快說啊！」

「今晚的叫聲不一樣啊。」

「什麼？」

「還什麼，老爺，老媽子我從天黑起就擔心得不得了吶。這絕對有什麼蹊蹺。」

「什麼蹊蹺？叫妳快點說啊！」

「就是我前些日子說的狗啊。」

「狗？」

「對，狗叫個不停。如果照著我說的做，就不會發生這種事了，都是老爺嗤之以鼻，說這都是老太婆的迷信……」

「什麼發生這種事，根本什麼事都還沒有發生啊？」

「不，並非如此，老爺肯定也在回家途中想起了小姐的病。」老媽子一語道破，我覺得彷彿有把寒刃在黑暗中一閃，扎進了胸口。

「我確實是很擔心。」

「看吧，這果然是預兆。」

「老媽子，世上真有什麼預兆嗎？妳有過這樣的經驗嗎？」

「不是有沒有的問題，自古以來，不是都說烏鴉啼叫，就是惡兆嗎？」

「沒錯，烏鴉叫不吉利，這我好像聽說過，可是狗叫似乎只有妳一個人在說啊？」

「老爺這麼說就錯了。」老媽子以極盡輕蔑的語氣否定我的疑問。「是同樣一回事。老媽子我可以從這狗叫聲聽得一清二楚。事實勝於雄辯，我只要覺得不對勁，從來沒有一次落空的。」

「真的嗎？」

「不聽老人言，吃虧在眼前。」

「我沒有不聽，也明白老人的話該聽，所以——可是，狗叫聲有那麼準嗎？」

「老爺又質疑我的話了。別管那麼多了，明早老爺去四谷看看吧，一定出了什麼事。老媽子可以保證。」

「要是有什麼事就糟了。就沒辦法化解嗎？」

「所以我才請老爺快點搬家，老爺卻冥頑不靈——」

「以後我不敢再這麼頑固了。——總之，我明天一早就去四谷看看。今晚這就過去也是可以……」

「今晚老爺去了，老媽子可沒法看家。」

「為什麼？」

「還有為什麼，這麼可怕，叫老人家怎麼經受得住？」

「但妳不是也擔心四谷的狀況嗎？」

「擔心是擔心，但老媽子我也害怕啊。」

就在這時，環繞屋子的雨聲緩和下來，響起不知來自何處、某物伏地繞行般的低吼聲。

「啊，就是那聲音。」老媽子眼神定住，小聲說道。確實，那聲音陰森極了。我決定今晚在家過夜。

我一如往常地鑽進被窩，卻被那低吼攪得心神不寧，甚至無法闔眼。

一般的狗叫聲，就像把前後用柴刀劈斷的木柴連成一長串，是直線的；但現在聽到的低吼，卻沒那麼容易、單純。聲音的幅度變化不絕，有曲折、有弧度。從燭芯般的纖細開始，愈來愈粗、愈來愈厚，接著又像油盡的燈芯般，漸次熄滅。也聽不出是在哪裡吠叫的。感覺就像從百里之遙的地方，乘風細微地傳來，卻又忽然逼近到屋簷下，甚至就在枕頭蒙住的耳畔響起。「嗚嗚嗚嗚」的聲音拖著無數渾圓的段落，沿著屋子繞上兩三圈，不知不覺間，那聲音變化成「汪汪汪汪」，又被一陣疾風掃開，飄向遙遠的另一頭，尾聲化成了「嗯嗯嗯嗯」，沒入黑暗的世界。這狗的嚎叫，就像是把快活的聲音硬是擠壓成陰鬱，將狂躁的聲響以權勢壓迫為沉痛。它並非自由的。由於是受壓制而不得不發出的聲音，使得它比原本的陰鬱、天然的沉痛更加可厭、更不堪入耳。我連耳根子都埋進了被褥當中，然而就連在被褥中，依舊聽得見這聲音，而且比起耳朵裸露時更不忍卒聞。我又把臉伸出了被窩。

一會兒後，嚎叫戛然而止。在這夜半的世界，沒有任何活動的東西會帶走狗的嚎叫。我家靜得猶如沉浸在海底，靜不下來的只有我的心。只有我的心，在這片寂靜中預期著某些事。然而那是什麼事，我毫無概念。唯有某種神祕莫測之物可能就要從這片黑暗世界顯露出來的擔憂激烈地鼓動著神經。就是現在嗎？它就要現身了嗎？我將五指伸進髮間，撓抓一通。大概一星期沒有入浴，也沒有洗頭，指間抹得黏膩膩的。如果這寂靜的世界出現變化——感覺一定會有變化，那就是在今晚，就在未明之前，肯定要出什麼事。過完這一秒，再等待下一秒。問我在等些什麼，我也答不上來。連自己都不知道在等什麼，故而更加痛苦。我把從髮中抽出來的手拿到眼前，無意義地細看，只看見填滿了污垢的指甲縫形成的黑色月牙。同時胃袋停止了運動，肚腹就像遇雨後又在烈日底下曬硬了的鹿皮般，憋屈得很。狗怎麼不叫了呢？狗還在嚎叫的時候，雖然討厭，但還有個討厭的程度。靜成這樣，就摸不透究竟有什麼樣可怕的事情在背地裡逐漸發生、在不知不覺間逐漸醞釀。相較之下，狗的嚎叫還好受一些。我祈禱狗快點叫，翻了個身，轉為仰躺。天花板淡淡地映著油燈的圓光。仔細一瞧，那圓光彷彿在動。怎會有這樣的怪事？如此一想，墊被上的脊椎忽然一軟，只剩下一雙眼睛瞪得老大，極目觀察那光究竟是動了，還是沒動？——確實在動，但不知那光平素就是這麼動著，只是自己向來不覺，還是只有今晚才動？——如果只有今晚會動，事情就非同小可了。不過，也有可能是肚子作怪。今天下班後，我去池之端的西餐廳吃了炸蝦，也許是東西不好。吃了壞東西，還得掏錢給人家，簡直荒唐，真不該去的。不管怎麼樣，這種時候最重要的便是平心靜氣，好好睡上一覺，我緊緊閉上眼皮，結果眼前閃爍起斑斑五彩光點，彷彿灑下了彩虹粉。我心想這樣不成，睜開眼皮，又被那油燈的光影攪亂心緒。我莫可奈何，再次側身，決心學那重病患者，靜靜不動地等待天明。

翻身側躺，紙門後方老媽子細心折好的秩父銘仙[21]家常便服映入眼簾。我立刻想起上回去四谷，我坐在露子枕邊，像平常一樣閒聊時，露子注意到我袖口綻開，裡頭的棉絮露了出來，我都叫她別忙了，她卻勉強從病榻上起身，為我縫補。當時她只是臉色稍差，就連笑聲都無異於往常——她也說身子好多了，明天應該就可以下床了——我想起露子的身影——不是刻意想起，而是她的身影自然而然浮現腦海——她頭上放著冰囊，長髮半濕著，不住地嗯嗯呻吟，

21　秩父地方所產的銘仙絹織物，為雙宮繭絲織成的平織布，質地堅牢。

在枕上翻動。——難道惡化成肺炎了？但如果變成肺炎，應該會有消息才對。沒有使者，也無來信，想來她的病一定已經痊癒了，沒事的，我如此斷定，就要入眠，但闔上的眼皮子裡，歷歷在目地浮現出露子蒼白削瘦的臉頰，以及有如深陷的玻璃珠般可怕的眼睛。看來她的病還沒有好。雖然沒有消息，但也不能因為沒消息就安心。也許下一刻就會有人來通知，既然要來，怎麼不快點來呢？到底會不會來？我輾轉反側。雖說天氣凍寒，但已是四月時節，我蓋了兩條厚被子，應該要熱到難以入眠才對，然而手腳和胸口卻是又冰又沉，彷彿完全沒有血液流過。伸手摸摸身子，全被油汗給浸濕了。冰涼的指頭撫過皮膚，感覺就像有錦蛇爬過似的，令人噁心。搞不好今晚使者就會上門了。

這時，冷不防有人敲打門口的遮雨板，幾乎要把板子給敲破。看吧，真的來了！我的心臟猛地一跳，撞在第四根肋骨上。來人似乎說了什麼，但混雜在敲門聲中，聽不真切。「老媽子，有人來了！」我才剛說，便聽到回應：「老爺，有人來了！」我和老媽子同時走到門口，打開遮雨板。——巡查提著紅燈籠站在門外。

「剛才有沒有什麼異狀？」巡查神色懷疑，也不招呼，劈頭便問。我和老媽子不約而同地對望，皆未作答。

「其實，本官剛才巡邏此地，看見有道黑影從府上大門離去……」老媽子嚇得面色如土，正要開口，卻又喘得說不出話來。巡查看我，催促回答。我只是茫然佇立，活像尊化石。

「啊，三更半夜的，驚擾府上了……其實，近來這一帶很不平靜，警察也極盡森嚴地戒備——又剛好看見府上大門敞開，似乎有人影離去，所以才上門提醒一聲……」

我總算吁了一口氣，彷彿好不容易嚥下了哽在咽喉的鉛丸。

「多謝您的熱心——不過家裡似乎沒有遭小偷。」

「那就好。每天晚上狗叫個不停，一定很吵吧。不知為何，宵小就愛在這一帶打轉……」

「您辛苦了。」我快活地答道，因為這下便可以解釋，狗叫或許是因為宵小的緣故。巡查離開了。我準備天一亮便前往四谷，眼不交睫，等到六點鐘聲響起。

雨總算停了，但路況極糟。我叫老媽子拿出高齒木屐，她卻說送去修木屐齒的鋪子，忘了去取。皮鞋遭到昨晚的大雨摧殘，實在沒法再穿。管他的，我趿上寬幅短齒木屐，十萬火急地趕往四谷坂町。大門敞開，但玄關仍然深鎖。書生[22]還沒起來嗎？我繞到廚房後門。下總[23]出生、叫阿清的紅臉蛋女傭把剛從糠味噌裡挖出來的醃細白蘿蔔放在砧板上，正在切著。「早，怎麼樣了？」我問，女傭露出驚訝的表情，解下一邊的束袖繩，「喔」了一聲。這「喔」半點用處都沒有。我逕直進了屋，大步走進起居間。探頭一看，岳母頂著才剛睡醒的臉，正細心地擦拭著魚鱗木紋的長火盆。

「咦，靖雄！」岳母拿著抹布傻住了。「咦，靖雄」也毫無幫助。

「怎麼樣？很糟糕嗎？」我急促地問。

既然狗的嚎叫是宵小的緣故，或許露子的病也已經好了。如果流感痊癒就好了，但是看到岳母的表情，我倒抽了一口冷氣。

「是啊，很糟糕呢，昨晚下了那麼大的雨，你在外頭一定很困擾吧？」看來她有些會錯意了。看看岳母的樣子，只有驚訝，沒有擔憂的模樣。我稍稍平靜下來了。

「路況很糟。」我掏出手帕拭汗，但還是放心不下，問：「呃，露子小姐——」

「正在洗臉。她昨晚去參加中央會堂的慈善音樂會什麼的，很晚才回來，所以睡過頭了。」

「流感呢？」

「啊，多謝慰問，已經完全好了。」

「都沒事了嗎？」

「是啊，感冒老早就好了。」

我的心境就像是和煦的春風吹散了濛濛細雨，甚至可以看見藍天深處。我好像在哪裡看過「日本第一得意人」這樣的句子，那形容的一定就是我現下的心情。正由於昨晚是那樣地驚懼，現在更是加倍地爽朗。我怎麼會為了那樣的事被折騰個半死呢？連自個兒都醒悟到那真是愚昧之至，總覺得可笑極了。一覺得可笑，雖說情分不同於一般，但沒事一早闖進別人家裡，教人有些不知所措。

「這麼一大清早的，是怎麼啦？——有什麼事嗎？」岳母嚴肅地問。我不知該如何回答，但要扯謊，臨時也想不到什麼好說詞。窮極之下，我應了聲「噢」。

---

22 明治、大正時期左右，寄住在他人住處，一面幫忙家事，一面修習學業的人。

23 日本古行政區名，為現今千葉縣北部及部分茨城縣。

「噢」完之後，我隨即想到不該迴避，乾脆地坦承一切就好了，但應都應了，也沒辦法。既然無法收回這聲「噢」，就必須物盡其用。「噢」只是簡單的一聲，但也不是隨便掛在嘴上的，想加以活用，頗教人煞費苦心。

「是有什麼急事嗎？」岳母追問。我想不到好主意，又「噢」了一聲，轉向浴室，大喊：「露子小姐！露子小姐！」

「咦？還以為是誰，怎麼這麼早——怎麼了嗎？——有什麼事嗎？」露子不曉得我有多擔心，又拿同樣的問題折磨我。

「哦，說是有急事。」岳母替我回答。

「這樣啊，是什麼事？」露子天真地問。

「嗯，剛好有事到附近來。」我總算打通了一條活路，暗想這活路也太崎嶇了。

「那不是找我有事嘍？」岳母的表情有些詫異。

「嗯。」

「事情已經辦完了嗎？真快。」露子大為欽佩。

「不，我正要過去。」太過欽佩也教人困擾，我謙遜了一下，但一想到其實也無甚差別，便覺自己的話聽起來實在愚蠢。這種時候速速告辭才是上策，坐得愈久，錯得愈多。我準備起身。

「你的臉色很糟，是不是怎麼了？」岳母使出一記回馬槍。

「你應該去理個頭。鬍子太長，看起來都像個病人了。咦，頭上都沾到泥巴了。你走得很急呢。」露子說。

「我穿的是晴天穿的短齒木屐，濺起了不少泥巴吧。」我轉身出示背部。岳母和露子不約而同地驚呼：「哎呀！」

我請岳家替我晾著外套，借了高齒木屐，也沒向屋內的岳父打聲招呼就離開了。這是個風和日麗的好天氣，而且是星期天。儘管有些尷尬，但昨晚的憂懼就像紅爐上的雪般消失無蹤，前途彷彿綠柳紅櫻的大好春日，令人開心。我來到神樂坂，走進理髮鋪。就算別人說我是為了討未婚妻歡心也無所謂。事實上，我想要事事都順著露子的心意。

「老爺，鬍子要留著嗎？」一身白衣的師傅問。露子叫我應該剃個鬍子，但不知道她說的是全部，或只有下巴的鬍鬚。我自行決定，只保留唇上的髭鬚。既然師傅特地問要不要留，即使留著，一定也不怎麼突兀。

「阿源啊，世上有些人真是傻呢。」師傅抓著我的下巴，倒拿著剃刀，朝火盆處瞥了一眼說。

阿源坐鎮在火盆旁，在將棋[24]盤上不住地敲擊著金銀兩枚棋子，應著：「真的，什麼幽靈、死人，那都是古早以前的事啦。這年頭都有電燈了，哪兒還有那種荒謬的東西呢。」他一邊說著，一邊把飛車疊在王棋的肩坎上。「喂，由仔，你可以像這樣疊上十枚棋子嗎？要是成功，我請你去安宅壽司[25]吃十錢的壽司。」

穿著單齒高木屐的小學徒疊著剛洗好的毛巾笑道：「我不要吃壽司，你給我看幽靈，我就疊給你看。」

「連由仔都瞧不起幽靈，也難怪幽靈要潦倒。」師傅把鬢毛直推到太陽穴的位置。

「這樣不會太短嗎？」

「最近流行剃這樣。鬢角太長顯得娘氣，不好看。——唉唷，都是神經作用啦。心裡頭覺得害怕，幽靈自然也會氣焰囂張，想要出來作怪。」師傅用食指和拇指抹掉剃刀上的頭髮，又對著阿源說。

「沒錯，都是神經作用。」阿源口中吐著山櫻牌香菸贊同道。

「阿源，神經這東西在哪兒呀？」由仔擦著煤油燈的玻璃罩，認真地問。

「神經嗎？這神經啊，每個人都有啊。」阿源的回答有些模糊。

阿松坐在掛著白色短簾的和室入口，從剛才便一直讀著一本被摸得髒兮兮的薄冊子，忽然大聲說：「這裡頭寫的東西可真有趣，這好玩多了！」一個人笑了起來。

「那是什麼？小說嗎？是《美食家》[26]嗎？」阿源問，阿松應著「是啊，或許吧」，翻看了一下封面。標題寫著「浮世心理講義錄　有耶無耶道人著」。

「好長的名字，總之不是《美食家》。阿鎌啊，這到底是個什麼書啊？」阿松問師傅，師傅正把我轉來轉去，剃著我的耳周。

「寫些莫名其妙荒唐事的書啦。」

「別一個人在那兒笑，念給我們聽啦。」阿源要求阿松。阿松大聲讀起其中一節：

---

24 一種日本棋盤遊戲，發源於印度，傳至中國後再傳入日本。棋子為五角型扁平狀，故可像後文說的堆疊。

25 安宅壽司即松壽司（松が鮨），因位於深川安宅六間堀，故有此別稱。為江戶三大壽司名店之一。

26 《美食家》（食道楽）是明治時期極受歡迎的讀物，介紹有關料理及吃的各種資訊。

「都說狸子會施法騙人，但狸子如何施法騙人呢？其實，這全是催眠術……」

「原來如此，確實是本怪書。」阿源被唬住了。

「本狸有一次化身老朴樹，不想源兵衛村一名叫作藏的年輕人竟跑來上吊……」

「怎麼，是狸子在講故事喔？」

「好像是。」

「那，那是狸子寫的書嗎？——這太也扯啦——然後呢？」

「本狸正伸出手去，一條舊兜襠布竟當頭披掛上來——真正臭氣薰人——……」

「這狸子還真愛挑剔。」

「作藏搬來了水肥桶墊腳，脖子才剛套進繩圈，本狸便故意把手放了下來，害得作藏脖子沒吊成，慌得手足無措。本狸抓緊這時機，隱掉朴樹的身形，用響遍整個源兵衛村的大聲哇哈哈大笑。這作藏整個人被嚇破了膽，喊著『救命！救命！』扔下那兜襠布，沒命地跑了……」

「這太好笑了，不過，狸子拿作藏的兜襠布要做什麼？」

「我猜是要包牠的睪丸吧[27]。」

啊哈哈哈哈！眾人齊聲大笑。我也差點噗嗤一笑，師傅趕緊把剃刀從我臉上挪開。

「真有趣，晚點我也來讀讀看。」阿源興致勃勃。

「一些俗人說，是本狸施法騙了作藏，但這指控有些牽強。真要說來，其實是作藏在源兵衛村裡滿村子晃悠，想要受哄騙，因此本狸才遂了作藏的願，施法騙了他那麼一下罷了。咱們狸子一派的手法，即是今日開業醫師使用的催眠之術，自古以來，便以此道糊弄了世間大部分的諸位君子。將西洋狸子直傳進口的手法標榜為催眠術，尊稱應用此術之人為大師醫生，此皆為崇拜西洋之結果，令本狸私下不勝唏噓之至。日本固有之奇術實際上便像這樣流傳在世，人們實在不需言必稱西洋，極盡稱頌之能事。本狸有感於當今日本人對狸子的過度輕賤，故僅代表全國狸子，望諸君能知所反省。」

「這狸子歪理真多。」阿源說，阿松闔上書本，不住地為狸子的說詞辯護道：「這狸子說的完全沒錯。不論古今，只要自己把持得住，就不怕被怪東西給施法捉弄。」照這樣看，昨晚的一切，也全是狸子作怪嘍？我兀自厭煩地走出理髮鋪。

27　日本民間傳說中的狸子形象，除了會幻化騙人以外，還有著碩大無比的睪丸。

回到台町的自家時，應是十時左右。門前停了一輛黑色的車子，狹窄的格子門縫間傳來女人的笑聲。我摁了門鈴，脫鞋入內，立刻聽見聲音：「一定是回來了。」接著紙門拉開，露子春風滿面地迎接我。

「妳來了。」

「是啊，您回去以後，我回頭想想，總覺得您那模樣實在不對勁，所以立刻坐車過來看看，結果老媽子把昨晚的事都告訴我了。」露子看著老媽子，笑了起來。老媽子也開心地笑。露子銀鈴般的笑聲，與老媽子黃銅般的笑聲，還有我紅銅般的笑聲渾然一體，溫暖得彷彿全天下的春意都集中在這處七圓五十錢房租的屋子裡頭了。我甚至想，即使是源兵衛村的狸子，也沒法笑得如此快意。

不知是否心理作用，露子後來表現得更加愛我了。遇到津田的時候，我將當晚的景況原原本本地告訴了他，他說這題材很好，要寫進他的著作裡。文學士津田真方著《幽靈論》七十二頁裡提到的K的例子，說的就是我。

解說

原作發表於《七人》，一九〇五年五月

一九〇五年一月，夏目漱石開始連載《我是貓》，一洗當時流行的自然主義式的「苦大仇深」，以諷刺卻讀來幽默的態度吸引了大眾的注意。

同年五月，他在《七人》上發表了〈琴之幻音〉，與《我是貓》悠然面對人生的態度不同，這篇小說關心的是人所不可見之物，因此江藤淳將之稱為「漱石的低音部」，除了形容其氣氛陰暗，也暗指了主題較為晦澀難解。

據說昔日常陸國有個人叫琴御館宇志丸，他有一張古琴，如果有敵人來犯，就會自己彈奏起來，做為示警之用。雖然漱石並未明言，但這篇小說的標題即有可能就來自這個典故，主角屢屢聽見的各種怪異聲響，似乎都在預警些什麼，然而後來都被證實是一場虛驚。

事實上，這也就是這篇小說會被選入本書的原因。

就劇情而言，這篇小說很明顯脫胎自日本的怪談傳統，通篇故事八成以上都在講疑似遇到幽靈以及相關徵兆的事情。開頭主角友人津田言及軍人妻子魂奔心愛的丈夫，在《雨月物語》中的〈淺茅之宿〉可以看到類似的橋段；主角的未婚妻名為露子，也會讓人聯想到《牡丹燈籠》的主角阿露。

不過，有趣的部分也就在於漱石提供的各種對比的線索。「我」（＝法學士＝既定的世界的規矩）對怪談保有的疑惑，是由「津田」（＝文學士＝擁有現代知識的人）所解答的，而且是透過外國學者布羅漢姆的觀點，故事最後的狸子變身也是用西洋傳入的催眠術裝神弄鬼。考慮到明治維新試圖以外國的知識來自我改造的精神，可以說，〈琴之幻音〉的內裡是一幅「現代知識」對抗「迷信」的文明圖景；但同時，也是「科學精神」對抗「謎團」的早期嘗試。

夏目漱石，早早就準備好，用自己的聲音彈起了屬於偵探小說的前奏了。

泉鏡花

作者簡介

泉鏡花（1873-1939）

因為讀到尾崎紅葉的《二人比丘尼 色懺悔》大受衝擊，在一八九一年前往東京，拜入紅葉門下，成為紅葉最知名的弟子。經過數年不受讀者青睞的創作生活後，終於在一九〇〇年以〈高野聖〉在文壇站穩腳步。鏡花深受江戶文藝影響，作品洋溢著幻想色彩和浪漫風格，代表作有小說〈手術室〉、〈高野聖〉、〈歌行燈〉，戲曲《天守物語》、《海神別莊》等等。

手術室

上

其實我是出於好奇，利用了自己畫家的身分，找了個適當的藉口，極力央求與我情分更勝於親兄弟的醫學士高峰，迫使他答應我參觀某天他將在東京府[28]一家醫院為貴船伯爵夫人執刀的手術。

當日我在上午九點多離家，叫了人力車趕赴醫院。抵達後便直奔手術室，這時前方一道門打了開來，魚貫走出兩三名面容姣好、看似華族[29]侍女的婦人，與我在走廊上擦身而過。仔細一瞧，她們抱著一名身穿盤領外褂、年約七、八歲的女孩，在我目送中從視野中消

28 東京府為東京都的前身，於一八六八年設置，存續至一九四三年。

29 華族為明治時代設立的身分制度階級之一，為皇族之下，士族之上，享有種種特權。有公侯伯子男五個爵位。

失。不僅如此，自玄關至手術室、從手術室通往二樓病房的長廊上，放眼皆是身穿雙排釦長禮服的紳士、制服筆挺的武官、或是一襲正式和服的男士，以及貴婦人、千金小姐等等。這些極盡高貴優雅的人士，或是擦肩而過，或是聚在一處，或走或停，往來如織。我憶起方才在大門前看到的數輛馬車，心下恍然。他們個個神情不安，有的一臉沉痛，有的憂心忡忡，有的慌張焦急，皮鞋和草履[30]忙碌而細碎地走來走去，在總顯得冷寂的醫院高挑的天花板、開闊的門窗及長廊間，迴響出異樣的腳步聲，更加深了陰慘的氛圍。

頃刻後，我進入手術室。

這時醫學士與我對望，唇角泛起了微笑。他雙手交握，略略仰身靠坐在椅背上。雖說高峰原本就是這樣一個人，但現今我國幾乎整個上流社會之悲喜，皆掌握在他一人之手，當此重任，他竟能有如蒞臨晚宴般泰然自若，如此膽識，除他之外，恐怕寥寥無幾。在場除高峰以外，還有三名助手，一名會同的醫學博士，以及五名紅十字護士。一些護士胸前別有勳章，有些應是皇室特別頒發的。除此之外，沒有其他女性。某某公爵、某某侯爵、某某伯爵等，都是在場陪同的親屬。其中一人帶著難以形容的神情愀然佇立，他便是病患的丈夫伯爵。

在室內人們的守望之下，室外人們的擔憂之中，明亮得纖塵可辨、且彷彿莊嚴不可褻瀆的手術室裡，中央手術台上躺著一身純潔白袍的伯爵夫人，宛如屍體。她蒼白如紙的臉上，鼻梁高挺，下巴尖細，手足纖細得彷彿連極輕的綾羅重量都不勝負荷。略為泛白的唇間依稀透出編貝般的皓齒，雙目緊閉，娥眉似乎輕蹙著。隨手束起的髮絲散亂在枕上，落到了手術台上。

僅僅是看見這位孱弱卻又聖潔高貴而美麗的病患一眼，我便感覺到一股令人戰慄的寒意。

醫學士呢？回頭望去，他彷彿無動於衷，安之若素。整個室內，唯獨他一個人穩坐在椅子上。他這副從容不迫的態度，要說可靠，確實可靠，但看在已目睹伯爵夫人病容的我眼中，反倒覺得他冷靜得教人氣惱。

就在此時，房門文雅地開啟，靜靜地走入一名婦人。是方才在走廊上見到的三名侍女中，格外醒目的一位。

她悄無聲息地走到貴船伯爵面前，沉聲說道：

「老爺，小姐總算不哭了，乖乖地待在其他房間裡。」

30 有夾腳鞋帶的傳統平底鞋，材質多半為稻草、竹皮、藺草、皮革等。較木屐更為正式。

伯爵沒有說話，默默頷首。

護士走到我的朋友醫學士面前，說：

「那麼，醫生，可以開始了。」

「好。」

醫學士這時回答的聲音，聽在我耳中似乎有些顫抖。且不知為何，他的神色突然有些變了模樣。

我想，再怎麼優秀的醫學士，事到臨頭，還是免不了感到憂懼，不禁同情起來。

護士在醫學士的指示下，轉向侍女說：

「就要動手術了，請您向夫人說明那件事吧。」

侍女會意，挨近手術台，雙手徐緩地擱在膝上，端莊地行了個禮道：

「夫人，現在要給您上藥，請您聽從指示，看是要默念字母歌，或是數數兒都可以。」

伯爵夫人沒有回答。

侍女戰戰兢兢地再說了一次：

「夫人，您聽見了嗎？」

「嗯。」夫人只應了一聲。

侍女慎重地確定：

「那麼，可以開始了嗎？」

「妳說什麼？痲醉藥嗎？」

「是的，醫師說，雖然只有一下子，但手術結束前，您得睡一下才行。」

夫人默想了一下，一清二楚地說：

「不，不用了。」

聽到這話，眾人皆面面相覷。

侍女勸道：

「夫人，這樣沒法治療啊。」

「嗯，不治療也沒關係。」

侍女啞然無語，回頭看向伯爵。伯爵上前道：

「夫人，不可無理取鬧。不治療怎麼成呢？別任性了。」

侯爵亦從旁插話：

「若妳再這樣無理取鬧，就要把小姐帶來了。不快點好起來怎麼行？」

「嗯。」

「那麼，夫人是同意了？」

侍女居間調解，但夫人慵懶地搖了搖頭。一名護士柔聲道：

「夫人，您為何如此排斥麻醉呢？麻醉一點都不疼的。只要睡上一覺，很快就結束了。」

聽到這話，夫人眉心揪緊，嘴唇扭曲，一瞬間彷彿痛苦難耐。接著她雙目半睜道：

「既然你們如此相逼，我只好說了。其實，我的心裡有個祕密。據說吸了麻醉藥，人便會在昏迷中囈語，這讓我害怕極了。若說不睡著就無法治療，那麼我索性不要好起來了，不用動手術了。」

若這番話屬實，那麼伯爵夫人便是害怕在睡夢之中，吐露心中的祕密，故而寧可一死，也要守住這個祕密。

伯爵身為丈夫，聽到這話，內心作何感想？此話若是在日常場合中說出，必定要掀起一場風波，但站在看護病患的立場，不論聽到任何事，都不能追究。況且想想夫人堅定地親口坦承「我有個不可告人的祕密」的心情，餘人更不能說什麼了。

伯爵平靜地問：

「是連我都不能說的事嗎？夫人？」

「是的，我不能告訴任何人。」

夫人堅定不移。

「也不是說吸了麻醉藥，就一定會夢囈啊。」

「不，這件事令我如此牽掛，一定會說出來。」

「又在無理取鬧了。」

「請別再逼我了。」

夫人自棄地說，想要翻身背對眾人，然而抱病之身卻不聽使喚，只聽得她牙齒打顫的聲音。

面對此情此景，卻能不為所動的，唯有醫學士一人而已。方才他不知為何，曾一度失去平常心，但現在又恢復了從容。

侯爵苦著臉道：

「貴船，看來只能把小姐帶來給她看看了。她再怎麼頑固，也會為了心疼孩子而退讓吧。」

伯爵點點頭：

「阿綾。」

「是。」侍女回頭。

「喏，去把小姐帶來。」

夫人不由得打斷說：

「阿綾，不用去。為何非要睡著才能治療呢？」

護士露出困窘的微笑：

「因為要稍微切開您的胸口，如果您動了，會有危險的。」

「沒問題，我會文風不動。我不會亂動，直接動手術吧。」

夫人這過於天真的態度，已令我在無意識之間大受震撼。今日的手術過程，恐怕無人膽敢睜著眼睛觀摩了。

護士又說了：

「但是夫人，動手術可不是修指甲，再怎麼樣還是會有點痛的。」

聽到這話，夫人睜大了雙眼。她的神智應該很清醒，凜聲道：

「執刀的醫師是高峰先生，對吧？」

「是的，是外科科長。但即使是高峰醫師，也沒辦法毫無痛楚地為您動手術。」

「沒關係，我不會痛。」

「夫人，您的病不是那麼容易治療的。必須要切肉削骨，請您就忍耐一下吧。」

會同的醫學博士首次開口說道。那樣的痛楚，除非是關雲長，否則不可能有人承受得了。

然而夫人毫不懼怕：

「我明白，但是我一點都不在乎。」

「看來是病得太重，神智不清了。」

伯爵憂傷不已。侯爵在一旁道：

「總之，今天的手術還是延期吧。之後再慢慢開導她就是了。」

見伯爵沒有異議，眾人也都同意，醫學博士卻反對了：

「再拖下去，就要病入膏肓了。都是你們把病情看得那麼輕，事情才會沒個了局。感情用事只能敷衍一時。護士，壓住她。」

在醫學博士的嚴命之下，五名護士分頭團團圍住夫人，想要按住她的手腳。她們的責任就是服從，只需聽從醫師的命令，不需顧慮其他情感。

「阿綾！幫我，快！」

夫人奄奄一息地呼喚侍女，侍女慌忙擋住護士。

「噯，請先等等。夫人，請您暫時忍耐一下吧。」溫柔的侍女語帶嗚咽地說。

夫人臉色慘白：

「你們無論如何都不肯聽我的話嗎？那就算病好了，我也一樣會死。我都說沒關係，叫你們直接動手術了。」

夫人挪動蒼白纖細的手，艱難地將衣襟拽開了一些，露出潔白如玉的胸脯。

「來吧，就算殺了我，我也不會痛。我絕對不會動，沒問題的，動手吧。」

夫人斬釘截鐵地說，不論是語氣還是神情，都強硬得不可動搖。夫人不愧是金枝玉葉，散發出他人不敢欺近的威嚴，在場的人皆被懾住，屏息無聲，連一聲清楚的咳嗽都不敢發出，一片寂靜。就在這瞬間，自方才便文風不動、看似一團冷灰的高峰，微微直起了身子，離開椅子說道：

「護士，拿手術刀來。」

「咦？」一名護士瞠目遲疑。眾人皆驚愕不已，瞪著醫學士看，另一名護士微微顫抖著，拿起消毒的手術刀，遞給了高峰。

醫學士接過手術刀，踩出輕微的腳步聲，徑直走到手術台旁。

護士手足無措：

「醫師，就這樣動刀嗎？」

「對，就這樣動刀。」

「那，我來按住吧。」

醫學士略為揚手，輕聲制止：

「應該沒有必要。」

話聲剛落，他的手已經撩開了病患胸口的衣襟。夫人雙手抱肩，凝然不動。

此時醫學士宛如起誓一般，以沉重而肅穆的聲音說：

「夫人，我會全力以赴，完成手術。」

說這話時，高峰的神采極為異樣，宛如神聖不可侵犯一般。

「請吧。」夫人答道，蒼白的雙頰泛起了紅暈，彷彿抹上了胭脂一般。她定定地注視著高峰，即使手術刀逼近胸口，也沒有閉上眼睛。

只見鮮血沿著夫人的胸口流下，一眨眼便染紅了白袍，有如雪地中綻放出紅梅。夫人的臉色雖然如同原本那樣極為蒼白，但就像她所說的，鎮定無比，連腳趾頭都沒有動一下。

至此為止，醫學士的動作都有如脫兔般神速，以行雲流水般的動作剖開了伯爵夫人的胸膛，不僅是眾人，就連那名醫學博士，都沒有插嘴的餘地。直至這時，才有人顫抖，有人掩面，有人背過身子，或垂下頭去。至於我，則是茫然自失，幾乎連心臟都凍僵了。

開始動刀不過幾秒，手術便已進入佳境，就在手術刀似乎深及觸骨時，響起一道淒厲的叫喊：「啊！」據說已經二十天以上甚至無法翻身的夫人，突然如機器般彈坐起來，雙手緊緊地抓住高峰持手的右手。

「痛嗎？」

「不，因為是你，因為是你……」

伯爵夫人欲說還休，無力地仰起頭來，以淒冷至極的垂死眼神，直勾勾地望著名醫。

「但是，你、你卻不認得我！」

話聲剛落，夫人一手已抓住高峰手裡的手術刀，深深地刺入乳房下側。醫學士臉色蒼白，全身顫抖著，說：

「我沒有忘記妳。」

那聲音、那呼吸、那身影。那聲音、那呼吸、那身影。伯爵夫人滿臉欣悅，面露極純真的微笑，放開了高峰的手，頹然躺回枕上，嘴唇一眨眼就青了。

這時的兩人，就彷彿他們的身邊沒有天，沒有地，沒有社會，更無任何一個人。

下

算來那已是九年前的事了。當時高峰仍在醫科大學攻讀。

某天，我和他結伴前往小石川的植物園散步。當天是五月五日，正值杜鵑花盛開的時節。我們並肩而行，盤桓於芬芳的春草之間，繞過園內公園裡的池塘，欣賞齊放的紫藤花。

我們轉換方向，沿著池邊前進，準備走上杜鵑花盛開的小丘時，一群遊客自前方走來。打前鋒的是一名穿西服、戴高帽的蓄鬍男子，中間夾著三名婦人，殿後的則是另一名打扮相同的男子。兩名男子是貴族的車夫。中間的三名婦人都一樣打著圓弧洋傘，和服裙擺走起來窸窣輕響，裊裊婷婷地款步而來。擦身而過的瞬間，高峰忍不住回過頭去。

「看到了嗎？」我說。

高峰點點頭，「嗯。」

我們就這樣走上小丘，觀賞杜鵑花。杜鵑花很美，但也只是紅而已。

一旁的長椅上，坐著兩名貌似商販的年輕人。

「阿吉，今兒可真是來對了。」

「就是啊，偶爾聽聽你的也不錯。如果去了淺草，沒來這兒，那可就錯失眼福嘍。」

「再怎麼說，她們三個一個賽過一個，誰是桃花誰是櫻花，都看得眼花繚亂了。」

「有一個不是梳著丸髻[31]嗎？」

「管她梳的是丸髻、束髮[32]，還是赤雄髻[33]，還不都一樣？橫豎那都不是咱們高攀得上的。」

「不過，既然那身打扮，我覺得髮型再怎麼說，也該搭個高島田髻[34]，卻怎麼會配個銀杏髻[35]呢？」

「銀杏……讓你有那麼點想不透嗎？」36

「噯，真不好笑。」

「那些貴婦人一定是想，她們微服出遊，不好引人注目。看，正中央的那個，格外鶴立雞群，對吧？另一個就是她的『影武者』了。」

「你覺得她們的服裝怎麼樣？」

「我想是紫色的。」

「咦？只有紫色？你這個愛讀書的，怎麼就只有這點形容？太不像你了。」

---

31 已婚女性的傳統髮型，為橢圓形略扁平的髮髻。

32 明治、大正時期的女性代表性西式髮型，模仿龐巴度夫人時期的法國宮廷髮型，前方向上梳起的頭髮刻意膨起。

33 摻雜捲毛假髮增加髮量梳成的髻。

34 將島田髻綁得更高的一種髻，為明治時期以後年輕女性的正式髮型。

35 將髮髻分成兩束，在左右梳成半圓型的髮型。

36 日文中，「銀杏」（いちょう）與「有點」（いっちょう）音近，這句話是雙關諧謔。

「她豔光逼人，讓我不由得低下頭去了。」

「所以只顧著看腰帶底下？」

「胡扯！我哪敢那樣不敬？只是驚鴻一瞥，連是不是真的瞧見了都說不準呢。啊，真教人不捨。」

「還有，瞧那行走的步態，真是綽約多姿，就好像乘在雲霞上頭似的。常聽人說起那什麼林下風範、款款玉步，直至今兒，我才總算是見識到了。果然出身不同，那是自然而然，天生注定要做貴族的。就算俗人想要模仿，也不可能學得來。」

「說得真不留情面。」

「其實呢，你也知道，我曾向金比羅大神發誓，三年之內絕不去北廓[37]尋芳問柳。可是，發誓又能怎樣呢？我懷裡頭掛著護符，還不是照樣每晚走過那土堤，上吉原去尋歡，居然沒有遭著天譴，連自己都覺得納悶。不過就在今兒，我立下決心了。那些醜女，有什麼好留戀的？你瞧瞧，這邊一個，那邊一個，到處都有穿得花枝招展的女人忽隱忽現，可是那又怎樣？看上去不就是一團垃圾，或是蠕動的蛆蟲嗎？太可笑了。」

「這話太刻薄啦。」

「開什麼玩笑？你看看那一個，一樣有手，一樣用腳站著，一樣穿著和服披著外褂，一樣撐著洋傘，不過毫無疑問，全是些俗世女子，而且是年輕女子。雖是年輕女子，但是與剛才瞻仰玉容的那位相比，又是如何？黯淡無光，該怎麼說才好？總之污穢到家了。這樣也同樣算是女人？哼，教人目瞪口呆。」

「咦，你是怎麼了？言詞這麼偏激。不過，你說的倒也沒錯。過去我只要看到稍具姿色的女人，便忍不住見色起意，也給你這位好兄弟添了不少麻煩，不過見過了剛才那位，真覺得心胸豁然開朗，心滿意足了。從今而後，我再也不跟女人打交道了。」

「說這種話，你一輩子可都別想娶老婆了。畢竟那位小姐可不會對你投懷送抱說：『源吉先生，小女子對您一片傾心。』」

「說這話也不怕天打雷劈，我哪敢痴心妄想！」

37　指新吉原。吉原為始於江戶時代的官方紅燈區，原本位於日本橋葺屋町，後來在明曆大火中焚燬，遷移至淺草千束一帶，稱新吉原，亦有北里、北州、北國、北郭等別稱。

「不過，萬一她真要許身於你，你怎麼辦？」

「老實說，我可不敢消受。」

「你也不敢嗎？」

「咦，那你呢？」

「我也會逃之夭夭。」兩人相視，好半晌沒再說話。

「高峰，我們散個步吧。」

我和高峰一同起身，遠離這兩名年輕人時，高峰以感動至深的表情說：

「啊，真正的美能打動人心，說的真正不錯。這是你的專才，你要好好鑽研。」

我身為一名畫家，因而深受觸動。繼續走上數百步後，遠遠地瞥見茂密的大樟樹底下，幽暗的樹蔭處，紫色的衣角一晃而過。

離開植物園時，有兩頭高大壯碩的馬匹，拉著車窗鑲有毛玻璃的馬車，三名馬夫正在休息。後來就這樣九年過去，直到發生醫院那起慘劇，關於那名婦人，高峰甚至連對我都隻字未曾提起。儘管不論年齡或地位，高峰都早該成家，卻未曾娶妻，而且比起求學時期，更加潔身自愛。我亦不願多說什麼。

雖然一個葬在青山，一個葬在谷中，相隔兩地，但兩人在同一天相繼離世。

天下宣義講道的宗教家啊，他們兩人是有罪的，因而沒有資格進入天堂嗎？

解說

原作發表於《文藝俱楽部》，一八九五年六月

讀者或許知道，泉鏡花是因為讀了尾崎紅葉《二人比丘尼 色懺悔》因而對文學嚮往，甚至隻身前往東京投入其門下。紅葉也極為欣賞他的才華，很快就推薦他去《京都日出新聞》連載處女作〈冠弥左衛門〉（一八九三）。

但是可能沒有太多人知道，鏡花的處女作並不受歡迎，甚至被逼得草草結束，而且即使他老師從中斡旋，也無法找到下一個能夠發表作品的媒體。直到有出版社看到海外偵探小說相當受歡迎，於是找尋年輕作家創作日本偵探小說，這工作也就掉在鏡花頭上，讓他寫出了〈活人形〉、〈金時計〉（一八九三）。

不過鏡花強調氣氛的烘托，而弱於線索的設置與邏輯推演，因此後續也不了了之。期間偶有新作，也都是經過紅葉增補修改後的結果。直到一八九五年，他在《文藝俱樂部》上發表了〈夜行巡查〉與〈手術室〉，開始受到文壇的賞識，這才勉強有辦法靠寫

作餬口。

不過，偵探小說的書寫經驗，在這時滲入了鏡花的筆鋒中，特別是〈手術室〉。在江戶時期的通俗小說中，故事基本上照著時序走，首先敘及主角身世與讀者所需知道的背景，再交代故事的發生過程，偶有插敘或倒敘的技術，也往往是為了適當的製造懸疑感。但〈手術室〉中，卻直接設置了一個上半部為謎團，下半部為解謎的敘事結構。

同時，鏡花並不採用全知的敘事觀點，故事透過敘事者「我」的介入而完成。沒有「我」的不請自來，讀者無法看到伯爵夫人與外科醫生的奇特情感；而沒有「我」的回憶，我們更無法得知這份情感的來歷。換句話說，敘事者無意間成為了偵探角色。

偵探小說的結構賦予了「才子佳人」嶄新的風格，鏡花成功地用謎團的擱置讓愛情成為一種無法宣之於口的痛苦，儘管場景是現代的，其中的壓抑與含蓄，卻又絕對是日本的古典風格。

谷崎潤一郎

作者簡介

谷崎潤一郎（1886-1965）

從明治晚期活躍至戰後的日本代表作家。漫長的創作生涯中，作品風格多所轉變。大正時期受到當時的現代思潮影響，對於偵探小說有著莫大的關心，留下不少可謂偵探小說先驅的作品，對之後登場的江戶川亂步有絕大影響。代表作有〈刺青〉、《春琴抄》、《細雪》、《痴人之愛》等等。

路上

此事發生在年關將近的某日傍晚五時許。當時東京T．M有限公司法學士湯河勝太郎正沿著金杉橋的電車道，往新橋的方向漫步而行。

「先生，不好意思，請問您是湯河先生嗎？」

正當他橋都走完了一半時，後方有人出聲叫喚。湯河回頭一看，只見一名素昧平生，但儀表堂堂的紳士，正客氣地摘下圓頂禮帽行禮，走到他面前來。

「沒錯，敝人就是湯河……」

湯河就如同他天生的憨厚個性，慌得手足無措，一雙小眼眨個不停，並以面對公司董事般的怯懦態度回應。因為那名紳士風采之出眾，完全就像個公司董事，因此湯河才看上他一眼，便立刻收回了「居然在大馬路上叫人，真沒禮貌」的不悅，不自覺地曝露出領月薪的小職員嘴臉。紳士膚色白皙，年約四十開外，體形富態，穿著鑲海獺皮領、蓬鬆如西班牙犬毛般的黑色玉羅紗[38]大衣（大衣底下八成是晨禮服），下身則是條紋長褲，拄著一把象牙把手的手杖。

「啊，在這種地方突然叫住您，實在冒昧，其實在下是做這行的，承蒙您的朋友渡邊法學士寫了封介紹信，正要上貴公司拜訪您。」

紳士說著，遞出兩張名片。湯河接過來，借著路燈一看，其中一張確實是他的知交渡邊的名片。名片上以渡邊的字跡寫著：「茲介紹吾友安藤一郎，為吾交往多年之同鄉，因故需調查貴公司之某位員工，請惠予接洽。」——再看另一張名片，上面印著「私家偵探安藤一郎　事務所　日本橋區蠣殼町三丁目四番地　電話浪花五〇一〇號」。

「那麼，您就是安藤先生——？」

湯河停步，重新細細打量紳士。「私家偵探」——雖然這是一門在日本頗為罕見的行業，但東京也開了五、六家，這是他頭一次親眼見到。不過，看來日本的私家偵探比西洋的更有派頭多了，湯河想。湯河喜歡看電影，時不時便會在大銀幕上看到西洋的私家偵探。

「沒錯，在下便是安藤。就像名片上說的，我碰巧聽聞您任職於貴公司人事課，因此正準備去貴公司求見您。抱歉百忙之中打擾，不過——如何？方便占用您一點時間嗎？」

紳士以符合職業的鏗鏘有力聲調簡潔地說。

「哪裡，我已經下班了，隨時都無妨……」

得知對方是偵探，湯河收起了「敝人」的自謙說：

「我一定會在知道的範圍內，知無不言。不過這事很急嗎？倘若不急，明天再說如何？今天也是可以，但是站在大馬路上說話，也不是個事……」

「哦，您說的不錯，但明天開始，貴公司應該也放假了，這事也不值得特地前去府上叨擾，還請您擔待些，咱們就邊走邊聊吧。再者，您不是一向喜歡像這樣散步？哈哈哈。」

紳士說完，輕笑了幾聲。那是自以為政治人物的男人常見的豪邁笑法。

湯河的表情露骨地為難了。之所以如此，是因為他的口袋裡裝著才剛在公司領到的薪水和年終獎金。這對他來說不是一筆小錢，因此他正暗自沉浸在今晚自身的幸福當中。接下來就上銀座去，買下妻子先前央求他買的手套和披肩——挑一條分量十足、能襯托她那張時髦臉蛋的皮草披肩吧！——然後快點回家，讓她開心吧！正當湯河如此盤算著，就遇上了這事。他覺得

38　玉羅紗為布料表面有細毛，形成小毛球的毛織物，手感柔軟。

這個叫安藤的陌生人，不僅硬生生破壞了他愉快的想像，更糟蹋了今晚難得的幸福。就算不計較這一點，居然知道自己喜歡散步，甚至從公司一路尾隨而來，即使是偵探，這種行徑也實在下作。他怎麼會認得我？這麼一想，湯河渾身不舒服起來。而且肚子也餓了。

「如何？我不會給您添麻煩，能否請您奉陪一下？在下想要深入打聽一下某人的事，與其在貴公司談，大馬路上反而更合適。」

「這樣嗎？那，就一起走段路吧。」

湯河無可奈何，與紳士並肩再次往新橋的方向走去。紳士說的話也有一番道理，再說他也發現到，若是紳士明天帶著偵探的名片找上門來，也是一番麻煩。

才剛走出去不久，紳士——偵探便從口袋掏出雪茄，抽了起來。然而整整一町[39]的路程，他淨是吞雲吐霧。不必說，湯河感覺像是被耍了，漸漸不耐煩起來。

「您要打聽什麼？您說要問我們公司員工的事，那個人是誰？只要是我知道的事，我都可以奉告——」

「當然，您一定知道。」

紳士說，又默默地抽了兩、三分鐘的菸。

「我猜，那個人要結婚了，所以對象委託您對他進行身家調查，是吧？」

「對，沒錯，就像您所猜想的。」

「我是人事課的，常遇到這樣的事。您要打聽的到底是誰？」

湯河好奇地問，就像要敦促自己起碼對這個問題感興趣。

「您這麼一問，我反而不好開口了，不瞞您說，其實在下要打聽的對象就是您。有人委託我對您進行調查。我想與其間接向旁人打聽，直接問本人比較快，所以才會來找您。」

「可是我——或許您不知道，我已經結婚了。是不是哪裡弄錯了？」

「不，沒有錯。在下也知道您是有婦之夫。不過您在法律上，尚未辦理結婚手續，對吧？您想在近日之內盡快完成手續，也是事實吧？」

「啊，原來是這麼回事，我懂了。那麼，是內子的娘家委託您來調查我嘍？」

「基於保密職責，在下不好透露委託人是誰。但我想您心裡大概也有個底，請您就別再追

39 也作「丁」，日本舊制距離單位，一町約一〇九．〇九公尺。

究這一點了。」

「好，沒問題，這一點都不打緊。您想知道我什麼事，都請儘管問吧。與其向周圍的人打探，直接找我問，我也舒坦得多。——我很感謝您這麼做。」

「哈哈，真不敢當。——遇到婚前調查，我一向採取這種做法（紳士也收起了「在下」的謙稱）。若對方是個正人君子，有社會地位，直截了當地詢問，包準沒錯。再說，有些問題只有本人才知道。」

「沒錯，這話說得不錯！」

湯河開心地贊成。不知不覺間，他的心情已經好轉。

「不僅如此，我對您的婚姻問題也抱有相當大的同情。」

紳士瞄了湯河開心的表情一眼，笑著繼續說：

「為了讓夫人把戶籍遷入您的名下，夫人必須早日與娘家和解才行。否則就必須再等上三、四年，夫人年滿二十五歲以後才能成婚。但是為了和解，問題不在夫人，而必須讓您的岳家更了解您才行。這是最重要的一點。因此我會盡量協助，也請您當做是為了自己，如實回答我的問題。」

「好的，這我明白。所以您也不必客氣，儘管問吧。」
「那麼，首先我想請教，聽說您和渡邊是大學同屆，所以是在大正二年畢業的，對吧？」
「沒錯，我是大正二年畢業的。畢業以後，立刻進了現在的T．M公司。」
「這樣啊，一畢業就進了現在的T．M公司。——這我知道，不過您與您的前妻，是在何時結婚的？印象中，應該是您進公司的同一時期？」
「對，沒錯。我是九月進公司的，接下來的十月就結婚了。」
「大正二年十月——（紳士說著，右手掐指計算）這麼說來，你們剛好一同生活了五年半的時間。您的前妻應該是在大正八年四月因傷寒而過世的。」
「對。」
湯河應著，卻感到匪夷所思。「這個人說不會間接調查，卻早已對我調查過一番」——他的臉再度垮了下來。
「據說您非常寵愛您的前妻。」
「是的，我很愛她。——不過，這並不代表我就沒有那麼愛我現在的妻子。內子剛過世的時候，我當然非常不捨，但幸而那不捨並非根深柢固。現在的內人為我撫平了喪妻之痛。所以從這一點來說，我也有義務要和久滿子正式結婚——久滿子就是我現在的妻子，不過我想您一定早就知道了。」

「嗯，沒錯。」

紳士沒把他熱切的訴說當一回事。

「我也知道您的前妻叫什麼，筆子夫人，對吧？——同時我也知道，筆子夫人體弱多病，在罹患傷寒過世之前，也曾多次生病。」

「真令我吃驚。不愧是做偵探的，您無所不知。既然您都掌握得一清二楚了，還有什麼事情需要調查呢？」

「哈哈哈，這話實在不敢當。畢竟這是我糊口的本事，就請您別挖苦了。——說到筆子夫人的體弱多病，她在罹患傷寒之前，曾經得過一次副傷寒，對吧？……我想想，記得那是大正六年秋天，十月的事。聽說那次病得很重，高燒不退，您非常擔心。然後到了隔年，大正七年，她又大過年的重感冒，躺了五、六天。」

「啊，對，好像有過這麼一回事。」

「接下來，雖說每到夏季，任誰都免不了要碰上幾回，但夫人七月一次，八月兩次，連續腹瀉了好幾次。這三次腹瀉中，其中兩次很輕微，似乎不到需要休養的程度，但有一次較為嚴重，躺了一、兩天。接著入秋以後，那場惡性流感開始肆虐，筆子夫人居然染上了兩次。十月那一次病況較輕，第二次染病則是隔年的大正八年一月，這次併發了肺炎，病況危急。但肺炎好不容易好了，不到兩個月之內，就染上傷寒而過世了。——對嗎？我說的這些，應該都沒錯吧？」

「嗯。」

湯河應著，低頭尋思起來。——兩人已經離開了新橋，正走在歲末的銀座大道上。

「您的前妻真是太多災多難了。過世前半年的時間裡，不僅兩度罹患生死交關的重病，還三不五時遇上令人魂飛魄散的危險意外。——那場窒息意外，是什麼時候的事去了？」

湯河聽到問題，也沉默不語，因此紳士兀自點著頭，繼續說下去：

「記得是夫人的肺炎痊癒，再休養個兩三天就可以下床的時候——意外是病房的瓦斯暖爐故障所引起的，所以是天冷的時節，應該是二月底的事吧。瓦斯栓頭鬆脫，害得夫人差點在夜半窒息。不過幸好沒有釀成大禍，但夫人也因此又在病床上繼續躺了兩、三天。——對了，後來不是還發生了這樣的意外嗎？夫人搭公車從新橋前往須田町的路上，公車與電車相撞，差點就……」

「慢、慢著。您能調查到這些，我對您的偵探能力實在佩服，但您究竟有什麼必要、又是用哪些方法查到這些事的？」

「啊，其實也沒這個必要，只是我這人太愛追根究柢，忍不住連不必要的事情都想查個一清二楚，好讓別人吃驚。我自個兒也覺得這是個壞毛病，但就是積習難改。很快就要進入正題了，請您耐心點，聽我說完吧。——那個時候，公車的車窗破損，夫人被玻璃碎片劃傷了額頭，對吧？」

「沒錯。不過筆子生性沉穩，沒有受到太大的驚嚇。再說，說是受傷，也只是一點小擦傷罷了。」

「不過關於那場車禍，我認為您多少也有責任。」

「怎麼說？」

「因為，夫人會搭乘公車，不就是因為您叫她別搭電車，改搭公車去嗎？」

「我——或許是這麼說過吧。這種芝麻小事，我已經記不清楚了，不過被你這麼一說，我可能是這麼交代過她。啊，對，我好像交代過她，不過這是有理由的。當時因為筆子連續得了兩次流感，報上也說，人潮擁擠的電車是最容易傳染感冒的地方，因此我認為比起電車，搭公車更要安全多了，所以才會嚴厲囑咐她絕對不可以搭電車。因為我萬萬料想不到，筆子搭的公車竟會不幸發生車禍。這怎麼能說是我的責任呢？筆子也不這麼認為，她甚至感謝我的忠告。」

「當然，筆子夫人總是對您的設想心存感激，甚至直到過世的最後一刻，都還感謝著您。不過我認為單論那場車禍的話，您是有責任的。您宣稱要夫人搭乘公車，是為了避免她被傳染，這理由一定是真的，但我還是認為您有責任。」

「為什麼？」

「如果您不明白，我就解釋給您聽吧。——您剛才說，您萬萬沒料到公車會發生車禍，但是夫人並非只有那一天搭公車而已。當時夫人大病初癒，必須持續回診，每隔一天就必須從位在芝口的自家通車到萬世橋的醫院看病，而且必須持續一個月，這是從一開始就知道的事。這段期間，夫人總是搭公車前往，換句話說，車禍就是發生在這段期間。聽好了，這裡還有一點必須注意的是，當時公車制度才剛上路，三天兩頭就發生意外。只要是稍微神經質一點的人，都會擔心是否會遇上車禍——我得提醒一聲，您就是個神經質的人——居然讓您心愛的夫人頻繁地搭乘危險的公車，這再怎麼說，都不像是您會犯的疏失。每隔一天搭乘公車，來回一個月，這等於是曝露在車禍的危險當中三十次之多。」

「哈哈哈哈，居然會注意到這一點，看來您的神經質不下於我。沒錯，被您這麼一說，我漸漸想起當時的事了，其實我也並非完全沒有發現到這個危險。不過當時我是這麼想的：公車出車禍的危險，與在電車裡被傳染感冒的危險，哪一邊的機率更大？還有，假設機率一樣大，那麼哪一邊更有可能危及性命？我斟酌這個問題，最後認為搭公車更安全。理由是，假設就像您說的，通車一個月，總共來回三十趟，如果搭電車的話，那三十次的電車裡，每一輛都必定帶有感冒病菌。當時正值流感高峰期，因此這樣假設合情合理。如果車廂裡必定有病菌，那麼遭到感染就並非**偶然**了。然而公車意外卻完全是**偶然**的災禍。當然，任何一輛車子都有可能發生車禍，但與禍根從一開始就明確存在的情況大不相同。而且有人對我說，筆子兩度罹患流感，這證明了她的體質比一般人更容易遭受感染。因此如果搭乘電車，在眾多乘客裡，她必定是最容易被感染的那一個。公車的話，乘客所蒙受的危險是平等的。不僅如此，我還針對危險的程度這麼想過：如果筆子第三次罹患流感，絕對又會引發肺炎，如此一來，這次應該在劫難逃。我聽人說得過肺炎的人，特別容易再次復發，而且當時她大病初癒，尚未徹底康復，因此我這樣的擔憂，絕非杞人憂天。但說到車禍，即使遇到車禍，也不見得就會喪命。除非太倒楣，否則也不會傷得太重，傷重不治的例子也難得一見。而我的這番設想並沒有錯。您看，筆子在三十趟的車程中，雖然遇上了一次車禍，但也只受到了輕微的擦傷而已，不是嗎？」

「原來如此，光聽您的說詞，似乎合情合理，無懈可擊。不過您剛才沒有提到的部分，其實存在著無法忽略的問題。回到剛才說的電車與公車的危險機率問題上，您似乎認為公車比電車更安全，即使有危險，也危險不到哪裡去，並且每一名乘客所承受的危險都是一樣的。但起碼就夫人來說，我認為不管她是搭公車或電車，都會是遭遇到危險的那個人。她所面臨的危險，與其他乘客絕對不是**同等**的。換句話說，萬一公車發生車禍，您的夫人將注定第一個受傷，而且恐怕會是傷得最重的那一個。您可不能忽略了這一點。」

「怎麼會是這樣？我無法理解。」

「哦？您不懂？這倒怪了。——不過那個時候，您是這麼對筆子夫人說的吧？搭公車時，一定要盡量坐在最前排，那裡才是最安全的地方——」

「沒錯，我所說的安全，是這個意思——」

「不，等等，您所說的安全，是這麼回事吧？——公車裡一定也存在著一些感冒病菌，為了避免吸入病菌，最好待在上風處，對吧？這麼說的話，儘管乘客沒有電車那麼多，但公車裡也並非全無傳染感冒的風險了，不過您剛才好像忘了這個事實？除了這個理由之外，您又說，公車前方的座位震動較小，夫人尚未擺脫病後的疲勞，最好盡量避免震動身體。——您就是用這兩個理由，建議夫人坐在前座。與其說是建議，更應該說是嚴厲吩咐。夫人是個順從的妻子，不願辜負您的一番好意，因此總是盡量恪守您的囑咐。就這樣，夫人一一實行您的命令了。」

「……」

「聽著，您一開始刻意忽略了公車裡被傳染感冒的危險。您忽略了這個危險性，卻又以此為由，要求夫人坐在前座——這是一個矛盾。另一個矛盾是，您一開始便提出了車禍的風險，這時卻完全將它束之高閣。坐在公車最前座——考慮到發生車禍時的危險，再也沒有比坐在前座更危險的事了。坐在那個位置的人，將會是最危險的一個。因為就連那樣一場小車禍，其他乘客都安然無恙，卻只有夫人受到了擦傷。如果是更嚴重的車禍，其他乘客受到擦傷，就只有夫人會遭受重傷。再更嚴重的情況，其他乘客受重傷，就只有夫人要送命。——車禍這回事，用不著您說，確實是**偶然**沒錯。但是當這個偶然發生時，夫人會受傷就不是**偶然**，而是**必然**

了。」

兩人過了京橋，但紳士與湯河都彷彿忘了自己身在何處，一個熱切述說，另一個默默聆聽，一徑往前走去——

「這也就是說，您將夫人置於一定程度**的偶然危險**當中，並將她逼進偶然範圍裡**必然的危險**之中。這可不同於**純粹**的偶然危險。這麼一來，真的能說公車比電車安全嗎？況且，當時夫人才剛從第二次的流感中痊癒，不是應該認為她對流感已經有了免疫力嗎？要我說的話，當時的夫人絕對沒有遭到傳染的危險。若說夫人有極大的機率會怎麼樣，那也是極有可能免於感染，而非受到感染。至於罹患肺炎的人容易復發，那是相隔一段期間的情形。」

「不過，我也並非不懂免疫，但她十月才得了流感，一月又得了，不是嗎？這麼一想，免疫似乎也說不準……」

「十月與一月之間相隔了兩個月，但那個時候，夫人還沒有徹底痊癒，仍在咳嗽。比起被人傳染，她更容易傳染給別人。」

「還有，您剛才說的車禍的風險也是，車禍本身已經是極偶然的事了，若要論那範圍之內的**必然**，機率豈不是更微乎其微了嗎？**偶然之中**的必然，與**純粹**的必然，意義還是不同的。更何況您說的那必然，也只是**必然會受傷**，而並非**必然會死**啊。」

「不過我們可以說，**如果偶然發生嚴重的車禍，夫人就必然會喪命**，對吧？」

「是啊，可以這麼說，不過在這裡玩這種理論遊戲，又有什麼意思？」

「哈哈，理論遊戲，是嗎？我倒是很喜歡，所以一不小心得意忘形，沉迷起來了，啊，真是抱歉。馬上就要進入正題了。——不過在進入正題之前，我們先把這個理論遊戲做個結束吧。您雖然取笑我，但似乎也頗為熱愛理論，搞不好在這方面還算是我的前輩，應該也不是全然不感興趣吧？回到剛才偶然與必然的研究，您是否注意到了？如果把它與某種人類心理連結在一起，就會產生新的問題，使得理論不再是單純的紙上談兵。」

「我不懂，真是愈說愈玄了。」

「不，這一點都不玄。我所說的心理，也就是犯罪心理。一個人想要透過間接的手法，不為人知地殺害另一個人。——若說殺害這個字眼不夠貼切，改為『致死』也無妨。為了這個目的，必須讓對方盡可能曝露在危險當中。這時為了避免被對方察覺自己的目的，並且讓對方在不知不覺間被引入險境，他只能選擇偶然的危險。如果那偶然當中含有難以察覺的必然，那就更恰當不過了。然後，您要夫人搭乘公車的行為，在**形式上**恰巧正符合我所說的這種情形，不是嗎？噢，我說的是『形式上』，請別覺得受冒犯。當然，我並不是在指控您有這樣的意圖，不過您應該可以理解這種人的心理吧？」

「您出於職業，還真愛胡思亂想呢。形式上是否符合，也只好您說了算，不過如果有人認為在短短一個月之內，讓對方搭乘公車來回三十趟，就能取走他的性命，那不是傻子，就是瘋子。真的會有人去仰賴那毫不可靠的**偶然**嗎？」

「沒錯，如果只是搭乘公車三十趟，這**偶然**成真的機率可說是微乎其微。不過倘若從四面八方找出形形色色的各種危險，在對象身上加諸一層又一層的**偶然**——如此一來，命中率也會增加為好幾倍了。將無數**偶然**的危險聚集到一處，並將目標引入這個火坑。如此一來，那個人會遭逢危險，就已經不是偶然，而是必然了。」

「——照您這麼說，具體來說是怎麼樣？」

「舉個例子，比方說有個男人想要殺害妻子——想要置她於死地。剛好妻子天生心臟不好。——心臟不好這個事實，已然帶有偶然的危險因子。為了增加這個危險，丈夫將各種摧殘心臟的條件加諸在妻子身上。好比說，丈夫鼓勵妻子喝酒，設法讓她染上酒癮。起初建議她在睡前喝一杯葡萄酒，漸漸增加酒量，並讓她每餐飯後務必來上一杯，像這樣逐漸讓她熟悉酒精。然而妻子原本就沒有嗜酒的傾向，並未如同丈夫所希望地變成酒鬼。這時，丈夫使出第二個手段，建議妻子抽菸。『女人也需要一點樂趣，否則生活多無趣。』丈夫以此為由，買了氣味芳香的進口菸給妻子。沒想到這個計畫大獲成功，短短一個月內，妻子便成了個癮君子，即使想要戒菸，也戒不掉了。接著，丈夫打聽到冷水浴對心臟不好的人有害，便要妻子洗冷水。他假意親切，對妻子說：『妳容易感冒，每天早上洗冷水澡，有助強健體質。』妻子由衷信賴丈夫，立刻實行，渾然不知自己的心臟正因此日益衰弱。但光是這些，不能說丈夫的計畫完全成功了。他先讓妻子的心臟變得脆弱不堪，再給予致命的一擊。換言之，就是讓她容易染上會高燒不斷的疾病，也就是傷寒或肺炎。丈夫首先選擇了傷寒。為了達到目的，他不斷要妻子吃下可能含有傷寒桿菌的食物，並說『美國人用餐時都喝生水，讚美生水是最棒的飲料』，讓妻子喝生水，吃生魚片。並且，丈夫知道牡蠣和洋菜凍含有許多傷寒桿菌，便讓妻子食用。當然，為了慫恿妻子吃，丈夫自己也得吃，但丈夫以前得過傷寒，已經免疫了。丈夫的這項計畫雖然沒有帶來他所期望的結果，但可以說已成功了七成。因為妻子雖然沒有感染傷寒，卻得了副傷寒，並且高燒了一整個星期，痛苦不堪。但副傷寒的死亡率僅有一成左右，因此不知幸或不幸，心臟衰弱的妻子撐過來了。這七成的成功鼓舞了丈夫，再接再厲，繼續讓妻子食用生食，因此每到夏天，妻子便動輒腹瀉。每當妻子生病，丈夫便懸著一顆心關注病情發展，然而很可惜，妻子沒那麼容易染上丈夫想要的傷寒。不久後，丈夫終於等到了千載難逢的好機會。那就是從前年秋季到隔年冬天肆虐的惡性流感。丈夫想方設法，無論如何都要讓妻子在這段時間得到流感。才剛十月，妻子就真的生病了──為什麼會生病？因為當時她的喉嚨發炎了。丈夫叫她漱口以預防感冒，故意拿濃度過高的雙氧水給她，她就一直用這過濃的雙氧水漱口，以致引發了咽喉黏膜炎。不僅如此，恰好當時親戚裡有位伯母感冒，丈夫便三番兩次要妻子去探病。她第五次去探病，一回家就發燒了。然而幸運的是，這次妻子也度過難關。然後到了一月，這次感染了更重的流感，終於引發了肺炎⋯⋯」

偵探說著，做出有些奇異的舉動──他點落手上的雪茄菸灰似的，輕點了湯河的手腕兩、三下，彷彿正默默提醒他注意。這時兩人剛好來到日本橋的橋墩前，但偵探在村井銀行前右轉，朝中央郵局的方向走去。當然，湯河不得不跟著他走。

「這第二次的感冒，一樣是丈夫的計謀。」

偵探繼續說：

「當時，妻子娘家有小孩因為重感冒，在神田的S醫院住院。明明沒有人拜託，丈夫卻要妻子去照顧生病的孩子。他的理由是這樣的：『這次的感冒很容易傳染，不是隨便什麼人都可以照顧的。內子之前才剛感冒痊癒，已經免疫，由她來照顧最適合。』聽到這話，妻子也覺得言之成理，卻在照顧病人的時候，再次染上了感冒。就這樣，妻子併發了極嚴重的肺炎，好幾次差點病危。這一次，丈夫的陰謀就要徹底成功了。丈夫在妻子的枕邊賠罪，說都是自己不小心，害她染上重病，但妻子看似完全不恨丈夫，衷心感謝著丈夫對她的愛，準備平靜地接受死亡。然而千鈞一髮，這回妻子又從鬼門關前回來了。對丈夫來說，這真正是功虧一簣，令人跳腳。此時，丈夫再次策畫新的計謀。他認為看來光是生病還不夠，還必須加上生病以外的災難才行，因此他先是利用了妻子病房的瓦斯暖爐。當時妻子的病已經好得差不多了，不需要護士陪伴，但仍必須繼續與丈夫分房一星期左右。這時，丈夫**偶然**發現了以下的事實：妻子在入睡以前，為了安全起見，都會關掉瓦斯暖爐；瓦斯暖爐的栓頭，就在病房與走廊間的門檻處；還有，妻子半夜都會醒來上一次廁所，這時一定會經過門檻；經過門檻時，睡衣長長的衣襬會在地面拖行，因此五次裡頭起碼有三次，瓦斯栓頭會被那衣襬拂過；如果瓦斯栓頭不夠牢固，受到衣襬摩擦，必定會鬆脫；病房是和室，但門窗十分結實，密不通風。——**巧**的是，當中竟存在著如此多危險因子。丈夫發現，只需一點手腳，就可以將這樣的**偶然**導向**必然**。也就是讓瓦斯栓頭變得更鬆一點就行了。某天，他趁著妻子午睡時，偷偷地在栓頭上點油，使其變得滑溜。他的這場行動應該極為隱密，卻不幸地在渾然不覺間被人目擊了。——目擊者便是他家當時的女傭，是妻子嫁過來時從娘家帶來的，不僅忠心耿耿，更是伶俐能幹。不過這些都不重要——」

偵探與湯河從中央郵局經過兜橋，又過了鎧橋。不知不覺間，兩人已來到水天宮前的電車道。

「——然後，這回丈夫又是只成功了七成，功敗垂成。妻子差點瓦斯中毒，卻及時醒來，三更半夜鬧得雞飛狗跳。雖然很快就查出瓦斯外洩的原因，卻被歸咎為妻子的不小心。丈夫接下來選擇的就是公車。就像剛才說過的，妻子都搭公車去就醫，因此丈夫把握住可利用的一切機會。就在公車的陰謀也以失敗收場時，他又逮到了新的機會。這個機會是醫師提供的。醫師建議妻子可以換個環境進行病後療養，像是遷到空氣清新的地方住上一個月，因此丈夫對妻子說：『妳一直病痛不斷，別說離開一兩個月，咱們乾脆直接搬去空氣清新的地方吧。但太遠的地方也不行，大森那一帶怎麼樣？大森就在海邊，也方便我上班通勤。』妻子立刻贊成這個提議。我不清楚您是否知道，但聽說大森的飲水品質非常惡劣，不知是否因為如此，傳染病肆虐不絕——尤其是傷寒。也就是說，因為意外事故行不通，丈夫又再次把腦筋動到疾病上頭了。搬到大森後，丈夫更積極地讓妻子飲生水、吃生食，並且繼續要她勵行冷水浴和抽菸。然後他整理庭園，種植許多樹木，挖了個地塘蓄水，又以廁所位置不好為由，遷到西曬的方位去。這些都是為了讓家中蚊蠅孳生的手段。不，還沒有完，每當有朋友得到傷寒，他便稱自己已經免疫，前去探望，偶爾也會帶妻子一起去。就這樣，原本他準備耐性十足地等待結果，沒想到這次的計謀意外地迅速奏效，搬過去才不到一個月便成功了，而且還是徹底成功。丈夫前去探望某位染上傷寒的朋友不久，也許其中又使出了某些陰險的手段，妻子很快就得了傷寒，終於因此香消玉殞。——怎麼樣？**光看形式**，與你的情況是否完全吻合？」

「嗯——光、光看形式的話——」

「哈哈哈，沒錯，截至目前，就**只有形式**吻合。您愛著前妻，**至少表面上**是愛著她的。不過與此同時，從兩、三年前，您就已經瞞著前妻，愛上了現在的夫人。而且**不僅僅是表面上**愛著她而已。如果在已知的事實加上這個事實，那麼先前提到的情節，與您的情況相符的程度，就不僅僅是**形式上**而已了——」

兩人從水天宮的電車道右轉，進入狹小的巷弄。巷道左側有一間外觀像事務所的房子，掛著一塊大招牌「私家偵探」。嵌著玻璃門的二樓與一樓皆燈火通明。偵探走到門前，放聲大笑起來：

「哈哈哈，您已經窮途末路了。再瞞也沒用了。看看您，從剛才就不住哆嗦。您前妻的父親今晚正在我家等您。嗳，不必嚇成那樣。來，進來吧。」

偵探突然抓住湯河的手腕，用肩膀頂開門板，把他拖進明亮的屋中。燈光照耀下，湯河的臉色一片慘白。他就像失了魂一樣，一陣踉蹌，跌坐在旁邊的椅子上。

原作發表於《改造》，一九二〇年一月

解說

中島河太郎在寫《日本推理小說史 第一卷》（一九六四）時，曾經說過「如果將（黑岩）淚香視為推理小說的先驅，那麼（谷崎）潤一郎就該是中興之祖」。這句話應該這麼解釋，黑岩淚香翻譯改寫了很多西洋偵探小說，就引進而言可以說是一大功臣；但在偵探小說日本化這件事上，谷崎的貢獻更大一些。

其中，特別是〈路上〉，受到了中島以及亂步的好評，特別是亂步稱之為「日本足以誇耀的偵探小說」。之所以如此，恐怕是因為在亂步的認知中，這篇可以說是開啟了所謂「機率殺人」這個子類型。

一般的推理小說中，凶手一旦想殺害某人，無論設置了多麼縝密或隨便的計畫，往往訴求一擊必中，「殺死對方」是整個計畫的最高指導原則。但在「機率殺人」中，這個「必然性」消失了，凶手儘管還是採取必要的行動，在最關鍵的「致死可能」上，卻變成宿命論者，就像湯河對他前妻做的一樣，不斷讓她暴露於危險之下，但最終是否真能殺成，還是得仰仗命運的安排。

這種殺人手法的巧妙也就在於所有的凶殺都是累積於日常之中，將所有微小的可能性層層堆疊起來後，最後由死者自行敲響了喪鐘。儘管在法律上有可能入人於罪，但如何證明其故意，也就是安藤如何得以收集到那麼多線索，並明確指向湯河，才是真正不可能的事情。

有趣的是，儘管歐美也有作家寫出「機率殺人」為主題的小說，但似乎並未造成明顯的影響；而在日本，或許是亂步的推波助瀾，寫了一篇〈紅色房間〉以為致敬，從此成為日本推理小說的常見犯罪形式。例如松本清張的〈遇難〉（一九五八）就是一篇「機率殺人」的傑作。到了二十一世紀，大塚英志編劇的《黑鷺屍體宅配便》則以屬於當代特有的形式做出了回應。

我

這已是好幾年前，我住在一高[40]宿舍時的事了。

事情發生在某天晚上。當時我們習慣幾名室友聚在寢室，秉燭夜讀，雅稱「蠟讀」（其實只是在閒扯淡）；那天晚上熄燈後，我們三、四人也圍在燭火旁，聊個沒完。

當時也不知話題怎會轉到那上頭去，我們原本正針對那個年紀的我們常有的戀愛問題大放厥詞，接著自然而然地聊到人類的犯罪，你一言我一語地說起殺人、詐欺、竊盜這些字眼來。

「犯罪裡頭，感覺我們最有可能染指的，就是殺人了。」

身為博士之子的樋口說道：

「唯有竊盜，無論如何是絕對不會去幹的。──再怎麼說，偷東西都實在太齷齪了。跟什

40 第一高等學校，原為一八七七年設立的東京大學預備校，在一八八六年依中學校令改為第一高等中學校。

麼樣的人我都可以交朋友，但是跟個賊當朋友？總覺得他們非我族類。」

樋口說著，氣質優雅的臉龐沉了下來，不悅地蹙起眉頭。這表情使得他的容貌更顯高貴。

「這麼說來，聽說最近宿舍裡竊案頻傳，是真的嗎？」

這回平田開口了。平田一邊說著，一邊轉向中村確認：「欸，是嗎？」

「嗯，好像是真的。聽說宵小不是外人，一定是住宿生。」

「怎麼說？」我問。

「這個嘛，我也不是很清楚——」中村壓低聲音，語氣變得顧忌。「說是竊案發生得太頻繁，不可能是住宿生以外的人幹的。」

「不，不光是這樣而已。」樋口說：「有人親眼看見小偷就是住宿生。——就在前陣子，聽說大白天的，北宿舍七號房的住宿生有事返回寢室，結果突然有人從房裡開門，冷不防給了那學生一拳，一溜煙地從走廊跑掉了。挨打的學生急忙追上去，但跑下樓梯時已不見人影。他回到寢室一看，衣箱、書櫃散亂一地，所以那傢伙肯定就是小偷。」

「那，那個學生看到小偷的長相了嗎？」

「沒有，他猝不及防地挨了一拳，所以沒看見對方的臉，不過說看服裝等等，可以確定就是住宿生沒錯。小偷從走廊逃走時，用外套蒙住了頭，只看出外套上有著下藤[41]圖案的家紋。」

「下藤圖案的家紋？只憑這點線索，也查不出什麼。」平田說道。

不知是否心理作用，平田說這話時似乎偷瞄了我一眼，而這時我好像也情不自禁地垮下臉來。因為我家的家紋就是下藤，而且雖然當晚我沒有穿，但我時常穿著那件染有家紋的外套四處走動。

「如果是住宿生，就沒那麼容易抓到了。一想到我們當中居然有那樣的小偷，真教人不舒服，而且每個人都毫無防備。」

那短短一瞬間的難堪，令我自己都覺得羞恥，因此我徹底甩開那樣的情緒，如此說道。

「不過，兩三天之內一定就會逮到人了──」樋口加重了語尾說，眼睛熠熠發亮，壓低了嗓門又繼續說：「──這是個機密，據說竊案最為頻繁的地點，就是澡堂的更衣室，因此從

41 一種紋樣，為兩房藤花左右垂下，形成一個圈的圖案。

兩、三天前開始，就有委員偷偷地在那裡盯著。聽說他們躲在天花板上，從小洞裡監視。」

「真的嗎？你從哪聽來的？」中村問。

「一個委員告訴我的，這件事你們可得保密。」

「不過既然連你都知道了，搞不好小偷也早就發現了。」平田說，表情苦澀。

這裡我要說明一下，平田這個人以前與我交情平平，但有次因為某些過節，傷了感情，近來彼此互看不順眼。不過說是**彼此**，其實並不包括我在內，而是平田單方面地極端厭惡起我來；有個朋友告訴我，有一次平田惡狠狠地咒罵我說：「鈴木才不像你們想的那麼清高，之前發生過某件事，讓我早就看透他這個人了。」還說：「我已經受夠他了。我是看他可憐，才跟他打交道，但我絕對不會對他推心置腹。」但平田只會在背地裡說我的壞話，從來不曾當著我的面批評。不過從他的態度，顯然對我厭惡到家，甚至是輕蔑我。遇到對方表現出這種態度，我的個性是不會主動要求解釋的。「倘若我有不是，理當指正我才對。但他甚至不願、或是不屑指正我的話，我也不把他當朋友了。」想到這裡，我多少有些失落，但也不會為此深為苦惱。我也告訴自己，平田體格壯碩，十足男子氣概，堪稱「向陵健兒」[42]典範，而我瘦弱蒼白，神經兮兮，兩人從個性上根本就難有交集，等於是不同世界的人，處不來也是沒法子的事。不過平田是個柔道三段的鐵漢，老愛誇耀自己的力量，叫囂：「再拖拖拉拉的，我要揍人嘍！」如果我一逕隱忍，是否顯得膽小如鼠？事實上，我私底下確實也害怕他的拳頭——但所幸我向來不愛爭強好勝，也不執著於名聲。「不管人家如何瞧不起我，只要我相信自己就夠了，沒什麼好怨別人的。」——我暗自如此決心，面對平田的傲慢，總是報以冷靜和寬大的態度。「平田不了解我是沒辦法的事，但是對於他的優點，我還是肯定的。」有時我會這麼對第三者說，實際上也真心這麼想。我不認為自己膽小，而且還能發自內心讚賞平田，對於自己如此高貴的情操，我甚至有些孤芳自賞。

「下藤圖案的家紋？」

但平田如此說著，朝我瞥來的時候，那無以名狀的討厭眼神，當晚卻莫名地刺痛我的神經。那眼神究竟意味著什麼？平田是知道我家的家紋是下藤，才故意用那種眼神看我嗎？或者會這麼想，只是出於我的偏見？——但如果平田對我有那麼一絲懷疑，我到底該如何反應才

42 向陵即舊制第一高等學校的別稱，因一高位在東京本鄉向岡。

好？

我應該說：「那麼我也有嫌疑了，因為我家的家紋也是下藤。」然後坦蕩蕩地笑嗎？如果我這麼做，而在場的三人跟我一起哈哈大笑，那也就罷了，但萬一其中一人——只有平田一個人笑也不笑，臉色還愈來愈難看，那該怎麼辦？一想像起那情景，我實在不好貿然開口。

為這種事頭疼雖然很蠢，但當下那一瞬間，我確實千頭萬緒。「處在我目前置身的處境，真正的竊賊與清白的人之間，心理反應會有多大的差異？」如此一想，現在的我應該正體驗著與真正的竊賊相同的苦惱與孤獨。直到剛才，我確實是這三個人的朋友，是集全天下的學生欽羨於一身的「一高」秀才之一。然而現在，至少在我自身的心境上，我已不是他們三人的弟兄。儘管非常微不足道，但我有了無法向他們坦白的苦惱。對於應該與我平起平坐的平田，我開始在乎起他的每一個反應。

「但是跟個賊當朋友？總覺得他們非我族類。」

樋口說這話應該是不經意的，卻重重地撞擊了我這時的心胸。「他們非我族類」——**賊**！多可惡的稱呼啊——我認為，**竊賊**之所以異於一般人，並不是由於他們的犯罪行為，而是他們設法隱瞞罪行，或是連自己都試圖忘掉罪行的努力，以及絕對無法向他人吐露的無盡憂慮，是這些種種，在不知不覺間讓他們的心緒變得黑暗。然而，現在的我確實有了這一部分的黑暗。我已蒙上了犯罪的嫌疑，這連我自己都不願意去相信。為此我有了一種對再親近的摯友都無法吐露的憂慮。樋口當然是信任我，才會說出從委員那裡聽到的澡堂圈套。「這件事你們可得保密。」他說這話的時候，顯得有些開心。但事實是，他的開心卻同時令我的心更加陰鬱。「樋口為什麼那麼開心？他是不是壓根兒就沒有懷疑過我？」如此一想，樋口的信任令我一陣內疚。

此外，還可以這麼想。倘若不管再怎麼善良的人，多少仍具備犯罪傾向的話，也許不只有我一個人會想像「如果我就是那個竊賊」，而在場的這三人，或許也稍微感受到了我所感覺到的不快或喜悅。這樣的話，特別得到委員洩密的樋口，心中應該最是得意。因為我們四人之中，他最得到委員的信任。他才是距離**竊賊**最遙遠的人。如果他能贏得這般信賴的原因，在於他清秀的長相、富裕的家庭，以及有個博士父親，那麼我實在無法不羨慕他的境遇。正如同他擁有的優越物質條件提升了他的品性，物質上的劣勢，也讓我的品性變得鄙賤——我是S縣的佃農之子，是仰賴舊藩主的獎學金才能勉強入學的窮學生。不論我是不是個**賊**，在樋口面前，都同樣會自慚形穢。我和他果然是不同的兩類人。他愈是以坦蕩的胸襟相信我，我愈感覺與他相隔遙遠。愈是想要與他親近——不論表面上如何打成一片、互開玩笑、談笑風生，就愈清楚地體認到我倆之間的距離。這樣的心境，連我自己都莫可奈何……

自那天晚上開始，「下藤家紋」便成了我長久以來的一個心結。到底要不要再穿上那件外套，讓我苦惱萬分。如果我滿不在乎地穿上它，而眾人也滿不在乎，那就沒問題了；但萬一有人露出「啊，他穿著**那件外套**」的眼神、或是懷疑我、或是對懷疑我感到抱歉、或是對我遭到懷疑而心生同情，那麼不單是對平田和樋口，我將會對每一位同學感覺到不快與自卑。因此我厭煩地收起外套，但這下又因為收起外套，更感到彆扭了。我害怕的不是犯罪嫌疑本身，而是它在許多人心中喚起的各種污穢的感情。我比誰都先懷疑起自己，這讓許多人也興起了疑念，在原本親密無間的朋友之間製造出古怪的**隔閡**。假設我真的就是個**賊**，它的弊害，相較於附帶而來的種種惱人的情緒，根本算不得什麼。應該沒有人會想要把我當作**賊**；即使我真的是**賊**，在確定我真的是**賊**以前，他們應該也完全不會如此相信，繼續與我做朋友。我們的友誼就是建立在這樣的信賴之上。因此，如果**比起偷朋友的東西，傷害友誼的罪更重**，不論我是不是**賊**，當我播下引發眾人疑慮的種子時，就應該引以為咎了。這比起偷竊，更教人過意不去。如果我是個聰明且高明的賊——不，不可以這麼說——如果我是個還知道為他人著想、還有點良知的賊，就應該神不知鬼不覺地行竊，同時盡可能維護好友誼，與他們開誠布公，以不愧對神明的誠懇和溫情同他們交往才對。這也許可以說是「作賊心不虛」，但設身處地地站在賊的立場，這應是最真率、最不虛偽的態度了。那個賊應該會說：「偷東西是真的，但我們的友誼也是真的。」他應該也會說：「兩邊都是真的，這正是賊的特質，也是他們為何不同於常人。」——總而言之，一旦開始這麼想，我的想法便一步步地與竊賊共鳴，愈發意識到與友人之間的隔閡了。我覺得自己在不知不覺間，成了個不折不扣的小偷。

某天，我毅然決然穿上下藤家紋的外套，走在操場上，與中村有了如下的對話。

「對了，聽說小偷還沒有抓到呢。」

「嗯。」

中村說，突然垂下頭去。

「怎麼會抓不到呢？也許在澡堂埋伏也沒用。」我說。

「澡堂是沒有再傳出竊案了，但聽說許多地方還是經常鬧失竊。我聽說不久前樋口才被委員叫去罵了一頓，說都是他洩漏了澡堂的圈套。」

我唰地變了臉色。

「什麼？樋口被罵了？」

「是啊，樋口他、樋口他……鈴木，請你原諒我。」

中村痛苦地嘆息，眼淚簌簌地掉了下來。

「──我一直瞞著你，但現在我覺得不告訴你，反而是對不起你。你聽了一定會很不舒服，但其實委員都在懷疑你。可是──我實在是不願意像這樣刻意申明，但我半丁點都不曾懷疑過你，到現在依然相信著你。正因為我相信你，所以才會痛苦萬分。請你千萬不要生氣。」

「謝謝你願意向我坦白，我很感激。」

我說，也紅了眼眶，但同時不由得心想，「這一刻終於來了。」雖然這是個可怕的事實，但其實我私底下早有預感會有這麼一天。

「別再說這件事了。向你坦白以後，我心裡也好過多了。」

中村安慰我。

「不過這件事不是我們不願意談，就可以置之不理的。我明白你的好意，但這不光是我自己丟臉，也害你這個朋友沒面子。光是蒙上竊盜嫌疑，我就已經沒有資格當你們的朋友了。不管怎麼樣，我的名聲都已經毀了，你說是不是？就算是這樣，你仍然不會拋棄我嗎？」

「我發誓，我絕對不會拋棄你。我一點都不認為你害我失了面子。」

中村見到我一反常態的激動模樣，驚慌失措地說：

「樋口也是一樣的。樋口在委員面前，極力為你辯護。他甚至還說：『要我懷疑我死黨的人品，我情願懷疑我自己！』」

「但委員還是懷疑我，對吧？——不用顧忌，把你知道的全告訴我吧，那樣反倒痛快得多。」

聽到我這麼說，中村吞吞吐吐地說了起來：

「聽說有人寫信向委員投訴，或是告密。而且，那天晚上樋口多嘴之後，澡堂就再也沒有傳出竊案，也讓他們更加起疑。」

「不過，不只我一個人聽到澡堂的事啊。」——儘管這反駁立刻浮現腦海，但我當然沒有說出口。這更令我備感孤單、窩囊。

「但是，委員怎麼會知道樋口告訴我們了？那天晚上在場的只有我們四人，除了我們以外，沒有人知道——然後樋口和你都相信我的話——」

「再多的事，只能請你自行想像了。」中村說，露出懇求般的眼神。「我認識**那個人**，那個人對你有所誤會，但我不想說出他是誰。」

是平田——想到這裡，我一陣寒顫，彷彿平田正執拗地瞪著我看。

「你跟他討論過我的事嗎？」

「當然——可是請你體諒我吧。我是你的朋友，同時也是他的朋友，實在是左右為難。老實說，我和樋口昨晚跟那個人起了意見衝突，結果他說今天就要搬出宿舍。一想到我將為了一個朋友而失去另一個朋友，這令人傷心的結果，真教我遺憾極了。」

「啊，你跟樋口居然如此支持我，太讓我過意不去了——」

我抓起中村的手，緊緊握住，淚流不止。中村當然也哭了。我覺得這是我自出生以來，頭一次感受到真正的人情溫暖。這陣子飽受痛苦和孤獨折磨的我，所渴望的其實就是這樣的溫暖。不論我是個再怎樣惡劣的賊，也絕對不能去偷這個人的東西……

「我坦白告訴你吧——」

片刻之後我說：

「我這個人不值得你們這樣擔心。我無法坐視你們為了我這種人，失去寶貴的朋友。或許**他**懷疑我，但我依然尊敬**他**。比起我這種人，**他**更了不起多了。我比任何人都肯定**他**的優秀。

所以與其讓他搬出去，倒不如我搬出去更好。好嗎？求求你，就這麼做吧。然後你們繼續和他做好哥兒們吧。即使我因此變成孤單一人，那樣也更痛快得多。」

「這是什麼話？沒有你搬走的道理。」

善良的中村激動地說：

「我也認同**他**的人品，但現在你正遭受到不當的欺凌，我不能與他同流合污。與其把你趕走，我們情願離開。你也知道，他那個人非常自負，很難低頭退讓，既然他都說要搬出去了，一定會搬，所以乾脆由他去吧。然後等他自己發現錯誤，來向你道歉就行了。我想應該不用等太久的。」

「但是他非常倔強，不可能會主動來道歉，只會永遠痛恨我。」

這番話似乎被中村解釋為我不小心流露出我討厭平田的真心了。

「別擔心，不會那樣的。堅持己見是他的優點，也是缺點，但一旦認錯，就會爽快地主動道歉。這就是他令人敬愛的地方。」

「要是這樣就好了——」

我一邊沉思一邊說：

「我認為他就算會繼續和你們做朋友，也永遠不可能與我和解。——啊，他是那樣一個值得敬愛的人，我真希望也能得到他的青睞。」

中村搭住我的肩，就像要庇護他這個可憐的朋友，往草地上走去。當時正值黃昏，操場四隅罩上了淡淡的霧靄，看起來就像大海般無邊無際。另一頭的路上，偶有學生三兩結伴，一邊走一邊朝我瞥來。

「他們也都知道了。每個人都厭惡、排擠我。」

這麼一想，一股難以言喻的寂寞深深地侵襲了我。

當晚，應該要搬離宿舍的平田也許有了不同的想法，沒有要搬出去的樣子。他一整晚悶聲不響，不用說我，甚至也沒有和樋口或中村交談半句話。事情發展到這步田地，我認為我應當搬出宿舍，但又不忍辜負兩位好友的好意；況且如果現在離開，可能會被解釋為作賊心虛，徒然加重嫌疑，因此縱然想搬也不能搬。我想就算要搬，也得等待恰當的時機。

「不必煩惱那麼多，只要逮到竊賊，一切自然就會解決了。」

兩名朋友始終挺我。然而後來一星期都過去了，不僅竊賊沒有落網，竊案依舊頻傳，終於連我們寢室也遭了殃，樋口和中村被偷了錢包裡的錢和兩、三本外文書。

「終於連你們兩個都無法倖免啦？不過，我想剩下的我們兩個絕對不會有事……」

這時，平田臉上掛著古怪的表情，賊笑著如此酸言酸語。

每到夜裡，樋口和中村都會去圖書館用功，因此寢室裡自然經常只剩下我和平田大眼瞪小眼。這令我如坐針氈，因此我也盡量夜裡避免待在寢室，去圖書館或散步。某天晚上，九點半左右我散步回來，打開自習室的門，卻不見總是獨自在那裡用功的平田，另外兩人好像也還沒有回來。「回去寢室了嗎？」我疑惑，上二樓看了一下，一樣不見半個人影。我再次折返自習室，走到平田的書桌旁，悄悄拉開抽屜，翻出兩、三天前他家寄來的掛號信。信封裡裝著三張十圓支票。我從容地抽出其中一張，揣入懷中，將抽屜推回原位，若無其事地離開自習室，從走廊走下庭園，穿過網球場，準備前往我平常用來埋贓物的雜草叢生的陰暗窪地。這時突然有人大喊：

「小偷！」

那人突然從後方飛撲過來，惡狠狠地摑了我一巴掌。是平田。

「拿出來！把你剛放進懷裡的東西拿出來！」

「喂喂喂，何必這樣大小聲？」

我冷靜地笑著說：

「沒錯，我偷了你的支票。你要我還我就還，叫我上哪兒我就去，一切配合，這不就好了嗎？」

平田似乎遲疑了一下，但立刻回過神來，拳頭連續朝我的臉上招呼上來。我在疼痛之餘，卻又感到一陣爽快，就彷彿一直以來的重擔一下子全卸下來了。

「你再揍我也沒用啊。看來我眼睜睜地落入你的圈套了。因為你太囂張了，我忍不住想：『王八蛋，難道我就不敢動他的東西？』結果著了你的道。不過我認了，夠了，接下來咱們君子動口不動手吧。」

我說，友善地想要與平田握手，但他不容分說地揪住我的衣襟，把我拖向寢室。唯有這時，我覺得平田真是個俗人。

「喂，你們兩個，我逮到小偷了。我不用為莫須有的罪名道歉了。」

平田傲然進入寢室，惡狠狠地把我推倒在已回房的兩名朋友面前。其他住宿生聽見騷動，陸續趕來，團團堵住了門口。

「平田說的沒錯，小偷就是我。」

我爬了起來，對兩人說道。我自以為態度普通，語氣就像平常那樣親密，但面色似乎還是不禁一片鐵青。

「你們會覺得我很可恨，或是可恥嗎？」

我對著兩人繼續說道：

「——你們都是好人，卻也犯下了識人不明的過錯。一直以來，我不是一而再、再而三地向你們坦白了嗎？『我沒有你們所想的那麼有價值，平田才是對的，他絕對不會為了莫須有的罪名道歉。』我都說得這樣明白了，你們還是不懂嗎？我還說，『平田即使有可能與你們和解，也絕對不可能與我和解』，我甚至說，『我比任何人都清楚平田有多不起』。你們說是吧？我的話中沒有半句謊言。或許你們會指責，我固然沒有撒謊，但為什麼不說真話？也許你們會認為我還是欺騙了你們。不過，請你們也替身為竊賊的我想想。可悲的是，我無論如何就是無法克制偷竊的衝動。但我不願意欺騙你們，**所以才盡可能拐彎抹角地告訴你們事實**。既然我無法停止行竊，這已經是我最大的誠實了，你們卻無法聽出我的弦外之音，這是你們的錯。說這種話，聽起來或許像是扭曲的挖苦，但我絲毫沒有這個意思，請你們認真聽我解釋。你們應該會說，既然我這麼想要誠實做人，為何不停止行竊？但我沒有責任回答這個問題。因為我天生就是個賊，這是無可改變的事實。因此我在這個事實容許的範圍內，盡可能努力對你們開誠布公。沒辦法，這是我唯一能盡到的誠意。但我還是覺得對不起你們，所以才會說『與其把平田趕出去，倒不如讓我離開』。這絕對不是虛情假意，而是真心為你們著想。我確實偷了你們的東西沒錯，但我也是真心把你們當朋友。希望你們念在我們朋友一場，相信一個賊也是有這番苦心的。」

中村和樋口啞口無言，只是目瞪口呆地眨著眼。

「啊，你們一定覺得我這人太恬不知恥了。你們果然不可能理解我的心情。畢竟我們是不同的人種，無可奈何吧。」

我說，接著以笑來掩飾悲痛，又補充說：

「但我還是把你們當朋友，所以想要給你們幾句忠告。往後不能保證不會再有這種事，所以你們千萬要當心。居然會結交到一個小偷朋友，這再怎麼說，都是你們自己沒有看人的眼光，如果出了社會還這麼糊塗，實在令人憂心。在學校，你們的成績或許更優秀，但是在做人處事上，平田更勝一籌。什麼事都瞞不過他，他確實了不起！」

被我一指，平田表情古怪地撇過頭去。唯有這時，即使剛愎如他，也顯得彆扭極了。

後來過了幾年。其後我多次被關進牢裡，現在已淪落為職業小偷，但當時的事，我怎麼也忘不了。平田尤其令我難忘。每回作案，我總是會想起他來。「如何，我看人的眼光不錯吧？」我總覺得他現在仍會傲慢地這麼說。總之，他是個可靠、有出息的傢伙。然而世道就是這麼難解，我曾對另外兩個朋友說「如果出了社會還這麼糊塗，實在令人憂心」，但這番預言完全落空了。儘管一部分也是靠著父親庇蔭，但大少爺樋口畢業後飛黃騰達，不僅出洋拿了學位，現在已坐上鐵道院的課長還是局長的大位，然而平田卻是杳無消息。也難怪人們要說「老天無眼」。

諸位讀者，以上便是我真實無欺的紀錄，其中沒有任何一絲虛言。並且就像我對樋口和中村所說的那樣，希望諸位也能體察我所說的「縱然像我這樣一個賊，亦有著如此纖細的心思」。

但是，也許諸位也同樣不肯相信我。不過——儘管這話極為冒昧——倘若諸位之中有任何一位我的同類，那麼唯有他，肯定會相信我說的是真的。

解說

原作發表於《改造》，一九二一年三月

眾所皆知，亂步是谷崎的頭號粉絲，不但經常公開表達欣賞之意，也很常在小說中引用，甚至創作時向其致敬。據說，亂步千方百計拜託友人去跟谷崎索取簽名板，結果卻遭到心儀的作家用「我沒辦法給大眾作家簽名板」的原因給拒絕了。

谷崎潤一郎雖然由於書寫異常心理與直面自身情慾而受到大眾歡迎，但他同時也害怕被文壇視為大眾作家，好像那就會矮人一截，也讓他的作品偏離了藝術的位置。因此他更不能給亂步簽名板，畢竟不管在主題上或是敘事的風格上，亂步都幾乎可以說是他在大眾文學界的分身。

所以他永遠只堅持自己寫的是「關於犯罪的作品」，而非早就被歸類到大眾範疇的「偵探小說」。

其中的差別，就在於作者希望讀者關心的東西不太一樣。

在基督教與杜斯妥也夫斯基的作品（特別是《罪與罰》）傳入日本之後，促成了作家開始思考關於「罪」「惡」的問題，並且撰寫小說質問這個議題。

如果「認罪」是懺悔的絕對前提，那麼〈我〉的主角早就已經構成了告解的要件了，但他知道自己做錯事而無能阻止自己繼續做錯事，我們又到底該如何觀看並理解他？為了要將創作意圖推演至最極致，谷崎先讓讀者以為主角是無辜的，而後揭露其真面目，於是我們全都變成了那個太過於相信同學的樋口和中村，得以直接感受到犯罪者的惡意。

如果是偵探小說，應該會把重點放在竊賊身分的揭露，不過谷崎卻把焦點轉開，使得我們注意到主角的內心而不是訝異於他的另一面貌。也就是說，他是為了作品的目的採取這種寫法，並非純粹為了製造驚喜，使用所謂「敘述性詭計的先聲」的形式。

附帶一提，克莉絲蒂的《羅傑．艾克洛命案》，則是寫於一九二六年，晚於此作五年。

祕密

當時我一時興起，欲遠離過往身處的喧囂，悄悄逃離因種種關係而持續往來的男女圈子，四處尋覓合適的藏身之處，最後相中了淺草松葉町一帶的真言宗[43]寺院，借住於住持的住處。

來到新堀的溝渠，從菊屋橋往門跡後頭一逕走去，就在十二階下方一處雜亂無章、Obscure（隱晦）[44]的街區裡，就是寺院的所在處。此區宛如垃圾箱打翻的貧民窟一側，有一道橙黃色的土牆長長地延伸而出，外觀予人一種沉穩、莊重而寂寥之感。

打一開始，我便思忖與其隱遁至澀谷、大久保等郊區，市內更能找到無人知曉、不可思議的蕭條之處。就像湍急的溪流處處皆有沉澱的水淵，我認為在雜沓的市井之中，也必定存在著唯有極特殊的情況、或極特殊的人才會通行的僻靜角落。

43 真言宗為日本佛教宗派之一，為九世紀初空海自唐朝學習密教後回國開創，奉大日如來為本尊，追求「即身成佛」。

44 作者在此篇原文交雜使用了一些英文單字，予以保留。

同時我也這麼想——

我熱愛旅行，不論是京都或仙台，甚至從北海道到九州都走遍了。但是這東京的街道——自我出生於人形町以來，長住了二十個年頭的東京街道，肯定還有我連一次都未曾踏足的巷道。不，它的數目一定遠超乎我的想像。

在這大都會的鬧區，宛如蜂巢般交織的大小無數街道中，我曾走過的地方，與未曾踏足的地方，孰多孰少，連我自己都糊塗起來了。

那應該是我十一、二歲時的事。當時我和父親一同去深川參拜八幡大神，父親說：

「等下過了渡口，就帶你去冬木的米市吃有名的蕎麥麵。」

接著便帶我前往神社的社殿後方。那裡有條河面狹窄、兩岸極低、水位高漲的小河，與小網町和小舟町一帶的溝渠大異其趣，彷彿推開建得密密麻麻的兩岸人家般，混濁而憂鬱地流過。小小的渡船穿梭在看上去比河面更寬的河船及貨船間，只消撐個兩、三篙，便能輕巧地往返兩岸。

在這之前，我時不時便會前來參拜八幡大神，但從未想像過神社後頭是什麼樣的光景。我總是從正面的鳥居仰望社殿，自然而然便把它當成一幅全景圖般，只有表面而沒有深度的平面景色。而今目睹眼前有這樣的溪流和渡口，對岸的遼闊土地無邊無際地延伸出去，這神祕的光景，令我覺得彷彿是在夢中屢次見到的、比京都或大阪都更遠離東京的世界。

接著我想像起淺草的觀音堂正後方有著怎樣的街景，但想到的全是從商店街望向宏偉的大堂朱漆屋瓦的景象，此外的景物，全無印象。隨著年歲漸長，見識漸廣，我開始拜訪朋友家，或遊山玩水，彷彿走遍了東京每一個角落，但直至今日，仍不時卒然遇上有如孩提時分體驗到的不可思議的另一個世界。

我認為這樣的另一個世界，正是隱身的絕佳之處，便四處尋覓，但愈是探求，愈是在各處發現從未走過的區域。淺草橋與和泉橋我走過不知道多少回，但中間的左衛門橋卻連一次都不曾經過。要去二長町的市村座劇場時，我總是從電車道在蕎麥麵店的轉角右彎，但是從市村座劇場筆直通往柳盛座劇場約二、三町距離的地面，我連一次都未曾踏足。改建前的永代橋從右岸橋頭到左邊的河岸是什麼樣子，記憶中是一片模糊。此外像是八丁堀、越前堀、三味線堀、山谷堀一帶，似乎還有許多我不知道的地方。

松葉町的寺院周圍，在當中亦屬最奇妙之處。它與六區和吉原近在咫尺，但拐過一條小巷，便進入了一片荒漠冷清的區域，令我滿意極了。拋下我過去獨一無二的好友「招搖奢華卻平凡的東京」，悄悄隱身起來，靜靜旁觀它的喧擾，這讓我快活得不得了。

我之所以隱居，並非為了鑽研學問。當時我的神經就像磨鈍了的銼刀一般，敏銳的尖角完全鈍化，除非是色彩極濃豔刺激之物，否則完全無法勾起我半丁點的興致。我無法欣賞需要纖細感性的一流藝術，或品嚐頂尖的料理。我的心靈實在過於荒廢，無法去讚賞標榜東京鬧區精華的茶屋[45]廚藝，或讚美片岡仁左衛門與中村鴈治郎[46]精湛的歌舞伎演出，或享受一切陳腔濫調的都會歡樂。出於惰性，我日復一日過著枯燥無味的懶散生活，但終於無法忍受，想要找到一個徹底擺脫俗套、奇特的、人工的Mode of life（生活樣式）。

就沒有什麼令熟悉了尋常刺激的神經驚恐戰慄的、奇異不可思議的事物嗎？就沒辦法棲息在遠離現實的野蠻荒唐的夢幻氛圍當中嗎？出於這樣的渴望，我的靈魂徬徨在遙遠的巴比倫或亞述的古代傳說世界裡、想像著柯南道爾及黑岩淚香[47]的偵探小說、嚮往著光線熾烈的熱帶焦土及綠野、憧憬著調皮的少年時代的古怪惡作劇。

突然自熱鬧的俗世隱身，令一切行動變得隱祕，我認為光是這樣，便能為自己的生活添上一層神祕而浪漫的色彩。我自幼便深刻體會到祕密的樂趣。捉迷藏、尋寶、茶和尚[48]等遊戲——特別是在漆黑的夜晚、陰暗的倉庫或對開門前玩耍時，它最大的樂趣，肯定就是因為其中潛藏有「祕密」這不可思議的情緒。

我曾經為了再次體驗兒時玩捉迷藏的感覺，刻意隱身在不引人注意的鬧區隱微之處。這間寺院所信奉的真言宗，與「祕密」、「咒術」、「詛咒」這些事物密切相關，也剛好挑起了我的好奇，滋養了我的妄想。我住的房間是最近增建的住持住處的一部分，面南，八張榻榻米大，日曬後略為泛褐的榻榻米映在眼中，反而予人一股安詳的暖意。一過中午，和煦的秋陽便如幻燈般映照在簷廊邊的紙門上，令室內明亮得宛如一盞巨大的紙罩燈。

接著我將過去愛好的哲學、藝術等相關書籍全部束之高閣，把魔術、催眠術、偵探小說、化學、解剖學等充滿古怪傳說及插圖的書籍，曬書似地整個房間鋪排開來，然後躺臥在地，

45 日本的茶屋泛指供應料理的餐廳，依不同目的又有各種分類，如劇場茶屋（芝居茶屋）、相撲茶屋、料理茶屋等等。
46 片岡仁左衛門與中村鴈治郎皆為歌舞伎演員代代相傳的名號。
47 黑岩淚香（一八六二－一九二〇），偵探小說家、新聞記者及翻譯家。因翻譯《鐵面人》、《基度山恩仇記》等而聞名。
48 一種兒童遊戲。蒙住眼睛的鬼坐在圍成圈的眾人之間，向其中一人奉茶說「〇〇請喝茶」，如果猜對名字，被猜中的人就當鬼。

信手翻閱，耽溺其中。裡面也有柯南道爾的*The Sign of Four*（《四個簽名》）、德．昆西[49]的*Murder, Considered as one of the fine arts*（《謀殺，一種藝術的展現》）、《天方夜譚》等這類童話故事，以及法國不可思議的Sexuology（性愛）書籍。

我大力懇求這裡的住持出借祕藏的地獄極樂圖、須彌山圖、涅槃像等各種古佛畫，就像學校教職員室掛的地圖那樣，整個房間掛了滿牆。壁龕的香爐不間斷地升起裊裊輕煙，薰著明亮溫暖的室內。我不時前往菊屋橋旁的店鋪買來白檀或沉香，添入香爐。

晴朗的好日子，燦爛的正午陽光滿滿地灑在紙門上，這時的室內景象，壯觀得直令人瞠目。色彩絢爛的古畫上的諸佛、羅漢、比丘、比丘尼、優婆塞、大象、獅子、麒麟等等，脫離四壁的畫紙，游向了滿室的光中。散置於榻榻米上的無數書本中，殘殺、麻醉、魔藥、妖女、宗教——種種繁多的傀儡融入香煙，我在這氤氳籠罩之中，鋪上約兩張榻榻米大的紅氈毯，躺在上頭，睜著蠻人般迷茫的雙眼，日復一日在心中描繪著幻覺。

夜晚九時許，寺院裡的人大半都入睡以後，我便灌下角瓶威士忌，醺醉之後，任意拆下簷廊上的遮雨板，翻過墓地的籬笆，外出漫遊。為了盡量避免引起注意，我每晚換穿不同的衣物，潛行在公園的人群之中，或四處閒逛舊貨鋪及舊書店。我也曾以手巾包裹頭面，披上棉織短外褂，在擦洗乾淨的赤腳上將腳趾甲搽成赭紅，趿上皮底夾腳鞋。或是戴上金邊墨鏡，豎起和式斗蓬外套的領子出門。我利用假鬍子、假痣、假胎記等，享受變換容貌的樂趣，但某天晚上，我在三味線堀的舊衣鋪發現一件靛藍底上散布著大小圓點的女用夾衣，忽然無比地渴望穿上它。

總地來說，對於衣物，除了色彩是否合意、圖案是否美觀，我還有著更深的愛戀。不僅限於女人的衣物，只要看到、觸摸到一切美麗的綢緞，我每每有股想要將之擁入懷中的衝動，達到宛如欣賞戀人膚色般的快感高潮。特別是對於女人能夠不必顧忌世人眼光，恣意穿上我喜愛的衣物或縐綢，我甚至嫉妒不已。

那件簇新地吊掛在舊衣鋪子裡的碎花縐綢夾衣——想像那柔軟、沉重而冰涼的布料黏附似地包裹肉體的愉悅，我忍不住一陣戰慄。好想穿上那件和服，以女人的模樣行走在大街上。……念頭一起，我二話不說，決定買下它，順帶買齊了搭配的友禪[50]長襯衣及黑縐綢外

49 德．昆西（Thomas de Quincey，一七八五—一八五九），英國評論家，以記錄鴉片成癮者的怪奇幻想著作《一名英國鴉片吸食者的自白》（*Confessions of an English Opium Eater*）而聞名。

50 友禪是日本代表性的染布技法。

褂。

看來這衣物原本屬於一名身形高大的女性，嬌小的我穿起來尺寸正好。等到寺院裡夜闌人靜，我偷偷地面對梳妝台，開始搽脂抹粉起來。將鉛粉霜塗抹在黃皮膚的鼻梁上，瞬間容貌顯得有些醜怪，但以手掌將濃稠的白色黏液在臉上推勻後，意外服貼且芳香的冰涼白露沁入毛細孔的觸感，真是無比愉悅。隨著抹上胭脂、砥粉[51]，原本宛如石膏像般一片死白的臉，漸漸變成了神采飛揚、嬌艷欲滴的女人容貌，實在有趣。這讓我了解到，比起文士與畫家的藝術，演員、藝妓和一般女人在日常中以自己的肉體為材料所發揮的化妝技巧，更要樂趣無窮。

長襯衣、襯領、襯裙，以及會啾啾作響的紅絹裡子袖兜——我的肉體得到了一切一般女人的皮膚所感受到的同等觸感，我將後頸髮際與手腕塗成純白，在銀杏髻假髮上罩上高祖頭巾[52]，下定決心走上夜晚的大街。

這是個烏雲密布的陰暗夜晚。我在千束町、清住町、龍泉寺町一帶溝渠遍布的冷清街道遊蕩了一陣，但無論是派出所的巡查還是路人，皆無一察覺我的異樣。夜風冷颼颼地拂過彷彿罩上一層薄皮般乾燥的臉龐。覆住口邊的頭巾布被呼吸呵得濕熱，每走出一步，長長的縐綢襯裙便嬉戲般地纏繞在腳上。將心窩至肋骨勒得喘不過氣的硬寬帶，以及紮在骨盤上的細腰帶，似乎令我體內的血管自然地流動起女人般的血液，逐漸失去了男性的自覺與姿態。

我從友禪的袖子裡伸出抹上鉛粉的手，只見粗獷有力的線條消失在黑暗中，浮現而出的是潔白豐腴的柔美。自己的手之優美，令我為之癡迷。我好羡慕實際擁有如此美麗的手的女人。如果就像戲裡頭的弁天小僧[53]，像這樣男扮女裝犯下各種犯罪，不知道會多有趣。……我懷著近似總是令偵探小說及犯罪小說讀者欣喜不已的「祕密」及「猜疑」的心境，漸漸走向人潮眾多的公園六區。然後我成功地將自己當成了一個犯過殺人、強盜等極殘忍惡事的奸人。

我從十二階來到池畔，走向歌劇館的十字路口，霓虹燈與弧光燈的光線熠熠照亮我濃妝豔抹的臉，衣物的色澤和紋路都看得一清二楚。來到常盤座劇場前時，盡頭處相館玄關的大鏡子中，倒映出雜沓的人潮之中，幻化為如假包換女人的我。

51 砥粉為切割砥石時產生的粉末，或燒成粉末的黃土。主要用於木板、柱子等等的上色，或漆器的底色，也用於演員的濃妝。

52 包住整個頭臉，僅露出眼睛的頭巾包法。主要用於婦人禦寒。

53 河竹默阿彌的歌舞伎《青砥稿花紅彩畫》中的登場人物，男扮女裝行各種惡事。

厚厚的鉛粉徹底隱藏了「男人」這個祕密，不論是眼神還是嘴唇，都努力像女人一樣地顧盼、巧笑。我散發出樟腦的甜膩氣味，以及呢喃細語般的衣物窸窣聲，從我前後擦身而過的一群群女人都把我視作同類，毫不訝異。這些女人當中，也有人以羨慕的眼神看著我優雅的五官與古雅的服裝品味。

平日熟悉的公園夜晚的喧嚷，看在有了「祕密」的我的眼中，一切都變得嶄新起來。不管去到哪裡、看到什麼，都像是第一次接觸，既罕異又奇妙。我瞞騙人們的目光與燈光，躲在濃豔的脂粉與縐綢服裝底下，隔著一層「祕密」的帷幕眺望，因此平凡的現實也被抹上了一層如夢似幻的不可思議色彩吧。

此後我幾乎每晚持續這樣的偽裝，有時甚至滿不在乎地闖入宮戶座劇場或電影院看戲的人群中。回到寺院時，都接近午夜時分了，但我進房後會立刻點亮煤油燈，也不卸下束縛疲倦身體的衣裳，邋遢地頹倒在毛氈毯上，戀戀不捨地看著這身絢爛的和服色彩，或甩動一下袖口。對鏡凝視即將脫落的鉛粉沾染在肌理粗糙而鬆弛的臉頰上，一股頹廢的快感就像陳年紅酒般迷醉著靈魂。我也曾以地獄極樂圖為背景，穿著色彩俗豔的長襯衣，宛如娼妓般婀娜多姿地趴在墊被上，翻閱那些稀奇古怪的書籍直到深夜。我的女裝打扮愈來愈精巧、大膽，為了蘊釀奇矯的聯想，我在衣帶間夾上匕首或麻醉藥等物外出。我沒有犯罪，僅是想要盡情倘佯在犯罪所附帶的美麗浪漫氣息中。

就這樣，過了約一星期的某個夜晚，我不期然地由於一段不可思議的因緣，遭遇了更加古怪、離奇，並且神祕的事件端緒。

當晚我喝了比平常更多的威士忌，走進三友館影院二樓的貴賓席。當時應該已近十時了，場內擁擠得可怕，彌漫著濃霧般混濁的空氣，一團團漆黑蠕動的群眾，他們濕暖的呼吸彷彿會腐蝕掉我臉上的鉛粉。每當電影畫面在黑暗中眼花繚亂地卡啦啦播放，光線銳利地射入眼中，我爛醉的腦袋便頭痛欲裂。偶爾畫面消失，燈光大亮，我便隔著宛如溪谷湧出的雲霧般在樓下的觀眾頭頂翻騰的香菸煙霧，自包得密實的高祖頭巾底下掃視充斥場內的人們。然後我發現有些男人正希罕地觀察著我古雅的頭巾打扮，不少女人貪婪地看著我出色的衣物色彩搭配，令我暗自得意。看戲的女人當中，不論是穿扮之異樣、姿態之婀娜，乃至於容貌之美豔，似乎皆無人比我更為惹眼。

貴賓席裡我旁邊的座位，起初應該無人，卻在不知不覺間坐滿了，就在電燈第二、三次再度亮起時，我注意到左邊坐了一對男女。

女人貌似二十二、三，但實際上應有二十六、七歲。頭髮梳成三輪髻[54]，周身罩著天藍色斗篷，僅露出那張嬌豔絕倫的美貌，彷彿正在向世人炫耀。我難以判斷她是一名妓藝或大家閨秀，但從陪同的紳士態度推斷，應不是個安於其室的良家婦人。

「……Arrested at last.（終於落網）……」

女人小聲唸誦銀幕上的說明，將土耳其M.C.C.牌香菸香氣濃郁的煙霧朝我臉上吹來，比嵌在指頭上的寶石更要璀燦的一雙大眼在黑暗中銳利地望著我。

一反那嬌媚的外貌，女人的嗓音沙啞得宛如粗棹三味線唱師——我認得這聲音，就是我兩、三年前在旅行至上海的船上，因緣際會在汽船上有了一段露水姻緣的T女。

記得從那時候起，女人的態度與服裝便令人難以區辨她是風月女子還是良家婦女。儘管船上與她同道的男子，風采與容貌皆異於今晚的男子，但這兩名男子之間，應有無數名男人如同鎖鏈般貫穿著女人過去的生涯。總之無庸置疑，這名女子是那種花蝴蝶，不停在許多男人之間穿梭飛舞。兩年前在船上相識之後，我們由於種種原因，沒有互報真實姓名，也未表明身世居所，便已到了上海。然後我草率敷衍了這名對我傾心愛慕的女人，就此銷聲匿跡。此後我一直將她視為太平洋上的一場夢幻，沒想到居然會在此時此地遇見她，實屬意外。當時略顯豐滿的女人，如今清瘦到近乎神聖；過去眼睫修長的迷濛圓眼，如今清澈如明鏡，甚至散發出不把男人放在眼裡的凜然威嚴。鮮豔得彷彿一碰便會滲出鮮血般的嘴唇，與幾乎遮住耳朵的長長髮際一如往昔，但鼻子看起來比以前高聳了一些。

女人是否認出我了？我無法確定。亮燈之後，她與同伴男子低聲打情罵俏的模樣，看起來也像是輕侮著一旁我這名普通女子，沒把我放在心上。事實上，坐在她的身邊，我實在不由得為原本志得意滿的裝扮感到自慚形穢。她那表情自由奔放、活潑靈動的妖女魅力震懾了我，無論是我使出渾身解數的化妝還是穿扮，都令人覺得有如不堪入目的醜陋怪物。不管在女人味或美貌上，我終究都不是她的對手，宛如明月旁的暗星一般，頓時黯然失色。

女人光潔鮮明的輪廓清楚地浮現在場內煙霧迷漫的污濁空氣裡，纖柔的手在斗篷底下若隱若現，宛如銀魚悠游般嫵媚。與男子交談時，亦時時抬起那迷夢般的眼睛仰望天花板，或柳眉輕蹙，俯視群眾，或露出潔白的貝齒微笑；一顰一笑，皆洋溢著情趣截然不同的風情。能鮮活

54　三輪髻為江戶至大正時期富豪小妾常見的髮型，為銀杏髻與丸髻的結合。

地表現出任何心思的漆黑大眼就像場中的兩顆寶石，即使從樓下遠方的角落，也能看得一清二楚。女人臉上的一切，要說是單純視物、嗅味、聽音、說話的器官，實在是太富餘韻，與其說是人的臉，更像是誘惑男人心的甜美誘餌。

場中的視線，已無半點停留在我身上。可笑的是，我竟開始對奪去我鋒頭的女人美貌感到嫉妒與憤怒。女人過去遭我玩弄後隨手拋棄，但現在她的容貌魅力輕易便凌駕於我、把我踩在腳底，令我惱怒不已。或有可能女人其實早已認出我，而故意展開譏嘲的復仇？

我感到內心對女人美貌的羨慕與嫉妒，正逐漸轉化為戀慕。在女人的競爭中落敗的我，想要再次以男人的身分征服她，以取回自尊。如此一想，我幾乎要在難以克制的慾望驅使下，猛然一把抓住女人纖弱的身軀，惡狠狠地搖晃。

妳可知道我是誰？今夜久別重逢，我再次為妳傾心。妳是否願意再次與我牽手？是否願意明晚再來此地等我？我不喜將住處向餘人透露，願明晚此時，妳能在此相候。

我摸黑從衣帶間取出和紙與鉛筆，草草寫下這段文字，投入女人的袖兜裡，並靜觀其變。

直到十一點左右電影結束，女人都靜靜觀賞著。當觀眾全部起身，鬧哄哄地湧向場外時，女人再次於我的耳畔細語：

「……Arrested at last.……」

並且比先前更加自信大膽地注視了我的臉片刻，不久後，便隨著男子一同隱入人潮。

「……Arrested at last.……」

原來女人不知何時早已認出了我。一思及此，我一陣悚然。

不過，明晚她會乖乖前來嗎？我摸不透對方似乎變得比以前更加老於世故的實力，貿然做出那種舉動，會不會反遭她握住把柄？我懷著種種不安與疑懼，回到寺院。

我一如往常地褪下外衣，只剩下一件長襯衣時，頭巾底下忽然掉出一塊折成小方塊的紙片。

「Mr. S.K.」

我對著光線端詳連成一串的墨字，它就像絹布一樣閃閃發亮。確實是她的手筆。看電影時，她似乎離席兩、三次去化妝室，看來是趁著這時寫下回信，神不知鬼不覺地塞進了我的衣領中。

沒想到會在意外之處，遇見意外的你。即使你喬裝打扮，我也絕不會錯失三年來夢寐難忘的你的容顏。打一開始，我便認出包頭巾的女人就是你。不過你還是一樣標新立異，教人好笑。你說想要見我，八成亦是出於追奇逐異之怪癖，算不得準，但我實在太開心了，便也拋開矜持，必定依你所言，明晚前去相會。但我亦有我的方便與考量，請你明晚九時至九時半，到雷門來。我派去的車夫必定會找到你，迎接你到舍下。如同你保密府上住址，我亦不告知舍下位置，因此將請你在車上蒙上眼罩，務請包涵。若你無法承應，我亦永遠無法相見，人世至悲，莫此為甚。

我讀著這封短信，感覺自己不知不覺間徹底成了偵探小說中的角色。不可思議的好奇心與恐懼在腦中盤旋著。我也懷疑女人完全掌握了我的癖好，而刻意如此安排。

隔天晚上下起了滂沱大雨。我徹底換了套服裝，在與外褂相同布料的大島紬[55]和服披上防水加工的外套，撐著絹織布洋傘，走出傾盆大雨嘩嘩直下的戶外。新堀的溝渠氾濫，淹沒了街道，因此我脫下分趾襪收入懷中，濕淋淋的赤腳在屋舍的燈光照耀下閃閃發亮。驚人的雨量自天空傾瀉而下的喧囂聲蓋過了一切，平日熱鬧的廣小路大道上，商家幾乎都關上了遮雨板，兩三名男子撩起和服衣角夾在腰帶上，如殘兵敗將般倉皇奔逃。除了偶有電車濺起軌道上的積水通過外，唯有各處的路燈及廣告燈幽幽地照亮濛濛雨夜。

外套、手腕、手肘全部濕透的時候，我總算來到了雷門，悄然佇立在雨中，透著弧光燈四下環顧，卻不見半個人影。也許有人躲藏在某個陰暗角落，正窺伺著我的一舉一動。我這麼想，站了一會兒，很快地看見吾妻橋的暗處有一盞紅色的燈籠火光動了起來，伴隨著轆轆車輪聲，一輛舊式的公共馬車自電車道的石板路面疾駛而來，在我面前戛然停下。

「老爺，請上車。」

頭戴圓頂深斗笠、身穿雨衣的車夫說。他的話聲才剛被轟然大雨所吞沒，人已突然繞到我身後，迅速以純白紡綢布在我的雙眼上繞了兩圈，緊緊打了個結，把我太陽穴的皮膚都給扯歪了。

「好了，請上車。」

車夫說，粗糙的手抓住我，匆促地扶我上車。

我聽見雨水劈啪打在散發出潮濕氣味的馬車篷上。毫無疑問，我的旁邊坐著一名女子。鉛粉的芳香與溫暖的體溫充滿了整個車篷內。

55 鹿兒島奄美大島生產的絹織物。以當地植物及泥土染成茶褐色的絲線，手工織成圖紋獨特的布匹，為昂貴的高級品。

車夫抬起車轅，為了糊模方向，在原地打轉了兩三圈後才往前進，一下左彎，一下右拐，感覺就彷彿在Labyrinth（迷宮）中徬徨。有時也會來到電車道，或經過小橋。

漫長的一段時間裡，我們就這樣坐在馬車上搖晃著。並坐在一旁的女人當然一定是T，但她只是默默坐著，一動也不動。她會同乘，應該是為了監督我是否確實遵守蒙眼的要求。但即使無人監督，我亦完全不打算取下眼罩。在海上結識的夢幻女子、大雨之夜的馬車、夜晚都會的祕密、盲目、沉默——凡此種種化為一體，將我拋入了全然神祕的霧靄之中。

片刻之後，女人分開我緊抿的雙唇，塞入一根紙捲菸，並為我擦火柴點燃。

約莫一個小時後，馬車總算停下。車夫粗糙的手再次扶著我，在感覺狹窄的巷弄中前進了兩、三間距離，「吱呀」一聲打開疑似後院小木門的門板，將我帶入屋中。

我蒙著眼，一個人留在和室裡，坐了一會兒後，傳出紙門打開的聲音。女人默默無語，如人魚般挨靠上來，上身仰躺在我的膝上，接著雙臂繞過我的頸脖，為我解下紡綢布的結。

房間應有八張榻榻米大，不論施工或裝飾都頗為氣派，木頭也經過精挑細選，但就如同這女人撲朔迷離的身分，難以區辨是藝妓茶屋、包養小妾的外宅，或是上流的正派人家。一側的簷廊外種著茂密的花草，再過去是木板圍牆。只憑這點景物，甚至無法推測出這戶人家位在東京的哪一帶。

「歡迎大駕光臨。」

女人說著，憑靠在和室中央的紫檀方桌上，白皙的雙臂就像兩條生物，慵懶地擱在桌面上。她穿著條紋素雅的有襯領和服，繫著裡外不同布料的腰帶，頭上梳著銀杏髻，模樣與昨晚大異其趣，這首先令我驚訝。

「看到我今晚這樣的打扮，你一定覺得奇怪，但我為了避免身分曝光，也只好像這樣每天做出不同的打扮。」

女人說著，翻正倒扣在桌上的杯子，斟入葡萄酒，那模樣出乎意料地閒雅而消沉。

「不過沒想到你居然記得我。自上海一別，我跟過許多男人，吃了不少苦，卻莫名地就是忘不了你。請你這次別再拋棄我了。請把我當成一個身世與身分不明、夢幻中的女人，永遠與我廝守在一起吧。」

女人的一言一語，就如同遙遠國度的歌曲，滿含哀韻，觸動了我的心胸。昨晚那個招搖好勝而伶俐的女人，怎麼能如此搖身一變，展現出如此憂愁、柔順的模樣呢？就彷彿她拋棄了一切，將整個靈魂都獻給了我。

「夢幻的女人」。「祕密的女人」。這場朦朧難以區別現實與幻覺的Love adventure（愛情冒險）之有趣，讓我此後幾乎夜夜造訪女人，相處至夜半二時許，再蒙上眼罩，由馬車送回雷門。一兩個月之間，我們就這樣頻繁相會，卻不知彼此的住所與姓名。我絲毫不想打探女人的來歷或住處，但日子一久，我出於莫名的好奇，怎麼樣都想要知道乘坐的馬車究竟是將我倆送至東京的何處、以及我被蒙住眼睛經過的地方，是淺草的哪個方位。乘坐馬車在街道搖晃三十分鐘、一小時，有時甚至是一小時半後，放下車轅前往的女人住處，搞不好意外地就在雷門附近。我每晚在馬車裡顛簸著，內心情不自禁地臆測著現在正經過何處。

一天晚上，我終於按捺不住，在馬車上央求女人：

「一下就好，把眼罩取下來吧。」

「不可以！不可以！」

女人驚慌失措地按住我的雙手，把臉貼了上來。

「請不要為難我。這條路線是我的祕密，如果你揭穿了這個祕密，可能就會把我拋棄。」

「我怎麼會拋棄妳？」

「一旦被你得知祕密，我就再也不是『夢幻的女人』了。畢竟你愛的不是我，而是夢幻的女人。」

女人費盡唇舌懇求，但我無論如何就是堅持要看。

「好吧，既然如此，就讓你看一下……只能一下而已喔。」

女人嘆息著，無力取下罩眼布，不安地問：

「你知道這裡是哪裡嗎？」

萬里無雲的美麗夜空底色奇妙地泛著黑，滿天星子閃閃發亮，銀河如白色的雲霞般從一端流向另一端。狹窄的道路兩側商家櫛比鱗次，燈火輝煌地照亮街道。

不可思議的是，這條路似乎相當繁華，我卻完全看不出是哪條街。馬車不停地向前駛去，不久後我在一、兩町前的盡頭正面，看見大大寫著「精美堂」三字的刻印鋪招牌。

我在馬車上遠遠地凝目細看招牌旁邊的小字地址，女人似乎立刻察覺，「啊！」地驚叫，再次蒙住了我的雙眼。

有許多熱鬧商家的道路盡頭處，有刻印鋪招牌的地區——不管怎麼想，這都一定是我迄今未曾行經的馬路之一。兒時體驗到的神祕世界再次向我招手。

「你看到招牌上的字了嗎？」

「不，沒看到。這裡是哪裡，我毫無頭緒。關於妳，我只知道三年前在太平洋上的那段日子。我覺得就像是被妳誘惑，來到了遙遠大海另一頭的夢幻國度。」

聽我如此回答，女人悲切萬分地說：

「求求你，請你永遠這麼想吧。請把我當作夢幻國度的夢幻女子，再也別像今晚這樣為難我了。」

女人似乎潸然淚下。

後來好一段時間，我都無法忘掉那晚女人讓我看見的不可思議街景。燈火輝煌的熱鬧小巷盡頭處，刻印鋪的招牌深深地烙印在我的腦中。為了設法找出那個地方的所在，我挖空心思，終於想出一計。

漫長的一段日子裡，幾乎每晚乘坐馬車四處巡繞之後，馬車在雷門原地打轉的次數，以及左彎右拐的次數，都漸漸固定下來了，我也在不知不覺間默記了起來。一天早上，我站在雷門的邊角，閉上眼睛原地轉了兩三圈，覺得差不多之後，以和馬車差不多的速度，朝著某個方向跑了出去。雖然只能在感覺差不多的時間在各處街角轉彎，不過在認為應該是的地方，也如同預期，有橋也有電車道，印證了路線應該沒錯。

路線最初是從雷門繞過公園外圍，來到千束町，沿著龍泉寺町的小巷往上野方向前進，不過在車坂下又向左彎，在御徒町的街道行走七、八町的距離後，開始左轉。就在這時，我冷不防踏進了之前那條小路。

沒錯，正面就是刻印鋪的招牌。

我盯著那招牌，彷彿深入隱藏著祕密的洞窟深處一探究竟般，大步向前走，但來到盡頭處後，發現那裡意外地連接著每晚都有夜市的下谷竹町街道。曾幾何時買下碎花縐綢和服的舊衣鋪，也近在兩、三間之外。原來這條不可思議的小路橫向連接著三味線堀與仲御徒町的馬路，但我似乎從未經過這裡。我站在令我魂牽夢縈的精美堂招牌前，佇足半晌。迥異於當時頂著燦爛的星空，籠罩著如夢般神祕的氛圍，充滿萬家燈火的夜晚情趣，看到在秋陽熾烈的照射下，乾涸寒傖的店家屋舍，總覺得彷彿被當頭澆了盆冷水，失望掃興。

難以克制的好奇心驅策著我，我就像狗嗅著路上的氣味返家一般，再次朝著心中估計的方向跑了出去。

道路再次進入淺草區，從小島町不斷地往右前進，在菅橋一帶穿越電車道，在代地河岸往柳橋彎去，終於來到了兩國的廣小路。這令我發現女人是如何地繞了一大圈，好避免被我悟出方位。我從藥研堀、久松町、濱町一路走來，經過蠣濱橋的時候，忽然不知道接下來該往何處去了，女人的家似乎就在這一帶的巷弄裡。我在該區的狹窄巷道間四處巡繞。

當我在道了權現[56]對面密密麻麻的人家屋簷夾道間，發現一條難以察覺的幽僻小路時，我直覺地悟出女人的家一定就藏在這深處。鑽進裡頭一看，右邊數來第兩、三家，被木紋裸露的精緻木板圍牆圍繞的人家二樓欄杆處，女人正頂著一張死人般蒼白的臉，默默地隔著松葉俯視著我的方向。

我忍不住露出嘲諷的視線仰望二樓，女人笑也不笑地看著我，就像裝傻不認識一樣，但那張容貌與夜晚截然不同，即使她佯裝是別人，也絕不會引起懷疑。短短一霎那之間，她露出悔恨與失意的神色，就彷彿懊悔因為應允了男人的請求，取下眼罩，使得祕密遭到揭穿，接著便靜靜隱身到紙門後了。

女人是那一帶一位姓芳野的富豪的寡婦。就如同刻印鋪的招牌一樣，一切的謎團都解開了。從此我拋棄了那名女子。

兩三天後，我匆匆搬離了寺院，遷到田端。「祕密」溫和而淡薄的快感已逐漸無法滿足我的心，我開始追求起更為濃豔、血腥的歡樂。

56 為現今最乘寺的東京別院。最乘寺為神奈川的曹洞宗寺院，由了庵慧明於一三九四年開創。

解說

原作發表於《中央公論》，一九一一年十一月

日本的文豪多半都帶點西洋氣息，以本書所選的五位作家而言，漱石留英、谷崎一高時讀英法科、芥川就讀東京帝國大學英國文學系、佐藤春夫自高中起就讀英語詩，只有鏡花不會外文。不過這似乎也是東亞國家現代化的共通現象，需要靠著引進西方文學帶來新的刺激，產生文學內部的革命。

這種西化的風尚也造成了文豪的養成途徑略有不同。好比谷崎潤一郎為了精進英文，開始閱讀原文小說，愛倫坡、柯南道爾的偵探小說就是這時候看的，而且在成名後還曾經評價偵探小說為「最有趣的小說」，而且在「情節與故事上堪稱第一」。

就這點來看〈祕密〉，則會發現，谷崎有意識地繼承了愛倫坡對人性的挖掘與其頹廢主義。小說中的主角，為了尋求刺激與帶給生命嶄新的感受，從找尋都市從未履及之地，到變裝，到祕密的戀情。儘管形式有所差異，但與〈莫爾格街凶殺案〉中因為喜歡

黑夜而在深夜於都市遊蕩的那對主角並無不同。

當然，江戶川亂步〈天花板上的散步者〉（一九二五）那渴求刺激而追求犯罪的主角，就位於這條關係的延長線之上。

誠如西方的偵探小說與當時流行的病理學有著密不可分的關係，谷崎筆下的東京，也是一個需要重新整頓秩序的街道，太多的慾望／祕密在中間穿梭。內田隆三認為，這時流行的偵探小說是將人們焦慮或在意的東西加以娛樂化，而小說中每個人原本存在於內部的祕密，都在與外界分享後顯得搖搖欲墜，這或許也提醒了我們當時的人是如何學習建立私人領域，而又如何與公領域區隔。

而關於如何知曉他人的祕密，則是谷崎一生的創作母題。

芥川龍之介

作者簡介

芥川龍之介（1892-1927）

大正時期日本文壇最閃亮的明星，至今人氣依舊歷久不衰。對於瘋狂的恐懼和怪奇事物的愛好，對芥川往後的作品有著深刻影響。一九一六年以短篇小說〈鼻子〉大受漱石讚賞，在漱石的推薦下登上文壇，發表了一連串有著巧妙技巧與深刻洞察的短篇小說。代表作有〈羅生門〉、〈竹林中〉、〈地獄變〉等等。

兩封信

某次機緣下，我得到了以下兩封信件。一封於今年二月中旬，另一封於三月初旬，以郵資預付的形式，寄給××警察署長。至於為何將之公布在此，信件本身將會說明。

第一封信

××警察署長閣下：

首先最重要的，是請閣下相信我的神智正常。這一點我可以向一切神聖的事物發誓並保證，因此請相信我的精神無異於常人。否則我這封給閣下的信，將可能毫無意義。與其如此，我何苦費神寫這樣一封長信？

閣下，下筆之前，我躊躇良久。理由是既然要寫下這封信，我便不得不將我家中的祕密向閣下揭露。當然，這對我的名譽無疑是莫大的損害。但狀況緊迫，除非寄出這封信，否則連一分一秒都令我痛苦。因此我終於決心斷然做出處置。

我迫於如此的必要寫下這封信，倘若被視為瘋子，如何能夠忍受？我要再次懇求閣下，請相信我一切正常，並請您不厭其煩，讀完這封信。畢竟裡頭的一字一句，都是我賭上我和內子的名譽所寫下的。

前言如此冗長，未免太不體恤公務繁忙的閣下。但基於以下我將陳述的事實性質，無論如何都需要閣下信任我的理智，否則將無法讓您相信這超自然的事實，並使您接受這創造性精力奇妙的作用。我伏祈閣下注意的事實，就是具有如此不可思議的性質，因此我才會刻意做出上述請求。此外，我接下來的陳述或許難免冗長，但這一方面證實了我的精神並無異常，同時為了讓您了解這類事實絕非古來毫無先例，仍屬必要。

史上最為知名的實例之一，應屬女皇凱薩琳二世。歌德目睹的現象，知名度應該也不遜於此。但這兩個例子實在過於膾炙人口，我便不再贅述。我想舉出兩、三個更具權威的實例，盡可能簡短地說明此一神祕事實的特性。首先就從Dr. Werner提供的實例說起吧。據他說，路德維希堡有一名寶石商人Ratzel，某天夜晚彎過街角時，竟迎面遇上一個與自己一模一樣的男人。此人後來沒有多久，便在協助樵夫砍伐槲木時，被倒木給壓死了。與此類似的，還有羅斯托克的數學教授Becher的實例。貝克某天晚上與五、六名友人討論神學議題，由於需要引用書本內容，便獨自返回自己的書房，結果竟看見另一個自己坐在平時所坐的椅子上，正在看書。貝克大為吃驚，從那人背後探頭看了一下那本書，結果是《聖經》，對方的右手正指著某個章節，寫著「準備好你的墓吧，因為你就要死了」。貝克回到朋友所在的房間，告訴眾人他的死期將至。結果就如同他所說的，隔天晚上六時，貝克靜靜地斷氣了。

由此看來，Doppelgaenger——分身的出現，就像在預告著死亡。但也並非必定如此。Dr. Werner就記錄了一個例子，有位迪蕾紐絲夫人與六歲的兒子和小姑三個人一同目睹了身穿黑衣的另一個自己，卻沒有發生任何異事。此一實例亦證明了第三者也看得到這類現象。Stilling教授所舉的威馬公務員崔普林的例子，以及教授所認識的某M夫人的例子，或許也屬於此類。

若要更進一步舉出僅現身於第三者眼中的分身例子，也絕不罕見。事實上，Dr. Werner便宣稱他看過家中侍女的分身。還有，烏姆的高等法院院長Pfizer聲稱在自己的書房看見他的官吏朋友應該身在哥廷根的兒子，也是一個確實的明證。此外，《有關幽靈性質的探究》的作者提到在崁伯蘭的柯阿靈頓教區，有名七歲少女見到父親的分身；《自然的黑暗面》的作者則說，身兼科學家及藝術家的H在一七九二年三月十二日晚間，看見伯父的替身。凡此種種，若要舉例，數字恐怕相當驚人。

我舉出這些例子，並非要浪費閣下寶貴的時間，只是希望閣下了解，這些皆是無可置疑的事實。否則您可能會認為我將要陳述的事實，只是一些不著邊際的一派胡言。至於為什麼，因為我本身也飽受我自己的分身所折磨。正是為了此事，我有求於閣下。

前面我提到我自己的分身，但是更正確地說，我必須訂正為「我及內人的分身」。我叫佐佐木信一郎，住在貴轄區××町××丁目××番地，三十五歲，自東京帝國文科大學哲學系畢業後直至今日，一直執教於私立××大學，教授倫理及英語。內人總子在恰好四年前與我結婚，今年二十七歲，至今膝下無子。在這裡我必須請閣下特別注意，內人有歇斯底里傾向，這在結婚前後最為嚴重，有段時期她憂鬱過深，甚至無法與我交談隻字片語，但近年已極少發作，相較於從前，氣色也更快活許多。然而自昨秋開始，精神似乎又起了波動，這陣子動輒表現出異常的言行舉動，頗令我不勝負荷。為何我要在這裡強調內人的歇斯底里，是因為這與此類怪奇現象以及我的說明有某種關聯，關於這一點，請容我在後文詳述。

說到出現在我和內人面前的分身，究竟是何狀況，大體說來，截至目前總共發生過三次。以下我將參考我的日記，盡可能正確地記錄如下。

第一次發生在去年十一月七日，時間是晚間九時至九時半之間。當天我和妻子結伴參加有樂座劇場的慈善表演會。坦白說，這場表演會的入場券其實是我的友人認購的，但他們夫妻因故無法參加，便好意轉贈給我們。表演會本身沒有必要叨絮說明，且實際上我對音樂舞蹈皆毫無興趣，形同是為了陪伴內人而去，節目內容大部分都只是徒增我的無聊，因此即使想要交代過程，亦苦無材料。不過根據我的記憶，中場休息前有一段「寬永御前比試[57]」的說書。若您懷疑當時我可能期望、預期要遭遇到某些異常現象，那麼我聆聽了寬永御前比試的說書這個事實，應該能夠一掃這個疑慮。

我在中場休息出去走廊後，立刻留下內人，獨自前往洗手間。不必說，當時狹窄的走廊上擠滿了觀眾。我自廁所穿過人群回來後，就在弧狀的走廊連接玄關正門的地方，視線一如預期，找到了走廊對面靠牆而立的內人身影。內人彷彿覺得明亮的燈光刺眼，正拘謹地低著頭，側臉對著我，靜靜地站著。這並沒有任何不對勁之處。然而當我的視線偶然——更正確地說，

57　據傳於江戶時代寬永九年（一六三二年），於將軍德川家光御前所舉行的各流派武術比試。

是被某種超越人智的玄妙力量引向內人旁邊背對這裡站立的某個男子身影時，我的視覺、同時我的理性的主權，幾乎就在這令人駭絕的剎那間，徹底粉碎。

閣下，這便是我第一次看到我自己。

另一個我穿著與我同樣的和服外褂、同樣的和服褲裙，並且擺出與我同樣的姿勢。如果他轉向這裡，那張臉與我應該會是如出一轍。我不知道該如何形容當時的心境。在我周圍，大批人潮不斷走動；在我頭頂，無數電燈綻放有如白晝的明光。換言之，我前後左右的一切環境條件，皆令神祕難以並存。然而我卻在這樣的環境中，突然目睹有個我之外的另一個我。也因此我的錯愕、恐懼，都變得更為駭人且深刻。若非這時內人抬起頭，朝我望過來，我可能會失聲尖叫，將周圍的注意力引向這個古怪的幻影。

但慶幸的是，內人的眼神與我對上了。幾乎就在同時，第二個我剎那間便從我的視野中消失無蹤，就宛如裂痕劃過玻璃般迅速。我就像個夢遊患者，茫然若失地步向內人。但內人應該沒有看見第二個我。我一走近，內人便態度如常地說：「你去得真久。」接著看到我的臉，這回怯怯地問：「你怎麼了？」此時的我肯定面如死灰。我擦拭著冷汗，猶豫著是否該將我目睹的超自然現象告訴內人。但看見內人那擔憂的表情，我如何能夠坦承？當時我便下定決心，為了不讓內人更加擔心，我必須絕口不提第二個我。

閣下，倘若內人不愛我，而我不愛內人，我怎會做出這樣的決心？我必須清楚地宣言，直至今日，我們仍由衷深愛著彼此。然而世人卻不如此認同。閣下，世人不承認內人愛著我。這太可怕了、太可恥了。對我而言，這比我深愛內人的事實遭到否定，更不知道要屈辱多少倍。而且世人甚至得寸進尺，懷疑起內人的貞潔來了——

看來我在激憤之下，忍不住岔題了。

言歸正傳。自當晚以後，我便開始陷入某種不安。這是因為如同前述實例所示，分身的出現，往往預告了當事人的死亡。但我處在這樣的不安之中，卻也平安無事地過了一個月左右。這段期間，年關過去，進入了新的一年。當然，我並沒有忘了第二個我，只是隨著日子過去，我的恐懼與不安也逐漸淡化了。不，有時我甚至想把這一切用「幻覺」兩個字給帶過。

結果，就彷彿在警惕我的疏忽一般，第二個我再次現身了。

那是一月十七日星期四，即將正午的事。這天我人在學校，忽然一名老友來訪，幸而午後沒有課，我們便一同離開學校，前往駿河台下一家咖啡館用午飯。駿河台下如您所知，那裡的十字路口附近有座大時鐘。我在下電車時，漫不經心地瞥見時鐘上的指針正指著十二時十五分。大時鐘白色的數字盤背對著沉重如鉛的雪天，凝然靜止，竟帶給當時的我一股難以言喻的恐懼。保不定這也是**那件事**的前兆——我忽然被這樣的恐懼給攫住，望向大時鐘的視線不經意地往相隔一條路線的中西屋前電車站望去。結果就在那紅色的柱子前，肩並肩狀似恩愛地站在那裡的，不正是我和內人嗎？

內人穿著黑色大衣，纏著焦褐色絲巾，似乎正對穿著鼠灰色長大衣、頭戴黑呢帽的我——第二個我說話。閣下，那天我——本尊的我也穿著鼠灰色長大衣，戴著黑呢帽。我看著這兩個幻影，眼神是如何地充滿了恐懼！心中是如何地充滿了憎惡！尤其是當我看見妻子眼神嬌媚地看著第二個我的時候——啊，這一切都是可怕的夢。我實在沒有勇氣重現我當時的狀況。我情不自禁地抓住朋友的手肘，呆立在大馬路上，彷彿癡傻了一般。這時真是上天保佑，外濠線的電車自駿河台下坡駛來，發出刺耳的噪音，擋住了我的視線。因為當時我們正準備要穿越外濠線到對面去。

電車當然很快就經過了。但是接下來我的視野中，只剩下中西屋前的紅柱子。兩人的幻影在被電車擋住的那一剎那，便已消失無蹤。我故意大步往前走，催促一臉古怪的朋友，對不好笑的談話內容哈哈大笑。這名朋友後來四處說我發瘋了，但想想我這時異常的舉動，或許也難怪他會這麼想。但將我發瘋的原因歸咎於內人的品行不端，這就是對我刻意的侮辱了。我已在最近向這名友人寄出了絕交信。

我過度專注於記錄事實，似乎忘了證明當時的內人只是內人的分身。當天正午時分，內人確實沒有外出。這件事不僅是內人，亦得到家中女傭的證實。此外，自前日開始，內人便稱頭疼，身子不爽，實在不可能忽然外出。如此看來，這時我所看見的內人若不是她的分身，又會是什麼？我詢問內人有無外出，她睜大了眼睛說「沒有」，她這時的表情，我到現在依然歷歷在目。倘若如同世人所言，內人欺騙了我，實在不可能露出那般稚氣純真的表情。

在相信第二個我這個客觀存在之前，我當然先懷疑了自己的精神狀態。然而我的神智絲毫沒有混亂。我睡得很好，也照常讀書。確實，第二度目擊第二個我之後，我變得容易受驚，但這是遭遇那怪奇現象的結果，絕非原因。我怎麼樣都不得不信，真的有我之外的另一個我了。

但此時我仍然沒有將幻影之事告訴內人。如果命運允許，我應該會三緘其口，直至今日。然而第二個我卻執拗地第三度出現在我面前。那是上週二，亦即二月十三日晚間七時許的事。到了這時，我被迫非向內人坦承一切不可。這實屬無奈，因為除此之外，實在沒有其他辦法能夠減輕我們的不幸了。不過這件事容後再敘。

那天剛好輪到我值班，但放學後不久，我便出現了嚴重的胃痙攣症狀，因此立刻聽從校醫的勸告，叫車返家休息。然而中午下起的雨又加上了大風，當車子來到家門附近時，已經變成了狂風暴雨。我在門前匆匆付了車資，在雨中狼狽衝到玄關。玄關的格子門一如往常，從屋內上了門閂，但我可以從外頭抽掉，因此一下子便打開格子門進屋了。屋內無人出迎，我想應是被雨聲掩蓋，沒人聽見我開門的聲響。我脫了鞋，將帽子和長大衣掛上掛勾，打開自玄關相隔一個房間的書房彩紙門。這是我一向的習慣，在前往客廳前，都會先將放有教科書等物的手提包收進書房。

沒想到才一開門，我便看見意外的情景。北向的窗戶前的書桌、書桌前的滾輪椅，以及圍繞著這些的書架，當然沒有任何變化。然而側對著這裡站在書桌旁的女人，以及坐在椅子上的男人，究竟是什麼人？閣下，這時我近在咫尺地目擊了第二個我以及第二個內人。當時駭人的衝擊，教我想忘也忘不了。我站在門檻上，看著面對書桌的兩人側臉。窗外射入的冷光，在兩張臉上形成了銳利的明暗。他們面前的黃銅罩桌燈在我的眼中，幾乎是漆黑的。而且這是何等諷刺啊！他們居然正在閱讀我記錄了此種怪奇現象的日記。從書本在桌上攤開的形狀，我一眼就認出來了。

我記得，當我一看見這幕情景，一股連自身都不明所以的尖叫便不由自主衝口而出。我還記得，聽到尖叫，兩個幻影皆同時望向了我。倘若他們不是幻影，我應該能從其中之一的內人口中聽到我當時的狀況。但這當然是不可能的。我唯一記得的是，當下一陣強烈的天旋地轉，接下來便什麼都不記得了。我就這樣當場倒地，昏厥過去。當內人被聲音驚動，自客廳趕來時，那可恨的幻影早已消失無蹤。內人扶我在書房躺下，立刻準備了冰囊為我敷上。

三十分鐘後，我轉醒過來。內人見我甦醒，忽然放聲大哭。她說，我這陣子的言行實在令人費解。「您心裡在懷疑什麼，對吧？既然如此，為何不告訴我？」內人責怪我說。閣下應該知道，世人都在懷疑內人的貞潔。而這些傳聞，當時已傳入我的耳中，我想內人應該也自然而然地聽到了這些可怕的流言。我感到內人的聲音正因為擔憂我亦如此猜疑而顫抖。內人似乎認為我種種異常的言行，皆是來自於對她的疑心。倘若我再繼續堅守沉默，只會徒然令內人痛苦。因此我小心不讓額頭上的冰囊掉落，靜靜地轉向內人，並低沉地說道：「請原諒我。我有事瞞著妳。」接下來我盡可能詳細地說出第二個我三度現身在我面前的經緯。「據我想，世人的流言蜚語，必定是有人目擊第二個我和第二個妳在一起，由此捏造出來的。我全心全意相信著妳，所以妳也相信我吧。」最後我語氣堅定地說。然而內子身為弱女子，卻成為世人懷疑的焦點，這是多麼難堪的事？或者是分身這樣的現象實在過於異常，不足以冰釋這樣的疑問，內人在我的枕邊啜泣個不停。

因此我舉出前述的種種實例，向內人諄諄闡述分身是如何真實的存在。閣下，其實像內人這樣體質歇斯底里的女人，尤其容易引發這類怪奇現象，它的實例，亦同樣不乏記錄。比方說，知名的夢遊病患 Auguste Muller 就曾三番兩次顯示出他的分身。但此一情況，是這名夢遊病患出於自我的意志令分身現形，因此或許您會批判，說毫無此一意圖的內人不符合此例。並且就算退讓一步，假設能夠以此解釋內人的分身，或許您亦會興起疑問，質疑為何我就無法做到？但這絕非難以解釋的問題。因為，有些人具有能力讓別人的分身出現，這亦是無庸置疑的事實。據法蘭茲・馮・伐德爾[58]寫給 Dr. Werner 的信，艾考茲豪森[59]在死前不久，曾大肆公言他有能力讓別人的分身現形。如此看來，第二個疑問就和第一個疑問一樣，關鍵在於內人是否有意這麼做。然而意志的有無，其實意外地相當模糊。沒錯，內人確實無意令分身出現，但她肯定無時無刻想著我，或許也期望著能與我一同前往某處。有沒有可能，這樣的想法作用在內人這類具備資質的人身上，造成了與刻意讓分身現形相同的結果？起碼我認為這是有可能的。更何況記錄中亦散見有兩、三個與內人相同的例子。

我這麼說，安慰內人。內人應該也總算釋懷了。接著她說「我只是太心疼您了」，默默地注視著我，收住了淚水。

閣下，自從我的分身現身在我面前，直至今日的經過，大體如同前述。我將它視為內人與我之間的祕密，至今未曾向任何人洩漏。但現在已不是繼續保密的時候了。世人已開始公然嘲笑我，並憎恨起我的內人。事實上，這陣子甚至有人編出嘲諷內人品行不端的俗謠，邊唱邊經過舍下門前。我如何能坐視這種事情發生？

但我會向閣下提出控訴，並非單純地因為我們夫妻無端受到侮辱。一逕隱忍的結果，令內人的歇斯底里愈發嚴重了。而歇斯底里的症狀一旦加重，也許分身出現的次數也會變得更加頻繁。如此一來，世人對內人的貞操之質疑，或許亦將更為變本加厲。我不知道該如何擺脫這樣的困境。

58 法蘭茲．馮．伐德爾（Franz Xaver von Baader，一七六五－一八四一），德國哲學家，天主教神學家。

59 艾考茲豪森（Karlvon Eckartshausen，一七五二－一八〇三），德國神祕思想家。

閣下，基於前述種種緣由，向閣下請求保護，已是我最後、且是唯一的活路。請您務必相信我所說的內容，並同情遭受世人殘酷的迫害、痛苦不堪的我們夫妻倆。我的一名同僚刻意在我面前大聲談論報上的通姦案；我的一名前輩來信，暗諷內人不貞的同時，並婉轉地勸我離婚。還有，我的學生不僅不願認真聽課，甚至在教室黑板畫上我和內人的諷刺畫，底下寫上「可喜可賀」。但這些人多少還與我有些關係，然而這陣子，就連毫無瓜葛的陌生人，都屢屢對我們施加沒來由的侮辱。有人寄來沒有署名的明信片，將內人比喻為禽獸；有人在舍下的圍牆發揮更勝於學生的才華，畫下並寫下猥褻的圖案與字句。有一些更大膽的，竟潛入舍下庭園，偷窺我和內人用晚餐的情景。閣下，此等行止，還有人性嗎？

我寫這封信，就是想告訴閣下這些。對於凌辱、脅迫我們夫妻的世人，官府應如何處置，當然是閣下的問題，而非我的問題。但我相信賢明如閣下，必定會為了我們夫妻，再適切不過地行使您的權責。為免在此太平盛世背負惡名，務請閣下克盡己職。

另，若有任何疑問，我願隨時前赴警署說明。文已盡意，就此擱筆。

第二封信

××警察署長閣下：

閣下的怠慢，招來了我夫妻倆最後的不幸。內人昨日突然失蹤，至今下落未明。我很擔心，內人是否因為無法承受世人的壓迫，終於選擇自盡？

世人終於逼死了一名無辜之人。閣下亦是助紂為虐的幫凶之一。

我決定今日就搬出此區。此地受到無為無能的閣下領導之警方管束，我如何能夠繼續安住下去？

閣下，我亦在前日辭去了學校職位。我決定從今而後，殫精畢力投入超自然現象之研究。閣下必定如同一般世人，對我的計畫嗤之以鼻。但身為警察署長，卻否定超自然的一切，這豈不可恥？

閣下首先應當明瞭人類之智識有多麼地渺小。好比說，就連閣下手下的刑警當中，亦有許多人患有閣下作夢都想不到的傳染病。這種病會透過接吻迅速傳染開來，此一事實除我之外，幾乎無人知曉。這個例子，應當便足以摧毀閣下傲慢的世界觀。……

×××

接下來是連篇累幅、幾乎不具意義的哲學般內容。這部分由於不必要，故而省略。

解說

原作發表於《黑潮》，一九一七年九月

一九二七年，芥川龍之介與谷崎潤一郎展開了日本文學史上知名的爭論——小說究竟需不需要情節？谷崎支持情節是小說的核心要素，創作者無法迴避；芥川則站在另一端，他的〈文藝的、太過文藝的〉一文中提出「沒有故事的小說我覺得或許是最高妙的……以不帶通俗趣味這點而言，應該是最純粹的小說」。

儘管芥川將「通俗趣味」視為「純粹小說」所應排除之物，只是在同一篇文章講到通俗小說，直接敘明其在藝術地位的低落後，忽然以括號來了一句「但大眾文藝與偵探小說是不被包含在通俗小說內的」。其中對偵探小說的維護之意，溢於言表。

這或許是因為，喜歡加伯黎奧（Émile Gaboriau）的他，始終都覺得偵探小說在表現都市之為何物這件事上有著無法忽略的表現，對一個一生始終處於現代與古典的藝術形式夾縫中的人而言，能夠看出都市獨有詩意的文學類型，是值得視為例外的。

也因此在這篇〈兩封信〉中，我們可以看到主角引經據典、旁徵博引，就是為了要說服警察署長，在這個擁擠的都市中，他看到了他與他妻子的分身。據說在劇場看到分身這個情節正是脫胎自芥川的親身經歷，但問題卻不在分身上；而是當主角因為分身而惶惶不可終日時，眾人發現了他的不對勁，於是將問題指向了妻子，造成她無法承受，選擇離家出走。分身在如今的精神醫學觀點中，屬於思覺失調症的症狀，而這種被視為當代的精神疾病引發了社會的集體焦慮，使得悲劇產生。

但仔細想想，妻子失蹤，主角不積極尋找，卻決定搬離住處、辭掉工作，從此要以超自然研究為志趣，加上分身僅是他一人之詞，感覺箇中頗有些值得玩味的地方。芥川透過兩封信的縫隙，讓讀者扮演了偵探的角色，從中揣摩出「或許可能」的真相，成為這篇小說的偵探醍醐味。

竹林中

檢非違使[60]審問樵夫之證詞

對，那具屍體就是我找到的。今早我就像往常一樣去後山砍杉木，結果就在山坳的竹林裡頭發現了那具屍首。地點嗎？應是距離山科的驛路四、五町遠的地方吧。那處摻雜著瘦小杉木的竹林子，沒人會去。

屍體穿著淡藍色水干[61]，頭戴京城樣式的烏帽子[62]，仰躺在地。雖然身上只中了一刀，但再怎麼說，那刀都刺在胸口上，周圍地面的竹葉就像染上了蘇芳[63]一般，一片赤黑色。不，血

60 平安朝初期設立的官職，負責京都的治安，後來甚至負責訴訟審判，權力極大。
61 水干為平安時期的男性庶民服裝，為狩衣（一種狩獵服）的一種。
62 平安時期男性庶民的帽子，為黑色羅紗、綢布、麻布等製成的袋狀高帽。
63 以蘇木心材製作的染料，為帶黑的紅色。

已經止了，傷口似乎也乾了，記得有隻馬蠅死叮在上頭不走，彷彿連我的腳步聲都沒聽見。

大人問有沒有看見大刀？沒有，啥都沒瞧見。不過一旁的杉樹底下掉了一條繩子。還有——對，除了繩子，還有一把梳子。屍體周圍，總共就只有這兩樣東西。不過四下的雜草和落葉都被踩得一片狼藉，想來這人慘遭殺害之前，肯定拚死搏鬥過一番。什麼？有沒有馬？那個地方馬是進不去的，和馬通行的路隔了一片竹林。

檢非違使審問雲遊僧之證詞

沒錯，貧僧昨天遇到了那名死者。昨日——不大確定，約莫中午時分吧。地點是從關山前往山科的途中。他和一名騎馬的女人正朝關山走來。女人斗笠上的苧麻薄紗蓋了下來，因此看不到臉孔，只看得到衣物顏色，似乎是紫面灰紫裡子。馬是桃花馬——印象中似乎理掉了鬃毛。馬有多高？大約四寸[64]高吧。——貧僧畢竟是佛門中人，不諳這些。那人——不，他不止佩了大刀，還帶了弓箭。特別是那插了二十來支箭的黑漆箭筒，貧僧到現在都還印象深刻。

貧僧作夢想也想不到，那位施主居然會落得如此下場，人生真正是如露亦如電。唉，直教人悲憫無語。

檢非違使審問放免[65]之證詞

小的逮到的那個人？他就是那個惡名昭彰的盜賊多襄丸。不過小的抓住他時，他正在粟田口的石橋上唧唧哼哼地呻吟，應該是落馬摔傷了。大人問時間嗎？是昨晚初更左右。有一回小的差點逮到他，當時他一樣穿著這身藏青色水干，佩著大刀。不過現在就如同大人所見，不止大刀，甚至還有了弓箭。這樣啊，原來那是遇害男子的弓箭——那麼，下手的必定就是多襄丸這廝沒錯。裹皮弓、黑漆箭筒、十七支鷹羽箭——這些都是死者的東西吧。是的，馬就像大人說的，是鬃毛理過的桃花馬。會被那匹畜牲甩下，肯定也是因果報應。馬就拖著長長的轠繩，

64 日本古代測量馬高，以四尺為標準，再高則依序稱一寸、二寸……。一寸為十分之一尺，一尺約三〇．三公分，故四寸馬約為一三三公分高。

65 放免為檢非違使廳的最下階職位，為赦免之囚犯，負責搜捕罪犯。

在石橋不遠處，正在啃路邊的芒草。

這個叫多襄丸的，在洛中[66]一帶出沒的盜賊中，亦是出了名的好色之徒。去年秋天，鳥部寺的賓頭盧後山有名貌似香客的婦人和丫頭一同遭到殺害，盛傳就是多襄丸下的手。倘若人是多襄丸殺的，那麼騎桃花馬的女人或許也凶多吉少。恕小的僭越，望大人一併明查。

檢非違使審問老婦之證詞

是的，那屍體就是小女的丈夫。但他不是京城人，而是若狹[67]國府的武士，名叫金澤武弘，二十六歲。不，他是個好脾氣的人，不可能與人結怨。

小女嗎？小女名叫真砂，今年十九。她是個媲美男人的烈性子，除了武弘以外，未曾跟過別人。她生了張小巧的瓜子臉，皮膚有點黑，左邊的眼角有顆痣。

武弘昨日與小女一同出發前往若狹，卻遇上這樣的劫難，真不知是造了什麼孽？女婿的死我就認了，可小女怎麼了呢？真教老身擔心死了。求求大人，就算使盡一切手段，也務必要找到小女，這是老太婆我這輩子唯一的懇求了。最可恨的就是那個叫多襄丸的強盜，不僅殺了我

女婿，甚至連我閨女都不放過……（接下來泣不成聲）

×××

多襄丸的口供

男人是我殺的，但我可沒殺女人。你說她人去哪了？我怎會知道？啊，且慢，再怎麼嚴刑拷打，不知道的事我也無從招起。況且既然我已栽在官府手中，我準備堂堂正正，供出一切。

我是在昨兒剛過正午時遇到那對夫妻的。當時一陣風吹過，掀起了女人斗笠上的垂紗，露出底下的臉。那真正是驚鴻一瞥——才瞧上一眼，下一瞬間就看不見了，一方面也是這個緣故吧，看在我眼裡，女人那張臉蛋簡直就像活菩薩。那一刻我便打定了主意：就算殺了那個男

66 指京都市街地區。日本古時將京都比喻為中國洛陽，故有此稱呼。

67 若狹國為日本古時行政區名，為現今福井縣西部。

的，也要占有那女人。

哦，只不過是殺個人罷了，沒你們想的那麼嚴重。既然要占有女人，男的就非殺不可。只不過我殺人用的是腰上的大刀，而你們殺人不用刀，單憑權力、金錢、甚至冠冕堂皇的話都殺得了人。沒錯，不見半滴血，人也活得好端端的——但人還是給殺了。論罪孽之深，到底是你們壞，還是我壞呢？（譏諷的微笑）

不過若是能不殺男人，就占有女人，那也沒啥不好。不，當時我是打算盡可能留男人活口，占有女人的，但是在山科的驛路上，實在沒法這麼做。因此我便用計把那對夫婦誘進山裡頭。

這也毫不費工夫。我和他們結伴同行，說起對面的山上有座古塚，挖開來一看，裡頭有許多鏡子和大刀，我偷偷把它們埋在山坳的竹林裡，如果有人想要，隨便哪一樣，都可以賤價出售。男人聽著聽著，漸漸心動了。接下來——您瞧，人的貪念是不是很可怕？接下來不到半個時辰，那對夫妻便騎著馬，與我一同踏上了山路。

來到竹林前，我說寶物就埋在裡頭，一起來看吧。男人利慾薰心，只有同意的份。但女人不肯下馬，說要在那兒等。看看那竹林那麼密，也難怪她要裹足不前。但其實這正中我的下懷，我留下女人，和男人走進林子裡。

進去竹林後，好一段路全是竹子，但走上約半町之後，便有塊略為空曠的杉林——再也沒有比這兒更適合下手的地方了。我一邊分開竹子走著，一邊煞有介事地說，寶物就埋在杉樹底下。聽到我這話，男子便一股腦兒地朝著竹林間依稀可見的瘦小杉林走去。很快地，竹林變得稀疏，長著幾棵杉樹——一來到此處，我便冷不防扭倒了對方。男人不愧是佩刀的武士，似乎頗為有力，但遭我偷襲，還是招架不住，一下就被我捆在杉樹底下了。你問繩子哪來的？我可是個盜賊，腰間總是繫了條繩索，以備隨時翻牆之需。當然，我用竹葉塞滿了男人的嘴巴，讓他叫不出聲，其餘就不費什麼事了。

處理好男人後，我回到女人那兒，說男人好像突然急病發作，要她去看看。不消說，這回也如我所願，女人脫下斗笠，任我牽著手，進到竹林裡來。然而去到那裡，只見男人被綁在杉樹底下——女人一瞧見這幕，隨即將不知何時從懷裡取出的小刀亮晃晃地拔出鞘來。我這輩子活到現在，從未見過性子如此剛烈的女人。倘若我那時輕忽大意，早已被她一刀刺中肚子了。不，就算躲過這一刀，被她劈頭劈腦地亂砍一通，也難保不會受傷。但我多襄丸可非浪得虛名，總算是沒有動用大刀，就打落了她手中的小刀。任憑她性如烈火，沒了武器，也莫可奈何。我終於如願以償，沒有取男人性命，便占有了女人。

沒有取男人性命——沒錯，占有女人之後，我依然不打算殺掉男人。然而我正準備拋下哭倒在地的女人，逃出竹林，女人竟突然瘋狂地抓住了我的手，斷斷續續地喊叫著。仔細一聽，她居然說：你也罷，良人也罷，你們之中總得死一個。在兩人面前受玷污，這比死更要痛苦。不，哪一個活下來都好，我要跟他走——她甚至嚶嚶喘息地這麼說。聽到這話，我猛地對男人動了殺意。（陰鬱的興奮）

說這種話，或許看起來比你們更要殘忍。但這是因為你們沒看見那女人的表情，尤其是那瞬間有如烈火般熊熊燃燒的眸子。與女人對望的瞬間，我便決定縱然會遭到天打雷劈，也要娶她為妻。娶她為妻——我滿腦子只剩下這個念頭。這並非你們所想的下賤色欲。倘若那時除了滿足色欲以外，我別無所求，那麼就算是要一腳踹開女人，我也一定已經溜了，而男人也不會成為我的刀下亡魂。然而在幽暗的竹林裡，定睛凝望女人的表情剎那，我便立下覺悟，除非宰掉男人，否則絕不離開。

但就算要殺掉男人，我也不想卑鄙地殺了他。我替男人鬆綁，叫他與我一決勝負。（杉樹下的繩索，就是當時忘了帶走的。）男人怫然變色，拔出大刀，接著一語不發，憤然朝我撲來。——這場決鬥勝負如何，毋須贅言。第二十三回合交手時，我的刀子貫穿了對方的胸膛。第二十三回合——請別忘了這個數字。唯有這事，至今仍令我佩服不已。能與我交手二十回合以上的，全天下就只有他一個人。（痛快的微笑）

男人倒地以後，我一放下血淋淋的刀子，便回頭看向女人。結果——你猜怎麼著？哪兒還有女人的蹤影呢？我在杉林間四處尋找女人，但滿地的竹葉上，竟也不見半點痕跡。就算豎耳聆聽，聽見的也只有男人的咽喉傳出的死前呻吟。

說不定那女人一見我拿起刀決鬥，便逃出竹林求救去了。——這麼一想，這回岌岌可危的可是我的小命，於是我搶了男人的大刀和弓箭，立刻折回原本的山路。女人的馬還在那兒靜靜吃草。之後的事，再說也是多費唇舌。不過進京之前，我已經把大刀給賣了。——我要說的就是這些。我早知總有一天要吊死在獄門前的樹上，請判我極刑吧。（態度昂然）

投奔清水寺的女人的懺悔

——那個穿藏青色水干的男人玷污了我之後，看著我受縛的丈夫，放聲嘲笑起來。丈夫的內心不知道有多麼憾恨！但任憑他如何掙扎，卻只是令捆綁全身的繩索勒得更緊。我忍不住連滾帶爬地奔向丈夫身邊——不，我想要跑，卻立刻被男人給一腳踹倒了。就在這瞬間，我在丈夫的眼中看出了一股難以言喻的光。那難以言喻的——一想到那眼神，我現在仍然忍不住要哆嗦。丈夫連一句話都說不出來，但他一切的心思，都透過那剎那間的眼神傳達給我了。然而那瞬間的眼神不是憤怒，也非悲傷——那是徹底鄙夷的冰冷目光。比起男人的一踹，丈夫的眼神更擊垮了我，我情不自禁地放聲一喊，就此昏厥過去。

不多久，我總算轉醒過來，那名藏青色水干的男人已經離開，只剩下被綁在杉樹下的丈夫。我艱辛地在滿地落葉上坐起身來，望向丈夫。然而丈夫的眼神就和剛才一樣，毫無變化。同樣冰冷的鄙夷深處，綻放著憎恨之色。羞恥、悲傷、氣憤——我當時的心境，真不知該如何形容才好。我踉蹌地站起來，走到丈夫身邊。

「夫君，事已至此，我無法繼續與您廝守下去了。我準備一死了之，但是——請您與我共赴黃泉吧！您目睹了我受辱，我不能就這樣任您活下去。」

我好不容易說出這幾句話，但丈夫依然只是厭惡地瞪著我。我壓抑著幾乎破裂的心，尋找丈夫的大刀，但應該是被賊人奪走了，竹林裡別說大刀，就連弓箭也沒見著。幸而小刀就掉在我的腳下。我舉起小刀，再次對丈夫說：「那麼，我要動手了。我很快就會追隨您去。」

聽到這話，丈夫的嘴唇總算有了動作。但他口中塞滿了落葉，當然完全聽不見他說什麼。然而我看著他的嘴唇動作，一下便悟出了他想說的話。丈夫滿懷對我的鄙夷，正說著：「殺吧！」我幾乎是在恍惚之中，用小刀刺穿了丈夫淡藍色的水干胸口。

這時，我一定又昏了過去。當我好不容易醒來，環顧四下時，丈夫被綁在樹上，已氣絕多時。杉木與竹子交織的天空射下一束夕陽，投射在那張死白的臉上。我一邊飲泣，一邊解開屍身上的繩索。然後——然後我怎麼了？我已經沒有力氣再說下去了。總之，我怎麼樣都沒辦法自我了斷。我拿刀抹脖子、或跳入山腳下的池子，試過各種手段，但既然我人好端端地在這兒沒死成，說再多也只是徒增羞愧。（落寞的微笑）或許就連大慈大悲的觀世音菩薩，也拋棄了我這種沒出息的東西吧。但是手刃親夫、遭賊人玷污的我，究竟該何去何從？我究竟——我——（突然劇烈地啜泣起來）

鬼魂借巫女之口陳述的內容

——強盜姦污了我的妻子後，便坐在那裡，溫言軟語地安慰起她來。我當然無法說話，身體也被綁在樹上，但這段期間，我不斷地向妻子使眼色。別聽信他的話，他說什麼都不要信！——我意欲向妻子如此傳達。然而妻子黯然坐在落葉上，一動也不動地盯著膝頭。那模樣看起來，豈不是正專注地在聆聽強盜的說詞嗎？我嫉妒得渾身發抖。但強盜舌粲蓮花地滔滔不絕，甚至狂妄地如此提議：既然妳已受辱，夫妻之間再不可能圓滿，與其和有了隔閡的丈夫在一起，倒不如來做我的壓寨夫人吧！我也是因為迷戀妳，才會做出如此大逆不道的事來。

聽到強盜這話，妻子竟陶醉地抬起頭來。我從未見過妻子如此動人的神情。然而這美麗的妻子，面對受縛的我，對強盜做出了怎樣的回答？我縱然身在九泉之下，每當想起妻子的回答，仍忍不住要滿腔怒火。妻子是這麼說的：「那麼，請帶我遠走高飛吧！」（漫長的沉默）

妻子的罪孽不僅如此。倘若只有這些，我也不至於在幽冥之中如此痛苦。正當妻子魂不守舍地就要被強盜牽著離開竹林時，她忽然臉色煞白，伸手指住杉樹底下的我。「請你殺了他！只要他還活著，我就不能跟你走！」——妻子發了瘋似地，一次又一次地喊叫。「請你殺了他！」——這話就如同暴風雨一般，現在仍彷彿要把我整個人掀起，吹入無底的黑暗深淵。人所說出口的話裡頭，還能有比這更惡毒的嗎？人所聽見的話裡頭，還能有比這更陰狠的嗎？——（突然爆出一陣嘲笑）聽到這話，就連強盜都嚇白了臉。「請你殺了他！」——妻子喊著，抓住強盜的手臂。強盜注視著妻子，沒有說好或不好。——就在下一刻，他一腳將妻子踹倒在落葉上，（再次爆出一陣嘲笑）強盜靜靜地交抱起雙臂，眼神朝我瞟來。「你打算怎麼處置她？殺了她？還是饒她一命？你只要點個頭就行。要殺了她嗎？」——光是這句話，我就願意饒恕強盜的罪了。（再次陷入漫長的沉默）

就在我遲疑的當下，妻子大喊一聲，一回身便朝竹林裡奔去。強盜也立刻撲上去，卻似乎連衣袖也沒能撈住。我看著這一幕，感覺就像置身幻覺。

妻子逃掉以後，強盜拿走我的大刀和弓箭，將我身上的繩索割斷一處。「我也要跑了。」——猶記得強盜離開竹林逃亡時，如此低聲呢喃。接下來只留下一片寂靜。不，還有哭聲。我一邊掙脫繩索，一邊側耳聆聽，但仔細一聽，那不正是我自己的哭聲嗎？（第三次漫長的沉默）

我吃力地從杉樹下撐起筋疲力盡的身體。前方是妻子遺落的小刀，正散發著寒光。我拿起刀子，一刀刺進胸膛裡。一團甜腥衝上口中，但一點都不痛苦。只是胸膛冰冷下來的時候，四下也變得更加死寂了。啊，多麼地安靜啊！這處山坳的竹林裡，連隻小鳥都不願意光顧啼叫。只有稀疏的陽光懸盪在杉樹和竹子的樹稍上。陽光——就連陽光亦漸漸暗淡了。——杉樹和竹子也看不見了。我倒在那裡，被深沉的寂靜所籠罩。

這時，我確實聽見有人躡手躡腳地走了過來。我想要轉頭看，但不知不覺間，周圍已陷入一片昏暗。那人——那人看不見的手輕輕地拔去我胸口的小刀。同時鮮血再次湧上口中。就這樣，我永遠沉淪至幽冥的黑暗之中……

解說

原作發表於《新潮》，一九二二年一月

這篇小說在台灣之所以知名，多半跟改編的電影有關。只是黑澤明改拍的電影版本，另外融合了〈羅生門〉的內容，並以此為名，所以大家常會混淆兩篇小說的內容。

其實，這種同一事件多視點描繪並非由芥川首創，但或許是他掌握得太好，於是從此之後便成為某種「各說各話」「真相難辨」的象徵了。

亂步極可能是第一個有理有據地指出這篇小說「偵探小說傾向」的人，他以為「透過數人互相矛盾的陳述，描繪出這世間的悖論形式，並且傳達出追查犯罪的獨有趣味，具備濃厚的偵探小說風格」。但跟亂步不同，對於喜歡盧布朗、加伯黎奧與愛倫坡的芥川而言，偵探小說是可以用來解釋現代世界的重要工具，特別是正處於日本從前現代發展到現代的重要轉折期的他，不但懷疑社會的既定形狀，甚且對所有的陳述抱持質疑。

〈竹林中〉成為了他發出不平之鳴的媒介。

不過，如果我們先拋棄作者論或是當時的社會影響的說法，單看這篇小說，也的確可以看到如亂步所言的「偵探小說風格」。試想，一個事件的所有關係者齊聚一堂，每個人都陳述了自己視點所看到的事實（甚至還包括死者的），這樣的設計如果寫長一點，根本是克莉絲蒂的小說構造了。

只是除了前面五個人的證詞都來自檢非違使的訊問之外，真砂的懺悔除了清水寺的神佛外別無他人所悉，武弘藉由巫女之口所發表的自白也不知道是說給誰聽的，於是讀者被迫，並且只有讀者（也就是你）能成為偵探。

所幸，在每個人都各懷心思或有可能說謊的情況下，證詞間充滿了曖昧的衝突與迴避空間，讀者可以任憑所需，組合出自己信服的真相。吉田司雄認為芥川的偵探小說重氣氛而屏棄了遊戲性，但從這點來看，〈竹林中〉或許是最有趣的偵探小說遊戲也不一定。

佐藤春夫

作者簡介

佐藤春夫（1892-1964）

出身和歌山，中學畢業後前往東京師事歌人與謝野鐵幹、晶子夫妻。一九一八年出版了第一本小說集《病玫瑰》，獲得谷崎潤一郎激賞，大受矚目。之後發揮詩歌、評論、隨筆、童話、翻譯等等多方面的才能，對於開始發展的偵探小說也有巨大影響。偵探小說、怪談路線的代表作有〈指紋〉、《維也納殺人事件》、〈鬼屋〉等等。

家常便飯

一天，朝田來拜訪我。

我請他進書房，他劈頭便問：「你有《理想的火柴棒》嗎？」

「什麼《理想的火柴棒》？」我問。

「童話故事，我弄丟了這本書，正一個頭兩個大呢。

「為了籌措年節花用，我接了個之前跟你提過的急就章的翻譯工作，書商趕著要出版，催得跟什麼似的。就算現在向外國訂書，時間上也來不及了。

「因為出版社準備在聖誕節前出版，趁著送禮潮大撈一筆。

「你這兒有很多書，所以我想搞不好會有，便過來看看，那作品還算有名，卻很少看到——是阿薩吉早期的作品。」

「嗯，我好像聽說過，但不巧我也沒有。怎麼會把書給搞丟呢？」

「其實翻譯已經完成了，稿子都送到印刷廠去了。

「不過，書商說如果這是大人的讀物，這樣就沒問題，但這是要給兒童看的，沒有插圖，實在不好理解。那本書附有古樸的初版木版印刷插圖，完全表達出文字沒有描述到的細節。只要看過那插圖，甚至會覺得少了它，故事就無法成立。所以書商打算把插圖直接翻印上去，到我家來拿原文書。那天書商帶了店員一道同來，我記得我明明把書拿給他了。

「然而隔天書商卻又派人來拿應該已經交給他的書。

「我說不可能，你們老闆已經把書拿回去了。那人回去以後，再過了兩、三天，這回老闆親自上門了。

「他說：『噢，我離開府上後，才發現在繫靴子的繩帶時，把書擱在脫鞋處的地板框上，忘了放進大衣口袋裡，原本想折回來拿，但路都已經走了一大段，懶得再回來。』

「書商老闆愛喝酒，那天來訪已經傍晚了，我還留他吃便飯，所以我猜他一定是在歸途上喝了酒，喝醉而把書搞丟了。我這麼說，書商卻堅稱不可能。

「他說：『我的確在歸途上去咖啡館喝了一杯，不過是一道同行的店員說「書擱在地板框上忘了拿」，我才想起來的，所以書一定還在你這兒，請你找找看吧。』

「既然不是只有書店老闆，而是連店員都這麼說，我也覺得無法否定，動員家裡的人找遍了整個屋子。

「然而卻是一無所獲。怎麼也找不到。

「這實在令人惱火，雖然也可以找畫家另畫插圖，但總覺得未免太不細心。我真是傷透了腦筋。」朝田說。

我有些同情朝田，卻愛莫能助，因此對他說了以下的事。

我認識一個人，他是我的朋友，但你應該不認識。——因為這人性情有些古怪，又不喜社交。他收了一名書生，到現在仍沒有娶妻，是個很奇妙的人。

有時候我會很想讓他扮演偵探，調查事情。我想，他找起失物，一定也很有一手。

舉個例子，這是他剛收書生不久的事。我剛好去他那兒玩，他說：

「我家的書生似乎雅好男色。」

「你怎麼知道？」我問。

「前些日子，傍晚我和書生一起從省線的目黑站搭電車。我買了兩張票交給書生，當時正值尖峰時刻，所以我們排隊等候。當時我只穿了件浴衣，沒穿外褂，這時有人輕輕撫摸我的肩膀，回頭一看，竟是我家書生。

「那時我們站在剪票口前，人潮擁擠，就算我身後的書生伸手搭住我的肩，也是推擠中可能會有的動作，一點都不奇怪，但問題是那觸感。是我們愛撫年輕小姐時會有的那種動作，同性之間絕不會那樣觸摸。就算是他不慎快往前栽倒而推到我，動作也應該更加粗魯才對。那觸感完全是異樣的、充滿性欲的，所以我也有些不舒服起來，覺得既尷尬又討厭。

「回家以後，我留意觀察了兩三天，似乎真有某些可疑之處。所以儘管我一眼就識破了他有斷袖之癖，但還是想要讓他親口承認。」

他說完後，把書生叫來，要他在我們面前坐下，指著我說：

「這位先生是知名的面相大師，是這方面不為人知的專家。他一看到你的面相和骨相，就說你有龍陽之癖，這是真的嗎？」

書生聞言，羞得面紅耳赤，垂下頭去。

書生是名性情豪邁的青年，但被人當面揭穿祕密，似乎也羞赧難當。真是太為難他了。

此後這名書生便與我親近起來。我們關係愈來愈好，他也時不時到我家來玩。每回過來，都會聊些主人的八卦。

所以後來我也向書生坦承以告：

「其實識破你愛好男色的，也不是我，而是茶本，你家的主人。」

聽我這麼一說，書生便以崇拜的口吻說：「難怪。我真是服了我家先生。畢竟他的直覺靈敏得可怕，而且思路嚴謹，推理能力高超。」

這也是書生說的，他說就算明信片被撕成了約一百五十片的碎片，茶本也有辦法辨讀。書生被逼著去幫忙拼湊那種東西，也難怪會埋怨他有個傷腦筋的主人——

茶本家附近住了位親切的太太，有時也會幫忙洗衣煮飯等雜務。有一次那位太太來向茶本請託：

「我家那死鬼最近很不對勁，每天都在外頭混到三更半夜，然後早上郵差一來，就急忙從二樓衝下來，一把搶走信件，又躲到二樓去。

「前天晚上才發生過一樣的事呢。不過那次是明信片。因為是明信片，所以我也沒留神細看，郵差交給我後，我就這樣拿在手裡。寄信人是他公司的同事，外子最近都跟他鬼混。然而這時外子從二樓下來，一把從我手中搶走明信片，衝回二樓，沒多久就跑出門了。事後我上二樓查看，發現那張明信片被撕成了碎片，扔在字紙簍裡。我因為實在氣不過，便趁著外子不在，把那些碎片全數蒐集起來了。可是明信片被撕成了一兩百片，實在看不出上頭寫了些什麼。我真的很想知道內容。」

茶本答道：

「太太，這太容易了，完全不費工夫。把東西拿過來吧。」

於是太太把撕成碎片的明信片拿來了。對書生來說，這簡直是無妄之災。他說這耗掉了他整整大半天的時間。

至於茶本怎麼做呢？他拿來一張用來包裝書本的薄蠟紙給書生，然後叫書生取來另一張明信片，在蠟紙上描出一樣大小的輪廓。

接著茶本叫書生在那張蠟紙上，把被撕成一兩百片的明信片碎片一塊塊地拼湊起來。

這是有次序的。

這次序是茶本當場想到的點子。首先原則上，只看明信片的正面，完全不管背面。接著，先撿出一錢五厘的郵票藍色的部分，接著找出「郵政明信片」幾個印刷字體的部分，然後再找蓋有郵戳的部分。

參考全新的明信片，將這些碎片沿著蠟紙上的輪廓線，照順序一一貼上去。接著找出寄件人姓名住址、收件人姓名住址及日期的部分貼好。如此一來，便只剩下空白的部分。從其餘的碎片，再找出構成明信片四邊直線的部分連起來。不過這個部分並不怎麼重要。因為靠近邊緣的一圈，一般不太會寫字。貼好這些以後，才開始將蠟紙一一翻過來確認，依文字及碎片的形狀貼上剩餘的碎片。就這樣，蠟紙上的輪廓線不知不覺間被碎片給填滿了。雖然並不困難，但極麻煩，因此書生會叫苦連天，也是當然的。

完成之後，茶本叫來太太說：

「太太，妳請看吧。上面沒寫什麼啊。」

透過蠟紙，幾乎可以完整讀出明信片的內容。

茶本也認識那位丈夫。明信片的字句並無可疑之處，但似乎是女人寄來的。事後茶本偷偷告訴書生，字裡行間多所暗示。

但茶本認為不能刺激太太，令她變得更加歇斯底里，因此沒有告訴她真相，好讓她放心。——你瞧，在這部分，他還是很講男人之間的義氣的，哈哈哈！

還有，這一樣是書生告訴我的，不久前的某天早上，書生正在井邊洗臉，臥室的茶本忽然大吼：

「玄關門怎麼沒關上！」

「不，我關起來了。」

「沒有關，咚都跑進來了！」

——咚是一隻西班牙小狗。

「我確實關好了，先生！」

「別囉唆了，快點把咚趕出去，我的鞋子都要被牠咬爛了！」

書生覺得與其爭辯，直接過去比較快，便繞到玄關去，結果玄關的格子門真的打開了五寸寬，咚從門縫裡鑽進屋內，正咬著茶本前晚穿出門的新皮鞋玩耍。咚想要把鞋子叼出去，卻叼不住，所以在脫鞋處的夯土地上不停地把鞋子咬起來又掉下去。

「噓！噓！」

書生把咚趕跑，茶本再次從臥房吼道：

「看吧！」

就彷彿他有千里眼一樣。

書生對我說：「我真是受夠了。」

書生本來以為茶本只是作夢，沒想到真是如此，頗為吃驚。但因為茶本平時便囉唆地交代他玄關要關好，他也不記得自己丟下玄關門沒關，因此便在早飯時向茶本申辯說：

「先生，我真的記得我關好玄關門了。咚好像是自己鑽進來的。門開了一條五寸寬的縫。」

那天早上茶本心情很糟──不過他的起床氣向來很重。他駁斥書生說：

「咚自己開的？少胡扯了，連鞋子都叼不起來的小狗，哪來的腦袋跟力氣自己打開格子門？你少在那裡胡亂推託了。」

「可是因為先生特別交代，我用力地把門關上啦。」

「你是從玄關過去水井的嗎？」

「咦？是啊。」

「那沒錯，你重重地把門甩上了。因為甩得太重，鬆弛的格子門撞上去又反彈，打開了

四、五寸寬，那聲音還把我給吵醒了。」

——書生對我說：「被先生這麼一說，好像真的是這樣。」

因此書生對茶本說：

「先生才剛睡醒，迷迷糊糊的，居然聽得到聲音，真是好耳力。」

「瞎說什麼？這有什麼好驚訝的？我的耳朵貼在榻榻米上，比醒著的時候聽得更清楚。而且什麼迷迷糊糊，人剛醒的時候，腦袋最清楚。我從來不會有睡迷糊這種事。」

書生對我說：「那天我真是被先生給罵慘了。——先生會討不到老婆，也是難怪。」

「沒錯，做人就該傻氣些才是。」我如此回答。

「朝田，我建議你去求助的，就是這樣一個人。茶本應該可以替你找到《理想的火柴》——只要書真的在你家。」

我在介紹函寫下茶本家的住址，還畫了簡單的地圖，交給朝田。

後來過了四、五天，茶本忽然登門造訪。

「嗨，真是稀客。最近有沒有一個叫朝田的去找你？」

「啊，其實我剛從朝田家那裡回來。因為好久不見了，順道過來看看你。」

「那，《理想的火柴》找到了嗎？」

「找到了。」

「怎麼找到的？」

「太簡單了。他說他已經翻遍了整間屋子，那麼只要找不會去找的地方就行了。所以我便找了還沒有看過的地方，一下就找到了。」

「書真的就在他家？」

「我問他那本書是什麼模樣？他說書很薄，很大，是灰白色的布面書。大而薄的書，如果平面放置，一下就會看到了，但如果直立擺放，就不占空間，也難以發現。——我這麼想，到朝田家一看，發現他家的牆壁都是白色的。

「我當下就想，跟這牆壁一定有關。

「於是我便沿著牆壁，找了兩處光線照不到的陰暗地方。」

「你找了哪些地方？」

「我先找了廁所，但書不在那裡。

「接著是通往二樓的樓梯。你知道朝田家長什麼樣子吧？樓梯走上三階左右，回頭一看，門楣就在手搆得著的地方。也就是樓梯口正上方的位置。他們家的樓梯簡直是黑得可怕啊！書呢，就貼在門楣上頭的牆壁放著。不只是光線昏暗，書的顏色又和牆壁幾乎一樣，所以很難發現。不過伸手一摸，書立刻『啪』地一聲掉下來了。——如果中間發生過一次地震，就不必勞我特地出馬了。」

「原來《理想的火柴》從那裡掉了下來？怎麼會從那種地方掉下來？」

「就像我剛才說的，那裡很陰暗，所以不會發現有東西放在那裡。」

「可是書怎麼會放在那種地方？」

「如果書會自個兒爬上二樓，那就浪漫了。根據我的解釋，不必說，當然是朝田自己放的。

「朝田第一次來拜訪我時，在約一個小時的對話裡，離席去廁所多達兩、三次，甚至讓我疑心他是否有這方面的毛病。至少我知道他是個頻尿的人。」

「第一次見面就注意到這點，只能說佩服佩服。其實朝田他從以前就患有糖尿病。」

「重點是，據我推測，朝田送書商回去的時候，可能正急著要上廁所。

「書商帶著店員離開了。

「朝田一看玄關，發現《理想的火柴》竟忘了帶走。

「所以朝田想：居然忘記了，真沒辦法，先拿到二樓書房放著吧，然後走上樓梯。

「沒想到才剛走上兩、三階，強烈的尿意便讓他再也憋不下去了，他急迫地需要解放，無法忍到走上樓，便將手中的《理想的火柴》隨手一擱，就擱在剛才所說的門楣上頭。

「接著他火速衝去廁所。

「這是常有的事，人在尿急的時候，特別容易忘事。

「就這樣，朝田將他把《理想的火柴》擱在那種地方、甚至是書商忘了把書帶走的事，都隨著排尿一同沖進遺忘的尿壺裡頭了。噢，他走出廁所的時候，也許腦袋裡隱約還記得這事，但他說當時正值晚飯時間，所以上去二樓之前，一定就被夫人叫去吃飯了。也就是在這個時候，擱在門楣上重要的《理想的火柴》從朝田的腦中消失得一乾二淨了。——我如此推測。一旦忘掉，由於擺放的位置過於奇特，書本又和牆壁同色，而且那裡即使在大白天也陰暗無比，除非點亮電燈或煤氣燈，或是擦亮『理想的火柴』，否則根本看不到。上下樓梯時也絕對不會注意到。下樓的時候，因為那地方總是會出現在眼前，反而更不會特別去注意。——那地方儘管看也不會看上一眼，卻讓人以為總是看在眼裡。家人甚至都忘了那是個光線昏暗的地方，只有外來的客人才會注意到它的不對勁吧……」

「唔，或許就像你猜想的。應該就是這麼回事吧，原來如此。

「對了，這件事順利解決了是很好，但我也有件事想順道拜託你。

「其實我也正在頭痛。不是為了別的事，就是我的訪客太多了。

「就算把會面日訂在週二，當天平均也都有二十名客人。就連平日，像今天，你已經是第三位客人了，照這樣下去，傍晚前肯定至少還有六名客人。每天來上這麼多訪客，我實在分身乏術。不管是腦袋還是身體，都完全疲乏了。自己的工作完全無法著手。

「你有沒有什麼好法子呢？

「我想借重你的智慧。」

「這樣的話，那太容易了。首先，把你的嘴巴用裁縫車之類的縫起來就行了。

「因為這一切都是你自己的饒舌招來的惡果。凡事都得追根究柢，斬草除根呀，哈哈哈哈！」

「哈哈哈！」

對於茶本的妙點子，我也只好報以苦笑了。

解說

原作發表於《新青年》，一九二六年四月

如果說谷崎潤一郎是敢寫而不敢承認自己的作品是偵探小說的話，佐藤春夫則從未絲毫掩飾自己的偵探小說性格。這篇〈家常茶飯〉是發表在當時知名的娛樂綜合雜誌《新青年》上，這或許側面證明了其心胸之廣闊。

不過放眼日本文壇，最適合「君子不器」這個成語的，春夫說是第二大概沒人敢說第一，舉凡詩歌、小說、戲曲、評論、雜文、童話，幾乎無所不包而且都在頂尖水準，這樣的他不怕被擅自定位也是意料之內的事吧。

他甚至也標榜自己是個偵探小說迷，在〈偵探小說小論〉中表示，偵探小說應該被視為浪漫主義的一個分支，令同時代的人著迷的獵奇、耽美、怪異的風格，都只是這根枝幹上的一顆果實、寶石的一個散發著妖異光芒的斷面而已。從愛倫坡的作品出發，他分析偵探小說如果有任何可以被稱之為「詩」的要素，那就是現代人對於「惡」那奇特的恐懼伴隨著崇敬的心理，與明快地相信一切謎團都能解決的文明精神巧妙結合的時刻。

在〈家常便飯〉中，春夫放棄了大正時期偵探小說一直以來最吸引讀者、充滿扭曲美感的獵奇描寫，以一種最為樸素且貼近讀者的平實謎團推動故事前進。事實上，一個精熟推理小說史的讀者應該可以立刻指認出這篇與愛倫坡〈失竊的信〉的關係，同時也可以在敘事方式中找到福爾摩斯閃現的影子，因此大概也會意外地發現，這篇小說居然成為了日常推理的某種起始。

從前面提及的愛倫坡、柯南道爾，到卻斯特頓的布朗神父，不涉及謀殺與犯罪的推理小說自有一條幽微的脈絡，無法確定佐藤春夫是否有意識地承襲了這條脈絡；但或許對他而言，這樣的寫作手法才可以避免那些過於激情與感官的外在形式，得以讓讀者意識到偵探小說的最核心終究還是關於人的心智活動。

陳述

——被告一之瀨醫學士陳述之節錄——

……（前略）我平素便與那女人——赤澤護士長交惡。自四年前從學校畢業，進入醫局[68]的第一天，我便毫無來由地對那個女人沒有好感。或許就是不對盤吧。有時甚至看到她那肥胖的身形，便心頭一把無名火起。然而，我的厭惡與她的外表絕對無關。她當然並非美女，但也絕未醜到令每個人都心生反感。儘管個頭矮小，但肥胖的身形反倒賦予她的護士長身分一股堂堂風範。我也曾經一兩次在醫院外看過她穿戴整齊的外出打扮，甚至有一種宛若貴婦人般的氣派。這事愈到後來愈清楚，也就是我與她的不和，與外貌全無瓜葛，而是更為本質性的，也就

68　醫局為日本獨特的醫界制度，由大學醫學部、醫院研究室、診療室、教學研究室等聯合構成。除了能介紹、派遣成員至各相關醫院之外，並負責指導成員的學位取得，掌握研究費的分配等等。

是我們彼此的個性，注定就是要永遠反目。有時我會幻想，萬一由於某些陰錯陽差，我竟娶了這樣一名女人為妻，便忍不住要渾身發抖。

赤澤護士長是女人當中難得一見的聰明人。以女人來說，聰明過頭了。我不清楚她的生平，但不經意地聽她同鄉的女學生等人談起，說她出生在信州的偏鄉農家，直到十四歲秋天，都在農村裡成長。她家算是中流農戶，但十四歲的冬天，她受不了繼母的虐待，主動進入諏訪的紡織工廠，做了兩年的女工後，留下一封信，說除非父親與繼母離婚，否則她永遠不回家，接著便前往東京，投靠當時在□□□醫院擔任護士的同鄉女性友人。她父親說大都市會讓女孩墮落，就算用繩子綁，也要把她給拖回家，但不知她如何說服了父親，就這樣留在東京給人幫傭，並在隔年春天，通過了□□□醫院的護士考試。經過四年的實習護士生活後，同學不是成為市內的派遣護士，就是以護士執照為自己鍍金，返鄉嫁人，但那個女人卻繼續留在醫院，而且還志願成為外科護士。雖說終歸會習慣，但外科對女人來說，畢竟不是一個愉快的環境。她工作了十年後，終於升上了外科病房的主任護士；接下來很快地，就在×××醫科大學新成立的同時，□□□醫院的岡野博士以教授身分前去赴任，並提拔了那女人，把她一起帶去，轉任為我們教室的護士長。赤澤護士長非常稱職。就我認識她以來，她身為護士長的本事令人敬佩。為住院病患分配病房、與病患家屬的種種溝通、主治醫師的調整——就連病患的病情與社會地位、醫師的技術經驗個性這類瑣碎的麻煩事，她都能一眼看穿，做出最恰當的安排，從未出過亂子。在手術室和病房時刻發生的危急情況中，我也未曾見過那女人狼狽周章的模樣。前些年大地震時，她當機立斷的處置等等，現在仍為醫院人員所津津樂道。年輕女人經常彼此嫉妒或反目，但她也很得這些下屬護士的人緣，把她們治理得心服口服。我認識她以來，唯有一次，有名長得稍具姿色的實習護士梳了蓋耳式髮型去醫學生的門診，被她惡狠狠地罵了一頓，結果實習護士服下昇汞自殺——不過當然只是做做樣子而已。撇開這些小事不提，總之她管理著近五十間病房、二十多名助手[69]、超過三十名護士，遊刃有餘地處理行政、監督、糾紛等事務，還一手包辦一絲不苟出了名的教授身邊大小事。不僅如此，每逢週日和假日，便一定會去參加茶道花道課程，據說在花道方面，已經取得了師傅頒發的證書——她經常提到，以後從醫院退休，要以教授花道茶道維生，所以當然不可能是出於興趣或消遣而學習。我這樣形容，或

69　這裡的助手為大學教職人員階級之一，依序為教授、副教授（助教授）、講師、助手。

許讓人覺得她是個不讓鬚眉、古板無趣的女人，但絕對不是如此。她還是有她女人的體貼，經常注意到年輕單身助手的手術衣髒了，或襪子破了洞。——不，我從來不勞她擔心這些。說到手術衣，我想到一件事，剛進醫局的時候，一起派任過來的助手當中，不知為何，護士長唯獨沒有發給我新的手術衣。我單純地以為是因為我個子高過常人，預備的手術衣當中沒有我能穿的尺寸，但後來我每年留意觀察，發現只要有新的助手進來，就一定有一個人沒有領到手術衣，而那些都是較為與眾不同的人。後來我比同事晚了一個月，因為被指出自學生時代穿到現在的手術衣實在太破舊，護士長才總算給了我新的。

那女人有時會因為年輕助手對住院病患的處置失當或是在手術室犯錯，而對他們酸言酸語；但平時也會以女人難得的巧妙機智和隨手拈來的笑話逗樂大夥，令單調死板的醫局湧出哄堂大笑。而且那女人喜歡將棋——醫局特別清閒的時候或是夜間，助手有時會瞞著教授下個幾局——而閒來無事時，護士長也偶爾會做出旁觀者清的指點。據說是醫局開始流行起將棋時，護士長買來指南書，晚上閒暇時自修。雖然她不曾親自下場與人對奕，但腦中應該記了不少棋譜，偶有令人大開眼界的指點。這些事雖然沒必要一一細述，不過總而言之，在醫院各科的護士長裡頭，縱觀各方面，她都是最有才幹的一位。由於上述種種，特別是教授從以前便肯定她的才幹，提拔她到這個位置——雖然這可能是我的偏見，總之醫局裡的人，就連年資極深的前輩，都對她另眼相待，敬重有加。不，他們甚至積極地迎合護士長——年輕助手佯裝天真無邪地巴結，資深助手則以他們的圓滑世故示好。而我並不屬於任何一種。每當我目睹這種情狀，總是想：護士長果然也只是個女人。這些馬屁精裡，不知不覺間一些人被破格分配去負責頭等病房的病患，或參加較罕見的手術，或幸運地迅速覓得職位。護士長的紅人，則不知不覺間在醫局裡作威作福起來。不過單憑護士長的勢力，不可能如此恣意妄為。護士長的背後當然有醫局長在撐腰。據說這兩人之間有某種特殊關係，彼此有物質方面的互利互惠——不過他們並不需要這麼做，況且也沒有任何讓人誤會我母校名聲之事。

在這樣的環境中，我過得極為淒慘。我有個沉默冷漠、在西鄉騷動[70]中戰死於城山的祖父，飽讀漢學的父親自幼又教導我「男子應直情徑行，沉默敢為」。我出生在極端男尊女卑的

70　指西南戰爭。一八七七年（明治十年），一群鹿兒島士族擁戴西鄉隆盛為盟主，發起武裝叛亂。最後遭政府軍鎮壓，西鄉隆盛於城山切腹自殺。

薩摩[71]，對於護士長，在任何方面都不可能勝得過那些性情圓融的同僚。忘了是什麼時候了，有一次在酒席上，雖然是語帶玩笑，但連某位絕不凡庸的臨床醫師教授都對我說：「你怎麼會這麼想不開，跑來讀什麼醫科大學？」這樣的我在醫局裡頭，在護士長的眼中，就像是誤入鯉魚群裡的鯰魚吧。不，不只是護士長這麼看我而已。處在同僚之間，我也就像是滴入水杯中的油。首先，我不會和同僚一起進出醫局長糠內博士的住家。為了籌措學費，我盡可能省吃儉用，因此也無法經常和經濟寬裕的同僚上館子吃飯。我拒絕和大夥一起去看戲，也拒絕和他們一起開些下流的玩笑。我認為與其有時間做那種無聊事，倒不如多讀一頁我喜愛的社會學或經濟學書籍。醫局的同僚不知是否受到這血腥專業工作的潛移默化，每個人都追逐粗暴的酒色這類速成的快樂，他們的個性過度簡單，無法理解性情與嗜好截然不同的他人心理。「一之瀨是個社會主義者。」我還曾經被人這麼說。社會主義者——居然拿十年前流行的詞彙來定義我、嘲笑我，對於同僚的這種單純，除了苦笑，我實在不知道還能夠如何反應。事到如今，我才一清二楚地想起了畢業前一刻，一名朋友給我的忠告。他建議我進入精神科。但既然投身科學領域，比起精神科，我覺得基礎醫學的病理學，或臨床方面的外科這類奠基於形態學的學科才能夠滿足我。但我實在沒有財力去做基礎醫學研究，因此一方面也是考慮到家庭環境，最後我選擇了外科。但如今回想，倘若我聽從朋友的忠告，選擇了內科或精神科，在這些領域，或許多少也有些內向型的人，與同僚之間的差異也不至於如此劇烈。這些都只是牢騷話罷了。而且也許每一科其實都大同小異。但唯一可以確定的是，別科不會有那個護士長。

雖然我滿口抱怨別人，但我自身亦潛藏有來自祖母血統的、難以融入他人的狷介性質，不容否認，它對我的個性造成了某些陰影。每當我反省自己的個性，總是不免陷入自我嫌惡。事實上，在無法推辭的宴會等場合，同僚都醉飲高歌，甚至有人跳起舞來，我卻一個人靜默無語，若是喝醉，便只會更加鬱悶地一杯接著一杯。這樣的情形，記得也非兩、三次而已。這種時候，我總是羨慕同僚，厭惡自己。儘管我從未主動與人爭論，或毫無理由地爭吵，然而不知不覺間，我在醫局裡卻被當成了一個乖僻彆扭的傢伙。但是對我來說，這樣我也樂得輕鬆。我也認命地想，顧及最起碼的禮儀，泛泛地交際，並對他們緊閉心房，比起為了融入個性不合的人群之中，持續痛苦而且無益的努力，更要來得好多了。入局後約一年左右，我對護士長及同

71　薩摩為日本舊時行政區名，相當於現今鹿兒島西部。

僚都隱藏著這種扞格不入的心情，儘管並不愉快，但表面上總算是圓滑地過來了。然而這不自然的狀態卻由於某件小事，不期然赤裸裸地陸續揭露出我和護士長的不和，以及我和同僚間的尷尬。這起事件頗為滑稽，結果卻令人笑不出來。

醫局有個叫栗田的助手，是晚我兩屆的畢業生。他自學生時代便是個知名的美少年，是整所醫院的護士矚目的焦點，栗田畢業以後，進入了外科，讓各科護士陷入絕望的深淵。栗田出身良家，成長於都會，受到醫局每一個人所喜愛。即使對一個男人來說，美貌仍是罕有的天分之一。栗田在手術室一身白袍，宛如美少女般抿緊嘴唇操作手術刀的模樣，老實說頗為賞心悅目。任何事只要扯上栗田，護士長便會焦慮得可笑，而栗田起初也與護士長頗為親近。然而過了約兩個月，他的態度卻驟然丕變，與護士長莫名生疏起來了。只要護士長走進醫局，栗田甚至會立刻起身，逃之夭夭。理由後來我從栗田本人口中聽說了，但當時不幸地被醫局一些愛搬弄是非的人編造出荒謬可笑的流言。那流言就是，我對栗田懷有某種變態的非分之想。這都是因為我不加入他們的放蕩遊樂，他們才會藉此洩憤，不過栗田家與我的租屋處很近，我們自然經常一同進醫院，同時我又是薩南出生[72]，這使得這荒唐的傳聞具有了某種可能性，我經常聽到一些教人面紅耳赤的揶揄言詞。在醫局無聊的玩笑中，我和護士長為了追求美少年栗田，上演滑稽的爭風吃醋。我覺得總不可能是這個原因，但這件事以後，護士長對我的態度顯然愈來愈惡劣了。她三番兩次挑剔我職務上微不足道的小過失，惡意刁難，並在同僚面前對我的日常生活挖苦嘲諷，這些實在無法一一盡述，但她不愧是腦袋聰明，言詞也特別辛辣，我和那女人在不知不覺間，由任何人看來，都是一對不共戴天的仇人了。那女人對我的一舉一動都充滿了憎恨與惡意，那無理刁難的程度，露骨到難以想像她這樣城府周密的女人會做出這種離譜的事來，有時甚至反而引起醫局的同僚對我的同情。不過仔細想想，我認為這也並非無法理解。當時的護士長，正經歷那個年紀的女人都無法倖免的過程，也就是更年期。站在這個角度，才能夠解釋她對我那有時完全是反常的惡意，以及對栗田露骨到愚昧的熱情。幾十年來飽受壓抑，而且從明天開始就不再是女人、而是老處女的焦慮，這恐怕是人生第一次亦是最後一次的熱情烈火究竟有多麼地詭譎，從栗田說他在五月雨中的深夜值班室遇見略施脂粉的護士長，感覺宛如撞上妖婆，駭懼不已，便可想像一斑。栗田會一看到護士長就跑，當然是在發生這種事以

72 即薩摩南方。薩摩地方直到明治，男色之風仍十分盛行。此為源自於戰國時代武士之間的風氣。

後。她這種熱情的目標令人同情地，並且理所當然地，在四處逃竄的同時，也在整間醫院傳播出笑料、流言與好奇。後來栗田很快地與地方某位資產家的女兒成婚，夫妻倆遠赴歐洲留學去了，但我感覺護士長的一切怨恨，都毫無理由地轉嫁到我身上來了。

忘了說，我入局後約一年半的時候，遇上了對醫師來說極其不幸的意外。簡單扼要地說，就是我讓病患死在——差點死在我的手術台上。病患是一名肛門發炎的婦人，我依照程序，首先進行腰椎麻醉，正拿起手術刀準備切開患部時，病人突然陷入嚴重的呼吸困難及脈搏不整。手術當然立刻中止，病人被送回病房，然而病人還沒有從擔架床移到病床，就已經猝死了。醫院裡當然每天都會施行一兩起腰椎麻醉，但至今為止幸運地——不，對我來說不幸地，從未發生過這樣的前例，而且這是個小手術，只是要割除微不足道的臀部小腫塊罷了，再加上當時技術絕不可能算是熟練豐富的我，看到病人陷入危機，表現出驚慌失措的反應，這些自然都在醫局裡挑起了疑惑：是不是我在腰椎麻醉上犯了過失？隔天院方百般安撫並說服憤怒的家屬，總算將遺體送到病理教室查驗死因。經過解剖後，根據種種解剖所見，如：心臟狹小、大動脈薄如紙片、胸腺約有一串葡萄大小——重達七十六公克，以及腎臟的小腎如同兒童般清楚區隔出來，舌根部淋巴組織過度發育等等，我自學生時代便私心景仰的病理部教授說明，病患是所謂的胸腺淋巴體質，亦即一種發育不良體質，此種體質的人，即使是在技術完善的操作下，仍可能會因為完全的腰椎麻醉而猝死。因此我的立場總算是暫時保住了。但是很快地，一名同僚出面抨擊，說為何在手術前未能周全地注意到病患具有如此危險的體質？原本戶越——同僚的名字——與我的交情，在醫局裡就是特別糟的。戶越是醫局長的跟班，成天跟在醫局長後頭打轉，是個輕薄才子，這個人最讓我看不過的，就是他儘管內心毫無熱情，卻利用天生的小聰明，作些模仿石川啄木[73]的詩歌，自詡為才子。他從一開始便擺出一副了解我的嘴臉，但我不想欺騙自己的感情，便誠實地表現出拒絕他理解的態度。我與他的不和，原因就在於此。不過，戶越這時的說法，也不能說是全無道理。如果說這話的不是戶越，或許我會坦然受教，不敢反駁。但我也有充分的理由，因此難得地與他激辯起來。對病患進行初診，在診療簿的方針填上「住院、手術」的，不就是醫局長自己嗎？在手術前命令我進行腰椎麻醉，並指揮準備的，不就是醫局長和赤澤護士長嗎？我只不過是擔任他們的手腳，替他們行動。沒錯，或許我

73　石川啄木（一八八六—一九一二），明治時期的歌人與詩人。一生貧困孤獨，後來親近社會主義思想，年紀輕輕即因肺結核過世。

應該對病患付出更多的注意，卻沒有注意，這也許是我的疏失，但這絕對不是我一個人的責任，在那種情況，如果我這麼做，就是越權。我的經驗、資格都不夠，所以才會擔任助手啊！我在對方惡意的侮辱下，愈來愈激動，大聲怒吼了這類意思的話，甚至引來許多人在醫局前圍觀。這起事件導致我和醫局長糠內博士、赤澤護士長的關係更形惡化，也在我心中留下了無法排遣的殘渣。不，我必須說，是他人不肯讓我忘掉這起衝突。也就是，前面提到的我和栗田之間荒謬的傳聞出現後不久，某天一些助手在醫局午飯後閒聊時，雖然從話題來看並沒有什麼不自然，但剛好也在一旁的護士長說：「畢竟有人都在醫局待了兩年多，卻連個腰椎麻醉都做不好嘛。」我從食堂回到醫局後，就坐在角落抽菸，雖然不知道他們前面在聊些什麼，但這句話惡狠狠地刺進了我的心胸。緊接著傳來戶越的聲音說：「再怎麼說，身為外科醫師，最重要的不是腦袋或道理，而是本事——就像畫家或音樂家一樣。」我立刻起身出去走廊，但後頭傳來的眾人大笑聲，應該不是我的心理作用。後來護士長時不時便把這句「都待了兩年還做不好腰椎麻醉」掛在嘴邊，尤其是醫局的教授在場的時候，特別愛提，彷彿百說不厭。後來，我又在某次治療中犯下了重大過失。請聽我說，這真是一次古怪的失誤。

事情發生在前年九月。一名病患帶著地方診所醫師診斷為陰莖癌腫的診斷書來到東京，住進我們醫院，由我負責治療。這名四十多歲男子的龜頭布滿乳頭狀瘤，出現潰瘍，有如爛了一半的花菜。初診的岡野教授在診斷寫著「陰莖癌腫？」，而且病患在故鄉有著無法拋下不管的事業，因此決定從根部切除患部。為了慎重起見，我從患部切下一小塊組織，製作成病理組織標本。不必說，當然是為了藉此做出更正確的診斷。我把這個顯微鏡標本也交給醫局長糠內博士過目了。然而意外的是，醫局長竟斷定這絕對不是癌腫。他的意見是，這是梅毒所引發的單純上皮組織增殖。因此我面臨了一個重大的抉擇：是要切除身為男性最重要的器官？或是沒這個必要？不必說，如果真如糠內博士所云，並非癌腫，只是梅毒性發炎所造成的上皮組織增殖，那麼自然不必切除患部，有許多方法可以治療。我猶豫了。儘管岡野教授在診斷上打了個問號，表示多少有些疑問，但他的診斷是癌腫，而且我也無法立刻同意醫局長糠內副教授的診斷。這雖然有些難以啟齒，但其實糠內博士並未正式學習過病理學，只是為了完成學位論文，在××大學的病理學系做過約兩年的研究，所以以前也鬧出過一次笑話，把別的助手拿給他鑑定的病理組織標本說成是梅毒，犯下不成熟的人常犯的可笑錯誤判斷。其實從此以後，我便難以完全信賴糠內博士在病理組織方面的學識了。我猶豫難決，最後將組織標本拿到隔壁骨科的醫局，請求芳川博士鑑定。芳川博士長年在母校的病理部擔任助手，自我學生時代起，便在病理組織實習中親切地指導過我，縱然他在臨床方面經驗不深，在病理學方面，也完全足以信賴。對於我的請益，芳川博士的意見是，從標本的血管周圍密集的細胞種類，以及沒有浸潤性增殖細胞這兩點來看，有可能是梅毒性，但要做出正確的診斷，還需要其他部位的切片。接下來還熱心地與我一同前往病房，親自視診患部，並進一步建議我說，從外觀來看，應該就如同一開始的診斷，是癌腫沒錯，但試試驅梅療法，應該也是有益無害。我將芳川博士的意見轉達糠內副教授——醫局長，再次請他指示治療方針。糠內副教授主張就是梅毒，指示我注射灑爾佛散看看。然而對我來極為不幸的是，患部開始變軟變小了。經過數星期的驅梅治療後，病患滿臉喜悅地再三向我道謝並出院了。現在回想起來，仍令我十分開心的這天，岡野教授卻把我叫去他的辦公室，我毫不起疑地前往一看，沒想到教授的表情意外凝重，提起我那實驗性的組織切片——標本。教授諄諄告誡，說我將標本送去給骨科的芳川博士鑑定，有可能造成原本就有些不合的骨科與我們——也就是一般外科——之間更進一步的磨擦，往後教室裡的事，一定只能在教室裡解決。我再三為自己的輕率致歉後告辭，內心卻無比沉重。我實驗性地從病患的患部採樣，盡可能謹慎地檢驗，成功治癒了病人的結果，與老實聽從岡野教授的診察，切除患部的作法，就算撇開對病患人生的影響，單就身為醫師的我自身來看，究竟哪一邊才是幸福的？還有，難道醫學這門學問，可以為了一個醫局或一名教授的勢力或名聲，甚至不惜將有可能治癒的病患搞成殘廢嗎？我懷著憂鬱到家的心情離開教授室，回到醫局，護士長剛好也在，她看到我沮喪無比的表情，一邊臉頰便浮現冰冷的笑，說：「一之瀨醫生，岡野醫生找你有什麼好消息嗎？」聽到這話，看到她的表情，我赫然醒悟。就是這可惡的女人向岡野教授搬弄口舌的。我忍不住緊緊地握住了手中的門把。

然而，前面所提到的種種，不愉快歸不愉快，但都只不過是情緒方面的問題。不過這情緒問題並非偶爾發生，而是無時無刻壓迫著我，著實令人痛苦難忍，但我還是可以憑著理性克制住。如同前述，我失去了護士長及醫局長糠內博士的好感，但這件事影響最為重大的，不是醫局日常生活中的不愉快與氣憤，而是更重大的問題。不是別的，自從發生這件事以後，我便極少被分配到像樣的手術了。換句話說，我失去了一切我視為生命的學術研究的機會了。這樣的憤懣，不僅不是理性能夠壓抑的，毋寧更因為理性而燃燒得更為熾烈。為了鄭重起見，我必須聲明，在醫院裡，住院及門診病患的手術，全都是醫局長和護士長依權限來分配的。

在這裡，我想要稍微談一下我從剛才便再三想要提起的我的家庭狀況。我的故鄉除了父母，還有一個妹妹。直到十年前，那裡還是個因碼頭而繁盛的九州偏鄉的一處小鎮，但最近那個地方鋪起了鐵路，路線卻未經過故鄉，因而一天天如風中殘燭般衰敗下去了。那是個港鎮，每個人都深信當然會成為車站之一，然而聽說鄰鎮的富豪大力遊說當地出身的政治家，結果我們故鄉竟因為已經有了海港、海運方便這種相反的理由，錯失了鐵路的利益。家父在那塊土地，趁著歐洲戰爭景氣正熱的時候，借了不少錢，開了一家以鄉下而言過於豪華的醫院。雖然一方面也是冀望能設立車站，但比起這樣的投機心理，更是為了讓當時正在福岡就讀醫科大學的家兄畢業後繼承而規劃，然而就在畢業前一刻，家兄竟因染上傷寒而猝死了。這是九年前的事，而家父明年就要六十二了。家父總是在給我的信上不斷抱怨，說他垂垂老矣，卻必須與學校剛畢業的新銳好手、且精神體力都正值盛年的同業競爭，實在吃力；而設立醫院時的債務，至今仍尚未還清；在出診的車上又想起慎一——亡兄的名字——便忍不住要老淚縱橫；簡而言之，是對人生疲倦的老人苦水。向來喜怒哀樂少形於色，那樣禁慾地教育我的父親，雖說是在書信上，卻竟是如此地滿腹牢騷。至於家母，甚至說興建醫院是父親的天命、不讓鬚眉的她，正因為是女人，唏噓起來更是瑣碎冗長，談起她也和父親一樣，引頸長盼一家團圓的日子；還有已經二十四歲，必須盡快嫁出去的妹妹；一天天衰老，如今連弓箭都無法享受的父親；以及每天晚上家裡的話題就是期待兒子學成回鄉等等。每當看到來自故鄉的信，我便會想起頭髮灰白的父母，以及為了老父老母，婉拒一切婚事直到我回鄉那天的堅強妹妹，三人在充耳所聞盡是波濤聲的偏鄉裡，那間空有醫院之名、現在只是一棟偌大空盪屋舍的家中，各自悄然懷抱著垂死的希望，一心一意只等待著我回家，因此就連看見家書的信封，內心都難受不已。如果我繼續像當時那樣，淨是做些瘭疽、癤、痔瘡等等的手術，縱然再繼續待上五年，應該也永遠等不到成為獨當一面外科醫師的一天。就這樣，原本就不活潑外向的我，變得愈來愈憂鬱，只有神經莫名地日益尖銳起來。我懶得跟原本就厭惡的同僚交談，難得開口，就一定會挑起爭吵。也難怪他們對我「怪胎」的封號，在不知不覺間變成了「什麼都不會卻不可一世的傢伙」。裡頭甚至還有人說我陰險。真是太可笑了，這群除了喝酒買女人以外，只知道拍醫局長馬屁的傢伙，怎麼可能了解我的個性、我的心情？我這樣的心態，肯定自然地顯現在表面了。努力討好護士長和醫局長的同僚與我之間原本就存在的鴻溝，就這樣一天比一天更深了。

在這當中，還有另一件事令我的心境更加淒慘，在此一併說明。那是一種我無能為力的感情——唔，就類似戀愛問題。對方是我任職於丸之內某家公司的同鄉學長的小姨子，自芝區某校畢業後，就一直在學音樂，是一名華美活潑的都會女孩。她主動向我示好，我們經過約一年的交往，跨出友誼的範疇，一同進入了頗深的感情交流，然而卻怎麼樣就是無法踏入婚姻這最後一步。她——因為也沒必要說出她的名字，就暫且稱她為A子好了，A子對我的感情，並不足以讓她隨我一同前往九州的偏鄉。而我前面提到的家庭因素，讓我絕對不可能如同她所希望的在東京求職或開業。由於雙方都無法讓步，明知無法相讓的我們，關係總有一天會觸礁，卻就這樣任由它懸而未決地漂泊著。我們清楚地感受到彼此的心一天比一天更為疏離，卻又無法斷然分手。倘若毅然地向她的姊夫坦白，請求協助，或許還有轉圜的餘地，但即使在肉體上全然清白，我仍深深地覺得背叛了前輩對我的信賴，加上連跟一個女人的關係都搞不定的羞恥，讓我無法開口求助。又，倘若我能拋下一切，向A子苦苦懇求，或許她也會被我說動，但我實在做不到這種事。白天我在醫院，看著同僚只因為他們個性庸俗而受到長上喜愛，因此能接觸到有興趣的病患，進行手術，豐富經驗，空閒時還能依靠醫局長的協助，進出臨床部的研究室，雖然速度緩慢，但也努力完成學位論文，我心中儘管不屑，卻仍充滿了無法完全否定的羨慕與寂寥，同時已經好幾個月被兩名我毫無興趣的三等病房住院病患搞得焦頭爛額。他們一個是結核性肛瘻的女人，一個是象皮病的男人，這兩名病患都下不了決心動手術，卻又拒絕出院，成了醫局的燙手山芋，最後丟給了我。我每天只在門診、複診、小手術室及三等病房之間來回，處在醫局的角落，就像個過客般聽著其他助手圍繞著副教授發出哄堂大笑，每天只是迫不及待快點入夜結束一天。然而到了夜裡，我再也不像過去那樣鑽研專業，也不打開感興趣的經濟社會學相關書籍，反而是詛咒一切的學問，在宿舍昏暗的燈光下，想著故鄉、醫局、A子、新婚的朋友，特別是個性圓融，容貌又出眾，帶著妻子留學歐洲的栗田，還有護士長。這一切由於年近三十的單身漢的寂寞、對他人的憤怒以及對命運的怨懟，讓我的心就像不完全燃燒而逐漸滅去的火焰。我只覺得我的人生再無一絲光明或希望。不知不覺間，我神經耗弱得更加嚴重了。

沒有多久，去年四月又出事了。我和護士長之間，又屢次發生了不愉快。仔細想想，那女人與我之間，總是維持著莫名固定的間隔，每隔一兩個月就會週期性地爆發衝突。我覺得是逐漸步入停經的更年期女人月經來潮時，會讓她們出現特有的精神不穩定。我如此解釋，大抵盡量隱忍，但這起事件，與我寓居處太太遠親的女兒、在醫院當實習護士的女人有關。這個女人和我在寓居處見過一兩回，算是點頭之交。某天早上我難得提早出勤，處理前天剩下的工作，這名護士趁著只有我一個人的時候，走進醫局裡來，說有事想要請教我。我以為她要談論最近與住宿的私立大學生傳出不好的風聲的太太，便請她在附近的椅子坐下，沒想到一段沉默之後，她表情苦惱地問我：「醫生，沒有特別的原因，月經也會不來嗎？」我說明即使沒有懷孕，如果精神上遭遇重大打擊，或有隱性肺結核，月經有可能兩、三個月停止來潮，並說過瘦的女人容易停經，建議她最好去內科接受診察。護士滿臉通紅地站了起來，這時門靜靜地打開，早起的護士長進來了。一名年輕護士跑到其他科別的醫局，並且和年輕助手孤男寡女共處一室，確實啟人疑竇。護士紅著臉，狼狽地起身，胡亂地不知向我還是護士長行了個禮，逃之夭夭地離開了。當時護士長並沒有特別對我說什麼。而不幸的是，那名護士真的懷孕了。她託詞生病辭職，但既然被那女人瞧見了那種場面，我終究免不了要受冤枉。「不愛玩也不喝酒，自然就會想要偷吃身邊的女人吧。」這指桑罵槐的話，我在醫局裡不曉得聽過多少回了。「喲，恭喜恭喜，聽說兒子快生了？」還有同僚露骨地這麼挖苦我。直到約兩個月後，辭掉醫院工作的護士和進出婦產科的機械廠年輕伙計結婚之前，我不曉得受了多少這類窩囊氣。我也曾想乾脆放棄一切，回故鄉算了。──如果亡兄還在人世，──如果我能貫徹己意進入法律系就讀，──如果有任何一名同僚理解我，──如果她、A子願意陪伴在我身邊，我早就已這麼做了。我忍不住懷疑，從一去不回的過去十年光陰直至今日，命運為何淨是無止盡地荼毒我一人？我自嘲著應該老早便已拋棄的感傷癖，覺得自己唯一僅有的避風港竟就只有這樣的感傷，實在是教人可憐。我曾經夢見與亡兄一同遊玩的少年時代，醒來後淚流不止。在他人眼中，這樣的我一定是個毫無存在感的可憐蟲。一陣子以後，護士長也開始極為婉轉地對我展現出好意。但那個時候，我對自己竟受到那女人的憐憫而感到氣憤難耐。我悍然回絕了一切來自那女人的善意。「如果妳自知理虧，就跪在我和全醫局的人面前，向我謝罪！」我聽見內心深處的自己頑固的吶喊。無庸贅言，我和護士長的關係因此更加惡化了。這件事也許我必須要負大半責任。我赤裸裸地對那個女人展現出敵意。因為我痛恨那女人的卑鄙，以及我自身的軟弱。對於部分原本連早晚都極少打招呼的同僚，現在更是再也不假辭色。我毫不客氣，強悍地回敬他們愚不可及的諷刺——不惜以挖苦回敬揶揄，以冷嘲回敬挖苦，以熱諷回敬冷嘲。指出、調侃他們職務上的疏失，對他們學術成績中所能揪出的一切錯誤和缺點大加議論並嘲笑，成了我的快事。記得由於我的抨擊，起碼有兩三名同僚那漏洞百出的學術成績有一半以上都遭到了修改。我下定決心了。打死我也不回故鄉。無論家庭狀況如何窘迫，多少年我都要待在這裡。不管如何窮困，我都要賴在有這些醫局長、護士長和同僚的地方不走。過去只是令他們看不順眼的我，非得搖身一變，變成更令他們更咬牙切齒的存在不可。事實上，我一步步實現了我的決心。我強迫護士長和醫局長，甚至不惜從同僚手中強取豪奪，讓各種手術交到我的手中。我再也不需要向任何前輩請益了。我埋首教科書和解剖書，研究和準備隔天的手術直到深夜，樂此不疲。我打定主意，完全不把小錯和結果成敗放在心上。我只遵從我的信念，不斷地照我喜歡的方式去做。我是一個隨時都會爆炸的膿瘍。我贏得了自信，相信只要去做，大抵的事都能憑一己之力成功。我和同僚之間依舊反目，相互攻訐咒罵。我還會放聲大笑，彷彿成了個快活的人。對於我的劇烈轉變，起初護士長和醫局的人都嚇呆了，但他們絕對不會默默隱忍。這首先展現在糠內副教授的好意上。某天副教授把我叫去三樓的商店房間，突然拿出一張照片給我看，說要為我介紹對象。副教授說，對方是地方資產家的長女，父親希望女婿是位有為青年學者，想要資助女婿事業成功，再也沒有比我更恰當的人選了。說來膚淺，比起照片上樣貌豐滿看似單純的美麗姑浪，似乎可能得到學費資助這一點，更令我差點動了心，但我赫然回神，恭敬但略帶嘲諷地拒絕了。誰能受得了每天被這個副教授擺出一副媒人臉孔？打死我也不會受這傢伙半點好處。然而若要我剖白真心，其實我的心境是這樣的：請憐憫再也無法坦率接受他人好意的我吧！不過我早已失去了這樣的餘裕。就因為我無法老實接受這番好意，這回遭到了側面攻擊，也就是要把我調到地方醫院去，到北海道某處煤礦山的醫院，或東北小鎮的醫院擔任外科部長。對於醫局長糠內博士假意親切的這些工作介紹，我全都回絕了。終於，最後岡野教授親自出馬，勸我接受地方的調派工作。教授的親口勸告，幾乎等同命令了。教授說，你願不願意到樺太[74]的某個小鎮醫院擔任外科部長？條件很不錯，只要忍耐兩年，我們就會派人過去接任，把你調回醫局。我大略表明老家的狀況，說希望詳加考慮一番，離開了辦公室。其實那個時候，由於我也正對醫局生活感到厭倦，而且正值悶熱得可怕的夏季午後，聽到教授的話，瞬間我也覺得或許一走了之，前往那個北方的陌生小鎮生活也不錯。隔天我因為很忙，教授也有手術，沒有機會碰面，然而到了第三天早上，我一出勤，就有人對我說：「喲，恭喜恭喜，聽說你高升啦？」我大為狼狽，急忙前往教授室，正式回絕，然而教授卻說我在前天傍晚已經向醫局長答應，他才剛向那家醫院寄出我的推薦信。被這麼一說，我想起教授提出此事當晚，我在醫院澡堂裡自言自語地說：「熱成這樣，去樺太或許也不壞。」而當時糠內博士確實也在澡堂裡。但是那種自言自語，哪裡能算做回覆？我這回詳細地對教授說明家庭狀況，百般賠罪。結果教授叨叨絮絮地訓起我說，那是新設立的學校，必須盡可能安插本校學生，在地方扶植勢力，卻在這種節骨眼收回成命，萬一給學校帶來麻煩就傷腦筋了。我羞慚萬分地離開教授

74　樺太島，即庫頁島，俄國稱為薩哈林島，為北海道北方的大島。二十世紀初期，日本曾短暫擁有此島。

室，但總算是免於被放逐到樺太去——這是去年七月底的事。這件事我還可以忍受，但還有更令人懊恨的。雖然次序反了，不過去年五月，家父在夜間出診時——家父原本是外科醫師，但那裡是鄉下，而且現在醫院也徒有其名，醫生不足，因此有些情況，家父也會收治內科甚至是婦科病患——他去探望胃痙攣的病患回家的路上，由於車夫的疏忽，車輛翻覆，讓父親的右肩受了挫傷。此後右手便不聽使喚，面對精細的手術，更感困難與不便，因此再三來信催我回家，或起碼在找到適合的代理人之前先回家。因此儘管擔心或許有些力不勝任，但我拜託比我小一屆、當時正在找工作的同僚，請他去家父的醫院。我介紹同僚，是為了給家父當助手，但看來家父想要的是能全盤打點醫院事務的人，因此人過去沒有多久，家父便又來信說，那人實在應付不來，還是希望我回鄉，若是無論如何都沒辦法，就介紹其他人選。那名朋友也來信說，雖然次數不多，但偶有意外重大的手術，令他感到有些不安。我立刻拜託醫局長，請他詢問醫局是否有人有意願，若有的話請告知我。然而醫局長卻丟下一句「你爸的醫院？」，全不理會。又過了一陣子，家父寄來了一封怒氣沖沖的信，並附了一張明信片，明信片上寫著：「赴任貴院的××君或許尚不純熟，但本領比起令公子仍要高明許多。本教室目前無人願意前往，而令公子看似有某些難言之隱，不肯離開東京，不如暫時繼續以××君將就罷。」署名只有學校教室名稱。我的面子完全掃地了。就算是同樣的內容，倘若是正式書信，簽上教授或副教授的名字，那還說得過去；然而像這樣僅曖昧地署名教室，就不知道是同僚還是護士寫的——事實上，那朝右上斜撇的字跡感覺像是女人的手筆——寄來這樣一張莫名其妙的明信片，擺明了我甚至被這些人瞧不起。我當場把明信片撕成碎片，卻愈來愈覺得那像是護士長的筆跡。不過這恐怕是我太多疑了。護士長應該不至於如此幼稚，這應該是別人幹的好事。我這麼想，想要再次確定筆跡，但明信片早被我撕成稀巴爛了。我到現在依然不曉得那張明信片是誰寄的。但是看到那張明信片，我頭一個聯想到的就是護士長，也是事實。沒錯，或許我的本領還不到家，但既然我如此不成熟，就算那裡是窮鄉僻壤，為何要派我到樺太去擔任一家醫院的部長？世上有這種道理嗎？這一切的不合理，令我的天性無法忍受。為何我非遭受他們如此不合理的壓迫不可？為何我非得跟這些人在一起，繼續受他們的支配？毫無樂趣的學問。獨當一面的外科醫師。縱然成為知名醫師，又能如何？當晚我在悶熱的住宿處二樓褪色的蚊帳裡，徹夜無法成眠。即使來自他人的壓迫，證明了我多少有些招嫉的才能，但不得不受到他人如此的憎恨，也令我倍感淒涼。這天晚上我所流下的冰冷淚水，就是出於這樣的感情。

而且還不只如此而已。接下來的事，發生在十月初的時候。與我同屆畢業，也是同組的朋友高梨——就是畢業的時候忠告我進精神科的朋友——得到教授推薦，即將赴德留學。出國當天，我將複診的病患託給交情算是較好的同僚內山，到橫濱去為高梨送行。其他還有像是在××研究所的淀井、在〇〇醫專當講師的生駒等其他兩三名朋友，自前晚便舉辦了送行宴，整晚依依不捨，也邀請我參加，但我分身乏術，無法應邀，所以至少要到碼頭去為他送行。送行結束後，眾人一同前往南京街的支那飯館子用午飯，接著久違地一起漫無目的地散步。我因為傍晚前必須回去診察住院病患，而且也不會喝酒，便硬是推掉了朋友說要繼續喝酒聊天的邀約，一個人經過海岸道路，沿著電車道走回醫院。想想在飄揚的彩帶上揮舞帽子的高梨那似哭似笑的表情、他即將迎接的萬里前程，以及現在正和樂融融地舉杯歡飲的淀井與有田，還有他們光明的未來，再反思自身的落寞，置身明亮的秋日港鎮人潮中，我竟然差點落下淚來。不經意地抬頭一看，我正走在陳列著當季帽子的舶來品店的櫥窗前。我失魂落魄地步入店裡，也沒細問價錢，便買了一頂靛藍色的天鵝絨帽。今天相聚的朋友當中，我的帽子當然是最窮酸的一頂，買了都三、四年了，又髒又舊，事實上我也正打算在今年秋天新購一頂，並為了這個目的存下了夏季獎金——臨床部的醫局只要待上兩年，大部分的助手都會升為有給職，但我卻落後學弟，到現在還是無給職。只有中元和年底的時候，會拿到教授自掏腰包的一點獎賞而已。自學生時代開始，最起碼帽子也好，手杖也罷，我習慣擁有一樣奢侈的物品，並盡可能珍惜地長久使用。這種絨毛宛如兔毛般蓬鬆的天鵝絨帽，我從學生的時候就想要一頂了。我在京濱電車裡，將新帽子放在膝上撫摸著，總算覺得方才的憂鬱漸漸被沖淡了些。然而一想到區區一頂帽子就安撫了我，又開始對自己氣惱起來，很快地再次陷入懊喪。回到醫院後，我火速對負責的住院病患進行迴診，然後帶著陰鬱的疲倦，回到醫局。這時都已經傍晚了，醫局裡卻一反常態，還有十來名助手沒有回去，聚在裡頭，我一進去，他們便同時噤聲，目光全聚集到我身上來。護士長就站在他們旁邊，手上拿著我的新帽子。我早有預期會受到挖苦，但護士長說出口的，卻是平凡無奇的一句：「一之瀨醫生，這頂帽子看起來很貴呢。」但是一個小時後，我被迫得知了這平凡無奇的一句話裡，隱含了多可怕的毒素。一名實習護士漫不經心地向我提起，前些日子，有名同僚弄丟了老家寄來的十圓支票。而我完全沒有向醫局長說明理由，便在前天傍晚預先把門診託給別人，請假了一整天；無論是這時的狀況，還是平日的立場，都完全足夠令我蒙受可怕的嫌疑。買了與身分不匹配的昂貴物品，也對我更加不利，這絕對不是我多心。護士長對我的帽子的評語異於平日，極度正常，就是他們懷疑我的鐵證。這天傍晚，我在疾駛的客滿電車裡，將買了還不到半天的心愛的帽子扔進了外護城河的水中。熙來攘往的夜晚街道上，行人都對我這個沒戴帽的高大男子投以狐疑的眼光。我意識著他們的目光，滿懷著被羞恥、憤怒及悲傷染成一片漆黑的心，回到了租屋處。我要房東太太撤走我完全沒吃的晚飯，在陰冷的黑暗中，就這樣一直坐著。帽子——支票——高梨。我這個單純的怪胎不知何時變成了陰險的傢伙，這回更成了竊賊。我覺得只有我一個人被拋棄在秋風之中。巡夜的更夫敲打木梆子的聲音令我回過神來，我這才總算褪下衣物。我不斷聆聽著枕頭下的蟲鳴聲，興起了不如歸去之感。我想要拋棄一切，回去故鄉。沒錯。如果那個時候我回去故鄉，或許就不會有今天這樣的局面了。然而到了隔天早上，我又自嘲起昨晚的感傷，打定主意不管發生任何事，都絕不離開醫局。對我來說，醫局已經完全成了戰場。

——您問失竊的支票嗎？應該被我偷走的支票，隔天就在應該遭竊的當事人的書裡找到了。

這起事件後不久，又發生了另一件事。那名令我焦頭爛額、不知如何處置的象皮病患者，終於下定決心接受手術了。象皮病的手術雖然有幾套作法，但沒有任何一種具有顯著的效果。唯有一種我們學校的骨科教授設計的手術方法，多少有些成效，因此我再三建議那名病患接受此種手術。這種手術法是將病患的皮膚與其他健康部位的皮膚縫合在一起，促使鬱滯的淋巴回流；應用在這名病患身上，便是從他的下腹部切下瓣狀的健康皮膚與皮下組織，與腫大得有如一升[75]酒桶的睪丸皮膚縫合在一起。這種手術法的創始人，骨科的河內教授出於研究之必要，當然對這場手術很感興趣，因此如果我委託教授為病患執刀，他應該會欣然同意；但由於象皮病病例多出現在我的故鄉九州東海岸，而且此前的龜頭癌病患時，岡野教授的斥責與警告令我學到了教訓，最重要的是，我出於自身的學術興趣，想要親手完成這場手術，因此當天下午我前往骨科醫局，向河內教授討教手術方法，約一個小時後告辭離去。然而我才剛走出房門，手都還沒有從門把上放開，就和從病房大樓彎過走廊而來的赤澤護士長打了個照面。如今想來，我會刺死那個女人，完全就是前世注定。我從骨科醫局走出來的場面被護士長撞見，使得我在外科醫局的立場變得更為難堪，惡化到幾乎再也不可能恢復的程度。原本一般外科與骨科涇渭模糊，直到最近骨科才好不容易自立門戶，之前都被當成同一科。直至今日，市井有些小醫院

75　日本舊制容積單位，明治時期，一升定為一．八〇三九公升。

也未加以區分，但是在各大學醫院，各個課程與研究室不必說，醫局也都各別獨立。我隸屬的一般外科的教授，與骨科的教授性情迥異，年齡不同，從以前開始，表面上姑且不論，實際上絕對難說是相處融洽，當時更是在各種大小事務上衝突不斷，比方說搶奪學年初預算中的研究室經費、收容住院病患的病房、爭奪下屬的職位；或是前年度外科學會上負責的報告中，兩科教授對研究成果在學術上的意見相左，以及其他各種就連醫局人員都無法窺知的、源自於個性差異的纖細感情糾葛等等，使得雙方的不和達到了巔峰。教授的不和，也陸續引發了擁護各教授的部分醫局人員間的不和。譬如這件事一星期以前的某天晚上，我們醫局簇擁著教授前往經常光顧的藝妓酒館狂歡，在醉意驅使下，兩、三名仰教授鼻息的助手以相當激烈的言辭批評了骨科教授。在醫局孤立的我，不知幸或不幸，直到很後來才知道有這樣一場聚會，當然也未曾出席。其時恰好同一家酒館隔壁包廂，以前曾經待在骨科一年，後來轉入內科的一名助手正在那兒和熟識的藝妓喝酒，竟隔著紙門細聽，將隔壁席上的種種發言、誰說了哪些話，一字一句全抄錄了下來，隔天一早便立刻跑去骨科告狀。得知私底下的惡言惡語徹底曝光，我們醫局的人都瞪大了眼睛尋找是誰背叛通敵，但最後還是查不出是從哪裡洩漏的。最後他們認為，骨科擺出一副洞悉一切的嘴臉，應該只是作態罷了。而我就在這種節骨眼上，竟然跑去拜訪骨科醫局。如同前述，我當然不知道這些內幕，當然也不知道聚會的事，但是護士長目擊我鬼鬼祟祟地在骨科醫局密談，又鬼鬼祟祟地離開，並跑去報告醫局長，令我揹負了跳進黃河也洗不清的污名。這件事傳開以後，一名骨科的助手同情毫不知情卻揹上黑鍋的我，遂把實情告訴了我。也就是說，連可以背叛的材料都沒有的我，卻被打成了叛徒。這令我覺得荒謬到家，甚至氣不起來了。我開始覺得，只不過是一所大學一個科系一間研究室芝麻大的小事，卻讓這群大男人勃然變色地吵鬧不休，毋寧教人可笑。但我並非哲人，在現實生活中實在無法如此超然自在。我在職務上受到的壓迫與不便，不僅來自於醫局長和護士長，現在甚至還加上了教授。

冗長地說了這麼多，總之我和那女人之間，有著如此盤根錯節的恩怨情仇，我受到那女人以及同僚，甚至是長上的傾軋，飽嚐如此巨大的痛苦。

刺死那女人當天，一早我便覺得腦袋沉甸甸的，煩躁不堪。因為我前晚幾乎徹夜未眠。前天傍晚我收到了家父和A子的來信，分別將我打入了絕望的深淵。家父的信上說，這個年底，無論如何都非得將醫院交給銀行了，即使這十天來的關說成功，銀行的問題得以暫緩，明年你也一定要返鄉——其實就連你的學費，也已令家中不堪負荷了。家父在長達約一丈[76]的卷紙上，半是懇求半是命令地，以腦出血後顫抖的筆跡寫下這類主旨的內容。而A子的來信則極為簡略，說父母從以前便為她找好的親事已經說定，明春三月將舉辦婚禮，叫我應該找個比她更適合的人選，早日結婚。過去的書信和紀念品，請全數燒燬。

這天我過了十點才去上班。我簡短地完成分內工作，失魂落魄地躺在白晝無人的值班室床上，好幾個鐘頭就這樣用被子蒙著頭，一動也不動。我等不及天黑，便前往醫局收拾東西準備下班。正當我抱著辦公包，從椅子上站起來時，從澡堂回來的同僚鬧哄哄地從門外蜂擁而入。也在其中的醫局長——糠內副教授叫住我，說大夥現在要去參加飯店的聖誕夜派對，要我留守值夜班。我還來不及拒絕，一旁的護士長便插嘴道：「一之瀨醫生這樣學者風範的人，才不屑去參加那種幼稚的活動呢。」這點諷刺我早已習以為常，而且也不想跟這夥人去參加什麼愚蠢的聖誕節吵鬧活動，況且就算回去陰冷的租屋處，與在值班室過夜也無甚差別，但唯獨今晚，我實在是想要一個人靜靜地在自己的房間裡想事情。但最終我還是被強迫接下了值夜工作。

晚飯後，我忍耐著後腦勺的疼痛巡視病房，接著便坐在醫局的瓦斯暖爐前，抽著菸，繼續沉思昨晚的問題。六點左右，一陣敲門聲後，病房護士進來說乙號病房的闌尾炎病患說肚子痛，要我過去看一下。這名病患是當天下午自內科轉診過來的少年，預定明天要進行闌尾切除手術。經過診察，我確定沒有特別的變化後，勸病人如果止痛藥注射過多，有可能造成腸麻痺，手術後或許會預後不良，但轉念一想，又覺得如果病人痛到無法入睡，可能影響到手術，便為他注射了半支止痛劑。我正要離開病房，負責的護士卻追到走廊來，說病患的母親為了明天的手術，返家收拾東西去了，但病患看到只有一名護士照顧，十分不安，如果我有空，能不能暫時留在病房？護士並說，除了病患，她自己也如此希望。我折回病房，在病患枕邊的椅子坐了下來。病患比起剛才鎮定了許多，向我露齒一笑，默默行禮，就像在為他的任性要求而道歉。我無所事事地打開報紙，再偷瞄了一眼病患在蒼白燈光底下的臉龐。少年屬於腺病體質，膚色蒼白，透出靜脈，一看就是都市才有的少年類型。由於發燒，他的臉頰有些潮紅，長長的睫毛底下形成淡色的陰影，鼻翼和嘴唇隨著每一次呼吸微微顫動，若非躺在冰枕上的頭是五分頭髮型，否則那容貌更適合說是一名少女。少年因注射的效果而昏昏沉沉地打著盹，時不時被

76 日本傳統長度單位，一丈約三尺長。

經過走廊的腳步聲或遠方電車轉彎的聲音引得睜眼，然後每次都偷偷看我一眼，再閉上眼睛，那模樣著實惹人憐惜。寡言又冷漠的我，從未受到病患如此的親慕與信賴。我覺得這意外的夜班，或許也沒有那樣地令人不愉快。同時我也覺得少年的面容與拋棄我另嫁他人的A子有些相似。真的很荒謬。自前晚的失眠令我的肉體疲憊到了極點，讓我的心總算恨累了A子，即將被甜美的哀愁所取代。我站了起來，小心不吵醒病人，躡手躡腳地離開病房。

我吞下兩顆阿達林安眠藥，總算在值班室彈簧鬆弛的床上睡著了。

睡了約莫兩個鐘頭有吧，我再次被病房護士叫醒了。護士說那名病患劇烈腹痛，開始打嗝了。我立刻跳起來，內心直呼不妙。衝進病房一看，病患默默伸手抓住了我的手，額頭布滿了豆大的汗珠。脈搏高達一百三十，不停打嗝。他說肚子疼得厲害，連解開衣帶都痛苦不堪。他的腹部硬得像塊板子，手指一碰，便痛得尖叫。病患睜著一雙大眼注視著我，我別開臉去，總算是在一瞬之間，設法從分不清是憐憫還是同情的混亂，以及意想不到的劇變造成的狼狽，恢復成醫師的身分。我將臉色蒼白的病患母親叫到走廊，告知可能已經演變成可怕的穿孔性腹膜炎，必須立刻進行開腹手術，同時叫護士去接護士長。曾有老專家說，闌尾發炎，就形同肚子裡藏了一顆炸彈，而這名病患，就是肚子裡的炸彈爆炸了。他自發病以來，小診所醫師的診斷便搖擺不定，拖延了住院的時間，又為了住院，坐在汽車裡路途顛簸，再加上應該一住院就立刻進行的手術，卻由於病患自身的因素延後了一天，這些種種造成了可怕的後果。我向獲報後大驚趕來的病患父親，簡要地說明病患目前的病症分秒必爭，倘若不立刻進行開腹手術，病患絕對必死無疑，但若是動手術，或許還有一縷希望。父親坐在陌生的醫局椅子上抖個不停，眉宇之間浮現決心，說道：「好，就動手術吧。拜託醫生了。」我感到意外。過去在醫院，類似的狀況當然也發生過許多次，但對於這種孤注一擲的手術，從來沒有人能如此輕易地答應說好。不論什麼樣的知識階級家庭，一聽到開腹手術，首先家人就要猶豫再三，經常因此導致病患永遠錯失了活命的機會。其實我作夢都沒有想到，我面前這名頭髮灰白、繫著圍裙，據說是日本橋商人的父親會答應說好。我內心直呼快哉。我並且向父親說明，如果由我動手術不放心，可以去接教授或副教授回來執刀，但對此父親也做出爽快的回答：「不，就拜託醫生了。這一切都是因緣注定，既然如此，也只能求神明保佑了。」——我意識到淚水湧上我的眼頭。在這四年來的醫局生涯裡，我曾像今晚這樣，受到病患和家屬——不，受到來自任何一個人如此深厚的信賴嗎？昨晚以來的心痛與疲勞，顯然令我變得感傷。不過，我認為還是應該向醫局長回報此事，請求指示，才是正道，便立刻打電話去飯店；但時值年底，又是聖誕夜，電話遲遲打不通。好不容易打通了，卻說疑似我們醫局的一行人，早在一小時前便離開了。我想如果他們一小時前便已離開，一定又繼續在其他地方流連忘返，平時不與他們交際的我，即使要找，也只會浪費工夫。我決定請耳鼻科的值班人員負責麻醉，由我親自動手術。儘管擔憂因昨晚以來的失眠和焦慮而疲憊不堪的身體能否勝任，但我決心無論如何都要挽救這名病患。今晚情況如此危急，就算是護士長，應該也不會對由我來執刀有所異議。我在醫局喝下一杯威士忌——不只是我，面對重大手術，每個人都會這麼做——前往手術室。我顯然亢奮極了。以醫師身分獲得重大信賴的喜悅，以及能夠執行久違的像樣手術的緊張，令我亢奮到了極點。隨著酒精發揮作用，自昨晚以來便不時掠過腦海的種種煩悶，以及對手術的不安，也全都煙消霧散了。我充滿了自信，通體舒暢。然而這樣的情緒，也被剛踏進手術室之後護士長的一句話，惡狠狠地當場擊碎了。她只說了一句話。那女人是這樣說的：「一之瀨醫生，你可得好好幹啊。畢竟才剛出過婦產科那種事。」我在明亮如白晝的燈光下，一瞬間凶狠地瞪住那個渾身肥油的女人。她所謂婦產科的事，是發生在地方某間大學醫院的醫療事故，一名新任助手為罹患腎臟炎的孕婦進行人工流產，卻在執行搔刮術時，戳破了孕婦的子宮而竟未發現，把母體的輸尿管誤認為胎兒的臍帶切斷，把卵巢當成胎兒摘出，害死了母親。由於一些緣故，這件事也傳到了我們醫局，幾天前便一直蔚為熱門話題。只要知道這個事實，應該便不難想像護士長的一句話對我的刺激有多大。護士長這時候的這句話，是擔心我的技術而提出警告，或是出於更積極的惡意，兩者皆有可能，但總之她的這句話，把我原本喜上雲霄的心情，一下子打入了萬丈深淵。同時原本拋諸腦後的自昨晚以來的種種鬱悶，冷不防潰堤似地排山倒海而來。故鄉有著白牆的老家、母親、父親、妹妹、A子，以及從未見過的陌生人的臉孔，這些就像瞬時的幻影般掠過我的眼前，宛如一陣惡寒般竄過體內，接著腦袋深處痛了起來。我輕輕甩了甩頭，瞬間聽見自己的頸骨發出了吱咯聲響。手術可能失敗的不祥預感閃過腦際。病患已經放上擔架床推來，護士長專注地指揮護士，為病患寬衣解帶，褪去衣物。年輕護士在病患的腹部抹上漆黑的沃度丁幾[77]藥水，接下麻醉之務的耳鼻科內藤，正在計算護士於覆蓋病患口鼻的面罩上滴下的麻醉藥滴數。在手術室的沉默與緊張高漲之中，我感覺到蒸氣加熱器正嗡嗡作響。在蒼白的燈光下一聲不吭地動作的我們，感覺就像螢幕裡的人物。我站在病患的右側腰旁，護士長取來

77　即碘酊。

紗布擦拭我的額頭。她好像在說：「怎麼汗流成這樣？」我怎麼樣就是放心不下內藤的麻醉程序。這種全身麻醉，最好能讓大腦皮質的知覺區及運動區完全麻醉，但延髓裡的內臟血管及呼吸等中樞保持運作，能達到這中間微妙的狀態是最為理想的。如果太淺，麻醉便告失敗；如果太深，將導致病患死亡。——一、二、……、……。由於病患還是少年，為了鄭重起見，我要他數數。病患的聲音愈來愈模糊、低沉，變得宛如發自迷霧。為了確定麻醉深度，內藤檢查瞳孔與角膜的反射。我對內藤的麻醉技術實在放心不下。不，我不是不相信內藤，而是對從未共事過的別科人員感到不安。我把已經拿起來的切開腹腔用的柳葉刀又放回器械盤台上，繞到病患的頭部查看。瞳孔對光的反應有些快，看來麻醉有點太淺，護士再次傾倒麻醉藥瓶。好！內藤低聲說，我反射性地再次望向他麻醉的動作，同時右手半是無意識地伸向器械盤台面，指尖感受到冰涼的金屬觸感。突然間，耳邊響起那女人尖厲的斥責，我的左腕被她一把抓住了。——「住手，你不能動刀！你在開腹腔手術拿直尖剪是要做什麼！你沒辦法動這場手術，我要去叫糠內醫師！」我犯錯了。這是我的過失。被麻醉分散注意力的我，手中握的不是開腹腔用的柳葉刀，而是切除闌尾的直尖剪。我赫然驚覺，俯視那女人的剎那，看見那女人的眼中熊熊地燃燒著惡意與嘲笑。一團如灼熱鐵球般的東西湧上我的舌根，下一瞬間，我一陣天旋地轉。我踏緊踉蹌的雙腳，朝著護士長的心臟……（刪除八十六字）……。

手術刀和鉗子落掉的聲音。我茫茫然地看著那女人先是趴倒在器械盤台上，接著朝水泥地癱軟下去，純白色護士服胸口的血跡逐漸擴散開來。聽到年輕護士的淒厲尖叫、玻璃瓶破碎的聲音時，我已經被內藤緊緊地架在胳膊裡了。我聆聽著人們鬧哄哄湧入的腳步聲，腦袋反而一片寂靜，眼底陣陣作痛。哥羅芳[78]甘甜的氣味濃重地籠罩四下，一定是它的瓶子破掉了。我首先想到的，是這種雞毛蒜皮的小事。自走廊闖進來的，是以為病患出現緊急狀況的家屬。直到這時，我才想起了自己應該要完成的重責大任。——不，不，那女人不可能死掉！她絕對不會死！我在內藤的懷裡掙扎著，望向內藤搶下來的手術刀——不知不覺間，我在無意識當中扔下直尖剪，抓起了柳葉刀，但是用指尖一量沾到血跡的部分，應該連三公分的深度都不到。當下我便明確地想，那女人不會死，因為那女人肥成那樣，胸部的皮下脂肪那麼厚，三公分的深度，不可能刺得到心臟。我不認為那女人死了。她一定是裝的。不過就算她真的死了，我也無

78 即氯仿。

動於衷。雖然不多，但當時我喝了酒，而且心思處在種種混亂當中，在這一點上，我多少是理虧的，但我認為我的殺意是正當的。既然存有殺意，我完全不打算為那個女人的死哀悼，或是後悔。比起這些，我第一個先想到的是，家鄉的父母和妹妹得知這件事以後，會是什麼反應？但我認為倘若我的家人得知前述的種種因由，即使不願意原諒我，應該也能體諒我，藉由這麼想來聊以自慰。您問我家有沒有精神上的遺傳？我聽說家族當中，家母的曾祖父患有精神疾病，但此外並沒有精神病患。——謝謝您，我明白您這麼問我的用意，但精神病患甚至是無法自覺到這類症狀的。我在精神上是否出現異常，只能請您聆聽以上的陳述之後，再行判斷。勞您垂問，但看來我並沒有任何要辯解的。我只想補充一件事，希望您能理解，亦即手術場上的外科醫師一般——我認為這是一般狀況，或是只有我一個人如此？外科醫師在進行大手術時，總會陷入一種特殊的亢奮，或許可形容為對鮮血的饑渴。我想這樣的激流在當時暫時堵塞了，瞬間爆發的亢奮，使得我手中的救人刀變成了殺人刀。

比起這些，如今最令我痛心疾首的，便是我竟在那名垂死的病患手術中，魯莽地失去了控制。不論身為醫師或身為一個人，這都令我羞恥萬分。那名病患後來怎麼了？那場手術即使無效，我還是希望它能成功。當時我催促茫然若失的人們，為了自首而離開手術室後，在走廊上聽見疑似麻醉尚淺的病患囈語——怎麼辦？媽媽、媽媽——聽起來似乎正這樣說著。這聲音直到現在依然在我耳中徘徊不去，令我不知如何是好……。

原作發表於《中央公論》，一九二九年四月

用一個宏觀的角度來說，佐藤春夫的偵探小說數量與其他文豪相比多了不少，創作意圖跟風格也往往有不一樣的表現。他針對自己的偵探小說寫的著述並不多，但或許可以猜測，一個總是有意識挑戰自身創作領域的作者，也是企圖用不同的題材與形式來試探各種偵探小說的邊界。

〈陳述〉就是個好例子。

在形式上，他採取了犯人自白的敘事策略，是的，這點並不特別，但原文是用漢字加片假名的書寫方式。熟悉戰前日文的朋友都應該辨認得出來，這是仿造過去公文書或法院判決的寫法（現在則變成了漢字加平假名）。日本是一切書寫都有著既定格式的國家，往往在「閱讀」之前，讀者就可以靠文字格式來判斷該如何切換自己的心情。在這時，有一篇披著「公文書」的外衣，實際上卻是書寫犯罪的心理動機的小說出現，很容易說服讀者這事情似乎真的存在，從而成功營造出一種「窺視犯罪」的閱讀愉悅感。

而細究其內容，主角一之瀨醫學士細密的闡述了他殺害護士長的犯罪動機，無論在身世背景上、在工作上、在口舌上、在人際關係上、在社交能力上，他都遭遇了前所未有的挫折感，更麻煩的是性格決定命運，他的自尊心還高到超乎於尋常，一切種種造成了悲劇。這個悲劇甚至隱然可以扣到當時整個時代如何在新的領域中複製了舊時代的階層關係，以及現代化的進程如何改變了每個人的命運。相信一定有人會在閱讀的過程中，隱然有種在讀社會派推理的最後一章的感覺。

當然，這篇小說發表之時清張才二十歲，社會派這名詞還沒出來，但是我們發現了佐藤春夫如何修正了自然主義病態的描寫風格，凸顯出人類與社會的關係，進而成為日後推理小說開始將關心的方向從「誰殺的」變成「為什麼殺」的伏線。

指紋

——關於我不幸的友人一生怪奇的故事——

R．N是我自少年時期開始唯一的知交。他二十歲的時候，為了拓展他所熱愛的藝術方面的見聞，出洋留學，爾後數年之間，總不忘便從巴黎、佛羅倫斯、倫敦等地寄給我許多有趣的信件（他的信是我所讀過的以日文書寫的文章當中，最富天才機智的）。不過他去了倫敦之後第二年，亦即出洋第六年，從日期為一九〇七年八月十一日的明信片之後，便音信杳然，哪怕是字句再短的消息，都再也未曾收到過。但我還是盡可能持續不輟地主動寫信給他。他應該讀了我的信，因為那些信從未退回給寄件人的我，只是我從未收到過任何回信而已。就這樣，我暫時與我唯一摯友的生活斷絕了聯繫。即使想要打聽他的近況，他的母親也已在他出洋前不久離世，他在世上已無任何親人。而既然他連我都沒有來信，實在不可能寫信給日本的其他人。我也猜想，或許他正在異鄉落入熱戀。若是如此，不久後應該便會有消息，然而這個指望卻落空了。終於，我不得不感嘆真正如古人所說，「去者日以疏」。然而後來又過了四年，一九一一年的時候，他忽然想起來似地，寄了一張郵戳為七月十一日（他沒有寫下任何日期）自倫敦寄出的明信片，上面僅簡短地通知他即將回國。接下來我便收到來自開羅、新加坡、香港、上海等地沒有任何文字的風景明信片，然後自他從倫敦通知要回國後都過了一年半的時間，一九一二年都快結束的時候，他才突然現身我家玄關，意外地來拜訪我。我第一眼見到他便想：「他的健康出了問題。」他看起來就像耗盡了一切精力，而且程度之嚴重，絕對不全是旅途的疲累所造成。他那模樣不管怎麼看，都不像個才三十左右的人。異樣的老態使他看起來就像個老者，也像個壯年人。他的表情變得極端麻木，卻唯有目光就像珠寶般光輝燦爛。光是這樣說，別人應該還是無法明確地想像他當時的樣貌，但應該也能夠推測得出，那容貌絕對稱不上賞心悅目。現在我就滿足於僅如此描寫好了。

儘管睽違十幾年再會，他卻未愉快地與我談天說地。我回想著我們仍是少年的時候，他是多麼地開朗陽光又健談，詫異起一個人竟能改變如此之大。他只是懶洋洋地回答我提出的問題。我詢問他是否健康欠佳時（坦白說我有些胡思亂想，懷疑他得了Syphilis〔梅毒〕），他也僅以一字「不」帶過。但是對於他，我是不能懷疑他對我的友情的。因為他一回到日本，第一個就來拜訪我。令人不解的還不只這些。當時他說「我打算在東京住下來」，但兩、三天後，卻突然說要去長崎。由於長崎是他的故鄉，一開始我把它解讀為「他要回去長崎幾天」，然而他卻訂正說他要定居在長崎，讓我總不明白他怎麼會這麼說？因為他雖然出生在長崎，卻自幼在東京長大。再者，他曾說長崎有他已經絕交的討厭親戚，從以前起更甚至痛恨著長崎那塊土地。

他倉促地出發去長崎了。我只收到他抵達長崎的通知，卻無法寫信給他。因為他無視出發時的保證，沒有告訴我他的住處。

十年前最要好的朋友，如今卻已成了一團謎。如果他就此從我面前消失，我一定會依據最後一次見到他的印象，加入那些心靈主義者，認為我是與我最親的朋友的鬼魂——並且沒有發現那是鬼魂——共同生活了幾天。事實上，當時的我也不能說沒有那樣的感受。不過後來過了半年，我再次於家中迎接了我那位「如謎般的摯友」自長崎歸來。

當時他看起來比先前健康了一些。然後他說，他再次改變想法，決心定居東京，並問我是否願意和他一起生活——也就是說，他想要寄住在當時已經娶妻的我家。

「如果你答應，做為受你們照顧的回報，我想幫你們蓋棟房子……」

他這麼說，見我難以當下答應，便注視著我，以哀求的語氣，緩慢而低沉地又說：

「拜託……把我**藏起來**吧！」

「把我**藏起來**」？第一次聽到他這話時，我不由得聯想到極嚴重的狀況。同時內心忽然浮現一個懷疑：難不成R．N的心智失常了？但慶幸的是，聽到他的說明後，我的憂心以及疑問都漸漸冰釋了。

他用英語說起大致如下的內容——應該是因為不願被我以外的人聽見，也有可能是他認為要描述這些內容，用英語比較恰當。事實上，儘管當時並非如此，但他從以前便經常在日常生活中發揮他這種藝術感性，因此倘若我也能在這裡依照他所說的，用英文記錄他所說的話，肯定會相當有意思，但我實在是心餘力絀。不，即便是該種語學的大家也辦不到。因為當時他所使用的英語，儘管既單純又明確，卻又似乎刻意挑選有著極雜亂節奏的文字，故而形成了一種奇異的語言。——他是這樣說的：

「忘了是什麼時候，我還有毅力寫信給你的那個時候，我應該向你推薦過Thomas de Quincey寫的'Opium Eater'[79]，還是沒有？就是那前後的事。某天我在倫敦東區遇到了一個男人。那人原本是個水手，因此現在——那個時候仍是一派水手外表。我和那個人一起上酒館喝酒，對彼此展現友誼，喝得爛醉。喝得愈醉，對彼此的好感就愈強烈，儘管我們素昧平生。如今回想，我應該是好奇心過度旺盛了……我這一輩子，應該可以凝縮為這樣一句道德教訓：『人不該擁有過多的好奇心，以及過少的意志力』。我對那個人說：『以後我隨時都想跟你一道尋樂子。』最後還說：『今晚帶我去你覺得最棒的地方吧！』你猜，他帶我去了什麼樣的地方？是鴉片窟啊……。從此我開始耽溺在鴉片窟裡。你當然不可能懂得抽鴉片的愉悅——說到抽鴉片那迷醉的感覺，用一句話形容，完全就是藝術的 Ecstasy（狂喜），是以五體的全部去聆聽的動人的 Extravaganza（華麗表演）。啊！起碼那時候是這樣的！」

他說完，深深嘆了一口氣，接著好半晌陷入沉思一般，露出極沉重的憂鬱表情，宛如落入深淵似地沉默著。這沉默似乎意義深遠，讓我一直忘不了他這時的沉默，一直到很後來，我才對此恍然大悟。

一會兒後，他繼續說下去——

79 即德·昆西的《一名英國鴉片吸食者的自白》（*Confessions of an English Opium Eater*）。

「短短三、四年，我便嚴重上癮，一天必須吸食相當於四千滴阿片酊的量才夠。我連寫給你一行信、一張明信片的毅力都喪失了。然而對我而言不知幸或不幸，我仍然保有藝術上的野心，而且並未成為一名頹廢主義者，光是耽溺在鴉片裡就能滿足。我努力設法減少鴉片吸食量，但這也幾乎是徒勞而終。就在此時，我決心返回日本，因為日本沒有鴉片窟。我要快點回故鄉，回歸健全的人生，我興起了這樣的念頭。佐藤，當時我經常在魔睡的夢境裡歷歷在目地看見你的身影……

「我的決心一天拖過一天，但總算是果敢地執行了。就在終於要踏上返鄉之路──步向正確的人生的前一天，當晚我想著今晚就是最後一次了，循著不知道走過幾百次的路──這也是一般人大概一輩子都不會踏上的小徑，穿過比天堂的入口更要狹窄的小門。地下室裡，水手詹姆士（記得他叫這個名字）那天晚上也坐在那裡，身上分文未帶，準備吃我的喝我的。我對他說：『明天開始，你不用指望我會來了。』詹姆士問我理由，我坦白告訴他我要回國了。詹姆士說，你們國家沒有這樣的天堂（也就是鴉片窟），真是太可憐了。我沒有回應，但詹姆士就像惡魔會做的那樣，在我的耳畔，以那沙啞喘息的聲音，囈語似地說個沒完：老哥，變成你這樣，已經沒救嘍，你不可能戒得掉這種魔藥。如果老哥無論如何都要回去，至少到各個港口晃晃吧。我來告訴你，各個港口的鴉片窟在哪裡。不，老哥這種有錢人，不必費這種工夫，還有個更簡便的法子，你下了港口後，塞給警察幾個錢——愈多愈好——然後指著天空問：『那裡在哪裡？』記得，要指天空給對方看喔。這就是暗號，可千萬別忘了。不，放心，就算忘了其他的事、忘了情婦的臉孔，關於鴉片，你一輩子都甭擔心會忘記。老哥現在或許打算忘掉這一切，不過倘若你找到那個地方——你一定會找到的——就對那戶人家的人說，是『三眼骷髏頭』告訴你的。詹姆士說著，扯開襯衫胸口，露出利用肩頭的渾圓形狀刺青上去的、有三個眼窩的骷髏頭。詹姆士繼續發出惡魔的吉他旋律般的聲音，想要再說下去，但我實在太煩了，便丟下錢給他了。……後來我曾在船室的幻覺中，看見一艘惡魔船行駛在月光下平靜無波的汪洋上，三眼骷髏頭的詹姆士就吊在它高高的桅杆上頭，正賣力幹著活……

「我上船的時候，特意弄來製作成藥片的鴉片約三千顆。對我來說，這僅夠十五天之用。我在船上偷偷地、極少量地服用，並漸漸減少用量，因為我已在心中發誓，再次見到你時，我絕對已不再是個Opium Eater——鴉片吸食者了。可別問我是否真的實行了。起初我對自己辯解，這是為了確定詹姆士那時說的話是真的，或只是胡言亂語、是為了要錢而胡謅一通，事實上我也有著想要解開這些疑問的好奇心，同時我也必須向你告白，當時我的鴉片幾乎已經告罄，因此船一到開羅，我一上岸，便毅然決然照著詹姆士說的做了。沒想到，詹姆士說的都是真的。我把當天要辦的正事忘得一乾二淨，就睡在那裡的鴉片窟。我沒趕上船隻出發。我在君士坦丁堡也沉淪在邪惡的日子裡。在新加坡、香港、上海也是一樣。這段期間，我仍努力漸漸減少用量，堅持貫徹絕不以鴉片吸食者身分回到日本的決心。不論是出於我道德上的自覺，或更重要的是，日本沒有鴉片窟會為我帶來的不便。

「然而就在上海時，那裡的鴉片窟的支那人對我說：『如果你回去日本，可以去找長崎M．B町十九番地的劉這個支那人。』不用說，原來那裡也有鴉片窟！」

說到這裡，就彷彿述說突然栽進了盡頭般，他忽然驚訝地噤聲不語了。我完全陶醉在他的話裡。因為儘管他所描述的事實是那般黑暗，但是透過他的話語聆聽，現實的力量完全消失，取而代之的是，帶給我一種朗讀童話詩般的幻想與感性。並且這也是在向我一一闡明他自身的謎團。

不過如今回想，若說他這一生是一場怪奇的故事，那麼這只不過是開端而已。

他完全沒有喪失毅力，反而滿懷著近似瘋狂的熱情與感情著手設計房子，就彷彿忘了其他的一切。這段期間，他經常一整天連對我都沒有說上半句話。他的設計完成時，看到那精密、明確、而且極不可思議的格局圖時，甚至就連專家都在我們面前大表訝異。房子花上半年的時間，在面南的小丘上興建完成。（也就是今天我所居住的這棟屋子。雖然不大，卻魅力十足，而且住起來愜意極了。這棟房子與他當時從外國寄給我的許多信件，完全就是他留給這個世界的藝術品。）「我絕對要戒除鴉片。但這不是一朝一夕就能辦到的。我會漸漸減少用量，絕對要在十五個月以內徹底戒除。」我相信他如此堅定的誓言，我家成了他一個人專用的鴉片窟。就這樣，現在我也不得不扛起了一個祕密：**藏匿**一個「鴉片吸食者」的祕密。為了保守祕密，我甚至無法雇用女傭。在這方面，R．N比我更為謹慎。他把屋裡共七間裡頭的兩個房間做為己用，其中一間是閣樓，那裡正是他恣意享受這個祕密的園地。我完全不會想去看他是如何耽溺在鴉片裡，因為我害怕目睹那光景。而且我本身對這類誘惑不堪一擊，擔心萬一看上一眼，就會在不知不覺間親近它，也在不知不覺間成了個鴉片吸食者。因此我對鴉片毫無知識——除了R．N告訴我的以外。儘管如此，我還是能夠在此描述，鴉片的惡夢是如何可怕地侵擾著R．N。夜半時分，或是大白天裡，他的呻吟會從位於三樓的閣樓房間，穿透它的地板和二樓的天花板，擴散到整棟房屋，或者說擴散到我的整個世界，傳入正在睡覺或讀書的我的耳裡。那呻吟之駭人，就彷彿瀕死的病人——更確切地形容，就像病獸一般，令我驚嚇、痛苦、悲嘆、憂心，並且坦白說，也令我氣憤，當那呻吟持續得太長時，連我自身都忍不住要隨著那聲音呻吟起來。事實上，這種情況屢屢發生。就好比某一天，我不斷地聽著那極盡淒厲的呻吟與吶喊，實在不知如何是好，終於衝進了那間藍鬍子的祕密房間。當時我同時並同等地懷著對他的擔憂與自身的氣憤，忍不住跑上那通往閣樓的狹窄陡急梯子。然而眼前過於詭譎的情景，卻令我好半晌杵在原地，好不容易才下定決心走進房裡。小門上附有堅固的鎖。我取出備份鑰匙——因為我猜想R．N或許正瀕臨垂死。把門打開約三分[80]寬，先朝裡頭大略窺看了一下。當時正值白晝，自小窗射入的冬季陽光呈帶狀流入這間陰暗的房間裡，其中一端正照在頹倒於躺椅上、一動也不動的R．N的側臉上。那道南面的小窗就像監獄的窗戶，上頭不曉得是出於R．N什麼樣的觀念，全部嵌上了密實的鐵柵欄，宛如監獄的鐵窗。因此燦爛地投射在房間地板上的陽光，也有著鐵柵欄化成條紋的投影。就在那塊小小的陽光裡，他心愛的小貓正滿不在乎地酣睡著。那恬靜的模樣令我咬牙切齒。我立下決心，大步侵入房間，呼叫R．N。他呻吟著反問：「做什麼？」他全身劇烈地顫抖著，表情痛苦地扭曲，卻彷彿這才是正常的狀態，與我對話，這是當時最令我感到詭譎的。我伸手搖醒他。我這動作令他好不容易睜開眼睛，他卻滿臉不可思議、彷彿看著陌生人似地仰望著我。

「噢，佐藤！」

他突然喊道，搖搖晃晃地在躺椅上跪坐起來，接著一把抱住我的身體，淚如雨下。真可憐，我的朋友腦袋就這樣腐壞，就快發瘋了，一定是的——當時我如此認為，也忍不住差點跟著感傷起來，陪著落淚。

不過這是他狀態極糟的時候，這種狀態一星期大約只有兩次，至多也只有三次——也就是他呻吟喊叫的狀態。並且慶幸的是，他的鴉片吸食量似乎漸漸減少了。十天裡頭平靜的日子（但我不知道這是什麼狀況）也不只一天而已。這天，他告訴我他那充滿了無限童話幻想和壯麗的種種見聞，以及基於極奇妙的事件奇妙地拼湊在一起，卻又條理清晰得能引起我共鳴的奇論，蠱惑了我。事實上，他的每一種言論都極為不可思議。而且對他來說，他似乎只把它們當成極平凡普通的見解。舉個例子，比方說電影好了。他斷定電影是最新穎、最卓越的藝術形

80　分為日本傳統度量單位，一分約三公厘。

式，而且是唯一科學對藝術有所貢獻的領域。那是俗惡而醜怪，同時又充滿奇幻的美。他針對這一點，冗長地為我說明理由，其論證毫無破綻，且議論就宛如一篇散文詩，聽得我如沐春風。（我極想至少將它記錄在這裡，但由於此篇稿件的頁數和截稿日的限制，就連**必要的旁枝末節**都必須刪除，實屬遺憾。但我保證，我一定會找到妥當的機會，將他告訴我的事實當中，最令我五體投地的內容，代他記錄下來。）不僅談論，實際上他也異常愛看電影。比小孩子更愛看。他還曾說「電影和鴉片帶來的幻夢當中最平凡的種類十分相似，我在成為鴉片吸食者初期的時候，經常看見那樣的幻影，這令我懷念，也令我悲傷」。然後每個月至多一次，他能夠外出的日子，一定都會邀我和內人一同前往淺草。內人似乎極不願意與這名半瘋的狂人一同走在街上——不，她也極不願意和他同住在一起。但她顧慮到R．N是我朋友，連對我都不曾明說。我能理解她的心情，也能體諒她會這樣想。因此當R．N說要出門的時候，不論那天我有多忙碌，無論何時，我都會帶著他外出。這是我對這名好友的義務，也是對內人的義務。

某天，我又必須陪他一起去淺草看電影。我們依著他的選擇，看了D館的《女盜賊羅莎麗歐》這部片。留神一看，這天是星期天，因此不管是在電車裡，還是在D館中，都飽受客滿的人潮推擠之苦。《女盜賊羅莎麗歐》（或許有讀者看過）據說是美國綠旗公司的傑作，就如同片名，是描述女盜賊所率領的盜賊團活躍的偵探片，劇情雖然沒有特別嶄新之處，但取鏡充滿繪畫氣息，卻又有其清新之處。據辯士[81]說明飾演女盜賊的女星，是「美國當代吸血鬼女星的第一把交椅」，確實十分迷人。特別是穿著有如男裝的騎士服登場的扮相格外颯爽。R・N從影片一開始——綠旗隨風飄揚的綠旗公司商標出現時，就已經像個享受白晝夢幻的人一樣，忘了地點、時間，甚至是一旁的我和周圍擁擠的大批群眾，恍惚地沉迷其中。那恍如癡人般的喜悅表情，毋寧教我傷心——雖然不光是此時，每次目睹他這樣的癡傻模樣，我總要傷心一回。銀幕上的畫面轉換了。是女盜賊羅莎麗歐與手下強森在某家酒館的角落竊竊私語地談論陰謀的場面——為了秀出他們的表情，銀幕上的臉以特寫呈現。起初只有羅莎麗歐的臉。羅莎麗歐那張完全就是個柔弱高雅的年輕貴婦的臉龐，在強烈的逆光中，大大地出現在我們面前。接著她咧唇一笑，露出成排的皓齒。那表情確實妖豔絕倫。聽到羅莎麗歐的命令，強森用力點了點頭，那張凶悍的臉忽然轉向了觀眾這裡。

81　早期無聲電影的時代，在影院為電影說明劇情的人。

「噢！」

隨著這道低沉但尖銳的叫聲，我的一隻手冷不防被抓住，嚇了一跳。

「喂，你怎麼了？」

我忍不住劇烈悸動起來，在陰暗中凝視抓住我的手的Ｒ．Ｎ，懷疑是人潮的推擠，加上春初的季節，使得Ｒ．Ｎ發瘋了。

「不，沒事，沒事。」

但Ｒ．Ｎ說著，放開我的手，隨即用那隻手拭去額頭的汗水——儘管一點都不熱。但他下來的聲音意外地鎮定，令我稍稍安心了一些。我提議回家，然而他甚至不回話，再次專注地盯著大銀幕，但不是先前那種沉醉的方式，而是以銳利的眼神看著。……羅莎麗歐的盜賊團平時絕對不會取下手套，但司機強森的手套卻在不知不覺間磨破了。強森由於職業關係，指頭的觸覺有些遲鈍，絲毫未覺。就這樣，他在某次的犯罪現場中，不慎留下了指紋。那指紋再次以特寫呈現，就像顯微鏡下的黴菌一般，擴大到令人發毛的程度，呈現在觀眾面前。

「好！可以了，我們回去吧。」

Ｒ．Ｎ再次叫道，抓住我的手，用力按住，分開擠得水洩不通的觀眾，把我帶出外頭。

「啊，R．N終於真的瘋了。」我內心喃喃道，隨著他走出館外。起初，我懷疑他想要把我怎麼樣，卻也沒有這種跡象。在戶外的白晝光線底下一看，R．N那張疲憊已極的臉上，甚至泛著一層冷笑。他沉默無聲，接下來一語不發地與我並肩走在一起。我們排隊坐上電車，直到我在須田町催促他換車時，他才總算再次開口。我都站起來了，他卻依然坐著，說：「我要去丸善書店。」我實在拿這個瘋子沒轍，只得無奈地跟他一起去丸善。他甚至等不及車子在丸善前停下，早早便站了起來，並第一個搶下電車。然後幾乎是用衝的，性急地走上丸善店內的U字型階梯。

「有沒有法文或英文的，關於指紋研究的權威著作？」他這麼問店員。店員回答，雖然有英文的，但德文的著作更好。R．N說既然如此，不管是英文也好，德文也罷，只要是相關書籍他都要。就這樣，都已經買了兩、三本大部頭的書籍，R．N卻仍不滿足，叫店員徹底調查其他相關研究書目，委託書店火速訂購這些書籍。除此之外，再加上研究德文所需的書籍，像文法書、字典等等，以及店頭現有的七、八本指紋相關書籍，堆起來幾乎有二、三尺[82]高。

82 日本傳統度量單位，一尺約三十公分。

他只將其中一本英文書揣進口袋，其餘的交代店員盡快送來，留下我的姓名住址。（不只是這個時候，必須告知姓名時，他大抵都使用我的名字。美國洛杉磯出版的電影週刊雜誌也是，雖然是寄給我，但其實是他訂的。因此倘若丸善書店的哪位店員有機會讀到這篇文章，我順道說明，當時一口氣買了那麼多沒什麼人會讀的古怪書籍的奇特研究家顧客，其實並不是我。從此以後直到現在，丸善依然每期都寄給我宣傳雜誌《學鐙》，故特此聲明。）那名不可思議的熱情指紋研究家，用不著說，就是R．N。他離開丸善後，人還在電車上，就已經讀起了口袋中的那一本來。

這兩、三個月之間，我這位不幸而瘋狂的朋友不知為何，再次懷著設計屋子時——不，更勝於當時好幾倍的狂熱，徹底埋首於研究指紋。最令我驚訝的是，他為了研讀德文書，竟特地鑽研起德文來了。而且那結果簡直近乎超自然現象，令我不得不加倍地震驚。雖說R．N精通英、法二語，但瘋狂的他，居然在不到二十天的工夫內，便已能充分且自由地讀通以德文書寫的著作。若要刻意誇張一點說，毫無語學才能的我，感覺就像親眼見證《使徒行傳》中所描述的奇蹟——耶穌基督升天後，在各地傳道的弟子一抵達該地，便能立刻自由運用異邦語言的奇蹟。我多次目擊到，他在閱讀這些書籍的時候，他無比寵愛的小貓總是靜靜坐在書前，與牠的主人一同盯著書頁。

我也交代內人，千千萬萬時刻留意，絕不能違逆這名不幸的友人的心意。

某天，這名指紋研究家突然提出了棘手的要求，說要去長崎一趟——他說這回不是去吸鴉片，請我務必一道同行。當時的時序已即將入秋。就算得拋下我準備參加N展覽會而畫到一半的作品，我還是非得和這名瘋狂的朋友同去不可，否則實在放心不下。不知是否氣候的影響——不，自從潛心研究指紋以來，奇妙的是，R．N不再吸食鴉片或呻吟，這陣子已精神大好，但我還是不放心讓他一個人出遠門，因此決定同行。一如往常，R．N在火車裡也鬱悶地沉默著，卻以他的手指不停地在眼前的空間寫下文字。起初我以為他在畫花紋，但留神一看，他正不斷地寫下相同的文字：

IfIfIfIf

IfIfIfIf

持續了幾小時後，單字逐漸變成了句子。儘管有旅伴，我卻連個聊天的對象也沒有，身在無聊的火車裡，也只好觀察這奇妙的動作聊以解悶。起初我完全看不懂他在寫什麼——畢竟他在空中比劃得飛快，而且我的語學能力又不甚精熟，但我稍微可以辨讀出來了。不過這絕不是因為我的觀察力特出，毋寧顯示出這些文字被重複書寫了多少遍。幾百里路程的期間，半空中的文字如此比劃著——Provided that there are two finger patterns quite similar……後面怎麼樣都無法辨讀出來。「假設有兩個完全相同的指紋……」唉，又是指紋。R．N究竟在想些什麼？沒多久，他的情緒感染了我。Provided that there are two finger patterns quite similar……我在口中喃喃。它在我的舌上纏繞不去，令人困擾。就在經過廣島的時候，我終於忍不住脫口說出聲來——Provided that there are two finger patterns quite similar……結果R．N耳尖地聽見，卻也不怎麼驚訝的樣子，當場以日語回答我——語帶憂愁地：

「沒錯。但實際上只有一個。這就是問題的中心。」

我順從R．N的意志，中途完全不下車，一路來到下關後，也僅在渡輪的等候室休息了短短兩、三個小時，便得立刻隨著他前往長崎。我們離開東京第三天（？）的早晨，便抵達了長崎的車站。他甚至不給我四下環顧的餘裕，已然大步往前走去。是媲美爬上丸善二樓時的那種快步。離開車站後，眼前是呈一字型的開闊海岸，一側有著屋舍，他沿著那條大馬路，目不斜視地朝南走去。就在走了五、六町遠（或更遠）的時候，他稍微折返仍要徑直走下去的腳，自言自語似地、又像與我商量似地說「在這裡轉彎吧，這樣比較好」，朝著東邊的山上直角拐彎走去。那條路沿著寬約三間的溝渠而行。眼前有座賞心悅目的高山，半山腰上有座疑似寺院山門的建築。太陽已升至比山頭稍高的地方，遠方傳來船舶汽笛聲響。路上有幾個疑似上下學的孩童，再繼續走上兩町遠，這回遇到一座略呈圓拱的古老石橋——上頭還有四四方方的石造欄杆。即將過橋的時候，回首一望，漆黑高聳的教堂高塔最上方的窗玻璃刺眼地反射著光線；接著望向橋下，有顆仍青青綠綠、實在還不能吃的蜜柑，就像剛被扔進水中似地，正在漲潮時分的水上載浮載沉，新鮮得令人印象深刻。我們再次往南彎，走在鋪滿了如砥石般的天然石板、凹凸不平而不規則蜿蜒的小徑上頭。右側的房屋屋簷下站了一排小鳥。道路漸漸往上傾斜，愈來愈陡。這裡似乎是長崎的老街，屋舍又小又髒，卻充滿情趣。爬上坡頂時，我打直腰桿子，停下腳步，從口袋掏出香菸點燃。從屋舍之間約三尺寬的空隙，可以看見港口的大海以及圍繞著它的部分海角。R．N應該也有些累了，在那裡和我一起停步。但他又比我早一步走了出去。石板路畫出半圓繞過半山腰，來到山的側面，太陽從正上方照著我們的臉。兩側的房屋是至今見過之中最骯髒的，儘管兩側有人家，道路卻呈現野蠻的傾斜，溜滑梯似地直往下落，完全不像市街道路。工廠敲打鐵板的聲響，帶著港鎮風情震動整座小鎮，也在我睡眠不足的腦袋裡震天價響。道路完全平坦了。R・N對我說了什麼，但這回換成我懶得開口了。我們來到一處到處都是支那小餐館的地方，每隔五、六戶就有一家。R・N似乎有些沒把握，往左彎去，但走上五、六町又往左彎，沒多久又往右拐。那條路和先前的一樣鋪著石板，但更加狹窄，是至多只有一間寬的巷弄。這條巷弄長約三、四町，一直線延伸而出，與其說是路，感覺更像溝渠。接下來我記不太清楚了——一方面是我漫不經心，更重要的是路線實在太複雜——我們總算在一戶人家前停下腳步。「哼，成了空屋啦？」R・N說著，走進空屋的隔壁人家。那裡是一家酒吧。打掃的塵埃好不容易剛落定的房間裡，站著一名臉上有雀斑、年約三十的女人，似乎才剛睡醒。是個外國人，但我看不出是哪國人。不過R・N用英文要了茶，她便為我們準備了紅茶。R・N對著送茶來的女人說了幾句簡單的、但我聽不懂的話，女人也回了我同樣聽不懂的話——儘管兩人說的都是英語。我的直覺猜想，兩人似乎正在互開不是太高雅的玩笑。女人說著，在我們旁邊的椅子坐了下來，接著雙肘拄在桌上，將雙層肉的下巴擱在交握的拳頭上。R・N看著她，從口袋裡掏出雪茄盒，以打牌般的手勢，將它拋向女人面前的木桌。R・N這麼做，同時說起話來。女人回應他的話，接著自己說了起來。我大部分都聽不懂，因為她說得很快，而且充滿了俗語。但也並非完全鴨子聽雷——比方說我聽出：「隔壁的空屋是租人的嗎？」「對，不過租那種房子要做啥？」「我想要一樣開間酒吧，跟妳打對台……總之，那裡是租人的？」「是租人的沒錯，但沒有人要租，就算租了，也住不了人。」「怎麼說？屋子破爛成那樣嗎？」「不，比屋子破爛更可怕，那裡有怪物！」「怪物！這太荒唐了，我才不信。」「還有人在那屋子三更半夜看見有血從天花板滴下來呢。光是那滴滴答答的聲音，住過那裡的每一個人，五個家庭——起碼有二十個人都聽過。我是聽他們親口說的。他們沒有一戶在那裡住上超過一星期的。現在左鄰右舍，沒有人不知道那是一棟鬼屋……」「現在的房東是誰？哪一町的什麼人？」「房東是誰不知道，不過去日本人開的理髮店，屋後的小橋過去前頭的日本人開的理髮店問問就知道了。」「……」R．N說著什麼，站了起來，從口袋掏出五十錢銅板，扔到木桌上，結果彈起來掉到地上去了。R．N再掏了一枚五十錢銅板。女人應酬地笑，兩枚都撿了起來。R．N似乎連一旁還有我都給忘了，一個人大步走出店裡。「嗯，滴血？滴血？」他自言自語著，鑽進那家酒吧與剛才的空屋（我猜可能是以前的鴉片窟）之間勉強容一人通過的四尺寬巷弄。走出巷弄之後就是溝渠，與那戶空屋和酒吧的後牆之間有塊約一間至九尺寬的空地。溝渠上架著一座與巷弄一樣約四尺寬的簡陋木橋，和巷弄出口幾乎呈一直線。來到巷弄出口與橋之間的空地時，R．N忽然停步站住了。他就這樣佇立在原地，就像在思考方位。

「你杵在這裡做什麼？」

「嗯，或許是這裡，嗯。」他說，但並不是對我說，而是自言自語。離開骯髒的酒吧後，他似乎這才注意到我，轉向我說：

「喂，你好好記住這個位置！」

說完後，他指著站立的地點，也就是腳下的土地，接著退後兩、三步，以他的洋傘傘尖愛撫地面似地，輕輕地打了個×印。然後他往橋的方向走去——同時呢喃著「Sit tibi terra levis（願覆蓋你身上之土輕盈）（這是外國人憑弔死者的話語）」。這個人的言行舉止，早已令我滿頭霧水。但在這一年左右共度的時光裡，再沒有比他這時的動作和表情更令我費解的，而且似乎具有某種深意。不過我立刻甩開這個想法。瘋子的言行沒有什麼好認真的，更重要的是，我本身由於這場不眠不休的旅行，神經已經衰弱到了極點。如果這樣的日子持續個十天，我肯定也會變得跟R・N一樣瘋。

R・N立刻就找到那間「日本人開的理髮店」了。他要我去交涉，透過我對理髮師說：「溝渠過去那間鬼屋，是你負責的嗎？如果是的話，我對那些鬼神之說全不在意，或許可以租下來。勞你駕，帶我看一下屋子裡面吧。」臭臉理髮師的臭臉老婆領著我倆循著來時的路，在前方將五、六把鑰匙搖得嘩嘩作響。然後再次經過狹窄的木橋，通過有×印的地方，打開那戶空屋的後門，先讓我們入內，她自己站在門口，擺出一張受不了我們這些好事之徒的嘴臉待著。陰暗的屋裡瀰漫著黴臭味。蟋蟀唧唧鳴叫著。R．N靠著我們進來的門外光線，打開一道窗戶。金黃色的燦爛陽光愉快地舞動著流瀉至房間裡來。我想起以前我偷看家中R．N起居的閣樓時的景象，然後突然好想快點回家，即使不能回家，也想好好睡上一覺。R．N全不理會我的感受，專注地四下環顧。屋子正面是老舊的磚造結構，但內部大部分都是木造，而且地面幾乎全是鋪老磚。

「喂，你好好記住這屋子。我會特地帶你過來這裡，就是為了讓你看這屋子。」

R．N在我耳邊低聲呢喃後，接著說：「你看，天花板（往上指）很舊，但地板（往下指）還很新。這棟屋子應該在三、四年前翻修過——就是我請你把我藏在你家那時候。」然後他把我帶到屋子一隅，現在成了廚房的地方。「喏，以前這裡有入口——地窖的入口。所以你看（用他的洋傘傘頭敲了敲那裡的地板，又敲了敲約兩尺外的其他部分，比較這兩種聲響），怎麼樣？只要稍微留神一聽，就可以發現聲音不同。」坦白說，我聽不出有什麼差異。他似乎立刻便看穿我的想法，說著「你似乎還不是很明白」，走到流理台那裡。流理台是兩側利用屋子的牆壁，直角的另外兩側一樣堆起老磚頭，上頭放上幾片木板而成。流理台看起來是新的（也就是據R・N所說，四年前做的），木板鋪得極草率。而且由於沒有住戶，無人用水，新的板子之間出現了縫隙。R・N眼尖地發現了那個縫。我正奇怪他要做什麼，只見他取出絹絲（？）製的手套其中一隻，咬斷絲線。手套鬆脫開來，當場變成了長達一間以上的絲線。我繼續看他要做什麼，他解下附在懷表上的小金屬牌，用絲線繫住，將之垂下流理台木板的縫隙裡。在金屬牌的重量牽引下，流理台木板上鬆開來的絲線不斷地向下滑去，逐漸被吞沒了。他似乎對這靈機一動十分滿意，看著我，露出會心一笑。事實上當時我也忍不住驚呼：

「厲害！好深呢。」

此時，原本不曉得從大門去了哪裡的理髮師老婆從門外探頭進來，用有些訝異又有些不耐煩的大聲喊道：

「還沒看完嗎？」

那聲音在屋內異樣陰慘地迴響著。R・N仍帶著方才的笑，對我細語：「你去塞給那女人一圓，然後隨便跟她說點什麼，絆住她一兩分鐘。我立刻就出去。」

我照著他說的做。女人推辭著，但還是把錢收了下來。R．N也立刻出來了。女人似乎反省對我們太不假辭色，用我們不熟悉的長崎地方方言訥訥地說起最好還是別租這種房子，以及這棟屋子發生過的種種怪事——當好事之徒試著在那裡過夜時，總是風平浪靜，然而一旦有人搬進去住下，立刻就會發生傳聞中的怪事：每到晚上九點至兩點左右，天花板必定會傳來滴血的聲音。R．N這才裝出極為專注與陰森的表情聆聽這番話，但那模樣太明顯了，連我都注意到是裝的。我們很快就與理髮店太太道別了。這時R．N極憂心地說：

「喂，我太急著拉回絲線，讓繫著金屬牌子的線斷掉，掉進地窖裡了。怎麼辦才好？」

「那東西那麼寶貴嗎？」

「不，那牌子不算什麼，但把東西遺落在那裡很危險，會被循線追查到。」

「什麼？」

他沒有回答我的問題，舉手攔住在路旁等客人的人力車。車夫看到R．N，便以古怪的英語問：「Where?」（這也難怪，R．N的五官原本就像外國人，而且長期留洋，他的風貌比起日本人，更接近外國人。）R．N回答：「Station.」我們乘坐的人力車經過極類似東京日本橋小巷的某部分，或下谷某地的市街……我因為累壞了，似乎在車上打起盹來。直到車子的車轅放下來後，我才醒了過來。我們已經抵達車站了。R・N在車夫詢問「Where?」時，回答「Station」，我準以為他要在車站附近找家旅店住下，沒想到似乎不是如此，他居然說「三點十五分也有火車班次」，我大吃一驚。

「欸，一個晚上而已，找個地方下榻吧。我覺得既然都來了，也想四處觀光一下。而且我整個人累壞了，你沒看見我剛才在車上都睡著了嗎？」

「你說的沒錯，不過要睡的話，到博多、門司、廣島、大阪還是京都再睡吧。不，乾脆等回到東京，再好好睡它一場——現在要盡量離長崎愈遠愈好。其實長崎對我來說，真的充滿了極討厭的記憶。你就擔待一下吧。」R・N如此說道。接著他摸索口袋，「對了，差點忘了——看來我也累糊塗了——得把這寄出去才行。」望過去一看，他手上拿著兩封寄往外國的信，似乎是預先準備好的。

「這兩封信將決定我的命運。」

雖然為時已晚，但我覺得這一切都令人如墜五里霧中。由於這名有如暴君、瘋子、忙碌不堪的偵探般的朋友，我終於連長崎都沒有觀光到半眼，也無暇闔眼——早飯和午飯都在車站食堂裡解決——就必須搭上三點十五分的火車。上了火車後，我的腦袋更加混亂了。在車廂晃動當中，在來時的火車上記住的那奇妙的句子，又不知不覺間配合著車輪的聲音與節奏，在腦中浮現出來，在舌頭上繞來繞去，折磨著我——Provided that there are two finger patterns quite similar……Provided that there are two finger patterns quite similar……Provided that……Provided that……there are……（以下重複數百遍）……可惡的R．N！他打算把我也搞瘋嗎！

R．N突然難得進我房間來，定睛一看，他手中拿著翻開後對折的雜誌類讀物。這是某天掌燈時分的事。他把手上的東西遞給我，以難得一見的活潑說：「你看看這個！」老實說，當時我對他已經過了憂慮與不安的階段，毋寧開始被他的一舉一動勾起好奇，便順著他所說的接過來一看。怎麼，又是那本電影雜誌？上頭以紅筆在十五、六行的地方畫了線。紅色墨水極鮮豔，似乎才剛畫上去不久。那段英文翻譯過來，意思大致如下：

威廉．威爾森身為綠旗公司的特約演員，於《XYZ》一片在大銀幕初試啼聲，此後演出《女盜賊羅莎麗歐》、《汽車小偷》等作品，雖然皆飾演配角，但其深沉的演技，廣受一般電影愛好者好評，將來備受矚目，卻在十月二十七日忽然失蹤。原因完全不明，但威廉．威爾森雖然使用英國姓名，但從他疑似德國人的外貌來看，對照現今時局，坊間皆傳說他極有可能是一名德國間諜，由於擔憂身分曝光，而做出此種可疑舉動。無論真相為何，站在我等電影愛好者的立場，最令人惋惜的，莫過於銀光幕上突然少了一名前途無量的少壯演員。

這段期間，R．N直盯著我的眼球動作，一見我讀完，便說：

「喂，這個威廉．威爾森，就是《女盜賊羅莎麗歐》裡的司機強森……嗳，你過來我房間吧。你似乎一直把我當成瘋子，而事實上或許我也真是個瘋子，但我準備今天就向你告白一切，說出我會請你把我藏在你家的真正理由。」

他請我去他的房間，在他的書桌前與他相對而坐。他沉思了短短兩、三分鐘，應該是在思考接下來要告訴我的內容順序。忽然他站了起來，首先撿起雜亂房間角落的旅行箱上的手套，接著把這雙手套彼此拍打，拂去灰塵後，不知道想做什麼，將它們戴了起來。（剛才他才以瘋子的敏感識破我把他當成瘋子，提出抗議，但事實上他的一舉一動就像這樣，完全就是個瘋子。）戴好手套後，他再次折回書桌這裡，用戴著手套有些不靈敏的動作打開上鎖的書桌抽屜，從裡頭珍惜地取出一只金色懷表。他以戴著手套的手按下龍頭，雙蓋懷表表面的那一面蓋子隨即彈了開來。這時他似乎才注意到，要我點亮書桌上的燭台。我照著他說的做。R．N的房間裡，電燈與燭台兩種光源，讓他手邊一切物體的影子都變成了雙重的。R．N將手中的懷表遞到燭光前。

「喏，你看到這表蓋裡面的指紋了嗎？」確實，被R．N這麼一說，那上頭確實一清二楚、極鮮明且纖細地捺上了一枚指紋，正巧就如同我們經常在玻璃、陶器或金屬光滑表面上看見的指紋一樣。那當然是由人手上的油脂偶然描繪出來的東西。我瞥了一眼，看見指紋，便想要伸手拿過來瞧個仔細。但R．N說：「這只懷表的任何部位，都絕對不能留下其他指紋，如果你想看，得先像我一樣戴上手套。」我嫌麻煩，手縮了回去，他又不高興起來：「拿過去看個仔細吧！」結果我不得不向他借來手套，不惜如此麻煩地查看那懷表的指紋。我研究了好半晌，他說：

「仔細看，這是威廉．威爾森的指紋。至少是女盜賊羅莎麗歐的司機強森在桃花心木書桌桌角留下的指紋。因為它與出現在大銀幕上的指紋完全一樣。」

「或許吧，可是——」我憐憫著這位瘋狂朋友的妄想，毋寧是語帶慰勞地說：「可是我不記得當時特寫的指紋了。指紋這東西，不管放得再怎麼大，也不可能記得住。就像人不可能在幻夢中看到最複雜的世界地圖，並把它記得一清二楚。」

他深深點頭。「你說的一點都沒錯。」他坦然正面同意我有些語帶嘲諷的話，自言自語地說：「唔，果然還是得從這裡開始說明才行。」他站了起來，在房間裡來回踱步，然後總算說了起來——同樣不停地踱著步。

他說：「喏，你知道長崎有鴉片窟——以前有鴉片窟吧？不，你不僅知道，前陣子還跟我一起去了那棟屋子嘛。我真是腦袋有點不靈光了。但我絕對沒有瘋。（我心想：再也沒有比深信自己沒瘋的瘋子更令人頭疼的了。）我剛從外國回來，便立刻去了那處鴉片窟。因為沒有鴉片，我實在活不下去。我瞞著你在那裡住了半年。我偽裝成外國人，付了鴉片窟的支那人一大筆錢，住在那裡抽鴉片。當時我的想法是，就算這輩子毀了也無所謂，總之我要沉溺在鴉片裡。然而短短半年，我就回來了。這當中有著極深的理由。你應該會原諒我吧，我還有事情瞞著你沒說。當時我覺得，我可能在長崎殺了人，所以才逃回東京來，然後請你把我藏起來。不過你放心，我絕對不是個殺人犯，殺人犯是那傢伙！一定就是他——威廉・威爾森。不是那個電影明星強森，而是威廉・威爾森。」他毫不停歇，狀似煩躁地走來走去，說的話變得像在自言自語。儘管偶爾好像會想起我來，口中說著「你」或「佐藤」，但那語氣完全是自言自語。

接著他繼續說起大體如下的內容：

「某天晚上，我就像平常一樣，耽溺在鴉片裡，並恍恍惚惚地做著魔睡之夢。那天晚上出現在我的夢中的，是以一片湖泊為前景——其實那片湖泊經常出現在我的夢中，它非常寧靜，無比碧綠，比大海更要無邊無際。但我深知那是一片湖泊。因為那片如大海般茫洋靜謐的水面對岸，有著一棟同樣巨大的建築物。那尺寸就宛如將現實的景色再放大十二倍般地巨大。那天晚上的夢中景色，就如同我所描述的，以湖泊為前景，有一棟放大了現實十二倍的巨大古城。古城後方，有著看似回教堂的圓頂，一樣放大了至少十二倍左右，被古城的凹凸或有槍眼的城牆遮去了一半，重疊在一起。城牆的後方是回教堂，這樣的對比組合從理智上來看，實在是太跳躍了，但是在夢中，它們最以最為合理的節奏調和在一起。對，還有明亮的月光照亮著這些——我只要看到水，就能看到月亮；看到月亮，就能看到水。（請參考附錄〈月影〉[83]）這是如大海般廣袤的水面的夢境，並且上頭傾灑著銀光。水面不時冒出歐丁香的嫩芽，快速地成長，一眨眼便長成了大樹，繁花盛開。開的是白花。既然開的是白花，那或許不是歐丁香，也許是梨花。除了這棵樹以外，還有其他同樣成長開花的無數樹木，因此它們在一

83 〈月影〉（月かげ），佐藤春夫的短篇作品，以詩般的文筆描寫鴉片中毒者在幻覺中看見的迷幻之夜。

晚的幻夢之間，便形成了一座深邃巨大的森林。是百花盛開的森林。而且這森林一樣是在水面上。水面偶爾極沉靜地盪漾起來時，浮在水上的百花盛開的大森林亦同樣地緩緩隨之擺動，帶給我一種無比噁心的、宛如暈船般的不快感。這種風雅的、而且更是荒謬卻又莊嚴的景色，或是高聳入雲的巨大機械——這巨大的機械上頭，各種金屬零件形成或可形容為『井然有序的混亂』，比方說就像Albrecht Dürer[84]的構圖所具備的情趣那般，塞得密密麻麻——或是由形形色色的金屬碎片所構成，安安靜靜地由一個齒輪牽動下一個齒輪，不斷擴大影響，在巨大的機關中緩慢運行的奇妙建築物，這些都是沉醉在鴉片中的我常夢見的景物，它們總是隔著一段期間，間歇地交互出現，威嚇我並娛樂我，折磨我並迷醉我。不過，現在不是該向你說明鴉片幻夢的時候。如果你想知道，去讀De Quincey才是捷徑……言歸正傳，那天晚上的夢，是起碼將現實擴大十二倍的浪漫風景，出現了古城、圓頂教堂和洩銀般的茫洋水面。月光從那圓頂滑落。仔細一看，前景的湖泊上有座長橋，遠遠地可以看見橋上有無數的騎兵正在行軍。後來想想，這些騎兵很像盛裝打扮的英國龍騎兵——我是在英國的加冕儀式上看到的。四下的情景氛圍，就在這些騎兵現身時突然急轉直下，呈現出一種極騷亂的吵鬧。譬如說，假設全世界填滿了各種聲響，但我是個全聾之人，無法用耳朵聽見這些聲音，但還是可以依靠五官之外的知覺，或聽覺以外的觸覺，透過空氣的擾動去感知。就在這時，一名武裝的騎士（我經常夢見古代和中世紀）突然出現在夢中，他從城牆裡透了出來，雖然不清楚是怎麼一回事，但總之他從城牆裡不斷透出，出現在湖泊前方。與此同時，仔細一看，那碧綠的——宛如古畫上聖母衣物色澤般碧綠的湖面上，竟漂浮著一名不知是死是活的男人，那人一動也不動，就像拖上岸的船隻般，躺在沉靜的湖面、水的表面上，孤伶伶地漂浮著。透出城牆現身的騎士手中抓著一把長槍，槍的穗頭在月光下閃閃發亮。騎士以及宛如陸地上的船隻般整個浮出水面的男人，也和其他風景一樣，非常地巨大。浮在水面的男子及佩帶盔甲的騎士那長達至少一間以上的側臉沐浴在清朗的月光下，極清晰地呈現在我的眼前。突然間，騎士的長槍極長地驟伸出去。隨著一道爆炸聲，浮在水面上的男人側腹汩汩地湧出鮮血來，擴散到宛如聖母衣物般碧綠的水面四周圍，將湖水染成了一片鮮紅……人的呻吟喊叫迴盪著，遙遠地傳入我的耳中。蹬蹬蹬蹬，一陣飛快跑過樓梯般的腳步聲響起。我大聲呻吟著，發現除了我之外還有人在呻吟，便與他一同

84　阿爾布雷希特・杜勒（一四七一－一五二八），文藝復興時期的德國畫家。

呻吟著，赫然驚醒。可是！定睛一看，瞪大了雙眼的我面前的情景，幾乎就和夢境如出一轍，只是形狀全部縮小了，有個人呻吟著倒在地上——就和夢裡看到的幾乎一樣——只有形狀全都縮成了自然的大小，水面變成了地板而已。那人頭上極高的地方，亮著一團昏黃的燭光，使燭台底盤在地面投射出巨大的圓形黑影，就在這黑影中，那人倒地呻吟著。在他的枕邊，有一盞小煤油燈——就是用它來點鴉片的——在燭台巨大的投影中照出僅一尺見方的紅光，將此人的額頭與鼻頭照得明晃晃的。我用一邊的手肘設法撐起沉重的身體，幾乎是無動於衷地以迷濛而無法信賴的眼睛俯視著六尺前方處這種狀態的男人。我只是疑惑著，難以區辨現實與幻境的這種融合——而且是憑著我極其微渺的判斷力。我人在搭起木板並鋪上稻草墊子而成的床上，而呻吟流血的男人直接倒在地上。我仍處在半信半疑中。我想要把在半空中散發幽光的燭台拿下去一點，好挪開燭台形成的陰影，在燭光中看個仔細，便伸手要拿半空中的燭台，抬眼一看，竟發現原以為是浮在半空中的燭台並非飄浮，而是被某人拿在手裡。我看看那隻手，接著仰望那人。那個男人是這家鴉片窟的老闆，應該是聽到剛才的聲響衝下樓來的。再進一步仔細一瞧，我的一隻手——不是支撐著身體的另一隻手，正被這名支那人強而有力的手給扭起來了。他就緊貼著我的臉而立。我這才總算看清楚這些。房間並不是太暗，只是我神智模糊，弄錯了知覺事物時正常的自然順序。我仰望老闆，老闆冷冷地俯視我，移動我以為浮在半空中的他手上的燭台，以光線向我出示鮮血染紅了地板、一動不動的男人。支那人戳著——用腳尖戳著那呻吟已盡，再沒有半點聲息的男人，瞪住了我。不，也許他是先瞪了我，然後再踹了那男人。不，他先用腳尖戳了戳倒地的男子肩頭，然後才踹了他。倒地的男人，應該是個外表骯髒的外國人。還是穿著高級的晨禮服？——這我已經忘了。夢境裡的內容記得還要更清楚。在夢裡，這男人穿著水藍色無法形容的衣物，在後來的夢中也是如此。照理說，這處鴉片窟隨時都有十人或六、七人才對。像前晚或大前晚，這處地窖裡可是塞滿了陷在魔睡的大批男人，然而這晚卻只有我和這名男子。一定是因為船班的關係等因素，水手幾乎都離開這處港口了。鴉片窟老闆的支那人——他是個四十八、九歲的麻子大餅臉——指控我殺了人。聽到這話，回想起我的夢境，我不得不懷疑或許我就像夢遊病患那樣，真的在夢裡刺殺了他。起碼我無法證明不是我下的手。我對支那人說，我完全不認識這個死人，因此我沒有理由殺他，但說不定是在夢裡殺了他，既然你幹的是這種見不得人的行當，應該也不能讓這起難以理解的、我——或別人幹下的命案公諸於世，因此既然我倒楣在這裡扯上這檔事，我願意給你——給那個支那人一千圓。我向他提出這樣的商量，他看起來反倒很開心。我就像出入外國這類場所的居無定所的人所做的那樣，把現金藏在襪子與足弓之間，我當場把錢交給他，並要他答應處理屍體。說完之後，我便從這可厭的東西別開臉去，把身子翻向另一邊，面牆睡去了。我的床鋪就貼著牆。牆壁微白，我的小煤油燈的火光襯著那白牆，顯得赤黑。我想要再次入眠，把剛才這場不愉快的現實現象，至少變換成某種更超自然的事物——因為再不舒服的事物，只要昇華成超自然，都是美的——儘管我急著入睡，但就算是我，目睹過度離奇的現實，也令鴉片相形失色，不管抽得再多，也無法再次進入夢境。若說我真的是個瘋子，讓我自個兒來說，那時我確實是瘋了吧。我的神經變得就像黑水晶那結晶林立的形狀。不意間，這時我的耳邊傳來了聲響：滴答滴答、滴答滴答……。我覺得奇怪，側耳細聽，那聲音是從我碰巧耳朵貼壁的牆上傳來的。為了找出來源，我本能地朝聲音的方向一望，視野中看見了一只懷表。懷表在牆裡。那個時候，我真的透過牆壁視物了。歷歷在目地，比大白天近在眼前兩尺的現實物體更歷歷在目地看見了它。我注視了整整三十分鐘之久，然後它總算消失了。滴答滴答、滴答滴答，聲音響個不停。突然間，遠方的汽笛聲扯破空間響徹四下。應該是因為已經早上了，破曉了，造船廠所傳來的氣笛聲。這時我爬了起來。精力無比旺盛地爬了起來。因為我已經決定叫醒那個支那人，叫他敲破這堵牆，取出懷表。我起身就要走出去，差點被屍體給絆倒。那可惡的支那人明明答應會立刻收拾，卻扔著不管。換句話說，我等於是和那具渾身是血的屍體同處一室，共度了一晚。如今回想，這真是太可怕了，但當時我只對支那人的不守信用感到憤憤不平。我來到支那人睡覺的房間前，敲門之後還踹門，接著吼道：「喂，再給你五百圓！」支那人立刻從他妻子的房間出來了。我說，如果你讓我敲開那房間的牆壁，現在立刻敲開，就給你五百圓。支那人揉著眼睛，隨我一起過來。我走下地窖後，指著我睡的床鋪旁邊的牆說：「就是這裡。如果從裡面挖出懷表——一定有的，那懷表歸我。」支那人略略點頭答應，就彷彿毫不在乎什麼懷表。我們合力搬開我睡的那張床。仔細一看，在我的床鋪遮掩下，牆壁下方就像蜂巢一樣，布滿了二、三十個這麼大（他以拇指和食指扣成圈）的洞孔。我大吃一驚，但支那人一點都不訝異。我打破那處牆面。牆壁只是薄薄的木板。結果我更為驚訝，嚇得都叫出聲來了，但支那人完全不為所動。他——支那人向我說明：這些洞穴，不管是泥土中的大洞，還是牆壁上的小洞，都是為了讓這個地窖通風而挖的。確實，讓我大吃一驚的直徑長達三尺的洞穴裡，正有風朝著我手上的小煤油燈和我的臉上吹來。我再踏進去一步，不經意地低頭一看，有了！與我剛才歷歷在目地看見的一模一樣的懷表！就是我給你看的那只懷表，有指紋的懷表。我照著支那人說的，抬起屍體的腳。沒錯，確實是腳，因為支那人抬的是頭。告訴你，人死掉以後，身體會變得加倍沉重。我們將那具屍體搬進去了。搬進那破牆深處、找到懷表的通風用的洞穴裡。支那人抓起屍體的腳，拖了一間遠的距離過來，把腳交給在洞穴入口等待的我。我們把自己的背緊貼在洞穴上方的泥土上，就像兩隻螞蟻似地，將屍體搬進洞裡。我雙手抬著屍體的雙腳，往後退去。支那人先放手，屍體的頭「咚」地一聲掉在地上，震動地面。支那人以在洞中迴響的沉悶聲音低低地說了聲「好了」，我便也放開了手。屍體放到泥土上時，我看見直徑約三尺的洞穴幾乎完全被龐大的屍體給填滿了。我爬過屍體上方，身體幾乎與屍身重疊，臉幾乎和死人的臉貼在一起，彷彿要與死人接吻一般，總算爬出洞穴來。支那人正一手提著紅皮鞋，離開地窖上樓去了。那雙鞋應該是屍體的，因為我忘不了握住宛如冬天大理石般冰冷的屍體光腳的觸感。我看見房間的地板上，血跡從屍體原本的所在朝向洞穴畫出一條線，就彷彿巨人（就如同我夢中現身的那麼巨大）的指頭抹過一滴墨水般、或是被羽毛掃帚掃過一般。我再次站在洞穴入口，窺看裡面。為什麼這麼做，我也說不上來。仔細一看，洞穴另一頭有一束幽矇的黎明光線，正隱隱約約地從屍體胸膛爬上臉龐，鑽入這處地窖來。那天晚上的種種光景，後來也幾乎原封不動地出現在我的鴉片幻夢中。即使我的腦袋遭鴉片腐蝕而變得遲鈍，當晚的記憶也絕對不會消失。不僅如此，當晚只覺莫名亢奮，然而到了事後，卻逐漸轉變為異常的恐懼。隨著時間經過，那種恐懼也就愈深。而且在後來的鴉片幻夢中，我完全成了那場命案的殺人凶手。我在洞穴裡，趴伏在親手殺害的屍骸上，身體與屍體貼合在一起，鼻子與屍體的鼻子磨擦在一起，嘴唇掃過屍體如冰的嘴唇——不知為何，在夢中我就像這樣，彷彿把屍體當成了自己的新娘，緊緊擁抱著，不住戰慄著，因動物的恐懼與人性的悔悟，不斷地哭泣、哭喊。聽到我的叫聲，支那人衝下樓來。儘管我被抓住了，卻因為悲傷而哭喊得更厲害了。結果睜眼一看，抓住我的不是支那人，而是我最好心的朋友——噢，佐藤，就是你。我自身過度異常的夢，以及現世這溫暖的友情之間的落差實在過於巨大，以至於兩者在短短的剎那間轉換之後，總令我在察覺那轉換時，忍不住流下淚來。佐藤，我不是好幾次緊緊地抓住你哭泣嗎？我開始覺得那不僅僅是鴉片的幻夢，而是我在長崎的鴉片窟裡，雖說是在無意識之間，但真的親手殺死了那具變成死屍的男人。是我在夢中殺的。我甚至想，正因為如此，我才會在夢中懺悔。然後流著懺悔的淚，緊緊地抓住你。如此一想，我開始懷疑，原本我相信是以潛意識和第六感發現的那名罪犯，以及證物的懷表，其實就是我本身，而懷表是我自己的。事實上，我確實曾經擁有過一只金色的懷表，卻不知怎地遺失了。（我忘了是什麼原因。這類無聊小事，我從以前就特別容易一下子忘記。開始耽溺於鴉片之後，更是嚴重。不是送人了、遺失了、賣掉了，就是被偷了。）我曾幾乎耗掉一整天身心較舒爽的日子，就為了將懷表蓋內側的指紋與自己的相比對。懷表蓋裡的指紋，與我的確實不同。就在我用放大鏡一一觀察表上指紋那每一個漩渦的方向與形狀的過程中，我甚至將它完全記下來了。就形同那枚指紋印刷在我的眼底——視神經上面一樣。除了懷表上的指紋、我自身的十個指紋以外，佐藤，我還記得你們夫妻的指紋——主要是拇指和食指——因為你們經常在我的電影雜誌卷頭畫的亮面紙正反面留下指紋。我雖然經常忘東忘西，但只要是想要記住的事，或已經記住的事，就絕對不會忘記。即使好似忘記了，只要遇到必要的情況，就能當場歷歷在目地從記憶中浮現出最為明確的樣貌。——主要是視覺方面的記憶。我在當時發現到，這正是我最為奇特的能力。也就是在觀看電影《女盜賊羅莎麗歐》的時候。對了！當時人潮眾多，你就坐在我的旁邊，我右邊的座位。佐藤，你的記性很不錯，所以仔細回想一下當時候的情況，回想起我是多麼驚訝吧。也就是當大銀幕上特寫的男人——那名司機強森的臉，在女盜賊羅莎麗歐巨大的笑臉旁，忽然轉向我們的瞬間。我直覺發現，眼前大銀幕中逆光的那張臉，與我夢中沐浴著月光的騎士長相分毫不差。不僅如此，我還同時想起了那是在上海的鴉片窟中多次見到的臉。不過，當時我立刻覺得這樣的直覺太可笑了。我轉念心想，我只是看到和當時候的幻夢一樣巨大的人臉，所以把它和電影上的人物重疊在一起罷了，打消了這個念頭。我甚至閃過一抹憂心，認為照這樣子來看，我現在不論看到什麼，都像是鴉片幻夢中的異象，會不會在稀鬆平常的空間、沒有吸食鴉片的時候，也會看見自己就是殺人凶手的夢？電影畫面人物恢復了一般大小。但既然已經想了起來，儘管覺得那男人就是夢中的持槍騎士的想法減弱了些，我卻強烈地感覺那肯定就是兩年半、三年或三年半前經常在上海的鴉片窟看到的男人。然後那個男人走到上海鴉片窟門口時的身影，開始清清楚楚地浮現眼前。就在這時——銀幕再次變成特寫，出現指紋，我才看上一眼，便發現它們是如此地如出一轍，甚至懷疑起那不是銀光幕上的特寫影像，而是烙印在我自身眼底那金懷表蓋內的指紋圖像，由於某些作用，如此巨大地擴大投射在那塊銀幕上了。唯一不同的，只有前者是自然物體的大小，而且印在金懷表的蓋內，而後者則是印在貴族書房的桃花心木書桌上，且銀幕上的整個世界是現實物體的十倍或十五倍大！至於指紋的紋路，連它最複雜的自然Miniature（微形畫）的輪廓，真正是連千分之一分一厘都毫無二致。這讓我有了確信。確實的證據，等一下我很快就會出示給你，但現在請先相信我吧。

「這世上真的有兩個一模一樣——不，紋路完全相同的指紋嗎？

「就這樣，這個問題對我來說變得至關重要。那裡有十六本關於指紋的書籍，我為了得到這個問題的確實解答而研讀它們，但任何一本書都找不到『世上應該會有兩個紋路相同的指紋』這類的字句。每一本著作，都遍尋不著這樣的報告或研究。不過如果說『大自然的神祕不是人類的研究或報告能夠窮盡的』，那麼如此神祕的大自然，又有什麼理由穿透處在魔睡中的男人的潛意識，令他目擊到殺人的一幕，直覺到殺人凶手是誰？倘若有人堅持世上或許有兩、三個完全相同的指紋，那麼我也有權利主張電影中出現的男人，就是那時候的殺人犯。但，問題的要點沒有這麼模糊。我有個明確的目的，那就是冷靜並客觀地證明那個男人──《女盜賊羅莎麗歐》的司機強森──亦即演員威廉．威爾森，就是殺人凶手，以洗刷凶手或許是我的可怕自我懷疑，並且擺脫這擾人的惡夢。我想要釐清這一點，好卸下心上的重擔。我會懷著學者般的熱忱埋首鑽研指紋相關書籍，就是出於這個理由。最奇妙的是，不知不覺間，我開始覺得我在長崎的鴉片窟看到的──正確一點說，是涉入的殺人命案，根本全是一場夢。由於夢到太多次真實發生的事，導致連事實感覺都像夢境一般，你能了解這種感受嗎？不，無論你是否有同感，這都是我經歷到的事實。到了最後，我甚至認為長崎的M．B町，我出生的故鄉長崎居然會有鴉片窟，連這也都只是一場夢罷了。然而與此同時，我在另一方面卻也深信這一切都是無可置疑的事實，並且認為我會把這一切當成幻夢，是出於下流怯懦的心態，只是想要逃避自己涉入可怕命案的事實，並責備這樣的心態。為了認清那的確是事實，我把你帶去長崎。除了讓我自身認清事實之外，也想讓第三者的你見證長崎確實有鴉片窟，起碼曾經有過鴉片窟。因為我認為即使換人經營，現在那裡依然有著類似的場所。而那裡現在成了鬼屋——它的天花板會滴血。天花板會滴血！也許這是真的。淌下鮮血，把比聖母的衣物更要碧綠的水面染成鮮紅色。我非常清楚……那就是抹在木板地上的鮮血。然後我們把那個男人搬進了泥土中的洞穴、地窖的通風口裡。那個時候——我和你一起去長崎的時候，我站在最狹窄的巷弄到小橋中間的空地，畫下×印的地點，那底下就埋著那個人——威廉．威爾森殺死的男人。

「你必須先同意以下的事實，我才能繼續說下去——

「⑴世上絕對沒有兩個紋路完全相同的指紋。

「⑵出入上海鴉片窟的某人，知道長崎的鴉片窟，有可能也流連於那裡。像我就是個例子。

「⑶殺人凶手不一定絕對不會出現在電影中。因此在長崎犯下殺人案的人，有可能在美國成為電影演員。但那起殺人案並不為世人所知。

「也許⑶過於浪漫，你難以接受。但又有誰能夠主張，這是絕對不可能的事？總之，起初我做了種種研究、進行了種種思考，讓自己肯定了以上三項事實。然後我暫時信賴我的直覺和潛意識，從長崎寄了兩封信出去。其中一封，佐藤，我借用了你的名字和住址。那是寄給洛杉機的綠旗公司的。（這時我心想，只要這名瘋狂的朋友不要濫用我的名字去做壞事就好了。）而另一封則是寄給該公司的簽約演員威廉・威爾森的。因為我雖然不清楚他是否為該公司的專屬演員，但既然他演出該公司的作品，之間應該有關係。信件內容如下：

「日本在長崎警方嚴密之偵查下，已破獲當地鴉片窟，同時由於你遺失在該地地窖附近之金懷表，指紋與你在電影《女盜賊羅莎麗歐》中告昭全世界的你的指紋，偶然（？）完全吻合，令高明的日本警方懷疑你就是於該地犯下殺人案的凶手。倘若你心裡有數，若不立即採取自保之道，將令你置身於極大的危險。

「上海鴉片窟中，你親愛的朋友之一

「剛才，我讓你看了我拿給你的電影雜誌快訊欄。我因為太開心了，太早拿給你看了。那兩封信是在長崎的車站投寄出去的。啊，你也看到了呢。我們去長崎，是十月四日的事。這一點很重要。一般來說，寄送到洛衫磯的信件，應該二十天左右可以寄達。但自從戰爭爆發以來，信件遞送就變得很不穩定——像電影雜誌有時便會拖延許久，令我望眼欲穿。但我大概知道威廉・威爾森是在什麼時候收到信的。」

R・N說著，不知何時來到我旁邊的桌前坐下，從書桌最大的抽屜裡，取出疑似裝著照片的信件，把它交給我。

「喏，這是綠旗公司寄給我的東西，是在十天以前，嫂子拿給我的。我用你的名義，請那家公司若有電影目錄之類的資料，就寄給我。比起索取這些資料，其實我更想知道的是公司寄東西過來的日期。郵件是十一月十六日寄出的。那麼，我寄出的信，至少在這之前便已寄達公司了。同時寄出的給威廉・威爾森的信，估計應該也在十一月十六日左右寄達。雖然不清楚信件是否立刻便送到他的手上，不過應該可以視為他在十一月二十四日——他失蹤的那天以前，已經看到了我的信。他就是看到我的信才失蹤的。還有，那東西借我一下。其實不管什麼都好，這只是為了得知信件寄達的日期才要他們寄來的，但這份目錄卻發揮了意外的功用。雜誌上說，威廉・威爾森第一次出現在大銀幕，是《X・Y・Z》這部電影。而根據這份目錄的資料顯示，這部《X・Y・Z》是一九一四年完成的。那麼這表示，威廉・威爾森在一九一四年以前，並不是個電影演員。絕對不可能是。因為一九一二年的夏天——沒錯吧？我從長崎回來那年——一九一二年的夏天，他在長崎殺了人。一名電影演員不會在長崎或上海亂晃。你會說，威廉．威爾森還不一定就是殺人凶手吧？（他露出得意的微笑）沒錯，就算是我，若非相信自己的潛意識與直覺，否則面對這些事實，一定會遭遇以下兩個疑問。我也都想過了。

「(1)威廉．威爾森或許不是因為看了我的信而銷聲匿跡。

「(2)《女盜賊羅莎麗歐》裡，印在桃花心木書桌角落的指紋，或許不是司機強森——亦即威廉．威爾森的指紋，而是別人的。

「也就是以上這兩個疑問。不相信我的人，一定會想到這兩種可能性。或者是連我在牆壁中撿到那個印有指紋的金懷表的事實都加以懷疑，或把我所看到的一切都當成我魔睡之中的幻夢，我的解釋只是瘋子的妄想。事實上，有時候連我自己都會這麼想。但這裡很關鍵。『世上可能有兩個紋路完全相同的指紋嗎？』這裡的十六本關於指紋的著作——從根本闡述每一枚指紋都不相同、因此能夠作為各種證據的十六本專門著作，完全找不到這樣的內容。既然世上不可能有兩枚完全相同的指紋，而任何懷疑論者都不願意懷疑自己的眼睛，把它們挖出來，那麼最後就非得接受以下的事實不可——

「(1)這只懷表的表蓋內側的指紋，與電影《女盜賊羅莎麗歐》裡的指紋完全相同。

「或者，只要是對我稍有信任的人，就會相信——

「⑵**我從遇害的死者身邊撿到的**這只懷表的表蓋內側的指紋，與電影《女盜賊羅莎麗歐》裡的指紋完全相同。

「亦即：

「既然世上不可能有兩枚完全相同的指紋，那麼最後的⑴或⑵的指紋，便同樣是來自於同一根手指。

「好了，如果有人對我的信任，比前面的⑵還要更多——對我最大的信任，便如同我最大程度地相信我自身一樣，那麼那個人應該會和我一樣，認定『威廉・威爾森絕對就是長崎鴉片窟的殺人凶手』。」

從荒唐無稽的內容，冗長地說到彷彿在迷宮中打轉般的理論，令我頭疼的這名朋友，接著第三次打開他的書桌抽屜，取出像粗大的捲尺般的東西。是電影膠卷。「我買了這個。」他說著，不急不徐地把它拉開來，以亢奮而閃亮得近乎詭異的眼神把我叫到電燈底下，將膠卷放在燈光下端詳。這約十尺長的膠卷，正是電影《女盜賊羅莎麗歐》的一幕。三名偵探走進洛可可裝潢的貴族大宅一室，忽然在房間桌上發現了什麼。一名偵探指著它——畫面變成了大寫。仔細一看，桃花心木的書桌一角出現了一枚指紋。R・N似乎特別珍惜那指紋部分的膠卷，用一塊舊領帶的碎布或緞布把它包裹起來，免得受到磨擦。他再次用布包好那個部分，將整捲膠卷收成原狀，然後把它遞給我，滿懷自信地說：

「好了，證據就是這個，以及你擱在我的手套上面的那只懷表蓋內側。你不必現在立刻檢視這兩枚指紋是否相同。我希望你盡可能慢工細活、實實在在地確認。我這兒有放大鏡，我的閣樓還有我設計用來播放膠卷的幻燈機。雖然到處都買得到播放膠卷的機器，但我設計的最為輕便且清晰。這些東西都交給你。不過那膠卷可千萬別弄丟了，懷表蓋裡的指紋也不能抹掉——這些你務必要千萬注意。」

那天晚上R．N的熱情，以及雖然稍嫌囉唆，但到了末尾時的語氣，總令我感覺到某種威嚴。我迅速比對了一下懷表蓋內的指紋與《女盜賊羅莎麗歐》的畫面上的指紋，噢！真的！分毫不差！

後來我也用放大鏡看過，甚至以幻燈機播放比對，終於再也沒有半點懷疑了。我的眼睛怎麼樣都無法懷疑這不是兩枚完全相同的指紋。

這已經是三年以前的事了。

大正六年九月十幾日。我為了返鄉，在晚間從和歌浦搭上汽船。我在汽船上的百無聊賴中，隨手拿起船室裡的一張報紙翻看。那不是當天的報紙，而是三、四天前的舊報紙了。打開社會版，上頭有張插圖，我的目光自然地被吸引了。看著那張圖，我驚愕地發現那是以前我去過的地方。那正是長崎M．B町的鴉片窟所在處的附近平面圖，而且在過去R．N畫上×印的地方，那張圖也同樣畫了×印。這樣的巧合令我不禁毛骨悚然。我趕緊瀏覽報導內容。在長崎的「鬼屋」這樣的標題下，小標題是「愈奇愈怪」。倘若我是個毫不知情的人，肯定會對新聞記者這陳腔濫調的形容嗤之以鼻，對這篇報導不屑一顧。但此時我讀了它，我非讀不可。我瀏覽文章——說到長崎M．B町，是支那人等生活水準極低之外國人的雜居地，同町十九番地有一處空屋，為一磚造洋樓，除數年前有一對支那人夫妻居住在此外，一直無人居住，雖偶有賃客，卻大抵僅住上五至十日，最長也僅有半個月，據曾租賃此處的住戶說，這棟屋子從晚間八、九點至半夜一、二點的數小時，不知天花板或何處便會傳出有如鮮血滴落的聲音，陰森地迴響，或有人目擊自天花板滴落的鮮血在地板形成一灘血泊，由於傳聞駭人，一些血氣方剛的年輕人遂到此過夜試膽。然而不可思議的是，不論什麼樣的試膽人士到此過夜，皆不會發生任何異狀，有人見既無異狀，便租下此屋，但實際遷入生活，便會如同傳聞所說，聽見滴血聲，故三、四年來皆無人定居。屋主決定拆除此屋，兩、三天前雇人著手拆屋，卻神祕地發現此屋地板下有間約十張榻榻米大的地下室，不知是何人為了何目的所設。人們儘管害怕，仍下去查看，發現住戶以為是滴血聲的，應是廚房流理台溢出的水流至地下室所發出的聲響，這由流理台木板下的漏水痕跡便可推察出來。鬼屋的真相至此大白，但地下室又是為何而存在？眾人議論之間，一名工人注意到地下室一隅有涼風吹入，靠近一看，發現該處有一洞穴。此人好奇洞穴通往何處，鑽入一看，但才走進兩、三步，隨即驚叫逃出。人們詢問理由，工人駭絕無語，只是指著洞內。總算能夠出聲後，工人說洞內躺著一具白骨死屍，遂引發軒然大波，縣府派出警官偵辦，發現確是一具四肢頭骨俱全之白骨，骨格較常人高大，應是支那人或外國人。警方繼續徹底搜索地下室，發現流理台下有一枚金光閃爍的金牌，約有新鑄之一錢銅板大小。該金牌為純金，重約七匁五分[85]，表面以拉丁文刻印「藝術永恆而人生短暫」。警方查出此為海外某大學文學系之紀念獎牌，極為罕見，但這棟鬼屋有座全市無人知曉的地下室，已十足可疑，竟還有黃金獎牌，再加上白骨，而且此具白骨是在道路正下方十幾尺之處被發現，凡此種種，皆使這棟鬼屋愈形詭譎怪異，對照這塊土地的風俗民情，真令人覺得宛如十八世紀風格的奇談。不論其中有著如何深密的內情，市警已在暗中逐步進行偵辦，不久後的將來，應可令一切祕密真相大白。在大正之今日尚有如此怪事，真可謂事實奇於小說……通篇報導，皆以符合鄉間報紙（這是福岡的報紙）的冗長筆法描述。

我更加驚愕了。看到這篇報導的人當中，我恐怕是最為震驚的一個。過去我曾聽狂人講述其妄想的一部分，原來那至少有部分是事實。他說「我親自把屍體搬進洞裡」時，曾說那是一名外國人，而事實上真的找到了一具外國人的白骨。這時，那部電影《女盜賊羅莎麗歐》中的指紋，與金懷表蓋裡的指紋，呈現出一模一樣的形狀，浮現在我的眼前，滿滿地占據了在眼前搖晃的船室天花板。R．N所說的話，我到底該相信幾分才好？船室的圓窗外，不時看見月夜中的大海若隱若現，向我暗示著R．N所描述的幻想般的種種光景。……愈是信任他，對他的信任到達巔峰時，就會像他最大限度地相信他自己一樣，我也會和他一樣，認為「威廉．威爾森絕對就是長崎鴉片窟的殺人凶手」嗎？……

85　匁及分皆為日本傳統重量單位，一匁為十分，三．七五公克。七匁五分約為二十八公克。

我將那份報紙——福岡的報紙帶了回去。然後把它和R・N——前年終於過世的R・N那些難解的收藏品：畫了紅線的電影雜誌、綠旗公司的目錄、他藉由透視找到的金懷表、《女盜賊羅莎麗歐》的電影膠卷一部分，一起放入收藏這些東西的盒子裡。

直至今日——直至寫下這篇文章的今日，我依然無法找出膠卷中的指紋與懷表蓋內的指紋之間有任何一絲差異……我更無法懷疑自己的眼睛了。因為這是更勝於不信神的冒瀆。

目不轉睛地盯著指紋看，便會發現裡頭有著另一個不同的世界。我的眼睛也已經熟悉這珍奇的世界了……因為我成天談論指紋，我的妻子擔心起我來，似乎認為我也快要發瘋了。據說她去拜訪我研究精神病的朋友K詢問：「瘋癲會傳染嗎？」但我絕對不是個狂人。我可以對我的妻子和讀者如此保證。坦白說，R・N也不是個瘋子——到了最近，我開始這麼認為了。

解說

原作發表於《中央公論》，一九一八年七月

在日本偵探小說史上，《中央公論》是本有著奇特歷史地位的雜誌，雖然身為綜合雜誌，卻因為有著極為敏銳眼光的總編輯滝田樗陰，而讓許多新人作家出道，成為在文學上無法忽略的風景。只是向來是被算成純文學地盤的《中央公論》，在大正七年七月的定期增刊號《祕密與開放》中，推出專題「藝術的新偵探小說」，刊載了谷崎潤一郎〈兩個藝術家的故事〉、芥川龍之介〈開化的殺人〉、里見弴〈刑警之家〉以及本篇〈指紋〉。

這期之所以特別，是因為偵探小說原本一直算在通俗文藝的範疇中，作者幾乎無法被看到，但透過純文學作家的介入，偵探小說得到認可，因此開始浮現所謂的「推理文壇」。同時，這次的專題也促成自然主義開始思考另一種可能，而原本就把社會現象視為一種疾病的他們，也開始學習如何用偵探小說的形式來暴露社會的醜惡，有人認為，正因為自然主義的介入，日本偵探小說從此有著對社會加以批判的伏流，而後在松本清張手上成為主流。

不過佐藤春夫在寫〈指紋〉時，恐怕還沒想到那麼多。多才多藝的他當時雖然靠繪畫得過幾個獎，也在《昴》與《三田文學》上發表過詩歌，但小說仍多半在同人雜誌上刊載，《中央公論》應該是他首次以小說與世人見面。

也因此，我們可以看到很多過剩的東西，作者過剩的主張、對景物與空間過剩的描寫、過剩的囈語與過剩的夢境，但最令人印象深刻的，或許還是那猶如妄想與偏頭痛擠壓過後的殘渣形狀的自白，而在這自白之中，居然隱藏著案件與其真相。佐藤春夫以〈指紋〉證明了，偵探小說的形式並非阻絕文學性的關鍵，問題在於作者有沒有辦法以全新眼光來給予讀者刺激，而不僅止耽溺於劇情的追逐而已。

國家圖書館出版品預行編目資料

曲辰編選；王華懋譯 . -- 初版 . --
臺北市：獨步文化，城邦文化出版：家庭傳媒城邦分公司發行，
民 108.04　冊；　公分　ISBN 978-957-9447-24-9（平裝）
文豪偵探——那些在亂步之前寫下謎團的偉大作家：
夏目漱石、泉鏡花、谷崎潤一郎、芥川龍之介、佐藤春夫偵探小說精選集
861.57　　　　107022441

書　　名／文豪偵探——那些在亂步之前寫下謎團的偉大作家：
夏目漱石、泉鏡花、谷崎潤一郎、芥川龍之介、佐藤春夫偵探小說精選集
作　　者／夏目漱石、泉鏡花、谷崎潤一郎、芥川龍之介、佐藤春夫｜編　選／曲辰｜翻　譯／王華懋
編輯總監／劉麗真｜責任編輯／張麗嫺

總 經 理／陳逸瑛
榮譽社長／詹宏志
發 行 人／凃玉雲
出 版 社／獨步文化
城邦文化事業股份有限公司｜ 104 台北市中山區民生東路二段 141 號 5 樓
電話：(02) 2500-7696 ｜傳真：(02) 2500-1967
發　　行／英屬蓋曼群島商家庭傳媒股份有限公司｜城邦分公司｜ 104 台北市中山區民生東路二段 141 號 2 樓
網　　址／ www.cite.com.tw
讀者服務專線／ (02) 2500-7718；2500-7719
服務時間／週一至週五：09：30 ～ 12：00 ｜ 13：30 ～ 17：00
24 小時傳真服務／ (02) 2500-1900：2500-1991
讀者服務信箱 E-mail ／ service@readingclub.com.tw
劃撥帳號／ 19863813
戶　　名／書虫股份有限公司
香港發行所／城邦（香港）出版集團有限公司｜香港灣仔駱克灣道 193 號東超商業中心一樓
電　　話／ (852) 2508-6231 ｜傳真／ (852) 2578-9337 ｜ E-mail ／ hkcite@biznetvigator.com
城邦（馬新）出版集團
Cite (M) Sdn Bhd
41, Jalan Radin Anum, Bandar Baru Sri Petaling,
57000 Kuala Lumpur, Malaysia.
Tel: (603) 90578822
Fax:(603) 90576622
email:cite@cite.com.my

版型設計／倪旻鋒
印　　刷／中原造像股份有限公司
排　　版／陳瑜安
● 2019 年（民 108）4 月初版
售價 420 元
ISBN 978-957-9447-24-9

封面設計／森本千繪

文豪散步

在現代的東京與文豪相遇

初代國民作家

夏目漱石與早稻田

夏目漱石誕生之地

顧名思義，夏目漱石誕生的地方，不過要注意的是，旁邊的「夏目坂」並不是為了紀念夏目漱石，而是為了紀念他的生父，也就是當時早稻田這個地方的「名主」（跟當時的領主負責租賃某個區域代為管理的人）夏目小兵衛直克才設置的。

Add：東京都新宿区喜久井町1　Open：無時間限制

與很多人想像的不太一樣，「早稻田」這個地名並非來自早稻田大學，作為日本隨處可見的地名，多半用來指「早期是稻田為主」或「栽種比較早可以收成的稻子的農田」的意思。一八六八年就可以看到有早稻田村，而後創立於一八八二年的「東京專門學校」，一九〇二年升格為大學時，就直接把學校所在地名拿來當成大學名稱。

現在的早稻田，已經是被許多大學包圍、帶有強烈大學城氣氛的地方了。而早稻田可以說占據了漱石的生命兩端，一邊是誕生，另一邊則是終老。

一八六七年，夏目漱石出生於牛込馬場下橫町，一九六六年為了紀念其百年誕辰特地在距離「早稻田」站沒多遠的出生地設立了「夏目漱石誕生之地」石碑，碑上的字由漱石的學生安倍能成所題。不過滄海桑田，早就看不出任何當年的痕跡，不過生誕碑後面的「やよい軒」倒是還提醒了我們漱石的下町出生背景。

沿著早稻田通往東走約五分鐘，會遇到一家麵包店「ボワ・ド・ヴァンセンヌ」（Bois de Vincennes）。這間在地經營三十多年的麵包店，與現在流行的花俏路線不同，提供的是很樸實卻令人喜愛的口味，店裡有賣為了紀念漱石而特別以他最喜愛的紅豆為核心特製的「漱石あんパン」（漱石紅豆麵包），若是經過又有點餓的讀者不妨買個一兩個吃吃看。

ボワ・ド・ヴァンセンヌ（Bois de Vincennes）麵包店

位於街角的可愛麵包店，麵包扎實好吃。

Add：東京都新宿区早稲田町 5
Open：08：30-19：00（周日公休）

漱石あんパン（漱石紅豆麵包）

麵包有著濃厚的艾草與芝麻香，搭配著兩面烤到焦黃很能刺激食慾，內裡的紅豆餡也鬆軟可口不會太甜，讓人能夠一口接一口。

再繼續往前走，拐進小路，可以開始注意地上的可愛貓咪指示牌告訴你「漱石山房紀念館」快到了。經歷了離家念書、赴英留學、回到日本，在東京帝國大學任教等歲月後，

漱石在一九〇七年辭掉所有教職，專心寫作，也隨即搬回早稻田此處，度過他生命的最後九年。只是漱石舊宅在一九四五年的空襲中被炸毀，事後也沒有特別重建，只是蓋了個漱石公園，並留下以舊材料建成的貓塚以充紀念（這邊的貓塚葬的不是《我是貓》的主角，而是漱石去世後家人養的狗狗貓貓與小鳥共十一隻）。

漱石山房

嶄新的現代建築與旁邊稍有年紀的平房相較或多或少有些突兀，但刻意挑選的外觀色調與冷靜的設計感，很適合這個承載著許多歷史的街區。

Add：東京都新宿区早稲田町 5
Open：10：00-18：00（周一公休，可先確認官網）
入場費：大人300円，小孩100円

後來當日本人發現居然自己國家沒有漱石相關紀念館（當時唯一的漱石紀念館在倫敦，現已關閉），就決定重新整理漱石公園與其上的老舊建築，於二〇一七年九月開設「漱石山房紀念館」。紀念館並未仿造舊宅重新建設，而是以嶄新現代的設計矗立於住宅區的僻靜一隅。但內有漱石的復原書房，可以讓來訪的遊客想像當初文豪寫作的身影，舉凡《夢十夜》、《三四郎》、《從此以後》等名作都是在這間書房中寫出來的。

紀念館有地上兩層與地下一層，地下層是收藏了漱石相關出版品的圖書室與最多可供七十人使用的講

夏目漱石雕像

漱石的長相可以說是日本最具代表性的作家臉孔，看到這個雕像也就表示到了漱石山房了。

堂。上兩層則以漱石為核心，介紹圍繞他的文學功績。特別的是館方不只專注其聞名的小說作品，而是盡可能連俳句、漢詩都展現出來，帶給參觀者更多面向的文豪姿態。離開漱石山房，可以往神樂坂走走，去看看漱石買稿紙的相馬屋，也能感受一下明治文人最喜歡的花街氣氛（並延續泉鏡花的文豪散步）。行有餘力的話，可以坐車到「本駒込」站，走個十分鐘去找找漱石在東京帝國大學（現在的東京大學）任教時的舊家住址。由於他在這裡寫出了《我是貓》，又稱為「貓之家」，當初的房子雖然已遷移到愛知縣的明治村，不過仍然可以在現在的位置牆上看到貓咪的雕像喔（也能從這邊延伸到怪談散步的「牡丹燈籠」行程）。

當然，你也能坐車到都電荒川線的「都電雜司ヶ谷」。位於站旁的「雜司ヶ谷霊園」。可以說是最多日本明治、大正名人長眠的墓園。作家有夏目漱石、小泉八雲，畫家有竹久夢二等等，不妨先去管理室外拿一份記載著此處名人墓地位置的地圖，再按圖索驥去看看漱石那配得上他歷史地位的墓吧。

道草庵

以夏目漱石的名作為名的草堂，是在漱石山房之前的漱石公園就有的設施，免費入場。現在以介紹漱石的俳句創作為重心。走累的人不妨來這裡坐坐。

漱石山房Book Cafe

漱石山房內附的咖啡廳，面對大片落地窗，採光明亮非常適合讀書。可以一邊品嚐漱石喜歡的茶或甜點，一邊看咖啡店內擺設的書。

貓塚

本來是用來安葬漱石死後夏目家養的小動物，後來還建造了九重塔以為紀念，空襲後用殘餘的原物料原地重建，可以說是這片土地上唯一與當年的房子還有直接關係的存在。

相馬屋

一六五九年開始製作販賣紙張，後於戰後改成現今的文具店，店中販賣的稿紙是許多明治文人的首選。

Add：東京都新宿区神楽坂5丁目5
Open：09：00-19：00（周日與國定假日公休）

貓之家（夏目漱石の旧居跡）

漱石在東大任教時的住處，因為在這邊寫了《我是貓》於是稱為「貓之家」，現在位置不但有紀念牌，牆上還有模擬小說中的形容而設計的貓咪雕像。

Add：東京都文京区向丘 2-20－7　Open：24H

夏目漱石墓地（雜司谷靈園）

雜司谷靈園的規畫還算完善，只要先去索取地圖，就可以按照墓園的道路兩旁的指示路牌找到漱石相當氣派的墓地。

Add：東京都豊島区南池袋4丁目25－1
Open：05：00-17：00

泉鏡花舊居位置

泉鏡花搬離紅葉家後便是在這與鈴同居，不過現在完全看不到痕跡，只有指示牌提醒大家這件事。北原白秋後來因緣際會也住了進去，可見當時神樂坂聚集了多少作家。

Add：東京都新宿区神楽坂 2-22　Open：無時間限制

乘著幻想登陸現代的男人

泉鏡花與神樂坂

如果要在東京找一個濃縮了這一百五十年來的地景，並且具備一定的文化娛樂意義的地方，「神樂坂」應該會在前五名。

顧名思義，神樂坂以聽得到穴八幡宮（位於早稻田）在祭典時神輿通過傳來的神樂為名，可以感受到它強烈的下町氣氛，在江戶時期就是熱鬧的庶民街道，後來逐步轉變成花街，現今在一些小巷子中還看得到殘留的建築遺跡。在關東大地震後，那些來自日本橋或銀座的商人大量湧入，讓這邊成為大正時期首屈一指的夜生活區域。三〇年代時，東京日法學院進駐，街上的洋風色彩變得強烈，直到現在仍能在這街區看到很多法國餐廳。近年來附近的辦公大樓與高層住宅則為這個帶著年代的區域增添了現代感的輪廓，成為流行的散步區域。雖然死於一九三九年的泉鏡花看不到後來的改變，但他的確成為了這個地方的某種象徵。

出身於金澤的泉鏡花，高中退學後在朋友的住處讀到了尾崎紅葉的《二人比丘尼 色懺

うを徳

うを徳旁邊的大樓

うを徳旁邊的大樓以「鏡花大樓」（KYOKA BULDG）為名，也可以見到鏡花殘留在這個街區的影響力。

以新鮮的海鮮與高超的職人手腕聞名的高級料亭，提供日幣一萬圓至三萬五千圓／客單價的會席料理。店裡的伴手禮也被選為「二〇一八年最適合送禮的手作土產」

Add：東京都新宿区神楽坂 3-1
Open：17：00-22：30（周末假日提早於21：30打烊，不定期公休）

悔》後，倍覺震撼，決定要當作家。於是到了東京找到當時也住在神樂坂附近的尾崎紅葉，表明要當弟子，紅葉將他收入門下，幫忙整理文稿等工作，同時也得以在玄關擺一張桌子以供自己寫作之用。

一八九九年，因為參加友人的宴會，泉鏡花認識了藝妓伊藤鈴（花名「桃太郎」），兩人一見傾心，馬上陷入熱戀。還好他當時已經頗具名聲，於是搬了出去，就近在神樂坂找了個新蓋好的兩層樓房子過起同居生活。現在這個房子已經拆除，但原址還是保留下來，就在東京理科大學神樂坂校區二號館邊。現場還留有告示牌標示這裡曾經是泉鏡花的住處（後來北原白秋也曾住過）。雖然如今已經無法想像如鏡花在《婦系圖》中描寫女主角阿蔦從錢湯離開後「頗具風情的濕髮帶有馥郁如梅花香氣，斜紋織就的衣襟上的珠子也隱然帶有香味，這就是這條小巷的夜晚日常」的景色，但是仍可從旁邊的平房與民宅感到一絲昔日殘景。

不過鏡花與鈴的戀情並不能說順利，原因是尾崎紅葉不喜歡鈴。此處眾說紛紜，有人說是因為鈴的藝妓身分，也有人說是因為有人在紅葉面前打小報告，但總之尾崎紅葉甚至對鏡花說出了那句八點檔才會聽到的問句：「你到底要老

善國寺

一五九五年創建的佛寺，一七九二年因火災遷到神樂坂，不過原來的建築物都在空襲時毀滅殆盡，現在的寺廟為重建。也因為在二宮和也的某部電視劇出現而成為嵐的相關景點。

Add：東京都新宿区神楽坂 5-36　Open：09：00-18：00（全年無休）

師，還是要那個女人？」對紅葉敬若神明的鏡花，只好哭著與鈴分手。不知是幸還不幸，紅葉沒多久就過世，待得老師入土為安後，鏡花就與鈴復合而後結婚了，從此恩愛到老。

這一段經驗後來被鏡花轉化為《婦系圖》的情節，而在小說中出現的魚店「めの惣」與豪爽的老闆，其原型便是在明治初年創立的割烹料亭「うを徳」，這間店是許多當時文人的愛店，包括紅葉以及鏡花。這間店於一九二〇年改裝的時候還請來鏡花寫了一篇非常華麗的招呼文。後來還得過九年的米其林一顆星，如果願意花兩萬日幣左右吃個晚餐，不失為是個有文化也有品味的選擇。

也別忘了到附近的善國寺走走，這邊不但是鏡花與鈴喜歡的散步場所，如果有機會遇到廟會，還可以見識到也曾出現在夏目漱石《少爺》中的熱鬧場面。以善國寺為中心，大概是近年神樂坂發展的最為蓬勃的區域，非常適合找個下午來散步。

當然，如果願意去鏡花埋骨之地致意，也可以到雜司谷靈園去朝拜（詳請參見漱石的散步路線），感受一如鏡花筆下的光陰流轉。畢竟，現在的東京，早就無法養育出如他那樣，一邊踩著古典幻想的步伐、卻襯著現代音樂跳舞的作家，整個日本，如他一般，乘著幻想的波浪、抵達現代彼端已經很久了。

泉鏡花

泉鏡花的墓地，比預想來得安靜簡潔許多，泉鏡太郎是他的本名。

資訊：請參照漱石的部分

谷崎潤一郎與人形町

谷崎潤一郎生誕の地

谷崎潤一郎出生的地方，不只大樓一樓的餐廳叫做谷崎，這附近也有不少招牌都與谷崎潤一郎有著關係，有興趣的話不妨找找。

Add：東京都中央区日本橋人形町1-7-10　Open：無時間限制

人形町，由於江戶時期有許多製作與販賣人形（人偶）的店家而得名，可以說自那個時候起就是相當熱鬧的街道，因此有著深厚的歷史積澱。

但也因為接近日本橋這個日本現代化的起點，誠如維新三傑之一的木戶孝允（台灣人大概比較熟悉他小時候的名字——桂小五郎，對，就是《銀魂》裡的那個）所言，「日本橋一里四方皆文明開化」，也就是以日本橋為核心的一里見方區域都應該要變得文明開化以為世人典範，人形町也可說相當早就踏上了所謂「現代化」的路途。

而當時所謂的現代化，幾乎就等於歐化，因此人形町充斥著和洋折衷的痕跡，更別提關東大地震後，這個幾乎毀壞的區域全蓋起了洋房而非和室。

而就在這樣逐步從江戶的日本轉變成現代的日本的過程中，谷崎潤一郎出生了。

他出生的地方就在人形町的小路內，雖然經過兩次震災（一八九四年的明治東京地震與一九二三年的關東大地震），早已不復往日面貌，

玉ひで

如果想單點親子丼，那只能在中午十一點半到一點半之間去排隊，假日往往需要排個半小時到一小時左右。因應肉跟部位的不同，價位為日幣一千五百圓至三千圓不等，請自行衡量。

Add：東京都中央区日本橋人形町 1-17-10
Open：每個月都會不定期公休，請自行上網確認。

玉ひで的親子丼

我點的是附雞肝的，肉質結實卻應齒即斷，半生熟的蛋汁創造了另一重口感，濃厚的醬汁吃來絲毫不膩，可以說是親子丼的精品等級（價格也是啦）。

但如今簡潔的水泥結構樓房旁的牆壁上，仍舊安嵌著「谷崎潤一郎生誕の地」的石碑，標明此處曾經是那個大家都知道的日本大正文豪的出生地。就算你找不到石碑，大樓一樓的餐廳就直接明目張膽地取名為「谷崎」，恐怕也不容你錯過。

從「生誕の地」往路口走，如果正值中午時分，左手邊應該可以看到大排長龍的景象，那是號稱「親子丼創始店」的玉ひで的排隊人潮。據說原本是做雞肉料理的這家店，於一八九〇年由老闆娘提案，將之前用雞跟蛋同煮的「親子煮」放在白飯上，並名之為「親子丼」。對當時總是繁忙不已，很難擠出時間好好坐下來享用玉ひで絕品口味的人形町工人而言，親子丼的誕生根本就是恩賜，於是一時造成熱潮，也廣泛地傳到整個日本。

據嵐山光三郎的研究，谷崎其實相當喜愛黏糊糊、帶著軟稠口感的食物，他將這點與谷崎的慾望描寫聯繫起來，不過是不是有可能，對谷崎而言，這種口感也是他小時候吃過那新奇而帶著人形町味道的親子丼的連結呢？

走出路口，往右轉，沒多久，就

重盛人形燒

其實人形燒各家吃來都沒差多少，但重盛的位置跟樸實的味道還是為他鞏固了相當的客源，這邊的櫃檯常會有些人形町的活動DM，有興趣的朋友可以來看看。

Add：東京都中央区日本橋人形町 2-1-1
Open：09：00-20：00（週六營業至18：00，週日公休）

水天宮

水天宮處於二樓的開放空間，其實在繁忙的東京街頭中頗有種世外桃源感，這邊的福犬御守非常有名，家裡或朋友有小孩的不妨帶一個回去。（自己有小孩的，我就姑且假設你沒空去日本玩好了。）

Add：東京都中央区日本橋蛎殼町 2-4-1　Open：08：00-17：00

可以在左邊的路口轉角看到重盛。人形燒的由來眾說紛紜，其中最常見的說法就是板倉屋老闆參考大阪通天閣的釣鐘饅頭，想說自家店面就在人形町，於是用「七福神」的文樂人形作為模子而設計出的庶民甜點。不過大概是地利優勢也是老舖的關係，重盛的人形燒名氣甚至壓過了板倉屋，就連谷崎在某篇隨筆中也只提到重盛的人形燒，強調對他而言是充滿懷念的味道。

在同一篇隨筆中，谷崎也特別談及就在重盛對面的「水天宮」，以安產、護佑小孩平安長大的這間神社原本就是江戶相當有名的宗教景點，如今大家所看到的已經是在二〇一六年再度整修完成的樣子，外觀新穎而現代，跟後方的高樓大廈可以說巧妙地融合在一起。不過恐怕跟那個谷崎衝進去掀起一波黃沙波浪，引得來參拜的女子怒目而視，卻更顯風情萬種的水天宮，是兩個完全不同的世界了吧。

簡單來講，如今的人形町，雖然早已不同於谷崎長大的那個人形町，但仍舊能感覺出這裡曾經是個傳統與現代、日本與西洋碰撞的地方，或許也從中忽然能理解，為什麼早期的谷崎總是一味描寫各種在現代生成的原始慾望，因為那就是從自己所生所長的地方感受到的。

當然，後來搬到關西去的谷崎有著相當大的改變，不過不變的或許是，即使死在京都，也葬在京都，但仍然將他的一部分遺骨運回東京的慈眼寺，葬在父母身邊。而他身後不遠處，就是他生前亦敵亦友的另一位文豪：芥川龍之介。

只是如今，除死以外，別無大事而已。

慈眼寺

谷崎潤一郎的墓其實是在京都是左京區的法然院，位於慈眼寺的其實是谷崎家的墓地，特別分骨過來與父母安葬在一起。

資訊：見芥川龍之介處。

超前一步的天才

芥川龍之介與田端

芥川龍之介舊家

芥川龍之介的絕大多數作品都在這個地方寫出來，應該也可以成為某種能量景點吧，想創作的人快來吸點殘餘的精華。

Add：東京都北區田端 1-19-18　Open：無時間限制

如果票選山手線最不知名的車站，我猜田端一定會是在前五名吧？踏出車站，會發現眼前看到的，沒有大型商業設施、沒有知名歷史景點、沒有遊樂園、沒有人潮，什麼都沒有，有的只是「生活感」。

想想也不意外，田端站一如其名，一開始就是「田」的前「端」的意思，也就是處在開發與未開發的交界的地點。也就是這樣，在明治昭和時期，這種還混雜著田園與城市的風景，地價也不至於貴到讓人住不起的地方，吸引了大量的文人入住，成為知名的「田端文士村」。

其中比較有名的文人，包括了室生犀星、正岡子規、押川春浪、菊池寬、直木三十五，當然還有我們這次的「文豪散步」的主角：芥川龍之介。

一九一三年，芥川考上了東京帝國大學的英文系，隔年，他就搬到「距離學校並不算太遠」的田端，就此住到他離世的一九二七年。

芥川的家就在出了田端站的旁邊急遽升

高的台地上，如今的我們有樓梯跟扶手可以上下，當初卻是更為狹小與陡峭的坡道，讓芥川在寫給友人的信中抱怨連連，特別是下了雨後穿著雪馱走在路上非常麻煩，讓他覺得「學校幹麻不放假啊」。所謂福禍相倚，這個台地算是比較堅實的地層，這讓一九二三年關東大地震時，田端的受災程度並沒有那麼大，或許也是芥川的幸運吧。

芥川的舊家不算太難找，甚至還有清楚的立牌提醒你確切的位置，儘管歷經歲月更迭，這邊附近地貌早已改變，但也不妨站在他舊家前，想到他搬到這邊的第二年，就寫出了〈羅生門〉，因此成為文壇無法忽視的一顆新星。

然後，我們就可以下台地，往田端站西北邊的「田端文士村紀念館」走去。其實以芥川在日本的影響力，成立一個專屬的紀念館應該是很合理的事情，但不知道為什麼，直到今天他都還是跟一群作家一起展示在田端文士村紀念館內。

田端文士村紀念館入場不需門票，但展示內容卻不會太過貧乏。館方相當努力地透過各種方式展示當時文人的交遊情形，並且借助大量照片，甚至製作了芥川舊家的模型，想盡辦法要讓我們得以看到昔日的光景。由於名氣的關係，芥川在這個以作家群體為主的紀念館內，大概占了三分之一到一半的篇幅，所以喜歡他的讀者應該也不會太失望。在我前去拜訪的這次，館方還展出了芥川給太

田端文士村紀念館

紀念館佔地不大，但還滿常更換特展主題，建議可以先上網看一下他們最近的特展是什麼。

Add：東京都北區田端 6-1-2

Open：10：00-17：00（16：30入場截止，週一、國定假日隔天休館，換展時也會休館，建議先行上網查詢）

船橋屋

船橋屋本店，店內設有內用座位。附近的龜戶天神是很重要的祈求升學、就學順利的神社，五月的紫藤祭非常有名。

船橋屋店內

店內還有一個小小的庭園，在裡頭吃甜點頗有一番趣味。

太文的情書，裡頭寫著「我愛你，無法更愛你，我就像小鳥一樣幸福」，看了不自覺會泛出微笑。

離開紀念館走到車站的路上，記得留意一下身邊商店街的招牌，應該會有機會看到「河童」的身影，離世九十年的作家，仍以他的形式在改變地方的風景。

機會難得，我們跑遠一點到錦系町去吃芥川很喜歡的葛餅（くず餅）吧。距離錦系町走路大概十五分鐘的這間船橋屋，創業於一八〇五年，店面仍大致保持當年的樣子，從照片上來看，跟芥川來吃的時候恐怕沒有差太多。葛餅是種很像涼糕的日式甜點，這家店標榜需要發酵十五個月才能將口感發揮到最好，也強調要在最新鮮的狀態下吃。阿姨聽到我要買了帶回台灣，很為難地跟我說只能放兩天而已，還強烈建議我不如就在店內吃吧，還有附一杯茶喔。（但阿姨沒說會比較貴啊！）對了，如果不想特別跑那麼遠來本店，不少百貨公司都有零售點，可以上網查查看，口味跟店內吃到的相差無幾（對，我回池袋又買了一次）。

最後，如果有意願的話，不妨到巣鴨的慈眼寺去參拜一下芥川的墓，或許有機會看到貓橫躺在他的墳墓前，慵懶地曬著太陽，面對此情此景，真好奇向來苦惱的芥川，會說出怎樣的評論呢。

葛餅

招牌葛餅非常好吃，但本店也提供只有這邊才有的特別菜單喔。

Add：東京都江東區亀戸 3-2-14
Open：9：00-18：00
（內用請在17：00前點餐，全年無休）

慈眼寺

慈眼寺附近也有很多間寺廟，加上小路繁多，請務必小心迷路，建議不要太靠近傍晚前往。

芥川龍之介之墓

芥川龍之介的墓比想像中低調很多，可能要稍微花點時間找指示牌。此外，谷崎潤一郎的墓也在這邊，有興趣不妨一起參拜。

Add：東京都豐島區巣鴨 5-35-33
Open：08：00-17：00（全年無休）

佐藤春夫與千駄木

佐藤春夫舊家

其實會很好奇當初佐藤春夫住的環境究竟如何，不過他對那段歲月幾乎是三緘其口，讓人無法探究到底過得如何。不過如今是學校，大概也完全看不到當年的痕跡了。

Add：東京都文京区千駄木 2-19　Open：無時間限制

伴隨著「谷根千」（谷中、根津、千駄木）成為一個老街散步熱門區域，千駄木這個在江戸時期便被歌川廣重描繪於《名所江戸百景・千駄木団子坂花屋敷》的地方，重新浮現於人們視野中。

如果觀察東京的都市地貌變遷，會發現一九二三年的關東大地震扮演了相當重要的角色，由於東京都在這場地震中損失了超過二十萬棟建築物，原本的都市機能幾乎全數癱瘓（當時甚至有遷都之議），但這也剛好是重新復興的契機，在後藤新平的積極帶領下，東京很快了迎來了新的現代化面貌。但這個過程也造成了有趣的對比，簡單來說，如今有名的商業區如新宿、澀谷一帶都是當時的未開發地帶，地震後才有人移居，而還保留著多數老街風貌的地方，則通常是由於地盤比較堅固，災難發生較少的地方，千駄木就是一個例子。

不過當然，佐藤春夫初上京時見到的可是震災前的千駄木，跟現在的樣子絕對大相逕庭。

一九一〇年，在故鄉和歌山早就以俳句與和歌薄有文名的佐藤春夫中學畢業後（時年十八歲），為了就讀慶應大學文學部預科來到了東京千駄木團子坡（也就是亂步的「D坡」）邊的下宿（便宜的長租住宿單位）暫居，師事永井荷風。我不太能確定佐藤春夫有意還是無意，因為他所挑選的住處，恰好就是在森鷗外的觀潮樓的後門外邊。

說到觀潮樓，熟悉日本近代文學的人大概都知道，那是森鷗外自一八九二年三十歲後在東京的住處（其間曾短暫派任到九州小倉不提），隨著森鷗外在陸軍內的官階愈來愈高，觀潮樓也成為愈來愈重要的文學據點。熱鬧的時候，根據森鷗外女兒茉莉的說法，約三、四天就會有數個文人小聚、私下來拜訪森鷗外的人更是絡繹不絕。其中，「觀潮樓歌會」則可能是最重要的聚會，那是每個月第一個星期六，森鷗外為了調停在和歌的世界中總是不斷爭論的「新詩社」（以與謝野鐵幹為首）與「根岸派」（以正岡子規的弟子與關係者組成），特地舉辦的文人聚會。

觀潮樓的大銀杏

經過許多磨難仍舊挺拔生長的大銀杏，即使用現在的眼光來看仍舊相當有氣勢，以佐藤春夫當年的眼光，恐怕會加上豔羨之意吧。

森鷗外紀念館

原為觀潮樓，不過已經在火災與戰時中毀掉了（除了礎石、庭石，跟奇蹟似的大銀杏外），現在看到的是迭經變遷，後於二〇一二年蓋成的得獎無數的紀念館本體。

Add：東京都文京区千駄木 1-23-4
Open：10：:00-18：00（每個月第四個禮拜二休館）

其實佐藤春夫對這段下宿生活並沒有太多著墨，但不免讓人好奇，以他的住處近得甚至可以看到在觀潮樓庭院裡的那棵出現在無數和歌中的大銀杏，是否總有些時候，他會仰望著自觀潮樓溢出的光與聲響，好奇起自己究竟是否有可能有朝一日踏入其中，躋身「高級文人圈」呢？

感受森鷗外與文人同伴的最佳位置

在森鷗外紀念館附設的咖啡廳中，可以透過落地窗飽覽銀杏與庭園之美，是想感受森鷗外與文人同伴聚會感覺的最佳位置。

儘管隔年他就搬到千駄木別的地方住，我自己仍私心認為這個住處想來是他決定登上文壇的開始吧。

成為大學生後，開在銀座大街上的「Café Paulista」，成為佐藤春夫跟同學喜歡去的地方，甚至為了這家店發明了一個詞「銀ブラ」，也就是「到銀座喝巴西咖啡（ブラジルコーヒー）」的意思。這間一九一一年創業，老闆身為日本第一代巴西移民的咖啡店，為了推廣咖啡豆，特地將價錢壓得很低，一杯咖啡只要五錢而已（一圓為一百錢，當時的上班族月入約為十八至二十五圓之間），相當適合大學生。也因為開在時事新報社對面，很多文人都會來這喝咖啡寫稿，芥川龍之介就老被菊池寬約在這談寫作計畫。

而作為引領時代的人，當時的作家群聚的餐廳往往也很容易成為時代的標記物，例如本來賣牛鍋後來轉為西洋料理的「田原屋」，便因為是夏目漱石、菊池寬、永井荷風的愛店，而引來一群作家聚集。佐藤春夫也不例外，這間店常是他與友人共餐的優先選擇（可惜這間店在二〇〇二年關門了）。

佐藤春夫去世後，葬在京都的知恩院，但就像是其他許多文豪一樣，總是會在許多地方設有墳墓（大概是為了方便後代掃墓），佐藤春夫在和歌山老家以及東京的伝通院也有墓地，進去前別忘了在入口處買束香，為他捎上來自台灣的問候。

Cafe Paulista

當年最新潮的裝潢，如今看來卻是帶著濃厚年代感的懷舊時尚，不過始終沒變的，大概是在路上走的仍然是那些追逐潮流的人吧。

Add：東京都中央区銀座 8-9-16
Open：8：30-21：30（週一至週六）
11：30-20：00（週日或假日）

田原屋

田原屋的洋食當時赫赫有名，不過在時代的沖刷下，如今則變成了以河豚料理為主的「玄品神楽坂」了，只是從地點大概也可以判斷這裡當時是多麼接近文壇的中央位置。

Add：東京都新宿区神楽坂 5-35　Open：11:30-22:30

伝通院

這裡其實離地鐵站有點距離，所以請先做好要走約莫十到十五分鐘的心理準備。墓地的入口處可以買香，不買應該也可以進去。

Add：東京都文京区小石川 3-14-6
Open：08：00-17：00（全年無休）